二見文庫

失踪

キャサリン・コールター／林 啓恵＝訳

Point Blank
by
Catherine Coulter

アントンへ
彼にこの献辞を捧げます。
あなたがあのような人でいてくれてよかった。
そしてわたしのものでいてくれることに感謝しています。

失　踪

登　場　人　物　紹　介

ルース・ワーネッキ	FBI犯罪分析課特別捜査官
ディクソン（ディックス）・ノーブル	バージニア州マエストロの保安官
ディロン・サビッチ	FBI犯罪分析課チーフ
レーシー・シャーロック	FBI犯罪分析課特別捜査官
ジミー・メートランド	FBI副長官
ロブ	ディクソンの長男
レイフ	ディクソンの次男
ペニー・オッペンハイマー	バージニア州マエストロの保安官助手
チャップマン（チャッピー）・ホルコム	ディクソンの義父。マエストロ市長
ゴードン（ツイスター）・ホルコム	スタニスラウス音楽大学校長。チャップマンの弟
アンソニー（トニー）・ホルコム	チャップマンの息子
マリアン・ガレスピー	ゴードンの娘。ビオラ奏者
ヘレン・ラファティ	ゴードンの個人秘書
グロリア・ブリシュー・スタンフォード	世界的なバイオリニスト
ジンジャー・スタンフォード	グロリアの娘。弁護士
エリン・ブシュネル	スタニスラウス音楽大学の学生。バイオリニスト
モージズ・グレース	狙撃の名手
クラウディア	モージズと行動をともにするティーンエージャー
ピンキー・ウーマック	〈ボーノミクラブ〉のコメディアン

1

ウィンケルズ洞窟
バージニア州マエストロ
金曜日の午後

ルース・ワーネッキは足を止め、脳裏に焼きつけられているはずの地図をあらためて広げた。何度となく見返している地図はくたびれはて、隅にはイチゴジャムの染みまでついている。ここまではいい。地図どおり、蛇行《だこう》する地下道を一四・一メートル這《は》い進んできた。洞窟に入って最初に枝分かれした通路を折れてからずっと、距離はきっちり測っている。狭く曲がりくねった地下道には、コウモリの糞《ふん》の臭いが充満し、天井が低くてカニ歩きをしなければならない箇所もいくつかあったが、このあたりからようやく平坦になってきた。ここまでの道のりはセンチメートル単位まで地図とぴたりと一致している。

地図によると、右手に小さなアーチ型の開口部があるはずだ。ルースはヘッドランプを二・五メートルほどの高さがある壁のてっぺんに向け、それからゆっくりと下にすべらせた。しかし、アーチ型の開口部も、それらしき跡も見つからない。もう一度ここまでの道順を確かめ、進んできた距離を測りなおしてみたが、やはり間違っていなかった。ふたたびヘッドランプで壁を照らし、前後に一メートルほど動かしてみた。何もない。だが、ここに違いなかった。

ルースはいらついたときも、めったに汚い言葉を口にしない。代わりに鼻歌を口ずさむ。だからいまもやはり鼻歌を口ずさみながら、手のひらをゆっくりと壁に這わせ、あちこちを押しはじめた。触れるとざらつく石灰岩で、何千年分もの砂塵《さじん》におおわれている。堅固な洞窟の壁そのものだった。

がっかりしていないといえば嘘になるけれど、それが宝探しの現実なのは承知している。五十年の宝探しのキャリアをもつ叔父のトビン・ジョーンズは、ルースにとって師匠のような存在で、その叔父曰《いわ》く、本物の宝の地図一枚に対して、偽物はカリフォルニアの不法入国者以上の数があるという。もちろんそれは、それらしい場所に隠されていれば、偽物の地図そのものが宝物になるからだ。問題は、トビンが頭を振りふり言ったように、宝探しをする人間全員がそういうものを掘りだしたがることにある。それでもトビンは、がらんとした野球場やビーチで金属探知機を片手に五セント硬貨を探すよりはましだと信じて疑っていない。

実際のところ、ルースは金属探知機を使っていた。懐中電灯二個と一緒にベルトに留めている。そう、偽の地図のことなら知りつくしているが、この地図にはひととおりでない期待をかけていた。手をつくして調査した結果、本物に間違いないと確信するに至った。紙の年代やインク、筆跡まで調べ、およそ百五十年前のものだと判明したのだ。

けれどアーチ型の開口部はなかった。激しい失望感に襲われ、壁を蹴飛ばした。失敗は何度となくあったし、だまされたのがはじめてというわけでもない。偽の地図を売りつけた男のところへどなりこんだことも二度ほどある。よほどのばかとみえ、二人とも彼女が警官と知ってのうえでのことだった。そのあと、あるスコットランド人にネス湖から四〇〇メートルほど西にある洞窟の地図を売りつけられた。疑ってもよさそうなものなのに、とても魅力的な男だったので、つい信用してしまった。

ルースはかぶりを振った。よく見なければ。地図が偽物でないのは、直感していた。もしここに金塊があるのなら、是が非でも見つけてやる。開口部がないのは、何年も前に崩れて埋まってしまったからなのかもしれない。

そう、そうよ。思わずあげた笑い声が、濃密な沈黙のなかに不気味に響き渡った。ばかじゃないの？　開口部は崩れてしまっても、その痕跡が残っているはず。崩落の残骸がなければおかしい。下から上まですっかり継ぎ目もなく、魔法をかけたようにきれいになっているなんてありえない。

そんなことができるのは人間だけだ。

後ろに下がり、頭を上げてヘッドランプで壁を直照した。隅々まで目を走らせ、手が届くところをくまなく拳《こぶし》で押してみた。ミスター・ウィーバーによると、ウィンケルズ洞窟のこのあたりを探索した人間はおらず、当然地図もないとのことだった。ルースの身を案じながらも、ギラリと光ったウィーバーの目からは、宝物が見つかったら分け前をいただこうという魂胆が読み取れた。

これぞ洞窟のなかだった。この独特の静けさ、うつろに響く自分の足音。ずいぶん長いあいだ、ひょっとすると宝物がここに隠されて以来、人が入っていないのだろう。ミスター・ウィーバーは立ち入りを禁ずるため入口に鉄格子をはめた――自分で勝手に怪我《けが》をしておきながら、わしを訴えるばかどもがいるんでな。その鍵は見つからなかった、どうということではない。錠前とは名ばかりの子どもだましのしろもので、簡単にこじ開けられた。

ルースはさらに壁から遠ざかり、さらに鼻歌を口ずさんだ。もし誰かがアーチ型の穴をふさいだのなら、ずいぶんうまくやったものだ。継ぎ目は見あたらず、ちぐはぐなところや人の手が加わったらしい部分もまるでなかった。反対側の壁にもたれて坐り、片方のブーツのひもを結びなおした。疲れているのが自分でわかる。大好きなピーナッツ・バター味の栄養バーを引っぱりだして、ゆっくりと齧《かじ》り、ベルトに留めてあるボトルの水で流しこんだ。坐ったままの状態で、頭を上げて反対側の壁をふたたび照らした。ああ、いまいましい。だんだん壁が憎らしくなってきた。もう一度ゆっくりと、てっぺんから地面まで目を凝《こ》らした。

何かある。地面から六〇センチあたりのところで、光が乱反射した。近くまで這っていって、いま目にした薄い影をにらみつけた。やっぱり。ちりと埃が幅一・五センチほどの筋になっている。

ただの筋じゃない！ アーチ型をしている。

アドレナリンが放出されるのを感じた。さらに近づいて見ると、誰かが壁にアーチ型の溝を掘ったのがわかった。そこを指先で触れ、軽く押してみた。指は何年分も積もったやわらかいちりのなかに第一関節までやすやすと沈みこんだ。確実なことが一つある。アーチ型の溝に溜まったちりは、自分が生まれる前から堆積されたものだ。輪郭が完全に消えるまでにあと何年かかるだろう？ 誰がなんのために掘ったのか？ 何かを隠すために？

アーチのてっぺんのすぐ下の石灰岩の壁を軽く押してみると、驚いたことに少し動いた。こんどは手のひらをぴったりとつけて強く押してみる。石はさらに後ろに引っこんだ。鼓動が高鳴りはじめた。石は軽く、簡単に引っぱりだせそうだった。ベルトから小型のつるはし鼓動をはずし、つついてみた。石灰岩がぼろぼろと崩れ、次の瞬間に小さな丸い穴が空いた。

近寄ってみたが、穴が小さすぎて向こうのようすがわからない。そう、穴の向こうには空間があった。探していた空間が。ルースはにやつきながら、アーチの線の下の石灰岩につるはしをあてつづけた。崩れ落ちた石が向こう側に落ち、開口部を手できれいに払った。セントバーナード犬の出入り口ほどの大きさしかないけれど、のぞきこむには充分だった。土埃を払ってから、穴に頭を突っこんだ。床しか見えない。ベルトから二本めの懐中電灯を抜き取ってヘッドランプとあわせて前方を照らし、ゆっくりと右へ、それから左へと戻す。光は無限の闇に吸いこまれて、何も照らしださなかった。

頭を引き抜いて、その場にしゃがんだ。金塊を隠した男たちは洞窟のほかの場所でこの石灰岩を切りだして、ここにはめこんだのだろう。宝の部屋に通じる地面近くの出入り口をうまく隠すために。興奮のあまり指先がダンスを踊っている。あと少し。穴から腕を突きだしてみたが、触れるのは硬く乾いたなめらかな地面だけだった。地図のとおりアーチの向こうに空間があった。すべてがあるべきところにある。つまり、マナサスの老人から買った、十九世紀の本が詰まった湿った段ボール箱に隠されていた貴重な地図は、二週間前にニューヨークの屋根裏部屋で偽造されたものではなかったということだ。さあ、行くわよ、ルース。横幅は狭いものの、なんとか肩を押しこむと、あとは楽に通り抜けられた。

脚をぐっと前に引き寄せ、懐中電灯を持ちあげて、ヘッドランプと一緒にあたりを照らした。地図によれば、奥行き九メートル、横幅一二メートルほどの、そこそこの広さのある空間のはずだ。だが、奥の壁はおろか、何一つ目に入らなかった。

コンパスを引っぱりだした。そう、奥の壁は東にあたる。すべてがあるべきところにあるはずなのだ。そのとき、ふと空気がかび臭くもなければ湿っぽくもないことに気づいた。百五十年も封印されていた洞窟では考えられないことだ。空気を吸いこんでみると、これまで通ってきた通路よりも清々《すがすが》しい。急速に期待がしぼんでいく——近くに地図には記されていない出口があるのだろう。金塊を隠した男たちには、そのほうが都合がよかったのかもしれない。ゆっくりと立ちあがり、前方に目を凝らした。暗い穴のなかに立っているような気分だが、はじめてのことではない。ヘッドランプで照らせば壁が見えるはずだ。もう一度、新鮮な空気を吸いこんだ。定かではないけれど、うっすらと甘ったるいにおいがする。一瞬、自分がどこにいるのかわからなくなった。緊張を解いて深呼吸を続け、頭がはっきりして、世界が元に戻るのを待った。腕と脚がだるいけれど、それもすぐに消えて頭が冴《さ》えてきた。さあ、行動開始。足を上げ、硬い地面にそっとのせた。何を怖がっているの？　足を踏みはずして奈落の底に落ちるとでも？　ルースは自分を力づけたくて、声をあげて笑った。生き生きとした自分の声が、ウッドローに電話したときの、仕事を終わらせてこっちにいらっしゃいと言っているミセス・モンローと同じくらいはっきりと聞こえた。何をばかなことを考えているのだろう？

なじみ深い感覚——恐怖と興奮がない混ぜになった感覚に頭の後ろが疼いて、自然に笑みがこぼれた。興奮しすぎて、少しめまいまでする。でも浮足立ってはいない。浮かれて前に飛びだして、ゴールの手前で落とし穴に落ちるのはごめんだ。インディ・ジョーンズよろしく、賢く立ちまわらなければ。しかけ線やブービートラップがないかどうか見きわめなければならない。それにしてもずいぶん突飛な考えだけど。と、強いめまいに襲われて足がふらついた。膝をついて懐中電灯を前に置き、手のひらを地面にすべらせた。よかった。砂でざらついていて、でこぼこはない。顔を近づけると少し揺れているように感じるけれど、部屋じゅうに張りめぐらされたねじれた蔓《つる》はないし、毒を塗った吹き矢は飛んでこないし、使い物にならないはずの古いライフルが火を吹くこともなかった。聞こえるのは、自分の息遣いだけ。実際は気がせくあまり這っていくのももどかしく、部屋の向こうにある短い通路に突進しないようにするだけで精いっぱいだった。金塊はそこで、小さなアルコーブのなかで待っている。疲れ切った兵士たちがここに運びこんで以来、誰にも触れられずにきた金塊が。後日戻ってくるときのために地図が描かれたものの、戻った者はいなかった。

ルースは両手両膝をついて這い、少し進んでは、懐中電灯を動かして先を照らした。ずいぶん長く這っているようだった。

長すぎる。

突然方向感覚がなくなり、ふたたび腕と脚に奇妙なだるさを覚えた。動きを止め、懐中電灯を持ちあげて地図をにらんだ。ほとんど頭に入らず、その理由を考えた。反対側の壁まで九メートルと書かれているのはわかっているのに、なぜか頭がそれを受け入れようとしない。すでに九メートルは進み、永遠に這っているような気すらしている。いや、違う、這っていたのはきっと三分くらいだろう。腕時計を確かめた。午後二時十三分。ふたたび地図に目をやった。地図は手で触れることができて、自分と同じように実在している。地下世界への案な内人、黄泉《よみ》の国への導き手。ルースは笑い声をあげた。ひび割れた、耳障りな声。なぜそんなことを思いついたの？　気持ちを鎮めようとした。ここは洞窟のなかの小部屋。それ以上でも以下でもない。近くに反対側の壁があるに決まっている。それから右側の三段の長いステップをおりると、短い通路がある――そうよね？――その先には……。

何かが聞こえた。

ルースは体をこわばらせた。哀れなほどちゃちな鍵をこじ開け、洞窟のなかに足を踏みいれて以来、耳にしたのはコウモリの羽音と、自分自身の声、そして息遣いだけだった。でもいまは息を詰めている。急に口のなかが乾き、足もとの地面のようにざらついた。一心に耳をすませた。

返ってくるのはただ、暗闇と同じ絶対的なひそやかさだった。

静かでけっこう。上等よ。ここには自分しかいないし、懐中電灯の光の先にも怪物はひそんでいないのだから。それなのに、わけもなく震えあがってしまった。自分をコントロールするのは得意なのに。でもなぜ、壁が見えないの？

一フィート――三〇センチ――の長さなら、足の大きさと同じくらいだから、見当がつきやすい。ルースは距離を測りはじめた。四・二メートルほど行ったところで止まり、手を精いっぱい伸ばして懐中電灯とヘッドランプを前方に向けたが、ただ帯状の光が投げかけられただけだった。壁は見えない。大丈夫。距離の測り方を間違えただけよ。たいしたことじゃないし、パニックを起こす理由にはならない。

でもさっきの音――ほんの一瞬だったけれど、なんの音だったのだろう？

ルースはふたたび三〇センチずつ測りながら前に這った。少なくとも二十は数えたはずだ。

やはり、おかしい。反対の壁はどこにあるの？

立ちあがり、ヘッドランプと懐中電灯とで円を描くようにあたりを照らした。方角を確認したくて、ふたたびコンパスを取りだし、針を凝視した。西。どういうこと？　反対側の壁がある東に向かっているのだから、西のはずがない。けれども、どちらを見ても壁はなさそうだった。コンパスを振った。まだ西を指している。正常とは思えない。

コンパスをポケットに戻し、ベルトから七・五メートルの巻き尺をはずした。暗闇のなかに金属製のテープをまっすぐに伸ばした。やがてテープが尽きた。壁はなかった。

手足が凍るような生々しい恐怖が喉もとをせりあがってくる。なぜこんなふうに感じるのだろう？　あなたは警官でしょう？　これよりずっと厳しい修羅場《しゅらば》を何度もくぐり抜けてきた。これまで自分には、集中力や、パニックに陥らない自制心、分別があると思ってきた。何があっても動じないと、よく母にも言われている。かならずしも誉め言葉ではないにしろ。

そんな自分がいま、動揺している。

サビッチが見ていたら、しっかりしろ、ルース、位置の確認だ、と言うだろう。

そうだ、要するにこういうことなのだろう。この部屋は、いまいましい地図に記されているよりも大きかった。石灰岩でふさいだアーチ型の小さな出入り口同様、惑わせるために。ただそれだけのこと。たいした意味はない。この部屋を出て、もう一度考えればいい。かなりの距離だけれど、どれくらい進んだのだろう？　反対を向いて、こんどは巻き尺をアーチに向かって伸ばしてみた。当然ながら、ヘッドランプの頼りない光の輪の先に、アーチ型の開口部は見えなかった。ルースは確実にまっすぐ進めるよう、テープの上を這った。端まで来ると、ふたたび巻き尺をくりだした。何もない。もう一度。ヘッドランプと懐中電灯であたりをくまなく照らしだした。やはり何もなかった。コンパスを見た。北東に進んでいる。まさか、そんなことはありえない。あの開口部を目指して、西に向かっているはずなのに。

ふたたび顔を上げると、懐中電灯の光が弱々しくなっていた。気にしてはいけない。一キロ歩いたとしても、それが何？　それに、コンパスがおかしくなったからといって、自分までおかしくなったと思うなんてばかげている。コンパスをポケットに押しこむと、巻き尺を拾いあげて、再度くりだした。まもなく開口部が見えてくるだろう。これで三〇メートルほど進むことになる。すぐにでも巻き尺は開口部を通り抜けて、元の通路に出る。ルースは這う速度を落とした。巻き尺の分を進んだころには、全身に震えがとりついていた。

おたつくな、しっかりしろ。戻しボタンを押すと、シュッという音をたててあっという間にテープが巻き戻った。ルースは立ちあがり、巻き尺を持ったまま立ちつくした。再度テープを出すのが怖かった。そんなことをしてなんになるの？

いや、違う、そう思うこと自体がばかげている。やってみるしかない。ほかに打つ手はないのだから。ふたたび手早くテープを伸ばした。けれども頭のどこかで、いっぱいに伸ばしても何にも触れないとわかっていた。それでも、巻き尺の分を這い進み、止まって、目を凝らした。がらんとして、ただ闇に囲まれている。闇に塗りこめられそうだ。だめ、やめて。まっすぐに這ってきたつもりだったけれど、違ったらしい。それ以外には考えられない。右か左にそれてしまったのだろう。だとしても、テープは壁にあたるはず。当然そのはずだけれど、近くに壁がないのかも？　そう、何も近くにはないのだろう。

ルースはテープをいっぱいに伸ばして円を描いてまわりはじめた。壁はなかった。何もなかった。

自制心を失いつつある。頭のなかがねじれる感じがして、おかしくなりそうだった。めまいと吐き気の波に襲われてその場にしゃがみこみ、息をするのもやっとだった。寒気でぞくぞくし、生々しい恐怖が体を貫《つらぬ》く。腕の毛が逆立つような、圧倒的な恐怖。心臓が激しく脈打ち、口のなかはからからだった。

そしてこう思った。世界のはざまに落ちこんで、抜けだせなくなっている、と。想像できないほど大きなブラックホールにはまりこんでしまった。

突然、脳裏に浮かんだその思いは、明るいヘッドランプと同じくらいはっきりとしていて、芯から揺さぶられた。どこからそんな思いが湧いてきたの？　息が浅くなり、思考がまとまらなかった。こんなのばかげている。なんとか切り抜けなければならない。答えはある、いつだって答えはある。さあ、もう一度頭をはたらかせるのよ。よし、やってみよう。いまいるのは洞窟のなかで、思いのほか遠くまで這ってしまっただけ。この困りものの部屋は地図に描かれているよりずっと大きかった――

そのとき、またもやさっきの音が聞こえた。シューっという小さな音がすぐそこでした気がしたが、音の発生源らしきものは見あたらなかった。たとえば砂のあいだを這い進んでくる蛇、重い体をずるずると引きずってくるような蛇は。蛇がこっちに向かってきているのに、自分にはその姿が見えず、逃げることも、隠れることもできない。きっとあの南米産の大蛇の一種で、胴まわりが木の幹ほど太く、六メートルほどある体をくねらせて、こちらに近づいてくる。やがて、その巨体に絡め取られ、締めあげられる――。ルースはとっさにコンパスをつかみ、思いきり遠くに投げた。コンパスは軽い音とともに地面に落ちた。

音がやんだ。周囲はふたたび絶対の静けさに包まれた。

ここで錯乱してはならない。いまや想像力が暴走している。だめ、落ち着くのよ。あなたは山のふもとにある曲がりくねった穴のなかにいるだけ。ただの迷路と同じ。

いまいるのは迷路の真ん中なのかもしれない――迷路の真ん中ではとんでもないことが起こる。予想もしていなかったこと、頭が破壊されて、ぐしゃぐしゃになりそうなことが……

静けさに呑みこまれて、ここで死ぬのかもしれない。

ルースは集中しようと、ゆっくりと深く息を吸った。恵み深き新鮮な空気と、あの甘ったるく奇妙な香りを吸いこんで、頭のなかに飛びこんできて自分を怖がらせようとしている妄想を追い払おうとした。うまくいかない。確かなもの、現実味のある何かにすがりたいのに、それが見つけられない。恐怖が体のなかで暴れまわる。たまらず暗闇に向かって叫んだ。

「いいかげんにして!」意外にも、自分自身の声で落ち着きを取り戻して、パニックを押さえこむことができた。いまはただ、巻き尺のテープに沿ってまっすぐに進むことだけを考えればいい。ありがたいことに金属製だから、同じ場所をぐるぐるまわるようなことにはならない。ひたすらたどっていけば、どこかに行きつく。どこかはかならずあるのだから。激しく脈打っていた鼓動がおさまり、呼吸が楽になってきた。ルースは腰をかがめ、足もとに地図を広げて、懐中電灯を近づけた。

いまおかしいのは、この嘘八百の地図だけだ。考えてみれば、地図が示している場所にはアーチがなかった。アーチ。そう、別のアーチをくぐり抜けてしまったに違いない。たぶん、探すのをやめてしまった場所のもう少し先に地図にあったとおりのアーチがあり、そこをくぐると、目的の部屋に出たのだろう。あるいは、この地図自体が罠だったのか。

それにしてもあの新鮮な空気、あれはどこから来るの?

いったい壁はどこなの?

頭がずきずきしてきた。乾ききった口に唾が溜まり、腹の底から悲鳴が湧いてきて、出口を探して暴れまわっている。その瞬間、自分が死にかけているのだと悟った。立ちあがり、ふらつきながら、音がしないか耳をすませた。あの音が聞きたい。音のするほうに向かいたい。その先には生き物がいるだろうから、それを見つけるのだ。大蛇ではない――そんなことはありえない。ああ、頭が割れそうに痛い。痛みのあまり膝をつきそうになり、両手で頭を抱えこんだ。指が頭皮を抜けて脳みそにめりこみ、脳灰白質が絡みついて、その粘つくような感触と脈動に、たまらず悲鳴をあげた。悲鳴は止まらず、しだいに大きさを増しながら延々と吐きだされて、それが頭にこだまし、指のあいだから滲みでる濡れた脳みそに響き渡る。力を振り絞って頭から指を引き抜いたが、濡れた指が気持ち悪く、必死にジーンズになすりつけた。けれど、いくらこすっても、きれいにならない。ルースはいまや涙を流していた。喉でつかえていた悲鳴がいっきに吐きだされ、その大声が静けさをかき消した。神さま、お願い、死にたくない！　遮《しゃ》二《に》無《む》二《に》走りだすと、つまずいて転び、それでも立ちあがって、壁にぶつかるのもかまわず走りだした。ぶつかれるものなら、ぶつかりたい。

　だが、壁はどこにもなかった。

2

フーターズ・モーテル
メリーランド州プミス市
土曜日の早朝

いったい何者なのか。モージズ・グレースとクラウディア——ピンキーの誘拐犯が書き残したメモにはそう明記してあり、モーテルの宿泊名簿にも同じ名前があった。なぜ誘拐犯がわざわざ名乗るのか。サビッチは適当にでっちあげた偽名だと踏んでいる。モージズ・グレースとクラウディア。何者にしろ、彼らは自分たちが警察に包囲され、なかから出てくるのを待ち伏せされているとは思ってもいない。

サビッチは疲労困憊《こんぱい》していた。考えが浮かんでは、まとめるまもなくこぼれ落ちていく。眠らずにすんでいるのは、ひとえに北極から吹きつける身の凍るような疾風のおかげだった。つま先が痺れるので、くり返し足を踏み替えた。十一時からずっとここにいる。まもなく土曜の午前三時になるが、モージズ・グレースとクラウディアに光を見られてはまずいので、小型ストーブにあたることもできなかった。サビッチたちが隠れているのはメリーランド州の西境にある〈フーターズ・モーテル〉にほど近い森のなかだった。

なぜモージズ・グレースを名乗る犯人がピンキー・ウーマックを選んだのかが、もう一つの謎だった。ピンキーはたまに〈ボーノミクラブ〉の舞台に立つ中年コメディアンで、放っておけば十分間に三十個のつまらない冗談をくりだすしか能のない男だった。財産はないし、たった一人の肉親である独り身の弟は、ピンキー以上にきゅうきゅうとしている。そんなピンキーが〈ボーノミクラブ〉で目立てていたのは、ミズ・リリーが体裁を整えるために雇う数少ない白人だからだ。ピンキーがいなくなった翌日、弟のクラニー・ウーマックがピンキーの自宅のキッチン・カウンターにメモが貼りつけてあるのに気づいた。〝やあ、サビッチ、ピンキーはあずかった。あとで会おう〟。モージズ・グレースとクラウディアとサインがあった。若い娘に特有の丸まっこい筆跡で、iの点がすべてハートになっていた。

はっきりとサビッチを名指ししていた。モージズ・グレースとクラウディアはサビッチを知っているばかりか、〈ボーノミクラブ〉で演奏していることも、ピンキーのことも知っている。何が狙いなのか？

身動きできずにいたサビッチたちのもとに、その晩、ルース・ワーネッキ捜査官の情報屋の一人でロリーと名乗る男から電話が入った。ルースが町を離れているため、電話はコニー・アシュレー捜査官に転送された。路上生活者のロリーは、すっかり頭がいかれているが、一度ならず貴重な情報をもたらしているので、ルースは彼のことを〝わたしのサイコ情報屋〟と呼んでいる。ロリーが情報と引き替えに求めるのが、つねにRHマイナスO型の血液だからだ。ルースは地元の血液バンクにいる知人と手を結び、必要となると期限切れのRHマイナスO型の血液を融通してもらっていた。

ロリーは電話に出たコニーに向かって、スロベニアかどこかの辺鄙《へんぴ》な場所でつくられた血液が混じっているという噂の新しい飲み物を試してみたが、とても飲めたしろものでなかったと前置きしたあと、ふと思いだしたように、ウェブスター・ストリートの北東にあるコンビニエンスストアの東側に立っていたら、二メートルと離れていない位置にいた老人と若い娘が、自宅で『マイアミ・バイス』の再放送を見ていたピンキーを拉致《らち》したと話しているのを耳にしたと語った。

ロリーが言うには、男はやけに老けた声で――怖かったので顔は見ていない――いまにも肺が飛びだしそうな、聞き苦しい咳をしていた。男は若い女を、クラウディアやら、かわいこちゃんやら、スイートハートなどと呼んでいた。若い女のほうは早口で、年端《としは》のいかないロリータタイプらしく、甘ったるい声をしていたという。

おれの尖《とが》った歯にかけて、この二人はとんでもないワルだ、というのがロリーの見解だった。二人はピンキーをメリーランド州の〈フーターズ・モーテル〉に連れていった話をし、ディロン・サビッチ捜査官とまぬけな警官たちが三本足のロバみたいにうろうろしているとあざ笑っていたという。ピンキーがなぜメリーランド州西部の田舎のモーテルに運ばれたのか、そこまではロリーにもわからない。クラウディアは笑いながら言ったという。「あのさ、モージズ・グレース、あたし、もし警官が来たら、ピンキーにバターを塗っておっきなトースターに突っこんでやるんだ」なぜ彼女は男をわざわざフルネームで呼んだのだろう？

コニーがもう一パイント血液をやるともちかけると、ロリーは、二人が土曜の夜明け前にピンキーをモーテルから連れだすと言っていたのを思いだしたが、行き先までは知らなかった。二人はほとんど笑いどおしで、それも極端にヒステリックな笑い方だったという。そう語りながらロリーが身震いしたのが、コニーにはわかった。

罠かもしれない。その可能性はある。おそらくそうだろう。けれどもFBIと地元警察がいまここにいるのは、ほかに手がかりがないからだ。わかっているのは今回の事件の中心にサビッチがいること。きわめて短時間に綿密な作戦計画が練りあげられた。そう、サビッチにしてみると、綿密で複雑すぎる計画だった。そういうわけで、この凍死しそうな冬の夜に、モージズ・グレースとクラウディアが気の毒なピンキーを部屋から引きずりだすのを待っている。FBIの狙撃手たちを待機させて。

サビッチは両手で腕をこすり、暗視スコープを〈フーターズ・モーテル〉の二階の端にある一二号室に向けた。駐車場にはモージズ・グレースのぼろいシェビーのバンが停まっているものの、汚れすぎてナンバープレートも読めなかった。

モーテルのオーナーであるレイモンド・ダイクスは、娘のほうがあの丸文字で二人分の名前を書いたとサビッチに語った。顔の半分をおおう色の濃いサングラスをかけていたせいで娘の顔立ちははっきりしないが、抜けるような白い肌をした、いかにもきれいそうな娘だったという。そして無造作に金髪をなびかせ、ジーンズとセーターの上にブルーのフェイクファーをはおっていた。

二人がロビーに転がりこんできたのは日が落ちてからだが、正確な時刻は覚えていない。八時だったか九時だったか、十時になっていたかもしれない。マクドナルドの紙袋を抱え、病気の弟がバンの後ろで苦しんでいると言った。ミスター・ダイクスはその弟のためにアスピリンを分けてやった。モージズ・グレースは弟をピンキーと呼び、変わった名前なので、ダイクスの記憶に残った。二人はピンキーとマクドナルドの紙袋をあいだに抱えて階段を上がった。ダイクスはフライドポテトとビッグマックのことを思い浮かべ、ピンキーが部屋のなかで吐かなければいいがと思ったという。

サビッチがシャーロックやデーン・カーバー、コニー・アシュレーとともに、トゥミ警察署長とその部下六人に会って指示を出したときには、すでにモージズ・グレースとクラウディアはピンキーとともに部屋に落ち着いており、午前零時十五分には、モーテルに宿泊中だったほかの三組の客が追いだされていた。

午前一時になると、サビッチの無線機がひび割れた音を発し、モージズ・グレースの年寄りじみた耳障りな声が聞こえてきた。「この負け犬野郎はつまらんジョーク一つ飛ばさんな。ほれ、赤ん坊みたいに眠っとる」ティーンエージャーらしい声でクラウディアがさらりと続けた。「あたしのナイフで耳にキスをしてやろかな。ちくってやったら、あっという間に起きるよ」老人が笑い声をたてたかと思うと、苦しそうに咳きこみ、そのあと痰《たん》が引っかかったような音が低く聞こえたが、やがて何も聞こえなくなった。

サビッチは、ふたたび息を吹き返してくれるのを願うように無線機を見おろしたものの、そこから返ってくるのは沈黙だけだった。

その後の数分間で、二回のあくびと多少のいびきが聞こえた。眠ったとしか思えないが、信じていいのか？　依然としてひと部屋だけ窓に明かりがともっているとはいえ、なんの動きも見られない。

三時になったころ、モージズ・グレースが年老いてはいるが、威勢のいい声ではっきり言うのが聞こえた。「なあ、ピンキー、おまえの左の頰に爪を深く突き刺して、中身をぐるぐる掻きまわしてやるか？」ピンキーからの答えはなく、意識を失っていることをサビッチは願った。

クラウディアがくすくす笑った。「あんたの弟も連れてくりゃよかったね、ピンキー。かわいい仔豚ちゃんみたいでさ、地面に埋めて丸焼きにしたらハワイのルアウ（ハワイ式宴会。豚の丸焼きを食べる）

みたいだよね」そしてふたたびくすくすと笑った。

言葉による脅しだけでは、突入をかけられない。全員が待機を強《し》いられ、そのことではらわたが煮えくり返りそうになっているのをサビッチは感じた。

デーン・カーバー捜査官が耳打ちした。「老いぼれのほうは疲れて具合が悪そうですね。クラウディアは異常なほどハイテンションですごい早口、口から唾が飛ぶのが見えるようじゃないですか。まだ若いですよ、サビッチ、十代か？　あんな年寄りと何をしてる？　どういう関係なんだ？　自分に言わせれば、あの二人はぶっ壊れてる。ロリーがコニーに語ったとおりです」

サビッチはうなずいた。

「あの二人が何者で、なぜあなたを狙うのか、心当たりはあるんですか？」

サビッチには首を振ることしかできなかった。二人を見たのはダイクスだけだ。いまのところ似顔絵係に会わせる時間はなく、サビッチもたいした期待はもっていなかった。ダイクスの説明はあまりにも漠然としていて、率直に言うとお粗末だったからだ。むろん、やってみればはっきりした特徴を思いだすだろうが、サビッチはどこか違和感を感じ、ダイクスに引っかかりを覚えていた。一方、すべてが計画どおりにいけば、まもなくモージズ・グレースとクラウディアの顔を拝《おが》めるはずだった。

真っ暗な寒空の下で、サビッチはこれがとんでもない茶番なのではないかと思いはじめた。

モージズ・グレースには、ロリーが盗み聞きしたこと、つまりピンキーをあのおんぼろのシエビーのバンに乗せて朝早く出発するつもりなど、はなからないのかもしれない。だいたい、どこに行くというのか。何かが決定的におかしい。コニーがロリーからつかまされた情報は、モージズ・グレースがこちらに聞かせたかったことなのではないか。

四時十分に、コニー・アシュレー捜査官がサビッチの背後に現われた。ほかのメンバーと同じように黒ずくめで、黒いストレッチ素材の帽子とウールのスカーフで顔もほぼおおっている。「たったいまロリーから電話がありました。ルースと話したいと言うので、まだ町を離れてる、電話を受けたのはわたしで、血を持ってるのもそうだと言ってやりました。ロリーが言うには、あの年寄りが言っていたことをまた一つ思いだしたそうで、ピンキーを夜明け前に連れだすのは、アーリントン国立墓地に行くために時間がたっぷり必要だからだそうです」

「いまごろ思いだしたのか？　こんな明け方に？」

「ぐっすり寝てたら、ふと目覚めた——強い衝撃とともに、急に思いだしたそうで」

「その情報にまた血液を要求してきたんだろう？」

「さらに二パイント」

サビッチは言った。「なぜアーリントン国立墓地なんだ？　何をしでかすつもりだ？」

「あの老人が言ったのはそれだけなので、ロリーにはわからないそうです。ロリーに踊らされてるのかもしれない。いやな予感がします。ルースがいてくれたら、ロリーがほんとうのことを言っているかどうかわかるんですが」コニーは言葉を切り、二階で唯一、人のいる部屋を見あげた。明かりはついたままだ。「厚いブラインドのせいで、なかのようすがわからないんですよね」

デーンがコニーに耳打ちした。「少なくとも、やつらの話は筒抜けさ。ルースの情報屋がみんな携帯電話を持っているとは、驚きだな」

「ルースが全員に渡したのよ。ジェファーソン事件までにはすっかり元が取れたって。情報屋たちが一時間後や二十四時間後ではなく、すぐに電話してきてくれるから。とくにロリーは携帯が気に入って、新しい世紀になったんだから、時代に取り残されるわけにはいかないと言ってたって笑ってたわ。ルースはロリーをはじめとする情報屋を全員ファミリープランに登録してるの。あそこの二人に何か変わったことは？」

サビッチは言った。「この二時間動きがないが、出入りできるのは正面玄関ときみたちが見張ってる裏の窓だけだから、なかにいるはずだ。アーリントン国立墓地に朝早く出発するとロリーにかつがれたとしても、いつかは出てくる。このまま待つしかない」

コニーはうなずいて、モーテルのこちら側を取り囲む森のなかに静かに消え、ほかの捜査官や地元警察とでつくる大きな円にまぎれこんだ。

「コニーの言うとおりだ」サビッチは小声で言った。「何かがおかしい」

デーンは手袋をした手をこすりあわせた。「ですが、ほかに手がありますか？」

一つもない。待つしかないのだ。なぜモージズ・グレースはピンキーをアーリントン国立墓地に連れていきたいのか。サビッチは眉をひそめて両手を見おろし、指をほぐして血のめぐりを戻した。何一つ筋が通らず、それが恐怖の源だった。コニーにシャーロックは大丈夫かと聞くつもりだったが、聞くまでもなかった。せめて洞窟探検旅行に出かけているルースが、自分よりましな時間を過ごしていてくれることを願うばかりだ。

〈フーターズ〉のオーナーのレイモンド・ダイクスのことを考え、ふたたび眉をひそめた。はじめからきわめて協力的だったが、いまにして思えば協力的すぎたような気がする。文句も泣き言も、最小限しか言わなかった。もちろん売上の損失は税金で補塡《ほてん》されると説明したとはいえ、それでもふつうはもっと抵抗する。そのとき、サビッチはモーテルの受付の緑色のカウンターの端に、縁が欠けた小さな赤いボウルがあったのをふと思いだした。少なくとも六つは、嚙み終えたガムが入っていた。おかしい。ダイクスと話をしながら準備を進めるあいだ、彼はガムを嚙んでいなかった。嚙み終わったガムは、クラウディアの口から出たものなのか？

サビッチはミッキーマウスの腕時計を見た。さっき見てからちょうど三分たっている。首に巻いたスカーフを切り裂くように突風が吹きつけ、思わず体を震わせた。息子のショーンの寝姿を思い浮かべた。クマの縫いぐるみのガスを抱き、やわらかな毛布に耳までくるまれて、最近気に入っているポップコーンを浮かべたトマトスープの夢でも見ているだろう。

サビッチはデーンを見やった。二メートルほど先にあるごみ箱の陰、濃く暗い木々のそばにしゃがみこんでいる。凍える寒さのなか何時間も張りこみをつづけながら、何を考えているのだろう？　デーンは筋肉一つ動かさない。プロである以上、万に一つの危険も冒せないからだ。モージズかクラウディアがたまたま窓の外を見て、何かが動くのを目にしたら、ピンキー・ウーマックの命は絶たれる。モージズとクラウディアはまもなく、夜明け前に動くはずだ。ＦＢＩの狙撃手に下された命令は単純明快――ピンキーが殺される前に老人と女を殺せ。ピンキーにとっては、ミズ・リリーの〈ボーノミクラブ〉で金髪にまつわる冗談をさらにくりだす最高のチャンスになるだろう。

消音されていない銃声が一発、夜気のなかに不愉快なほど大きく響き渡った。サビッチもデーンもとっさにシグ・ザウエルを手に取った。が、声は聞こえない。無線機からは言いあったり口論する声は漏れてこず、ただ沈黙が続くばかりだった。ピンキーのうめき声すら聞こえない。いまの一発はピンキーの心臓に打ちこまれた銃弾だったのか？

予期せぬ銃声に寒気を吹き飛ばされ、全員がいっせいに最高レベルの警戒態勢に入ったのは、間違いなかった。だが、いまの一発は予想外だった。連中がほんとうにピンキーを殺して、出かけようとしているのであれば話は別だが。

サビッチとデーンの耳に、モーテルの反対側から低く言い争う声が聞こえてきた。シャーロックとコニーが、突入して銃をぶっ放したがっている地元警察のトゥミ署長と揉めているに違いない。サビッチは手首に留めている無線機に向かって呼びかけた。「いっさい動くな。わかったか？　そちらの声は聞こえてる。じっとしてろ。話もだめだ」

トゥミ署長の声が手首の無線機から聞こえてきた。「銃声を聞いただろう、サビッチ捜査官。ピンキー・ウーマックが殺された。あの悪党どもを捕まえるぞ！」

サビッチは同じ言葉をくり返した。「じっとしててください、署長。カーバー捜査官とわたしがここで見張ってます。動くときは知らせますので」

頭に血がのぼっているらしく、トゥミ署長の荒い鼻息が聞こえてきた。「少し時間をください、署長。一人の人間の命がいまこの瞬間にかかってるんです」

ウールのスカーフで顔をおおったデーンのほうを見ると、眉に氷のかけらがこびりついていた。

二発めの銃声が静寂を切り裂き、続けて無線機からうめき声が聞こえてきた。

サビッチは小声で言った。「いまだ、デーン。行くぞ」続けて無線機に話しかけた。「トゥミ署長、まだ動かないでください。まずはカーバー捜査官とわたしが踏みこみます」

二人はモーテルに向かって駆けだした。顔に巻きつけた黒いウールのスカーフで吐く息を隠し、体をほぼ二つ折りにしたまま、モーテルの二階に続く古びて色むらだらけの緑色の外階段にたどり着いた。いま誘拐犯のどちらかに姿を見られたら、自分たちの命はない。サビッチは微動だにせず、分厚いブラインドを注視した。罠だ。おれたちは罠のなかに飛びこもうとしている。二人して姿をさらしてしまった。

一二号室からはなんの気配も感じられなかった。片手にシグ、もう片方に愛用している年代物のコルト四五を持ったデーンは、薄いカーテンがかかった窓の下をカニのように横向きに走った。

部屋の間取りはわかっている――四・二メートル四方、奥の壁につけたマットレスのたわんだダブルベッド、その隣に小ぶりのナイトテーブルが据えられ、前方の窓の右脇に三段の抽斗《ひきだし》つきの合板のドレッサーが置かれて、そこに三十年物の白黒テレビがのっている。反対側の壁にも窓があり、裏の駐車場が見おろせる。駐車場はシャーロックほか三名のFBI捜査官、トゥミ署長と部下たちが隠れている森に接している。部屋の左側には一・五メートル四方のバスルームがあって、角部屋なので、三歳児ならぎりぎり通り抜けられそうな高窓が一つある。

サビッチは、頭を吹き飛ばされてひび割れたリノリウムの床に倒れているピンキーを発見せずにすむことを祈った。やつらはいったい何をしているんだ？　相手が二人組で、ピンキーを殺したことに疑いの余地はないものの、いまだまったく物音がしてこない。押し殺した息遣い一つ、ささやき声一つ、老人の甲高い声一つ、聞こえてこなかった。

サビッチは無線機を口に近づけてささやいた。「これからデーンとなかに踏みこみます。

われわれがドアを蹴破るのが聞こえたら、投光照明をつけて、拡声器で連中に投降を呼びかけてください、署長。声は大きければ大きいほどいい。二人がここにいるのは確かで、逃げ隠れする場所はありません」

サビッチはプミス市の警察署長がスタンドプレーではなく、やるべきことをやってくれることを願った。デーンにうなずきかけてから立ちあがり、右足でドアノブを蹴りつけた。ドアが内側に開き、なかの壁に激突した。

左後ろに続くデーンは立ったまま、サビッチは中腰でなかに入った。

がらんとした室内をすばやく見まわす。

デーンが叫んだ。「いますぐバスルームから出ろ！」

「いない」サビッチが言った。「ここには誰もいない」ゆっくりと同じ言葉をくり返す。「どうなってるんだ？　どうやって抜けだした？」そして悟った。ナイトテーブルの上に小さな赤いランプがともり、それがまっすぐドアに向けられているのを見るまでもなかった。無線機に向かって叫んだ。「爆弾がしかけられてる！　伏せろ！」開いたドアから外に飛びだした。サビッチが二階のぐらつく手すりを飛び越えるや、すさまじい衝撃とともに、建物全体が揺らいだ。

3

三メートル先にある駐車場のひび割れたコンクリートに着地したサビッチとデーンは、地面を転がったあと、全速力でその場から遠ざかった。大爆発とともに背後に巨大な炎が現われ、窓や屋根のあいだから火山爆発のように火柱が吹きだした。突如空気が熱くなり、激しい熱波が押し寄せて、地の底から湧きあがるような爆音がとどろき、一瞬モーテルがコンクリートの枠組みから持ちあがったような衝撃があった。

上の階が下の部屋を押しつぶす音を背後に聞きながら、飛んでくる瓦礫《がれき》から逃れようと必死に走った。吹きあげる炎から大きな木片や割れたガラスが宙に放たれ、二人の周囲に降りそそぐ。サビッチはテレビが駐車場に落下して、コンクリートで砕け散るのをまのあたりにした。

すさまじい熱で分厚いウールのコートの後ろが焦げ、サビッチは自分の体から煙が出ているのではないかと不安になった。だが、デーンに異常がなさそうなので、自分も無事だと思うことにした。防弾チョッキのおかげかもしれない。駐車場から六メートルほど先にある氷の張った水路に飛びこみ、無線機に向かって叫んだ。「シャーロック、大丈夫か？」

長すぎる一秒が過ぎ、ようやく息をはずませた妻が返事をした。「こっちはみんな無事よ。でも危なかったわ、ディロン。大きな爆発はあなたたち側で、こっちじゃなかったんだけど、大量に瓦礫が飛んできて、ベッドなんかがほとんどそのまま、シーツもついた状態だった。でも、みんなオークを盾にしてしゃがんでたから。ディロン――」息を呑むその音に、恐怖が滲《にじ》む。「あなたは大丈夫なの？　デーンは？」

「ああ、大丈夫、おれたちも無事だ。二階の手すりを飛び越えて、軟着陸して地面を転がった。体に詰めものをしてたおかげで、骨はどこも折れてない」

シャーロックは震える声で笑った。「何が起きたのか、あなたにはわかってるの？」

「デーンとおれがなかに踏みこむと、部屋はもぬけのからだった。罠だと直感した。あの装置を見る前から――サイドテーブルの上で、赤いランプがおれたちに向かって点滅してたんだ。で、急いで逃げた」

「つまり」シャーロックがゆっくりと言った。「モージズ・グレースとクラウディアは、わたしたちに姿を見られることなくピンキーを連れてあの部屋を出たのね。遠隔起爆装置かタイマーか、なんらかのしかけがあったってこと？」

コニーの声が聞こえた。「全部前もって仕組んであったんですね。犯人はルースのいちばんの情報屋を使ってわたしたちをはめた。ルースに知れたら、ロリーは尖った歯を引き抜かれるわ」

サビッチも続けた。「名案だな。ロリーを見つける必要がある、あいつをしょっ引いてこい、コニー。広域指名手配《APB》をかけろ。早急にあいつを捕まえるんだ」

コニーは携帯電話を取りだした。「早々に捕まえます。わたしたちが来たときには、あの二人はもうここにいなかったはずです、ディロン。ひどい安普請《やすぶしん》だから、バスルームの壁を破ったか、じゃなきゃ、ダイクスが見ていないうちに裏の窓から逃げたんでしょう。わたしたちが到着したあとに逃げたとは、考えられません」

サビッチが言った。「トゥミ署長と部下たちに森の捜索を頼もう。別の車がどこかに隠してあったはずだ。森の裏には、東に抜ける連絡道路がある」手遅れなのはわかっていた。あの二人はとうに逃走《とうそう》している。喜色満面で、モーテルの外にいた警官たちは死んだか怪我をしたと考えているだろう。そう、おれが死んだと。サビッチはおんぼろのシェビーのバンを見やった。煙をあげる瓦礫の下敷きになっている。「シャーロック、ここにいる全員でモージズ・グレースとクラウディアを捜すぞ。誰を叩き起こすか見当をつけてくれ。デーンが九一一に電話したから、まもなく消防が駆けつける」

「了解、すぐにやるわ。コニーも九一一に通報したし、ここにいる署長の部下たちもたぶん全員がしたでしょうね。それで、ディロン、あなたほんとうに大丈夫なの？」

自分でも信じられなかったが、サビッチは手首につけた無線機に向かってにやついていた。

心配なのはわが身よりも妻だった。シャーロックが無事だった。「この事件が片付いたら、きみをダンスに連れてくよ」

それからデーンを見た。「少なくとも凍死の心配はなくなった」デーンもにやりとして、灰で煤《すす》けた顔に白い歯を光らせた。「スリル満点でしたね。よく練られたプランでしたが、ちょいとタイミングがずれた。狙いはあなたですよ、サビッチ。あなたがジャンプしたのを見たか、それとも死んだと思ってるのか、気になるところです」

二十分後、サビッチはモーテルの残骸の前に立ち、消火ホースが最後の炎を消しとめつつあるのを見ていた。くすぶる骨組みから黒い煙が吐きだされ、ときおり小さな炎があがる。熱すぎてまだ近づくことはできない。老朽化した建物は見る間に炎上した。サビッチはトゥミ署長に頼んで二人の部下にオーナーを捜させていたが、そのときレイモンド・ダイクスがこちらに歩いてくるのが目に入った。肩を落とし、顔は青ざめて呆然としている。サビッチは、爆発のあと自分とデーンが飛びこんだ氷混じりの水路のなかにこの男を蹴り入れたくなった。すると、ダイクスがつぶやいた。「あいつらめ、キリストさま、マリアさま、ジョセフさま、こんなことになるなんて。マーリーンに知られたら、ぼくは歩く屍《しかばね》だ」

最後のピースがぴたりとはまった。モージズ・グレースはレイモンド・ダイクスを裏切ったのだ。すべてがサビッチと可能なかぎり多くの警官を殺すために仕組まれた罠だった。

デーンがダイクスに近づいて背後に立ち、晩課をつとめる修道女のように、穏やかそのものの声で話しかけた。「モーテルが吹き飛ばされて、どれほど衝撃を受けているかお察ししますよ、ダイクスさん」

「これでぼくの一生は終わりだ、すべてがパーだ」

「あの二人は嘘をついて金をちらつかせ、あなたを丸めこんだんでしょう？」

ダイクスは、煙を吐きだすモーテルの骨格を見つめていた。「警告だけだ」とつぶやいた。

「あの二人が求めたのは――警告だけだった。五〇〇ドルくれた――にこにこ笑って。一本の電話で五〇〇ドル」そこで指を鳴らしてうめき声をあげると、こんどは腹を押さえた。

「爆発なんてひとことも言ってなかった。もう終わりだ。あんたはマーリーンを知らない」

「奥さんかい？」

「いや、姉だ」

「それで、あいつらは警官が現われたら教えてくれと言って金を出したんだね？　それだけかい？」

ダイクスはうなずいてから、ＦＢＩの捜査官相手にまずいことを口走ったのにはたと気づいたらしく、ごくりと唾を吞んで口を閉じた。

デーンは、声に軽く脅しを含ませた。「手遅れだよ、ダイクスさん。いますべて白状しなかったら、あとでどんな目にあうか考えるんだな。おれたちが外で配置についているあいだに、あいつらの部屋に電話したんだろう？」

ダイクスは腕で胸をおおうようにして、体を揺らしはじめた。やがてうなずいた。

「ほかには？　あんたは何が起きると思ってたんだ？」

「何も。あいつらは裏から出ていくと言ってた」とダイクスは答えた。「ぼくはベルを三回鳴らした、頼まれたのはそれだけだ。警告してやること、ただそれだけ。そのあとあいつらは爆竹のことで何か言いあって笑ってた。なんのことだと尋ねると、年寄りのほう、ミスター・グレースがまた笑って、警察の度肝を抜いてやる、連中の多くは唾《つばき》にも値しない、と言った。爆竹一つありゃ充分だって。でも、爆竹じゃなかった」ダイクスは一時間前までは生活の糧《かて》であった、黒焦げになった瓦礫の山を見つめたあと、煙で赤くなった目をデーンに向けた。

デーンはその頭を思いきり殴りたかった。あまりに強欲で、愚かな頭を。「ああ、爆竹じゃなかったな。あの男が持ってたのは爆弾だった」

ダイクスがささやき声になる。「なぜあいつらはぼくに嘘をついたんだ、カーバー捜査官？　なんで？　ぼくはあいつらの希望どおり、あんたたちが現われたら部屋に電話して、三回ベルを鳴らしてやった。こんなのひどい、汚いだろ？　あいつらはぼくを破滅させた」

サビッチが口をはさんだ。「いいや、ミスター・ダイクス。あんたは自分で破滅したんだ」

この男はたった五〇〇ドルのために自分が何をしたのか、いまだに理解できていない。

「あのきれいな髪の娘だ、あんたたちが現われたら教えてくれと言って金をよこしたのは。

だがぼくだって生まれたての赤ん坊じゃないぞ。客は部屋がしょぼく、ホテルの名前が冗談みたいだからと金をごまかそうとする。でも、ぼくはあの二人を信じた。娘がすごくきれいで、ぼくのことを気に入ってたから。腹なんか真っ白だった——これは正しい行為とは言えないんだろう？　ぼくがばかだったんだ」

デーンは言った。「ああ、今夜のあんたはそうだね」

釘のように痩せていて、二サイズは大きいコートにくるまれたダイクス、六筋に分けた長い白髪を大量の整髪剤を使って撫でつけているダイクスは、遅まきながら自分が窮地に立たされていることを悟ったようだった。「いや、ぼ、ぼ、ぼくはばかじゃないぞ。そんなふうに肯定するのは無礼だ。悪いことが起きるなんて思ってもみなかったんだ、カーバー捜査官、信じてくれ。あいつらが何かをたくらんでるなんて、これっぽっちも知らなかった。ああ、キリストさま、マリアさま、ジョセフさま、マーリーンに殺されてしまう」

「あんたはわれわれの命が危険にさらされると知っていて、五〇〇ドルを受け取った」デーンの声は穏やかだったが、ダイクスが顔を上げていたら、その目が怒っているのに気づいただろう。だがダイクスは足もとに目を落としたまま、首を振りつづけている。

サビッチが尋ねた。「二階の一二号室を指定されたのか？」

ダイクスがうなずいた。「ああ、角部屋でバスルームに窓があるから、いちばんいい部屋なんだ」

デーンが言った。「もう気づいてるんだろ？　あの二人は薄いバスルームの壁に穴を開けるか裏窓を使うかして、おれたちがあんたのオフィスに行ったころには逃げだしてた。あいつらはおれたちを一人でも多く殺すつもりだった。あの爆弾にはそれくらいの威力があった。家族はいるのか、ダイクスさん、それとも姉さんのマーリーンの慈悲にすがるしかないのか？」

「ああ、妻のジョイスは二年前、超大型トラックの運転手と逃げた。行く先々で煙をたてる十八個のタイヤつきのあれだよ。きっとあのばか女は、旅の途中で観光名所を見せてやるとでも言われて、それを信じたんだろう」

サビッチが言った。「じゃあ、あんたはこぢんまりした居心地のいい刑務所にいるあいだ、ジョイスがグランドキャニオンを堪能《たんのう》しているところを想像して過ごすんだな」

デーンが追い打ちをかけた。「マーリーンが独房を訪ねてきてくれるかもしれないぞ」

デーンはトゥミ署長の部下から手錠を受け取って、ダイクスの骨ばった手首にかけ、引き渡した。その部下は茫然自失のダイクスをしばし見つめたあと、手荒にパトカーに引き立てていった。

トゥミ署長が部下に声をかけた。「権利を読みあげてやれよ、ウィギンズ。愚かさが重罪でないとは残念でならん」続いてサビッチに言った。「で、われわれが聞いた二発の銃声だが。あれは本物の銃声だったんだな？」

「指定した時間に鳴るようセットされてました、何を使ったのかはともかく」デーンが答えた。「火災捜査官が瓦礫のなかからテープレコーダーを発見するでしょう。われわれが聞いた会話も、銃声と同じように指定した時刻に再生されるようになっていたと思われます」

トゥミ署長はうなずき、ダイクスを後部座席に押しこんでいる部下を見やった。「ロイ、そのアホを一人にするんじゃないぞ。わたしもすぐに行く」

サビッチがデーンに言った。「一つ確かなことがある。おれたちが銃声を聞くずっと前に、あの二人はピンキーを連れて部屋を出ていた。連中から監視されていたのかもしれない」

コニーが言った。「ロリーを捕まえたら、電気椅子にかけてください」首を振る。「これでルースは情報屋を信じられなくなるわ。あの化け物ロリーは、ゴス・パーティを開くから追加の血液を忘れるなって言ってきたんですよ」

トゥミ署長がサビッチに言った。「まだあの二人に関する情報は入ってきてないが、かならず見つけだす。州警察にも電話して二人の特徴を伝え、ピンキーのことも話しておいた。打てる手はすべて打った」

やるべきことは山とある。だがその大半が鑑識の仕事であることをサビッチは承知していた。

コニーが言った。「あそこにある古いシェビーのバンですけど、わたしたちをここに足留めするための囮《おとり》だったんですね。アーリントン国立墓地に向かったっていう話も、あやしいもんです」

「それも、やっぱり罠とか？」シャーロックが心の内を口にした。

しかし、サビッチには複雑な作戦行動をもう一つ実行するしかないのがわかっていた。すべての段取りをつけるまでにおよそ四時間しかないことも。白い墓標や記念碑や休憩所が無数にある、あの広大な敷地をカバーするには、気が遠くなるほどの人員が必要になるだろう。

「こんなことは言いたくないし、口に出すのもうんざりだが、おれはあの二人が実際にそこに向かった気がしてならないんだ。ロリーを見つけてくれ、コニー」

「ディロン、ルースに電話して、戻ってきてもらいますか？」

サビッチはうなずきかけたが、ルースがこんどの洞窟探検をどれほど楽しみにしていたかを思いだし、彼女の帰りを待つことにした。「いや、休暇を楽しませてやろう。こっちはなんとかなる。どうせ月曜には戻るんだ」

顔を上げると、年配の女性がこちらに歩いてくるのが見えた。膝までの長靴をはき、頭にスカーフを巻いて、分厚いウールのコートの裾がふくらはぎのあたりではためいている。パトカーまで来ると足を止め、なかをのぞきこむなり、金切り声をあげた。「いったい何をしたんだい、レイモンド？」

サビッチは片方の眉を吊りあげた。「あれが噂のマーリーンか」

4

バージニア州マエストロ
金曜日の夕方

ディクソン・ノーブル保安官は革のジャケットをはおり、手袋をはめると、五時少し前にハイ・ストリート一番地にあるオフィスを出た。愛犬のブルースターが真冬に膝裏に押しつけてくる鼻先よりも冷えびえとした日だった。雪が降ろうとしている。予報では五、六〇センチの積雪が見こまれ、殺到するであろう電話のことを思うといまからうんざりする。電線が切れたり、玉突き事故が起きたり、燃料切れになった高齢者や、病院に行きたくても行く手だてのない病人——リストは留まるところを知らない。ディックスはずいぶん前から〝災害保安官助手〟と銘打って人員を確保し、不運や自然が投げかける最悪の事態に対処できるよう訓練してきた。

とはいえ、二月はのんびりしていた。バレンタインデーだけは例外だったが。その日、ウイル・ガーバーは妻のダーリーンに一・五キロ分のチョコレートを謝罪のしるしに持ち帰ったものの、それを素直に受け取れなかった妻は、片手いっぱいのチョコレートを夫の顔になすりつけた。ウィルは妻に手を上げて家を飛びだしたあげく、バーで酔っ払って店主のジェイミー・カルフーンの鼻を折り、留置場にぶちこまれた。

「やあ、ディックス、週末は何か予定があるのかい？」

ディックスは立ち止まり、フルトンの金物店の二代めであるスタッパー・フルトンにうなずきかけた。「とくにないよ、スタップ。この寒波で雪がたっぷり積もったら、息子たちとブレーカーズ・ヒルでそり遊びをするぐらいだ。町の子どもの半分も一緒さ。だが積もりすぎたら、シャベルを手に町じゅう駆けずりまわって、側溝に落ちた住民たちを引っぱりあげなきゃならない」

「吹雪のなか、そり遊びとはな」フルトンは応じた。「この年だと、木にぶつかったが最後、骨が折れちまう」

フルトンが寒そうにしながらも動かないのを見て、ディックスは言った。「話でもあるのかい？」

「まあな。レイファーがうちで働きたがってる」

「レイフも十四になる。働いてもいい年だが、英語と生物の成績が悲惨なんで、その両方で平均のBをとるまでアルバイトは許さないと本人に言い渡してある。おれがいま勉強をみてやってるんだ。夜、生物の課題の遺伝子の二重らせんの模型作りを手伝ったり、英語では『オセロ』まで一緒に読んでさ。ありゃばかだな」

「レイファーがか？　あの子はばかじゃないぞ、ディックス、ただ、きっかけがつかめないだけで」

「いや、スタップ、レイファーじゃなくてあのオセロってやつだよ。ほら、シェイクスピアの戯曲で自分の妻を殺した男さ」

「ああ、そっちな。レイファーはどうしてもうちで働きたいもんだから、特急で仕事をする、頼まれたことはほかのやつの半分の時間でやる、それに勉強もがんばる、と言ってるぞ」

ディックスは笑い声をあげた。「あいつは口がうまいんだ。で、なんて答えたんだい？」

「あんたに話してみようと」

「時給払いだと言ってくれ。半分の時間で仕事をしたら、給料が半分になる。それであいつがなんと言うか楽しみだよ」

フルトンは腕をこすりながら頰をゆるめた。「いい考えだな、ディックス。明日会いに来ることになってるから、そう言ってみよう」

いつものようにハイ・ストリートを歩いて愛車のレンジローバーに向かうあいだに、ディックスは半ダース以上のマエストロの住人と話をした。そのなかには地元の図書館員のメリッサ・ハーバーストックもいた。日曜の夜に開かれるファースト・メソジスト教会での持ち寄りパーティに来ないかと誘われて、丁重に断わった。

十一分後、自宅の私道に車を入れるころには、すでに日が暮れかかっていた。長い冬の夜には、飽きあきだった。冷えびえとして、葉を落とした木の枝が凍《い》てついた空気のなかで震えている。ディックスは鼻をひくつかせた。まもなく雪になる。鼻を使えば、重い空気が近づいているのが嗅ぎ取れた。家じゅうの明かりが煌々《こうこう》とつき、つまり息子たちが家にいるか、つけっぱなしで出かけたかの、どちらかだった。

ブルースターの吠える声がした。ちぎれるほど尻尾を振りながら、玄関脇で待っているのだろう。興奮するとおしっこを漏らす癖があるので、それを避けるべく、ディックスは足を速めた。

金曜の夜だから、長男のロブに洗濯をさせなければならない。ディックスたち親子は、ロブが色落ちに注意できるようになるまで、ピンク色のパンツやTシャツを着つづけてきた。レイファーは体育のクラスで女男とからかわれ、たっぷり二週間はジーンズの下に水着をはいていた。

家に入ると、実際より二〇キロは重い犬並みの声で吠えるブルースターが脚をよじのぼってきた。「おい、ブルースター、そこでぶら下がるのか？　無事に帰ってきたから、ゆっくりしようじゃないか。おれのブーツに小便はしなかったな」笑いながら二キロもないトイプードルを抱きあげると、髭の浮いた顔をペロペロと舐《な》められた。

「ここだよ」


「たぶん、レイフがあくびをしながら、背中を丸めて顔を見せた。

「お帰り、父さん。ここだよ」

「兄さんはどこに行った？」

レイフはいかにもティーンエージャーらしく、〝知るかよ〟的に肩をすくめた。「たぶん、メアリー・ルーの家じゃないかな。彼女のズボンのなかに入りたいって言ってた」

「メアリー・ルーのズボンのなかに入ろうとしたら、親父さんに顔の生皮を剝がされるぞ」

これを聞いてレイフはにやりとした。「いいね、警告しとく。だけど、父さん、メアリー・ルーといると、兄さんはちょっといかれちゃったみたいに、目がとろんとするんだ。あっ、ぼくが言ったたって言わないでよ」

「ああ、おまえから警告しといてくれ、レイフ」もちろんロブはいかれている。ティーンエージャーなのだから。暴れまわるホルモンのことを思えば、メアリー・ルーの父親のような存在がいることが幸運に思えた。彼女の両親はしっかりと目を光らせてくれているが、自分ももう一度――何度めになるかわからないけれど――息子に話をしておく必要がある。十代の少年とセックスにまつわる責任の話だ。だんだん頭が痛くなってきた。

「ロブが洗濯したよ」レイフが言うのを聞いて、ディックスはよしと思った。だが、レイフの忍び笑いを見て、その気持ちが消え失せた。

「おれたちのパンツがこんどは何色になったんだ？」

「めちゃきれいなコマドリの卵色」レイフが答えた。「メロウスキーさんがそう言ってた」

「そりゃ、すばらしい。最高だな。なんだってミセス・メロウスキーにおれたちの青いパンツを見せたんだ？」

「だって、あの人、父さんに会いたくて、しょっちゅう来るから。ロブがそのパンツを手に持ってるのを見られて、笑われたんだ。メロウスキーさん、何がいけなかったのか説明してたよ」

「おれもやってるけどな、何度となく」

「まあね。でメロウスキーさんが言うには、あと二回漂白剤をいっぱい入れて洗濯すれば、青い色は落ちるんだって。今夜のデザート用にレモンケーキをくれたよ。ねえ、父さん、夕ごはんは何？」

「心配するな、今夜はピザじゃない。火曜にシチューをつくって冷凍しておいたから、一緒に食べるビスケットをつくるよ」

「ケチャップ、まだあるかな」

「ああ。朝出る前に確認した。レモンケーキは残ってるのか？」

「ふた切れ食べた」

無残に食べ散らかされたケーキが容易に想像できた。ディックスはジャケットのポケットから携帯電話を引っぱりだし、クラウスンズ家に電話をかけた。案の定ロブがいて、メアリー・ルーの両親を交えてテーブルサッカーゲームをしていた。彼女の両親は抜群の反射神経をしているので、ゲームにはいつも勝つ。ロブがこてんぱんにやられているのは、夕食に帰ってこいと言っても少しもいやがらないことでわかった。「ねえ、父さん、メアリー・ルーを誘っていい？」

ディックスが答える前に、ミスター・クラウスンズの声が後ろで聞こえた。「だめだ、ロブ、今夜はメアリー・ルーの叔母さんが来る」

「そうだよ、ロブ」ディックスの後ろでレイフが声を張りあげた。「クラウスンズさんに顔の皮を剝がされちゃうよ」

その晩九時三十分ごろに雪が降りはじめた。ディックスは息子たちとテレビを見ていたが、その一時間前には、レイフとともにオセロとデズデモーナをやっつけていた。レイフは、イアーゴが自分の腹を引き裂かなかった理由を知りたがった。もっともな疑問だ。ディックスは、「シェイクスピアは五人も殺してるんだぞ。もう充分だろ？」と答えた。

しばらくして、レイフが言った。「そうだね、これだけ登場人物が死ねばもういいよね」

二重らせんの模型もつくり終え、レイフはそれを机に飾ってあるスティーブ・マクネアのサインがあるタイタンズのフットボールの隣に置いた。金曜の夜はたいていテレビを見て過ごす。月曜から木曜のあいだはテレビを禁止にしているので、子どもたちはこの時間を楽しみにしている。

レイフは『ロー・アンド・オーダー』を見ながら、ディックスの脚を枕にして眠ってしまった。長身で痩せている十六歳のロブは、お気に入りの椅子で体を丸めて寝息をたてている。ロブの髪はディックスと同じで黒いが、目は母親譲りの青みがかった緑をしている。この部屋だとおれも年寄りだな、とディックスは思った。それに起きているのは自分一人だった。ここまで疲れるとは、息子たちは昼間何をしていたんだろう、とふと思った。

十時になると子どもたちをベッドに追いやり、ブルースターと夜の散歩に出た。雪は降りはじめたばかりなので、ブルースターが頭まで雪に埋もれて困ったことになる心配はいらない。冬のあいだはほんとうに苦労する。表のポーチに出してやると、ブルースターはステップの最上段から庭に飛びおりて、嬉しそうに吠えまくりながら走りだした。ぐるぐるまわったかと思うと、後ろ足にばねでもついているようにぴょんぴょん飛び跳ねて前足で雪片をつかもうとしている。ふわふわの小さな尻尾をちぎれんばかりに振っていた。

ディックスは歩道を歩きながら空を見あげた。雪はレースのように淡く、顔に触れるとたちまち溶けた。その場に佇《たたず》んだまま笑顔でブルースターを見つめ、冷たい夜気を吸いこんだ。爽快だった。これまでになく以前の自分に戻ったように感じる。いい方向に向かっている証拠なのだろう。

ブルースターがこちらに向かって三回吠えたあと、森のほうへ駆けだした。

「ブルースター！　戻ってこい、森に入るなと言ってるだろう！」

だが、動物の臭いを嗅ぎつけたらしいブルースターは、追跡を止めようとしなかった。ディックスはあとを追った。歩きながら革のジャケットに突っこんでおいた手袋を引っぱりだしてはめた。森のなかには野生の動物がたくさんおり、その九九パーセントはブルースターよりも体が大きくて獰猛《どうもう》だった。

何度名前を呼んでも、返ってくるのは吠え声だけで、それもだんだんと遠のいた。ディックスは犬を呼びながら、声を頼りに進んだ。おそらく、手負いの動物でも見つけたのだろう。

どんよりと膨れあがった雲が夜空に低く垂れこめ、より本格的な雪を降らせる内部指令を待っているようだった。「ブルースター！」

夜の静けさにさらなる吠え声が響き渡った。それほど遠くはない。フクロネズミでも捕まえたのか？

雪が少し本降りになった。木々が密生しているせいで、犬の姿は見えなかった。「ブルースター！」

ブルースターは森の地面に転がる黒っぽい盛りあがりに向かって夢中で吠えたてていた。

それは動かず、人間のような形をしていた。

ディックスは犬を抱きあげ、ジャケットのなかに押しこんでジッパーを上げた。「落ち着け、ブルースター、おれのシャツに小便するなよ」それから目の前に倒れている人間を見おろした。意識を失っているのか死んでいるのかわからなかった。

地面に膝をついて、ひっくり返した。顔を血まみれにした女だった。手袋をはずして雪をすくい、やさしく顔にこすりつけると、簡単に血が落ちた。頭の横に裂傷があって、ひどく出血している。指先を喉にあててみると、脈がゆっくりと規則正しく打っていた。よかった。女の顔に顔を近づけて、話しかけた。「おい、聞こえるか？　目を覚ましてくれ」

女のまつ毛が震えた。

「そうだ。目を開けるんだ、きみならできる」

目は開かないが、低いうめき声が漏れる。ディックスは手早く腕と脚、上半身を調べた。どこも折れていないが、問題がないわけではない。ディックスは手袋をはめなおした。ブルースターがジャケットの襟もとから顔を出すなか、女をそっと抱きあげた。背が高く痩せているが、ずっしりとした重みがある。内臓をやられているかもしれないので、肩にかつぐのはやめて、腕に抱えたまま歩きはじめた。

森を抜けるころには、勢いを取り戻した風が容赦なく顔に雪を吹きつけるようになり、家に着くころには、さらに本降りになった。ポーチの明かりを見分けるのがやっとだった。

ブーツの雪を蹴り払ってから、ブルースターと女をそっとなかに運び入れた。

「いいか、ブルースター、先に床におりてくれ。彼女をソファに寝かせるからな」女の体はそれほど濡れていなかったので、アフガン毛布を二枚かけ、ブーツのひもをほどいて脱がせた。分厚いウールのソックスは乾いたままだった。

次にポケットから携帯電話を引っぱりだし、九一一にかけた。通信指令係のアマリー・ウィッテンが電話に出た。「あら、保安官、どうしたんですか?」

「うちの隣の森で負傷した女を見つけた。大至急、救急隊員をまわしてくれ、アマリー」

五十二歳のアマリーは一〇〇キロ近い大柄な女性だが、緊急事態となると、バスルームの掃除当番のときのロブよりも敏捷に動くことができる。「ちょっと待ってください、保安官」

「ねえ父さん、この人、大丈夫なの?」

「父さんにもわからないよ、ロブ。まだ起きないんだ。熱いお茶を淹《い》れてきてくれないか。飲ませてみよう」

ロブは五分もしないうちに、両手で紅茶のカップを持ってリビングに戻った。「口のなかを火傷《やけど》しないようにぬるめにしといたからね」

「よし」ディックスは彼女を抱き起こし、カップの縁を下唇に押しつけた。「さあ、リプトン紅茶の香りを楽しんでくれ。雪に降りこめられた場所で手に入る最高の紅茶だ。ロブが温度を調整してくれたから、口を開けてぐっと飲める。体が芯から温まるぞ」

驚いたことに、彼女が口を開いて、ひと口飲んだ。目を開けてディックスを見ると、さらに飲んだ。

「どこか痛むかい?」

ゆっくりと首を振り、糸のようにか細い声で答えた。「頭だけ」女が手を上げようとしたので、ディックスはそれを制した。

「左のこめかみの上に傷がある。救急隊員が来たら手当てをしてもらおう」

ブルースターがソファに飛び乗り、彼女の隣にうずくまった。「こいつはブルースター、雪がひどくなる前にこいつが森のなかできみを見つけたんだ」

「ブルースター」彼女はその小さな顔に手を伸ばした。「ありがとう」

「おれはディクソン・ノーブル、マエストロの保安官だ。お茶を淹れたのは息子のロブ。きみの名前を教えてくれるかい？」

「わたしは……」女はブルースターに顎をこすりつけ、ペロペロと顔を舐められた。「どうしちゃったんだろう？」少ししてから言い、ふり向いてディックスを仰ぎ見た。「おかしいの。全然、浮かんでこない」

ディックスはゆっくりと立ちあがった。彼女が急に怯《おび》えだした。気絶だけはさせたくない。穏やかな声で言った。「何があったにしろ、きみは頭を強く打ってる。思いだせないのは、そのせいだろう。医者に診《み》せれば症状がわかる。きっと一時的なことだから、あまり気に病まないほうがいい。IDがないかジャケットを調べさせてもらうよ」遠くに救急車のサイレンが聞こえた。「ポケットには何も入ってないようだな。ハンドバッグか財布を持っていたかどうか覚えてるかい？」

彼女の瞳孔が開くのを見て、不安になった。「心配しなくていい。ジーンズのポケットに何か入ってるかもしれない。病院で確認してもらおう。いまは動かしたくない。明日になったら森にハンドバッグを捜しにいくよ」

「変だわ」彼女はそう言いながら、毛布の下でもぞもぞ動きはじめた。自分でジーンズを探っている。続いて手を上げ、ジャケットも調べはじめた。「何も見つからない。どうなってるの？　携帯電話はどこ？　ハンドバッグを持ってたのかしら？　いいえ、たぶんないわ。ハンドバッグはふだん持たないから」

ディックスは辛抱強く待った。

「絶対に」

「でも携帯は持ってた？」

「ええ。でもわからない、なんとなくそう思うだけで」それから鼻歌を口ずさみはじめた。

ロブが言った。「なんで鼻歌なんか歌ってるの？」

「悪態をつくのがいやだから、いらつくときは鼻歌を口ずさむことにしてるの」

「かっこいいね」ソファの後ろに立って、彼女を見おろしていたレイフが言った。

「もう一人の息子のレイファーだ。いいさ、そのうち思いだす。無理しないほうがいい。ものごとにはいつでも説明がつくもんだからね」

「その言葉――すごくなじみがある。いつもわたしがほかの人に言ってたみたいに」

ロブが救急隊員をリビングに案内してきた。十分後、ディックスは一緒に救急車に乗りこみ、三〇キロ離れたルーダン郡コミュニティ病院に向かっていた。雪が激しさを増していたために、着くまでにたっぷり三十分はかかった。彼女は顔色が悪く、目に生気がない。ディックスは手を握った。指輪はなく、目についたのは実用一点張りの黒い多機能腕時計だけだった。救急治療室はまだ動物園並みの混乱状態には陥っていなかったが、誰もが最悪の事態に備えていた。

彼女が車椅子で運ばれると、ディックスは人もまばらな待合室に坐り、一九九七年の〈ナショナル・ジオグラフィック〉誌を読みはじめた。

彼女の叫び声がする。反射的に立ちあがり、カーテンのおりた小部屋に一歩踏みだした。

「保安官、書類の記入をお願いします」

協力したいのは山々だが、身元も既往歴もわからないので、ジェイン・ドー（身元不明の女性に使われる名前）のあとはほとんどの箇所が空欄のまま残された。

携帯電話を取りだし、エモリー・コックスに電話して状況を確認した。「妙なんです、保安官、電話が一本しかないんです。信じられないでしょうけど、それも間違い電話でした」

「ああ、信じないね。きっと虐待を訴える妻からの電話だったんだろう。明日になれば鼻骨を折り、体じゅうに痣《あざ》のある女が現われる。ようすを見るとしよう」

「いまのところ、みんな今夜はばかをしないで、家でおとなしくしてるみたいですね」

「幸運が続くのを祈ろう、エモリー。おれはいま病院にいる。ちょっとした問題に巻きこまれた」女を見つけたいきさつを説明したが、もちろんアマリーがすでに町民の半分に吹聴しているだろう。「災害保安官助手を二人よこしてくれ。そう、クラウスとBBだ。クラウスにはやつの四輪駆動でうちに来るように言ってくれ。彼女の車を見つけなきゃならない。いや、どんな車を運転してきたかわからないんだ。さっきも言ったように、いまのところ何も思いだせずにいる。郡じゅうから行方不明になっている若い女に関する情報を集めてくれ。明日の朝になっても名前を思いだせないようなら、指紋を統合型自動指紋照合システムに照会する。それで何かわかるかもしれない。なんなら、明日彼女の写真を撮って、あちこち送る手もあるな。マエストロの半径二五キロ以内にあるB&Bとホテルとモーテルをすべてあたってくれ。いま言えるのは三十代半ば、黒っぽい髪、色白、鮮やかなグリーンの瞳の女というこことだけだ。痩せ形で、たぶんジョギングの習慣がある。骨折がないかどうか調べたとき、腕と脚を鍛えてるのがわかった。長身で、一七五センチ、いや一八〇センチ近くあるかもしれない。もちろん、車が見つかれば必要な情報がすべて手に入るはずだ。車内にIDがあるだろうし、ナンバープレートから身元が判明する。だからクラウスとBBには車の発見が最優先だと念を押しておいてくれ」

三十分後、メイスン・クロッカー医師が待合室にやってきた。「彼女は大丈夫なようだよ、保安官。少なくとも身体的には。CTもきれいなもんだ。頭の傷以外、解剖学的な損傷は見あたらない。だが、脳しんとうを起こしていたし、薬物を使われたようだ。目がふつうじゃない。瞳孔が開いて、生気が感じられないんだ。落ち着きがなく、脈拍も速い。特定はできないが、容易に手に入るドラッグの影響ではないようだ。薬物中毒の検査をして、研究所へ送っておいた」

「ドラッグを盛られたということですか？　毒物を飲まされたと？」

クロッカー医師は肩をすくめた。「その可能性は排除できないだろうな。影響を脱しつつあるが、しばらくはここにいたほうがいい」

「わかりました、よく調べてください、お願いします」

「きみが自宅近くの森で見つけたそうだな」

「ええ。見つけたのはブルースターですが」

「ＩＤはなかったのか？」

「どこかにハンドバッグが落ちているかもしれませんが、本人はふだんハンドバッグを持ち歩かないと言っていて――どこになんのために出かけたのかは覚えていないようです。明日息子たちに捜させます」

クロッカー医師が言った。「彼女が言うには、自分の名前も、なぜ怪我をしたのかも、なぜきみの家の近くの森で意識を失っていたのかも覚えていないそうだ」

「嘘だと思われますか？」

クロッカー医師は首を振った。「いや、思わんね。ヒステリー性健忘症という症状かもしれない。記憶の欠落は特定の出来事に限られて、くっきりと線が引かれている。たとえば彼女の場合、大統領の名前は覚えているし、レッドスキンズが悲惨な状況にあるのは語ることができる。ひどく傷ついたり恐怖を感じたりしたとき、自己防衛のためにしばらく記憶が抜け落ちることがある。おい、〈ドブ女子刑務所〉からの脱獄囚じゃないだろうな？」

「そうでないことを願いますよ。でも、そうだな、あそこに電話して、就寝点呼をするよう言っておきます。いや、冗談ですよ、先生」

「おそらくキャンプか何かをしていたんだろう」

「この雪のなか？」

「カリフォルニアからでもやってきたんじゃないか？　そうだ、保安官、もし誰かが金品を強奪しようと頭を殴ったのなら、ＩＤも持ち去られているはずだ」

ディックスは眉を吊りあげた。「ええ、それは自分も考えました」

「それで、彼女をどうするんだね？　今夜問題がなければ、医学的には明日の朝にはここを出られるぞ」

「考えておかなきゃなりませんね。今夜、何もないことを願ってますよ、先生」

5

「迎えにきてくれて助かったよ、ペニー」部下が自宅の私道に車を停めたとき、ディックスは礼を述べた。三十歳でボクシングの心得があるペニーは、地元の葬儀屋と結婚している。

「熱いコーヒーがたっぷりあればいいんだが」

「トミーは特大サイズの魔法瓶に、彼がコーヒーと呼ぶドロドロのしろものを縁まで満たしておかないと、わたしを玄関から出してくれないんですよ、保安官。ご心配なく」

ブルースターと息子たちが待ちかまえており、ディックスは質問攻めにされた。午前一時を過ぎてようやく、背中にブルースターを貼りつかせて眠りにつくことができた。

翌朝にはふたたび粉雪になっていたものの、地面には新雪が三〇センチほど積もっていた。ディックスが朝食をつくるあいだ、息子たちが私道の雪かきをし、彼女を見つけた森を調べにいった。ブルースターは二人を監督した。つまり、疲れはてるまで二人のあいだをぐるぐると走りまわったということだ。ロブが犬を連れて帰って、キッチンの温かいコンロの横に坐らせた。「雪の深い吹きだまりに落ちて危ないところだったよ、父さん。さすがにもう懲りたかもね。女の人の財布も、ハンドバッグも、何も見つからなかった。雪がすごくてさ」

「見にいってくれて助かったよ。さあ、こっちにおいで。朝食ができてる」

ディックスに得意なことがあるとしたら、朝食作りだった。家のなかには焼いたベーコンと、半熟両面焼きの卵、ブラウンシュガーをかけたオートミール、ブルーベリー・マフィンの匂いが漂っていた。

十時には、子どもたちは肩にそりを担いでブレーカーズ・ヒルに出かけていった。マエストロのティーンエージャーの大半が集結し、なかには忍耐強い親も混じっている。ディックスは私道の雪かきを終わらせてから、病院に向かった。途中で部下に連絡すると、さいわい大きな問題は起きておらず、車六台の玉突き事故も、切れて垂れさがった電線もなかった。

ただし、乗り捨てられた車を見つけた者もいなかった。地元で行方不明になっている人間の報告もなければ、彼女らしき特徴の女が近隣のB&Bやモーテルに投宿したという情報もなかった。てっきり、マエストロに来る人間の多くが泊まるバド・ベイリーのB&Bに泊まっていると思ったのだが。彼女が何者かに殴られたのは事実。意識を失った状態で森に置き去りにされたか、でなければ自力で逃れて森で倒れたか。車が見つかりさえすれば、その点がはっきりする。彼女の頭を殴った人間が乗り去ったのか、それともどこかに隠したか？

彼女がここに来たのにはなんらかの理由があり、たぶん、それが誰かの気に入らなかったのだろう。あるいは離れたところで彼女を襲い、そのあとここまで運んだのかもしれない。

幹線道路はすでに除雪されており、小降りの雪ならばさほど問題は起きないだろう。ただし天気予報によると、夕方近くからふたたび大雪になるとのことだった。

エモリーから報告の電話があった。

ディックスは言った。「彼女を見た人間がいるはずだ。ガソリンを入れたり、食料を買ったりしているだろうからな」

「連れがいたのかもしれませんね」

「だったら行方が知れなくなったとき、通報してきたはずだ」

エモリーはため息をついた。「きっと亭主が彼女を殺そうとしたんですよ」

「結婚指輪はしてないぞ」ディックスは言った。

「おれもですよ、保安官、だけどマーティとは刑期を終わらせられるほど長く結婚生活を送ってます」

「なぜかわからないが、彼女が結婚してるとは思えないんだ」

エモリーはその理由に思いをめぐらせたものの、あえて深追いはしなかった。

ディックスは二階のナースステーションでクロッカー医師を見つけた。昨夜よりもくたびれたようすで、首からぶら下げた聴診器がずり落ちそうになっている。

「ゆうべは家に帰らなかったんですか、先生？」

「ああ、この六週間病院に缶詰だ。冗談だよ、保安官。さて、本人は隠そうと必死だが、われらの姫はひどく怯えている——恐ろしい目にあって、いまでも自分がどこの誰で、どうやってきみのとこの森に行きついたのか思いだせないのだから無理もないがね。頭の傷は心配いらない。週末だから、毒物検査の結果は月曜まで待つことになりそうだ」

さらに二、三質問をしたあと、ディックスは二一四号室を訪ねた。二人部屋だったが、いるのは彼女だけだった。起きあがって、テレビの音を消してアニメを見ていた。こめかみの上にケリの白いテープが貼られているが、それだけのことだ。身動き一つしない。

ディックスに気づくと、口を開いた。「メートル法を使う?」

「え? メートル? いや、ご多分に漏れず、フィートとインチで考える。メートルがどうかしたのか?」

「さっきふと浮かんだんだけど、わたしはメートルとセンチメートルに慣れてるの。フィートに変換する計算式とかね。でもわたしの話し方、ヨーロッパ出身って感じじゃないでしょう?」

「ああ、きみは生粋《きっすい》のアメリカ人だ。ワシントンかメリーランドか、あのあたりの」

「数学の教師で、メートル法を教えてたのかもね」

「かもな。じきにすべてを思いだすだろうから、無理は禁物だ。気を楽にしないとな。頭は痛むかい?」

「ええ、我慢できないほどじゃないわ」

妙なことだが、ディックスは彼女にならたいがいのことが我慢できるように思えた。ジャケットのポケットから小さな黒いプラスチックのケースを取りだし、ふたを開け、ベッド脇のテーブルに中身を広げた。

彼女はちらりとこちらを見て、尋ねた。「わたしの指紋を採るの？」

「ああ、そうだ。これは持ち運び用のキットでね。署に来てもらって調べるのはたいへんだろ。きみは指紋が必要な職業についてるかもしれない」

「NCICとか？」そう言った瞬間、彼女は凍りついた。

「NCIC。なんの略かわかるのか？」犯罪情報センターの略だ。

彼女がけんめいに思いだそうとしているのを見て、ディックスは手を上げた。「いや、忘れてくれ。きみの指紋は電子的にIAFISに送る。統合型自動指紋照合システムの略だ。もしきみの指紋が四千万人分ある民間人の指紋台帳に登録されてたら、二十四時間以内に連絡がある」

「あなたの名前を忘れてしまったわ」

「ディクソン・ノーブル。マエストロの保安官だ」

「マエストロ。変わった名前ね。すてきだけど変わってる」

「モンタナのチューリップよりましだよ」

彼女は笑みを浮かべたが、屈託のない笑顔ではなく、目に陰があった。そんな表情はよく知っている。いやというほど目にしてきた。彼女がパニックを抑えつけていることも、肌身に感じた。「アスピリンをもらうかい？」

「いいえ、そこまでひどくないから。さっき看護師たちがわたしのことを噂してたわ。先生たちはわたしをどうするつもりだろうって」

「心配しなくていい」ディックスが言った。「うちに来てくれ」


彼女は病院側の強い勧めで、正面玄関まで車椅子を使った。レンジローバーに乗ってシートベルトを締めると、体の向きを変え、駐車場からハイウェイに向かう保安官を見守った。それから窓の外に目をやり、まばゆい朝日にきらめく雪を眺めた。「きれいね、すごくなじみのある風景みたい。つまり、わたしはアリゾナから来たんじゃないってこと」

「それはおもしろいな。きみの奥深い部分がこの悪天候になじみを感じるとは」

「正直言うと、ちょっと残念」

「息子たちにきみを見つけた森を捜させたが、何も見つからなかったよ。天気予報は午後からまた雪だと言ってたが、この分だとまたはずれるんじゃないか？　エモリーがあとでうちに来て、きみの写真を撮る。それを持って一帯の聞きこみにまわる。誰かが見ていて、きみを思いだすだろう」

「わたしはこのあたりには住んでないわ。それは確かだから、どこかに泊まったはずなの。

このレンジローバーいいわね」彼女はそう言って、ディックスを驚かせた。「オフロードには最高。ガタガタ道を走るとき、助手席にいたら気持ち悪くなりそうだけど」

「きみは何に乗ってるんだい？」

「ＢＭＷ――へえ、やるわね。でも、悪いけど、わからない。ＢＭＷという言葉がふっと浮かんできたから、もしかするとそうかもしれない。何であれ、あなたがわたしの車を早く見つけてくれるのを祈ってる。そうすれば二秒でわたしの身元が判明するもの」

「どうやって？」

「車両登録番号《VIN》で。ナンバープレートからはもちろんだけど」

「そう、そのとおりだ」と、ディックス。「部下にきみの車を捜させてる。きみを襲った人間が隠したんなら、そいつはついてる。この雪でうまくおおい隠されたのかもしれない」

彼女は咳払いをした。「誰かがわたしを消そうとしたみたいね。まだあきらめてないかも」

「心配するなよ」ディックスはこともなげに言った。「だがきみがどうやってうちの森に来たのかがわからない」

「たまたま森が近くにあったからとか？」動揺の感じられない口ぶりは、民間人だとしたらまれなことだ。怯えたふうはなく、解くべき謎を与えられて好奇心をそそられているようですらある。

「もしかすると自力で歩いてきたのかもしれない」

「どうかしら？」彼女は笑った。声をたてて。「いまのわたしは、泳げないライフガードみたいに役立たずよ。こんなに人を巻きこむなんて、わたしはいったい何をしてたの？」

「目と目がくっつきそうになってるぞ。無理は禁物だ。肩の力を抜いたほうがいい。いろんなことが急速に戻ってきてる。もうそれほど長くはかからない。きみのＢＭＷはス《S》ポーツ・ユ《U》ーティリティ・ビ《V》ークルか？」

「ＳＵＶじゃなくて、ス《S》ポーツ・ア《A》クティビティ・ビ《V》ークルよ。スポーツ多目的車じゃなくて、アクティビティ車なの」そう言うとまた笑いだした。「嘘みたい、これってどういうこと？」

「クロッカー先生によると、たぶんきみにも言ったと思うが、こまごましたことが少しずつ戻ってくるらしい。だが大きな塊《かたまり》が目に見えない部分にしばらく引っかかって出てこない。さっきも言ったとおり、無理は禁物だ。根性なしのＳＡＶが見つかったら、きみにも自分の車だとわかるかもしれないからね」

「あなたの奥さん、ずいぶん寛大な人なのね」

「だった」

彼女はそれについて何も言わなかった。また頭が痛くなってきた。驚いたことに、口を開く前に、保安官が魔法瓶を差しだした。「痛むんだろ？　もらった痛み止めを飲めよ」

うなずいて二錠を口に含み、コーヒーで流しこんで、シートに頭をもたせかけた。

車のドアを開けるなり、犬のけたたましい吠え声が聞こえた。

「ブルースターだ。たいした番犬だよ。小便を引っかけられないように注意してくれ」

おしっこは引っかけられなかったが、ソファに横になって三分もすると、隣に来てうずくまり、顎を舐めはじめた。保安官が手編みのアフガン毛布を二枚かけてくれた。このふかふかのソファで、少なくとも一日は寝ていたい、と彼女は思った。

目を覚ますと保安官の声が聞こえた。「静かにしろ。お客さんがいる」

「父さんが昨日の夜、見つけた人？」

「そうだよ。じきに元気になるが、まだ思いだせないことがある。名前もだ」

ディックスは彼女が目を覚まして、部屋の入口に立っている自分たち親子を見ているのに気づいた。あらためて息子たちを紹介した。

「ぼくが温かい紅茶を淹れたんだよ」ロブが言った。

「ええ、覚えてるわ。ありがとう」

ディックスが言った。「きみのことをなんと呼ぶかな」

「そうね、マドンナなんてどう？」

ロブが言った。「前歯のあいだに隙間がないけど」

彼女は舌先で歯に触れた。「隙間があることにできる？　髪もブロンドだって？」

ロブが言った。「マドンナはしょっちゅう髪の色を変えてるから、全然問題ないよ」

レイフが言った。「母さんはマドンナが好きだったんだよ。想像力豊かで、八十歳になるまで自分を変えつづける人、そのころにはフロリダ州を手に入れてるだろうって」

兄とは違って、レイフは薄茶色の髪と父親の黒っぽい瞳というまれな組みあわせを受け継いでいた。あと少ししたら、女の子たちに騒がれるようになるだろう。いまは二人とも棒のように痩せているが、成長したら大男になる。そう、父親に似て。でも母親は?

「よし」ディックスが言った。「マドンナにしよう。ロブ、マドンナに温かい紅茶とバターとジャムを添えたトーストを用意してくれるか?」

ロブはソファに横たわっている女を見やった。見るからにくたびれている。「いいよ、父さん」

玄関をノックする音がした。

レイフが玄関に向かい、ブルースターがぎゃんぎゃん吠えながらあとに続いた。

ディックスの主任助手のエモリー・コックスだった。「写真を撮りにきました、保安官。こんにちは、マダム」

ディックスはエモリーを紹介した。「さしあたり、彼女のことはマドンナと呼んでくれ」

マドンナのポラロイド写真を六枚撮ったあと、ディックスはエモリーをリビングから声の届かないところに連れだした。

レイフは戸口に立ったまま彼女を見ていた。口を開け、すぐに閉じた。「ねえ、マドンナ、

DNAの二重らせんについて何か知ってる?」

「もちろんよ、レイフ、こっちに来て話しましょう」

「ぼくの模型を見せたげる!」

6

アーリントン国立墓地
バージニア州アーリントン
土曜日の夜

二時間前の午前七時、ちらついていた雪がやんだ。鈍《にび》色の空には雪をはらんだ分厚い雲が浮かび、正午にはふたたび降りだすという予報が出ていた。

ロン・レーサム捜査官は、六〇センチ離れたところでアーリントン国立墓地の地図を熟読しているコニー・アシュレー捜査官に話しかけた。「なんでモージズ・グレースがここに来ると思うんだ？　ロリーのやつに金のかかる習慣があるからって、あいつを食わせ――」

「違う」コニーは反射的に応じた。「食うんじゃなくて、飲むのよ」

「あいつはすでに抱えてる問題だけじゃ足りなくて、アル中でもあるわけか？」

「ううん、そうじゃなくて。彼の飲む習慣についてはあとで教えてあげる」

ジム・ファーランド捜査官は三メートル先でも聞こえるくらいの大声で、携帯電話をかけていた。「もしもし、母さん。ああ、いま第二十七区に向かってる。そう、むかしの奴隷たちが埋葬されてるとこ……。そうだよ、南北戦争以前の戦没者が一九〇〇年以降に再埋葬されたところだ。ねえ、母さん、そろそろ行くよ。葬儀があと二十分ではじまるからね。また電話する」

ロンはコニーに言った。「あんまり急ごしらえの作戦だから、細部まで把握できてるかどうか自信がないよ。モージズ・グレースとクラウディアが現われるまで、ここで観光客みたいにブラブラしてるんだよな？　あいつらがなんのために来るか知らないが、ピンキー・ウーマックを引きずってくるんだろ？」

「ええ、あのサイコ情報屋によるとね。ルースは、ロリーにがっかりさせられたことは一度もないと言ってたのよ。信用できるって。とにかくはっきりするまではこの線で進めるしかないわ。ルースの携帯電話をあずかったのは、ただひとえにわたしが女だから、ロリーが男とはうまくやれないからなの。それはそうと、そろそろ移動する時間ね」

ロンがにやりとした。「その腹まわりにつけた枕、いいね、アシュレー。何人めの子どもだい？」

コニーは手を振って二人を追い払うと、立ち止まって腰をさすった。演技ではなかった。もう二時間近く墓地内を歩きまわり、葬儀が行なわれているところで立ち止まっては、ほかの捜査官と短い会話を交わした。全員が観光客のふりをして広大な墓地をそぞろ歩いている。パンフレットを読んだおかげで、ここには二十六万人もの死者が埋葬されているという驚くべき事実がわかった。作戦が終わるころには、すべての墓石と記念碑、記念館の前を歩き終わっているかもしれない。コニーはルースのことを思い、自分よりもいい週末を過ごしていることを願った。こんなところでいかれた老人の出現を待つより、ルースと一緒にバージニアの自然を満喫したい。ワシントンDC支局から、捜査官の多くと狙撃手の全員が駆りだされている。身を隠せる場所すべてに配置された狙撃手は、朝の八時から待機していた。

サビッチは第三十区の記念門の脇に立ち、上司であるジミー・メートランド副長官と携帯電話で話していた。「犯人の姿はまだ確認できていません」一時間前に報告したときと変わらないが、それは口にしなかった。「この天気ですからね、当然、観光客はあまりいません。観光客がいたら何もできませんから、こちらにとっては好都合です。モージズ・グレースに気取られないよう気をつけながら、このまま目を光らせつづけます」

メートランドがため息をついた。「今日は息子の一人が、はじめてメリーランド州代表のフォワードとして、バスケットボールの試合に出場するんだ。それなのにこのいまいましいバンのなかで、わたしの部下をみすぼらしいモーテルごと吹き飛ばそうとするほど頭のいかれたサイコパスがこの国最大の墓地に現われるのを待たなければならないとはな。ピンキーの命もあやしいもんだ。おまえもそう思うだろう、サビッチ？」

「ええ、生存の可能性は低いですね。〈フーターズ〉をあんなふうに爆破したやつらが、ピンキーをまだ生かしているとは思えません。ですが、ミズ・リリーにはまだ言ってないんです。希望を持ってますから。ピンキーは困ったやつだが、根はいい男で、間違った相手に間違ったことを口走るだけの大口叩きです。ほかから電話が入ったようなので、また一時間後に状況を報告します。バスケットボールの試合はラジオで聴けるんですか？」

「それが頼みの綱だよ、サビッチ」

サビッチは鉛色の空を見あげ、痛いほど清々しい空気を肺いっぱいに吸いこんだ。モージズ・グレースが近くにいるのを感じる。着信ボタンを押した。「サビッチだ」

「やあ、ぼうず。おめえの天罰さまだぞ。ごたいそうな言葉だろう？　クラウディアが本で見つけて教えてくれてな。まさしくおめえにとってわしはそうだとな」

サビッチは立ちすくんだまま、高速で頭をはたらかせた。わかった。理由もなくわかった。

「誰だ？」

「誰っておめえ、おめえが何がなんでも捕まえたがってる男、殺したあとで地中深くに埋めるつもりでいるかわいそうな老人に決まっとるだろうが、サビッチ捜査官。〈フーターズ〉でのお楽しみのあと、朝早くにテレビでおめえを見たぞ。あまり寝とらんのだろう？　いやあ、感動した。嘘じゃないぞ。だが、おめえには守らなきゃならん規則があって、その規則に愚かなタビネズミみたいにしがみつかにゃならん。わしとの真剣勝負になったら、そいつが命取りになる。それにしても、なかなかいいしゃべりだったな。あわや木っ端みじんに吹き飛ばされそうになった人間にしちゃあ、落ち着いてて冷静でな。野郎のモーテルの手すりから飛びおりたとき、首の骨を折らなかったのが残念でならん。手間が省けたんだがな。かわいいクラウディアは、おめえはスポーツ選手の体をしてて、飛びつきたくなると言っとる。あいつがおめえにしたいことを聞いとると、こっちが赤面しちまう。ピンキーのことだが、あまり達者とはいえんな」

「ピンキーをどうした?」

「そうだな、あの役立たずなら、野郎にふさわしい場所におるぞ」

胸が悪くなって、吐き気がしてきた。この男を絞め殺し、だらしのない下品なしゃべりをやめさせたかった。「どこなんだ?」

モージズ・グレースの引きつった笑い声に、肌がむずむずした。この邪悪な年寄りはどこかから、こちらを監視しているのか?

「まあ、こういうことでな、サビッチ捜査官。ピンキーは早くも土の下におるんだ。ジェレミー・ウィラミット兵卒の墓を探したらどうだ? 十八にして韓国で死んだ若造で、いまのクラウディアとちょうど同じ年だ。場所を選んだのはそのクラウディアでな。おめえらが切り刻むために死骸を運んでいくまでの寝場所になる」

「どうやってこの携帯の番号を知った?」

「そりゃ、ピンキーからさ。ミズ・リリーから教わったと言っとったぞ。ところで、知っとるか？」

サビッチは黙ってピンキーのことを考えていた。〈フーターズ〉から連れだされたあと、いつ殺されたのだろう？　ほんとうに兵士の墓に埋められているのか。

「はっきり言ってやるぞ、ぼうず。まあ、こういうことでな。わしにかなうやつはおらん、おめえらみたいな負け犬警官には逆立ちしたって無理ってもんだ」モージズが高笑いし、唾が飛び散る音が聞こえるようだった。「ロリーを知っとるな？　ワーネッキ捜査官に垂れこみしとる変態野郎だ。野郎はもっと見つけにくいぞ。

あっちに立ってる赤毛の捜査官は、おめえの嫁らしいな。クラウディアには、あの警官たちは頭脳より体力勝負だと言っとるんだが、聞く耳をもちゃせん。すっかり興奮しちまってるが、そりゃそうだ。わしを捜しだすのにえらく難儀してくれとるようで、ありがたいこった。すっかり大物気分ってもんだ。そこには何人集まっとるんだ？　二十人？　四十人？　わしとクラウディアのためだけに苦労をかけるな」

考えるより早く、サビッチは口走っていた。「おまえの言ったことにも一つ正しいことがあるぞ、老いぼれ。おれはおまえを殺して、地中深くに埋めてやる」

モージズはばか笑いしたあと、咳払いした。痰が引っかかる音がする。病気なのか？

「いいや、おめえにゃ仇討ちはできんぞ。それがおめえらのばかげた規則の一つってこった。

わしを丁重に恭《うやうや》しく扱ったうえで、人権派の弁護士を見つける手伝いをせにゃならん。わしがそいつに、十六になるまでわしを地下室に閉じこめとったいまは亡き母ちゃんの声が聞こえるとでも訴えてみろ、なんの罪にも問われやせんぞ。異常をきたした哀れな老人を手ひどく扱いたがるやつがおるか？　目の前で尻を振る、白衣の天使がたくさんおる居心地のいい病院に入れてくれんともかぎらんぞ。いや、ほんとにそんな気がしてきおった、こりゃデジャブか？

要は、おめえらにはまだわしを殺せるだけの根性がねえってこった。おい、嫁さんを見てみな。おっかない顔をしてあたりを警戒しとる。あのきれいな赤毛はたっぷりして、さぞやわらかかろうな。クラウディアがおめえの女房をひどく嫌っとってな。あの子の気がすんだら、ピンキーと一緒にしてやるのもありだな」

それから沈黙が訪れた。モージズ・グレースからの電話は切れていた。

サビッチはシャーロックの携帯の番号を押した。妻は鉛筆を握り、手にしたリストと墓石の名前を一つ一つ突きあわせている。モージズがそんな妻を見ていた。シャーロックが第三十六区にあるラフ・ライダーズ（セオドア・ルーズベルトが指揮した義勇軍。米西戦争に参加）の記念碑から遠ざかり、周囲にある墓標を読むために立ち止まった。三メートルと離れていない墓標の前では、寒い朝に備えて服を着こんだ本物の観光客が、手に息を吹きかけながら足踏みをしていた。

サビッチは恐怖のあまり吐き気をもよおした。シャーロックは、スコープつきのライフルを持った射撃の名手からしたら、恰好の標的になっている。モージズがその条件に合致するのは疑いの余地がない。二人はどこに、そしてどれくらい離れた場所にいるのか？　サビッチは妻から目を離すことなく、彼女が電話に出るのを待った。

「シャーロック捜査官」

「シャーロック、伏せろ！　いますぐ身を隠せ！」だが、銃弾はどこから飛んでくるかわからない。

一分もしないうちに、シャーロックは防弾チョッキを着た捜査官たちに囲まれた。数分後、サビッチと、ガードされたままのシャーロックは、墓地の記録によればジェレミー・ウィラミット兵卒が埋葬されているという第二十七区に足早に移動した。意外にも、最初に伏せろと言ったとき、シャーロックは理由を聞かなかった。そしていまは、抜いた銃を脇に構えながら鉄壁の盾をつくる捜査官たちに囲まれることを黙って受け入れている。彼らが迅速に集まってきたとき、サビッチは銘々の顔を見ながら告げた。「モージズ・グレースが電話してきた。あいつはここにいて、頭がいかれている。全財産を賭けてもいい、スコープつきのライフルを持っている。油断は許されない。あいつはシャーロックのことを口にし、危害を加えると脅してきた」

これほど感覚が研ぎすまされたことがあっただろうか。サビッチはあらゆる物音や足音、周囲にいる人間全員の動きに神経を集中した。隣を歩くシャーロックも、たえず目を配ってあたりをうかがっている。さいわいにも、寒さのせいで墓地をうろつく観光客はいなくなった。これで化け物のような老人とクラウディアを見つけることに専念できる。

サビッチは妻に言った。「ミスター・メートランドが鑑識班と監察医を呼んだそうだ。さらにここを徹底捜索するために捜査官も一ダース追加された。モージズ・グレースがここにいると知って、おれたちと同じくらい心配してる」

シャーロックはうなずいた。「もし今朝早くピンキーをここに連れてきたんなら、時間はたいしてないわ。何かを残してるかもしれない」そう言う彼女の目は、サビッチ同様、水平線をたどっていた。

捜査官たちはジェレミー・ウィラミット兵卒の墓のまわりに集まった。数千あるほかの墓標と同じものに、大きな文字でこう刻まれていた。

ジェレミー・アーサー・ウィラミット
最愛の息子
米国陸軍兵卒、韓国にて戦死
一九三五年五月十八日生、一九五三年九月十日没

みな一様に押し黙り、何十年も前に命を落とした若者に思いを馳せて、自分たちの仲間の

ように感じている。

腹から枕をはずしたコニー・アシュレーが言った。「掘り返されたばかりみたいですね」サビッチは雪が払われて掘り返されている黒い土を見おろした。場違いな赤いバラの花束を見て、一瞬胸が締めつけられた。ピンキーを救うという希望は、もはやかなえられそうにない。けばけばしい金色の大きなリボンが巻かれた花束を拾いあげた。もう二度気温が低ければ、このバラも凍るだろう。サビッチは花束をドン・グラッシ捜査官に渡した。「モージズ・グレースがこのバラをどこで買ったのか突き止めてくれ。よその墓からくすねてきたのかもしれないが、あたりの花屋をあたってみよう」

デーン・カーバー捜査官が黒い土を見たまま言った。「モージズ・グレースとクラウディアはいまもおれたちを見てるんでしょうか?」

サビッチはゆっくりとうなずき、周辺の木々を見渡した。「このあたりは隠れる場所に困らない。二〇〇エイカーにおよぶ敷地に、木や記念碑や建物だらけだ」補佐役のオリー・ハミッシュに話しかけた。「オリー、メートランド副長官に電話して、ここを人であふれさせたいと伝えてくれ。それと、フォート・マイヤーに電話して、軍の出動を要請しろ」

「ピンキーはこの下にいるのか?」デーンはわかりきったことを尋ね、みんなが言いだせなかったことをはっきりさせた。そこに立っている捜査官たちは、誰もがピンキー・ウーマックがその黒い土の下にいることを知りながら、自分たちを待ち受けているおぞましい現実に直面するのを恐れていた。誰も答えなかった。みな押し黙ったまま立ちつくしていた。サビッチはみんなが自分の指示を待っていることに気づいた。あの老いぼれた化け物がシャーロックを傷つけると言ったことが頭から離れない。墓越しに彼女と目が合った。

「こんなことになって、ほんとうに、ほんとうに残念だわ、ディロン。かわいそうなピンキー」シャーロックはふいにしゃがみこんだ。「あれが見える？　噛み終えたガムよ」

サビッチは〈フーターズ・モーテル〉のカウンターにあった赤いボウルに、噛み終えたガムがいくつも入っていたことを思いだした。レイモンド・ダイクスが顎を動かすのが好きだから、そこにあったのではない。モージズ・グレースがわざと置いていったのだ――こうしてここに残していったように。

サビッチは言った。「おれたちを愚弄《ぐろう》するために、わざと残していったんだ。個人的な冗談と言ってもいい。無駄骨になるだろうが、鑑識にまわしてＤＮＡを調べよう」

デーンがジップロックの袋にガムを入れた。それから二人の捜査官が墓地の作業員を連れてきた。

ピンキー・ウーマックの遺体は棺に入れられていた。目をみはり、軽く驚いた顔をしていたが、読み取れる表情はそれだけだった。軍服を着た十八歳のジェレミー・ウィラミットの骸骨に重ねて寝かされていた。

血痕から察するに、ピンキーは胸を、おそらく心臓をひと突きにされたようだ。であれば即死。サビッチに願いうるはそれだけだった。拷問のあとは見受けられないが、確かなことはランソム医師の検死を待たなければならない。

サビッチはすぐに経緯を伝えるため、〈ボーノミクラブ〉のミズ・リリーに電話した。リリーは訃報《ふほう》を受け止めると、言った。「かわいそうなピンキー。悪い男じゃなかったよね、ディロン？　たまにはバーテンダーのファズを笑わせることだってできた。しょっちゅうじゃないにしろね。弟のクラニーにはあたしから話しておくから、心配いらないよ。ああ、ディロン、こんなのは願いさげだよ、こんな目にあうのは、二度とごめんだ」

サビッチは携帯電話をコートのポケットに戻した。記憶からピンキーの死に顔を消すには長い時間がかかるだろう。シャーロックはどこだ？

そのときライフルの鋭い発砲音に続いて怒声が響き渡り、銃を抜いた捜査官たちが走りだした。ふたたび捜査官たちに取り囲まれたシャーロックが、倒れた同僚の傍《かたわ》らにひざまずき、その肩に強く手を押しあてている。サビッチは妻の名前を叫んだ。こちらを見あげる目は大きく開かれ、顔はサビッチのシャツと同じくらい蒼白だった。「コニーはわたしのすぐそばに立ってたの、ディロン」

シャーロックは無事だった。

だが、コニー・アシュレー捜査官はそうはいかなかった。さいわい意識はある。サビッチが傍らに膝をつくと、コニーが消え入りそうな声で言った。「大騒ぎしないで、ディロン。

わたしは死なない」力を込めているにもかかわらず、シャーロックの指のあいだから血があふれだしている。サビッチはそっとシャーロックを押しやり、丸めたハンカチをコニーの肩にあてがって、体重をかけた。「あたりまえだ。きみは大丈夫だ。救急車が来るまでここでわめいててやる」

シャーロックが言った。「弾のでどころはあちらよ。北西の、あの木々のあいだを縫って飛んできたの。あのあたりのアパートの二階だと思う」

サビッチは、銃弾が飛んできたときのシャーロックとコニーの正確な位置関係を再現させた。やがてうなずき、内心もう少し上の角度からだろうとあたりをつけながら言った。「そんなところだろう。かなりの距離がある。よし、あの二人を捜しだすぞ」任務を割りふり、散らばっていく捜査員たちに大声で言った。「いいか、用心を怠るな!」

それからコニー・アシュレーの隣にふたたびひざまずいた。「あいつらを見つけるからな、コニー、約束する」

遠くからサイレンの音がした。雪は激しさを増したようだ。

シャーロックは手についたコニーの血を真新しい雪でぬぐっている。

野次馬が集まってきた。まもなくマスコミが殺到する。サビッチとしては、救急車が先に到着するのを願うばかりだ。

見ると、シャーロックはコニーの手を握りながら救急車の到着を待っていた。

7

バージニア州マエストロ
土曜日の午後

レイフはグラスのアイスティーを半分飲みほし、口もとをぬぐってから父親に話しかけた。

「マドンナからロザリンド・フランクリンという女の人の話を聞いたよ。ＤＮＡの解明に貢献したのに、研究結果を盗まれて、ノーベル賞をもらうどころか、やったことも認めてもらえなかったんだって」

「ふーむ」

「その人が死んだのは、母さんがいなくなったときの年齢より少し上くらいだったんだって。何か感じない、父さん？」

「ああ、レイフ、感じるよ。その女の人がもう少し生きていたら、何を成し遂げられたかと思ってるんだろ？」

「マドンナもそう言ってた。ロザリンド・フランクリンは、なんとなくだけど、遺伝子の二重らせんの形をはじめてつかんだんだって」

ロザリンド・フランクリンの名前を聞いたことがないのはなぜだろう？　ディックスはそういぶかりながらも、黙っていた。息子の前にチキンヌードルスープの入ったボウルを置き、もう一杯をトレイにのせてリビングに運んだ。マドンナは三つ重ねたクッションにもたれかかり、ブルースターはその胸もとに寄り添って、前足に顔をのせている。頭を撫でられて、いまにも寝入りそうだ。彼女の目の光は、一時間前より格段に強くなっていた。

ブルースターをコーヒーテーブルにどかし、彼女の膝の上にトレイを置くと、椅子を引き寄せて、ソファの隣に腰かけた。「キャンベルのいちばんうまいスープだ。気に入ってもらえるといいんだが。息子たちの大好物でね。膝を痛めたくないから――」スプーンでトレイを叩いた。「わたしはジョガーで、名前はマドンナ。すごいわ。最高。ひょっとしたら、お金持ちかもしれない。どうやらBMWに乗ってるみたいだから」

「二五キロは超えないようにしてる。週に何キロくらい走るんだい？」

「かもな。おれも週に二五キロ以上は走らないようにするよ」

彼女は少しスープを飲み、途中でスプーンを置いた。「保安官、このあたりに何かおもしろいものはある？　ほら、観光客の興味を惹くようなな？　わたしはアウトドアタイプみたいだから、そのために来るようなものはない？」

「美しい景色。つまり、ハイキングやキャンプに来た可能性はある、あるいはこのあたりの町をめぐって骨董品を買うつもりだったとか。ＢＭＷのＳＡＶ車に乗ってるんなら、いろんなものを詰めこめる。ただ問題は、しばらく前から大雪の予報が出ていたことだな。前が見えない吹雪のなかで、ハイキングをしようとは思わないだろ」

「そうね。それが理由じゃなさそうね」彼女はスープを飲み終えるとため息をつき、スプーンを置いた。ディックスはトレイをコーヒーテーブルに移し、自分の膝を軽く叩いた。ブルースターが膝に飛びのり、手に体をすりつけてくる。彼女は体をひねってリビングの前面の窓から外を眺めた。「もう雪は降らないかもね」

「ＢＭＷは賭けるなよ。さっき外にいたが、東にあった黒い雲がえらく大きくなって迫ってきてた。今夜また大雪になるかもしれない。寒くないかい？」

「ええ、大丈夫よ。マエストロで保安官になってどれくらいなの？」

「十一年近くになる。二十六のときに選ばれてね」

彼女の眉が吊りあがった。「ほんとに？　どうやったらそんな奇跡を起こせるの？」

ディックスは高らかに笑った。「種明かしをすると、二十二のときに市長の娘と結婚したんだよ。そのときはマンハッタンの二十七分署に配属されたばかりだった。ニューヨークで五年過ごしたあと、ここに移ることに決めた。クリスティの父親のチャップマン・ホルコム、人呼んでチャッピーから、保安官に推すという最高の条件を提示されてね。義父はマエストロの半分を所有してるし、バージニアでもいくつかビジネスを展開してるんで、選挙に勝つのはたいした苦労じゃなかったんだ」

「それで、あなたも義理のお父さんのことをチャッピーと呼んでるの？」

ディックスは踵《かかと》の低い黒いブーツを一瞬見おろし、肩をすくめた。「ああ。息子たちもチャッピーじいちゃんと呼んでるよ」

事情がありそうだった。水面下に、保安官が語りたくない何かがある。奥さんのクリスティに関係があるのかもしれない。

「チャッピーにはツイスターという弟がいる。そう呼ぶのは義父だけだけどね」

彼女は笑った。「ツイスターなんて、いいわね。でもどうしてそんな名前がついたの？」

「生まれるとき逆子《さかご》だったらしい。それで医者は足をつかんで、回転させながら、引っぱりださなきゃならなかった。難産で母親が死にかけたそうだ。ツイスターと命名したのは、その母親だよ。そう呼べるのは兄と母親だけで、彼女は去年、九十六歳で就寝中に亡くなるまでツイスターと同居してた。チャッピーはいまでもそう呼んでるが、呼ばれる本人はひどくいやがってるよ」

「ここに来たことを後悔したことは？」

「ニューヨークを離れたことをかい？　ときにはね。おれはシェイ・スタジアムでメッツの試合を観るのが大好きで、いつも息子たちを連れて観戦に行ってた。一度ロブをマディソン・スクエア・ガーデンにニューヨーク・ニックスとボストン・ケルティックスの試合に連れてったことがある。まだ二歳だったんで、吐いちゃってね。隣の観客を汚物まみれにしてしまったよ。

だが、おおむね、ここは子どもを育てるには最適な環境だと思ってる。麻薬絡みの事件は数えるほどしかないし、ギャング関係もこれといって思い浮かばない。ここじゃ十代の子どもが起こす最大の問題といっても、飲酒や無謀運転くらいだ。あとはラバーズ・レーンでいちゃつくガキどもを追い払うか。実際、こんな田舎町だと、めったに犯罪は起こらないが、うちの保安官事務所はいつも忙しくて、おれはつねに待機してるようなもんさ。スタニスラウスがあるから、外の人間がたくさんやってくるんだ」

「スタニスラウスって？」

「スタニスラウス音楽学校さ。毎年四百人が入学する音大で、南部のジュリアードと呼ばれてる。キャンパスの近くを車で通ると、歌声と楽器の音が入り混じって聞こえてくるよ。あまりに妙《たえ》なる音色なんで、死んで天国に送られたかと錯覚するくらいさ。スタニスラウスの校長はツイスター――本名はドクター・ゴードン・ホルコム。チャッピーの弟の」

「へええ。ホルコムきょうだいはこのあたりの名士みたいね。スタニスラウスか。どこかでその名前を聞いたような気がするんだけど」

「かなり有名だからだね。ここに来る前に、何かで読んだのかもしれない」

彼女は肩をすくめ、ディックスの膝で仰向けになっているブルースターに手を伸ばした。四肢を突きだしているので、お腹《なか》を掻いてやる。「それであなたは？　部下が二十人くらいいるの？」

ディックスは彼女をじっと見て、やがてうなずいた。

「女性は何人？」

「九人だ」

「悪くないわね、保安官」

「また顔色が悪くなってきたぞ。頭が痛むのかい？」

「薬が必要なほどじゃないわ」

「そうか。つらいだろうが、あまり心配しないほうがいい。クロッカー先生も記憶はすぐに戻ると言ってたし、おれの部下たちもきみの写真を持ってあちこちまわってる。このあたりにしばらくいたんなら、ガソリンを買ったはずだ。身元はじきに判明するよ。ひょっとすると明日の朝にはわかるかもしれない。きみの指紋がIAFISに登録されていれば」

彼女はため息をついた。「ここで何をしてたんだろうって、つい考えてしまうの。ハイキングやキャンプに来て、どこかのキャンプ場で悪いやつに出くわしたのかも」

「キャンプ場もすべて聞きこみをしてる。だがやっぱり天気のことがあるから、アウトドア関係だとは思えない。スノーモービルやクロスカントリーなら話は別だが。スキーはやるのかい？」

彼女は一瞬黙りこみ、眉をひそめて自分の手を見おろした。「わからない。やるかもしれない。でも、それが目的だったとは思えない」

「なぜ？」

「なぜかわからないけれど、わたしはずっと多くの人に囲まれてた気がするの。いちばんしそうにないことがどこかに一人で出かけることよ」肩をすくめ、保安官に笑いかけた。「ただの思いこみかもしれないけど」

「そんなことはないさ。少し休んだらどうかな？　夕食でも楽しみにして。ゆうべつくった上出来のシチューを冷凍してある」

「ケチャップいっぱい？」

「息子たちみたいなこと言うんだな」ディックスは大笑いした。

土曜の夜、マドンナは九時になるとロブの寝室で眠りについた。貸してくれたロブ本人が言うとおり、パジャマは新品だった。ロブとレイフはたとえ真冬でも、父親がそうだからというだけの理由で、パジャマを着ないからだ。

痛み止めの薬によって深い眠りに引きこまれ、強烈な夢を立てつづけに見た。暗闇のなかに立っていた。目の前に手をかざしても見えないほどの深い闇。場所はわからないが、外に出られず、けれど不思議と恐怖はない。闇に包まれて、男が一〇〇万ドルを持ってくるのを待っている。なぜ闇のなかにいるの？　そんな疑問も、やがて気にならなくなった。おとなしく待ちながら、ぼんやりと保安官がトランクス派なのかボクサー派なのか考えている。興味深い問題だけれど、そのイメージもいつしか消え、どこともしれない場所に立ったまま、男はどこにいるのだろうと考えだす。腕時計が見えないので、時間もわからない。

そのとき物音が聞こえ、心臓が高鳴った。ついに男が金を持ってやってきた。一〇〇万ドル相当の金の延べ棒。全部わたしのもの。がんばって、自分で勝ち取ったもの。どうやって延べ棒を運んだらいいかわからないけれど、なんとかなると、なぜか自信がある。だって、計画を立てておいたでしょう？　そうでなければ、真っ暗な穴蔵に閉じこめられてわくわくしていられるわけがない。

ふたたび物音がした。あれは足音なの？　金の延べ棒を持ってきた男の足音？　だが、その瞬間、男の足音でないのがわかる。もっと不明瞭で、うつろな音。そこで彼女は目を覚まし、がばっとベッドに起きあがって、窓のほうに目をやった。その先にあったのは、しんしんと降る白い雪のベールだった。彼女は目を凝らした。

家のなかは寒いが、耐えられないほどではなかった。レイフからもらった分厚いウールの靴下をはいているので、オークの床を歩いても冷たくなかった。いま見た夢について考えながら、窓まで行って外を見た。窓の下から何かを引っかく音がする。下に顔を向けたけれど、よく見えなかった。なんだろうと窓を開けて身を乗りだすと、真下に、かがみこんでいる男が二人いた。厚手のコートを着て、ジーンズの裾を大きなアーミーブーツにたくしこみ、スキーキャップをすっぽりとかぶって、分厚い手袋をはめている。全身が雪にまみれてほぼ真っ白だ。窓を開けたときに音がしたのだろう。一人がふと顔を上げ、窓から身を乗りだしている彼女に気づいた。

男は何かを口走ると、すばやく動いた。彼女が寝室に頭を引っこめるより早く、頭上一五センチと離れていない窓枠に銃弾が撃ちこまれた。

さらに二発め、三発めが窓から入ってきた。サイレンサー特有のくぐもった音だった。銃を手に取ろうとあたりを見まわしたが、見つからなかった。銃はどこ？　いつも手もとに置いているのに。再度、銃弾が撃ちこまれ、すでに傷ついていた窓枠が粉々に砕けた。彼女は寝室のドアに走り、勢いよく開いて、大声で叫んだ。「保安官！」

まもなく保安官が廊下の突きあたりの寝室から飛びだしてきた。右手にベレッタを握り、左手でジーンズのジッパーを上げている。

「どうしたんだ？　大丈夫か？」

「窓の外にはしごを持った男が二人いたわ。物音がするんで、下をのぞいてみたら、片方が四、五発、わたしに向かって撃ってきたの」

ディックスは彼女を押しのけて開いた窓へと走り、弾道をよけて窓の端ににじり寄ると、下を見おろした。すでに男たちは立ち去ったあとだったが、雪に点々と足音が残り、はしごが倒れていた。

窓枠の壊れた窓を慎重におろし、すばやくカーテンを閉めた。「おれの後ろから離れるなよ、マドンナ。ロブ、レイフ、おまえたちは部屋に戻ってドアに鍵をかけろ。さあ行け！」

二人はすぐさま従った。

ディックスは自分の寝室に駆け戻り、充電器から携帯電話を取りあげ、夜勤の通信指令係に電話をかけた。「カーティス、男が二人うちに来て、マドンナに向かって発砲した。連絡のつく助手全員を大至急ここによこしてくれ。危険な連中だから、くれぐれも気をつけるように伝えるんだぞ」

携帯電話をベルトに引っかけたディックスは、残りの服を引き寄せた。彼がブーツをはいているあいだに、彼女はわかっているかぎりのことを伝えた。ディックスがうなずいた。

「いいだろう。四分もしたら最初の車が到着する。きみはここに残って、何があっても部屋を出るなよ。わかったな？」

「でも――わたしに銃を貸して、保安官。扱い方を知ってるの」

8

「よせよ、マドンナ。おれの指示どおり、ドレッサーの後ろに隠れててくれ」

彼女は心の奥底で、こんなときドレッサーの後ろにしゃがみこんで隠れるのは自分らしくないと思った。そんなことを人に命じられる自分でもない、と。けれど頭は痛いし、夢で見た暗闇のなかを男が自分に近づいてくる光景にまだ動揺していたので、膝をついて、両手で頭を抱えた。

階下におりたディックスは、リビングのカーテンの端を持ちあげて外を見た。印象派の絵葉書さながらの雪景色が広がっている。しんしんと降る純白の雪が現実をおおって、すべてをやわらげているものの、姿を隠したがっている男たちがひそんでいることを考えると、脅威だった。動くものは目につかないが、無謀にも外に飛びだして、狙い撃ちにされるつもりはない。息子たちは確実に言いつけを守っているだろうが、彼女のほうはわからない。そう、マドンナについては。一分もするとサイレンが聞こえ、雪を透かして点滅する光が見えた。コートを着て手袋をはめるころには、次々と到着した五台のパトカーで私道がいっぱいになった。

「頭を下げろ！」ディックスは叫び、ベレッタでゆっくりとあたりを牽制《けんせい》しながら表のポーチに出た。ブルースターの甲高い吠え方で、おしっこを漏らしたのがわかる。けれど、ふり返っている余裕はなかった。

ペニーが声を張った。「保安官、男たちの居場所はわかりますか？」

ディックスは首を振り、手短に経緯を説明した。「捜すのは二人組の男だ。いいか、向こうは銃を持ち、すでに殺害目的で発砲してるから、くれぐれも気をつけてくれ。森までは雪に残った足跡がたどれる。森のなかで見失ったら、手分けして捜す。やつらが森を抜けるまでに追いつけるといいんだが。さあ、足跡が雪に埋もれる前に行こう」

部下たちは、はしごの周辺に残った足跡を囲んだ。まっすぐ森に向かっている。いまはまだ鮮明に見えているが、じき雪におおい隠されるだろう。

「すっ飛んで逃げたみたいですね、保安官」ペニーが言った。彼女とディックスは手を振って、ほかの部下たち全員に森に急ぐよう合図した。

やがて二人は、すでに森に入っていたBBとクラウスに合流し、四人で犯人が通った道筋に残されたものをたどった。それは雪に残った足跡ではなく、ブーツから落ちた小さな雪の塊や、駆け抜ける際にぶつかって折れた枝や、傷のついた葉のない木だった。しだいに痕跡が薄れていくせいで、四本の懐中電灯だけが頼りの追跡には時間がかかった。犯人たちは西側から森を出て、いったん戻り、六メートルほど進んでまた外に出ていた。「静かに」ディックスが言った。

車のエンジンがかかって走りだす音が聞こえた。四人はオークの枝をよけ、黒っぽい色のトラックが後部車体を左右に振りながら、ディックスの家から一本向こうのウルフ・トラップ・ロードに向かうのを見た。雪と砂利《じゃり》が大きな扇形を描いて飛び散っている。距離があるうえに、雪が激しいので、ナンバープレートは読み取れなかった。

「タコマです」ペニーが言った。「トミーと同じ車です。何度洗車したかわからないから、間違いありません。色は黒か、黒に近い濃紺」

ディックスは携帯電話を使って早口で指示を出し、ジーンズのポケットに戻した。「すぐにエモリーがパトカーをこちらにまわしてくる。あのいまいましいトラックを追うぞ。BB、おまえはおれの自宅に戻って、二、三人配置させてくれ。パトカーは充分にあるから、一帯を監視するんだ。あいつらはだてじゃない。息子たちを頼む」

三分もしないうちに、ディックス、ペニー、クラウス、エモリーの四人はエモリーが運転してきたパトカーに乗りこみ、ディックスがハンドルを握った。ペニーは助手席の窓から顔を出し、トラックのタイヤの跡を見きわめようとした。

「ウルフ・トラップ・ロードをまっすぐ」ペニーが声を張りあげた。「タイヤの跡は嘘をつかないわ」

スピードを出しているせいで車体が左右に大きく揺れたものの、ディックスはほぼ車道をそれることなく走った。やがてローン・ツリー・ロードに出た。

「左です、保安官!」

とっさにハンドルを切り、あやうく側溝に落ちそうになった。ディックスは盛大に罵《ののし》りながら、どうにか車体を立てなおして、ふたたび路面を走りだした。

クラウスが後部座席でくり返している。「あいつらをとっ捕まえたら、生皮を剝いで、肝臓をフライにしてやる——」

「いい考えだな、クラウス」ディックスは大声で言った。「そういう獲物じゃないのが残念だよ。ペニー、凍えてないか?」

「大丈夫です、保安官。でもまずいですね——ハイウェイに近づいてます。70東に入るドップラー・レーンの入口ランプです。もし連中がそこに入ったら、ハイウェイ・パトロールに連絡しましょう」

「いや、おれたちで捕まえるぞ」ディックスはそう言うと、スピードをあげた。「おい、前にいるのは連中じゃないか?」さらにアクセルを踏みこんだ。助手たちが乗っているパトカーは頑丈で冬用の新しいタイヤをつけたばかりなので馬力があるが、この吹雪で限界ぎりぎりのスピードを出しているのはわかっていた。トラックの男たちが同じことをしているとは思えない。ペニーを見やると、彼女はにやりとしてウールの帽子を目もとまで引きさげた。

顔が雪にまみれている。「見えました、トラックです。五〇メートルもありません！　捕まえられますね、保安官！」

クラウスが後ろの窓から顔を突きだした。「まだナンバープレートを読めないが、たしかにトミーのタコマに似てるな。黒なのは間違いない」

トラックはハイウェイ70東にぶつかると、横すべりしつつ東向きの入口ランプに突っこんでいった。後部を激しく右に振り、道路からすべり落ちそうになりながら、なんとか車体を立てなおす。

この吹雪で深夜一時ともなれば、ハイウェイは閑散としているだろう。その点は助かったと思いながら、ディックスは入口ランプの中央からはずれないようにハンドルを握りしめ、カーブを曲がって、州間高速道路に入った。「エモリー、ペニーの言うとおりだ。先で止めてもらえるよう、ハイウェイ・パトロールに通報しよう。六、七キロ先にスタンプツリーの出口がある」

状況を無視したスピードを出しているのはわかっているが、頓着《とんちゃく》している余裕がない。それほど犯人を捕まえたかった。自宅を襲い、息子たちを危険にさらして、あろうことかマドンナを殺そうとした。彼女は何者なのか？　何かをしでかしたか、何かを目撃したか。家に連れて帰ったのが間違いだった。息子たちが暮らす家に。だが、二人の殺し屋に狙われていることなど、誰に予測できただろう。

一三〇キロ近く出しているにもかかわらず、トラックが見えなかった。ライトを消しているのだろう。「ペニー、トラックが見えるか？」

「見えたり、見えなかったりです」

「エモリー、ペニーにおまえのレミントンを渡せ。近づいたら、タイヤを撃てよ、ペニー。あの連中を生け捕りにしたい」レミントン・ボルトアクションに誇りと喜びを抱いているエモリーだが、射撃にかけてはペニーの右に出る者はいないので、黙って指示に従った。

次の瞬間、フロントガラスの端に銃弾が撃ちこまれ、ガラスにひびが走った。

「こんちくしょうめ！」エモリーが叫んだ。

「ペニー、体を引っこめろ！」ディックスは速度を落とし、急ハンドルを切りながら叫んだ。

「とっととライフルを貸して、エモリー。そろそろお返ししてやらなきゃ！」

「くそ、ペニー、気をつけろよ」

ペニーは高笑いし、五発の実弾が入っていることを確かめた。まるで雌ライオンだ、とディックスは思った。ペニーからは微塵《みじん》の恐怖も感じられない。ディックスはスピードをあげ、距離を縮めた。トラックが視界に入った。やはりスピードをあげ、距離を詰められないようにしている。ペニーは間髪《い》を容れずに一度、二度と落ち着いて引き金を引き、五発すべてを降りしきる雪のなかに撃ちこんだ。

ほとんどトラックが見えていなかったディックスにも、その瞬間、火花が散るのが見えた。

低い位置、左の後部タイヤのあたりだ。

ペニーに向かって叫んだ。「あたったようだな。たぶんテールランプだ」

「そうみたいですね」ペニーは言いながら、エモリーから手渡された銃弾五発をライフルに押しこんだ。「ねえ、エモリー、いい銃ね。この銃身、うちの姑より重いわ」

クラウスが大声で言った。「男が助手席から身を乗りだしてるぞ。気をつけろ、ペニー！」

ペニーはすでに車内に引っこんでいた。六発連射される音がして、二発が右のフェンダーとフロントグリルに命中した。ペニーがまたもや窓から身を乗りだし、さらに五発続けざまに発砲した。「もっと近づいてください、保安官。よく見えなくて、タイヤが狙えません」

横殴りの雪のなかですでに一三〇キロ出しているが、さらにアクセルを踏んで一五〇キロ近くまであげた。クラウスがペニーに声をかけ、援護射撃をするために運転席の後ろの窓からグロックを突きだした。少なくとも、相手を攪乱《かくらん》することはできる。

ペニーはエモリーから再度、弾を受け取った。手がかじかんでいるので、落とさないように慎重にやりとりしている。

そのとき爆音がとどろいた。さっき見た火花が狼煙《のろし》のように燃えあがり、目のくらむような巨大な白い輪となって、降りしきる雪のなかで青く反射した。と、ペニーが悲鳴をあげ、エモリーが彼女を車内に引き入れた。トラックが炎上する直前に被弾したのだ。世界が凍りつくや、一点に集約された。渦巻く雪の向こうで炎が燃えあがり、オレンジ色の炎が五メートル、いや十メートルの火柱となって空を赤とオレンジに染め、そのまわりに黒い煙がもくもくと湧き起こった。

ディックスがとっさにブレーキを踏むと、雷鳴を思わせる轟音とともにトラックが爆発した。パトカーが火の玉に突っこみ、瓦礫が飛んでくる。黒い金属板がパトカーのてっぺんをかすっていくが、ルーフまではやられなかった。あと三〇センチ下だったら、全員命がなかっただろう。

ディックスはブレーキを踏みしめ、横転しないように注意しながら、ゆっくりと車を横すべりさせた。祈りながらブレーキペダルから足を離し、車体をすべらせて、ゆっくりと立てなおした。

「保安官！　あれを！」

心臓が止まりそうになった。赤々と燃えるタイヤが高速でこちらに転がってくる。あわててハンドルを右に切った。タイヤが後部にぶつかり、車体が前に押しだされた。こんどは急いでハンドルを左に切った。

「つかまってろ！」

ガードレールを突き破ったにもかかわらず、スピードは衰えなかった。雪をかぶった畑に突っこみ、こまかな灰が降りそそいだ。

車が止まったのは、ガードレールから三メートル先の平らな地面の上で、さいわいにも道路脇にみっしりと立ちならぶオークの木立までは距離があった。一メートル以上ある雪の吹きだまりのおかげで命拾いしたのだ。

ペニーの体が助手席で跳びはねた。クラウスが腕を伸ばしてフロントガラスにぶつかるのを防いだものの、頭から血を流している。

ディックスは一瞬めまいに襲われ、頭を振って払いのけた。ペニーの毛糸の帽子を脱がし、側頭部の傷に押しつけた。「道路まで運ぶぞ。パトカーはどうにもならない。クラウス、九一一に電話してくれ」

三人で助手席からペニーを慎重に引っぱりだし、エモリーが幼いわが子を抱くようにしてハイウェイまで運んだ。

送電線から火花が飛び散るや、ふいにそれが落ちてきて、激しく動きながらクラウスを急襲した。クラウスは飛びのき、脚にぶつかりそうになった送電線を避けた。送電線は先端から火花を放ちながら、雪面に落ちた。

ディックスが声をかけた。「みんな大丈夫か?」

「ちょっとびびっただけですよ、保安官」エモリーは答えながらペニーにかがみこみ、瞳孔をチェックした。「でもペニーの頭の血は止まってないし、意識も戻りません。まずいな」

クラウスは首をかしげた。「サイレンが聞こえてきたから、じきに助けが到着するよ」炎上するトラックに目をやった。「それに、悪党のほうも悲惨なもんさ」

9

彼女は、保安官が息子たちを抱きしめるのを見ていた。二人とも父親の身を案じて怯えていたものの、男の子だけあって、必死にそれを見せまいとしている。どちらも何も言わないが、強くしがみついているから、ディックスは息苦しいはずだ。無言なのは、口を開けば泣きだすとわかっているからなのだろう。そして彼女自身は、無力感に包まれ、初夜を迎えた不能者のように役立たずで、そんな自分がうとましくてしかたがなかった。

ディックスが小声で息子たちに話しかけた。おまえたちを誇りに思っている、マドンナを守ってくれてありがとうと伝えるのを聞いて、彼女は一瞬、頬をゆるめた。

ようやくロブが体を離し、父親を見あげた。「顔に血がついてる」

「心配するな。おれの血じゃないよ」

「ちびりそうなほど怖かったんだぞ！」ロブが拳を振りあげて父親の腕を叩く。

「汚い言葉を使うな」ディックスはとっさにたしなめると、腕をさすりながら息子を笑顔で見おろした。「悪くないパンチだ。二年後には殴り倒されるかもしれないな。マドンナを泣かせなかったか？」

「まさかあ」レイフは兄よりも少し遅れて父から離れた。「マドンナがココアをつくってくれて、ぼくたちスティーターじいさんとこの話をしたんだよ。小さな子どもを誘拐して、家のなかに閉じこめてたって。マドンナはなんにも覚えてないから、一つも話ができないんだって」

ディックスは眉を吊りあげた。「そんな話を聞かされて、マドンナはさぞかし今夜よく眠れるだろうな。できることなら、お返しに作り話をして怖がらせたかったんじゃないか？」

ロブが言った。「マドンナがその家を見たいって。秘密の通路があるかどうか」

ディックスは彼女に向かって言った。「ミスター・スティーターは十年前に亡くなったんだ。古いビクトリア朝風の屋敷を甥に残したが、相続の手続きがとられなかった。複雑な法律問題が絡みあって、売買も改修もできない。で、それをいいことに、このへんの子どもたちは好き勝手なことを言ってるよ」

彼女は言った。「子どもの幽霊が追いかけてこないという保証があるんなら、探検したら楽しいでしょうね。ココアでもどう、保安官？」

「いいね」ディックスはコートと手袋をはずし、バスルームに行って顔についた血を洗い流した。キッチンに戻ってぐったりと椅子に腰かけると、隣にロブとレイフがやってきた。

「全部話してくれるよね、父さん？」

「マドンナを狙った男たちを捕まえたの？　その血はどうしたの？」

「危機一髪だったよ、レイフ。高速道路でカーチェイスになってな。ペニーの撃った弾が犯人の車のガスタンクにあたったらしくて、やつらのトラックが炎上した。悪党どもは逃げきれなかった。顔についているのはペニー保安官助手の血だ。頭に怪我をしたが、いま病院でゆっくり休んでる。すぐに元気になるさ。いまは消防隊がトラックの残骸を片付けてるよ」

ディックスは子どもたちの刺激を求める気持ちを満足させてやりつつ、血生臭くならない程度に留《とど》めている、と彼女は思った。とはいえ、事実そのもので、充分に恐ろしかった。

「そいつらは焼けちゃったの？」レイフが尋ねた。

「ああ、レイフ、そうだよ」吹き飛ばされて、焼きつくされ、この世から消えてなくなった、とディックスは思った。

こんどはロブが尋ねた。「で、ペニーは頭を縫ったの？」

「ああ、十針くらいかな。オリファント先生がきれいにふさいでくれた」不満そうな顔を見せたレイフに向かって首を振ったあと、特大のあくびをした。

「あと二時間で夜が明ける。少し眠らないか？」

「ロブとぼくは徹夜したってへっちゃらだよ、父さん」

彼女の体の奥底で笑いが湧き起こり、それがふっと外に出た。「わたしはおばさんだから、少しでも眠りたいわ」保安官に追い立てられるまま、子どもたちと一緒に二階に向かった。

あらためてロブのベッドで横になって暗闇を見つめていると、自分が何者で、どんな人間なのかわかるのが怖くなった。夜が明けたら、ディックスに起きたことをすべて説明してもらわなければならない。たんなる状況説明ではなく、あの男たちが何者で、なぜ自分を殺そうとしたのかという肝心な点を含めて。子どもたちの前ではとても訊けなかった。

日曜の朝十時に目覚めたディックスは、起きるなりパニックを感じて、深呼吸した。昨夜の事件は片付き、みな無事だった。息子二人がレイフのベッドでぐっすりと寝入っているのを見て、笑みを浮かべた。ロブの部屋までマドンナのようすを見にいくと、空っぽのベッドがきちんと整えられていた。このベッドがこんなにきれいに整えられていたのは、クリスティが——いや、妻のことは考えまい。窓枠が壊れているにもかかわらず、カーテンがしっかりと閉まっているおかげで、寒くはなかった。

二十分後にシャワーと着替えをすませてキッチンにおりると、マドンナがオーブンからビスケットを取りだすところだった。

「おはよう、足音が聞こえたわ。淹れたてのコーヒーがカウンターにあるわよ」

「死んで天国に来たみたいだ」ディックスはビスケットに目をやりながら言った。

「日曜の朝は、動脈にコレステロールのことを忘れさせていい週に一度の特別な日よ。スクランブルエッグとベーコンはどう？」

「おれがやるよ。さあ、ここに坐って——」

「保安官」彼女はいらだたしげに言った。「わたしはもう大丈夫。退屈なの。何か役に立つことをさせてもらえないかしら？」

退廃的な朝食がふるまわれた。バターとイチゴジャムをたっぷりとかけたホットビスケットは、ディックスが考える日曜の朝食の決定版のようなものだった。彼女のビスケットが自分のブルーベリーマフィンと同じくらいうまいのを認めないわけにはいかない。

三つめのビスケットの最後のひと口を食べ、ナプキンで口もとをぬぐうと、切りだした。

「今日になってまた思いだしたことはあるかい？」

マドンナは首を振り、さらにコーヒーを飲んだ。

「怖いのはわかるよ、マドンナ。宙ぶらりんの状態で、鏡のなかに見知らぬ人間を見るのはつらいだろう。だが、じきにIAFISから連絡が入って、身元が判明する。本名を聞いてもすぐには記憶が戻らないかもしれないが、少なくともそれが支えにはなる。そうだな、いますぐクローリスに連絡してみるか」ディックスは身を乗りだして、カウンターの電話を手に取った。

「やあ、クローリス、頼みが——」

マドンナはディックスのその声に重なるようにして、回線の向こうから女の興奮した声を聞いた。見ると、ディックスはにやりとし、椅子の背にもたれて話を聞いている。ようやく彼が会話の主導権を握った。「いろいろ世話になったね、クローリス。ああ、実際、きみの言ったようなことが起きた。あとでペニーのようすを見に病院に寄るよ。病院嫌いの旦那のトミーがどなりこみにいくのは確実だろうな。しかし、そいつはすごいニュースだ。わかった、クローリス、次はおれの番だ」

IAFISについて尋ねたディックスは、答えを聞いて顔をしかめた。「わかった、だが知らせがありしだい連絡してくれるな？　あとで顔を出す」

電話を切った。「気の毒だが、IAFISからは連絡がないそうだ。日曜の朝だから、大目に見てやらないとな。それはロブのジーンズかい？」

マドンナは流しで皿を洗いながら、保安官が自分の身元はまだ判明していないというのを聞いていた。そのあと、彼はなんと言った？　さっとふり返って、まばゆいばかりの笑顔を向けた。「ロブが貸してくれたのよ。男の子のお尻の小ささを忘れてたわ。きつきつ」

ディックスはにっこりとし、マグを見おろした。

「男たちの身元はわかったの？　何が起きたのか教えて」

首が振られた。「まだわからない。トラックは火の玉になったが、特定することができた。昨日リッチモンドの販売店から盗まれた盗難車だ。だが身分証明書はなかったし、遺体の損傷が激しいから、身元の特定には時間がかかりそうだ」

「できないかもしれないわね」

「そのとおり。どうしてわかるんだ？」

彼女は肩をすくめた。「それが理屈だという気がするから。材料が乏しければとくにね。ベレッタはわたしには大きすぎるわ。使いこなせない」

ディックスは眉を吊りあげただけで、何も言わなかった。マドンナは自分の言ったことにびくりとして、眉をひそめながら布巾をねじりはじめた。

ディックスは愛犬にベーコンの切れはしを投げた。「どんな銃が好みなんだい？」

「シグよ。少し反動があるけど、造りがよくて精確だから」

ディックスはうなずいた。彼女はなんのてらいもなく自分の銃について語った。何者なのだろう？

「息子さんたちを危険な目にあわせてごめんなさい」

ディックスは穏やかに応じた。「きみはあの子たちを守ってくれた。ばかなまねをしないよう、注意をほかに向けてくれた。ほんとうに感謝してるよ」

「ドレッサーの後ろに隠れるんじゃなくて、あなたについていくべきだったわ、保安官。あなたはとてもやさしい。わたしの経験だと、あなたのような保安官は多くない」

「保安官をたくさん知ってるのかい？」

「そうね、ノース・カロライナの人は――」マドンナは口をつぐんで首を振った。「覚えているのは、張り倒したいと思ったことだけ。変でしょう？　顔がちらりと浮かんだの。自信満々のにやけ顔。でもすぐに消えてしまった」

「ノース・カロライナで何をしてたんだい？」

「それがまったくわからないの」

ディックスは立ちあがってマドンナに近づき、片手を肩に置いた。「怖がらなくていい、マドンナ。きみが誰かわかるまであと少しの辛抱だ。あとはおれたちがあいつらの身元を突き止めるから心配いらない。それですべて解決するよ」

ディックスは息子たちが起きてくる前に保安官事務所に出かけ、戻ってきたのは夕方近くになっていた。玄関を入り、コートと手袋を脱ぎながらリビングに入った。「やっと雪がやんだよ。たぶんこれで終わりだろう。帰る途中で日が射してきた」

レイフとボブがふたたび抱きついてきたので、ディックスも抱擁を返した。二人はやけにあっさり離れたと思ったら、すぐに質問をはじめた。

「クラウスの脚が電線で黒焦げになるとこだったんだって？」

「父さんに飛んできた、火のついたでかいタイヤって？」

「マドンナを撃とうとした男たちだけど——燃えつきて骨になったってほんと？」

「つまり、どこからかそんな話を仕入れてきたわけだな？　話が大げさになってるぞ。肝心なことはゆうべ話した。宿題は終わったのか？」

「何言ってんの、父さん」ロブが言った。「今日は日曜だよ。ぼくたち、またブレーカーズ・ヒルにそりに行ってくるから」

レイフも加勢した。「忘れちゃったの、父さん？　金曜の夜に『オセロ』を終わらせたこと。マドンナにスクラブルでこてんぱんにやられちゃったけど、〝地衣類〟っていう単語を覚えたよ」

口を開いて答えようとしたら、車が止まる音が聞こえた。こんどは何だ？　ディックスは彼女を見て呼びかけた。「きみの名前はマドンナじゃない。ルースだ」

「えっ？　いまなんて？　わたしの名前がルース？　ルース何？　わたしは誰なの？」

玄関にノックの音がした。いつもなら息子に任せるが、昨夜の出来事が記憶に新しいので、けたたましく吠えるブルースターを抱きあげて、玄関に向かった。「ワーネッキ」頭だけふり返って叫んだ。「きみのラストネームはワーネッキだ」

ディックスは手を上げて制した。「いいか、おまえたち、動くなよ。いいから、下がってるんだぞ」二人はその声音にすかさず反応したものの、ブルースターだけは腕から逃れようとけんめいにもがいていた。「じっとしてろ、ブルースター、落ち着け」

玄関のドアを開けると、黒の革ジャンに黒いズボン、白いシャツ、黒いブーツ、黒い手袋といういでたちの男が立っていた。隣にはやはり黒ずくめの女がいる。

「ノーブル保安官？」

「ええ。そちらは？」

「ディロン・サビッチです。こちらは妻のレーシー・シャーロック。記憶喪失の女性がこちらに保護されていると聞いて来ました。彼女に会わせていただきたい」

「お知りあいですか?」

「彼女とは同僚で――」

「ディロン! ああ、ほんとにあなたなんですか、ディロン? わたし、あなたを覚えてる! シャーロック? 助かった――二人とも、すごく元気そう。そうよ、わたしはルース・ワーネッキ、思いだした! あなたたちがここにいるなんて信じられない」

急いで玄関ホールに入ったサビッチは、飛びついてきたルースを両腕で抱きとめた。ルースは笑いながら彼の頰にキスをして、しっかりと抱きかかえられた。足が宙に浮いたまま、目に涙を浮かべて、腕のなかでそり返った。「最悪だったんです。自分の名前が思いだせないのに、妙なことばかりポンポン口をついて出てきて。こちらはディクソン・ノーブル保安官、わたしの面倒をみてくれた人。それからロブとレイフ、二人にもお世話になったんですよ。さっき保安官からルース・ワーネッキという名前を教わったと思ったら、そこへあなたたちが現われて、二人の顔を見たら、すべてが戻りました。ほんとうに怖かった。シャーロック、黒ずくめの恰好、すてき。あなたたちってほんとうにお似合いね。会えてほんとうに嬉しい」サビッチの耳と左の眉にキスをし、ひしと抱きついた。

ディックスと子どもたちは、下がってそれを見ていた。ディックスに抱えられたブルースターは、なぜか吠えるのをやめて、ハグ大会に加わりたそうにもぞもぞしている。

大男のディロン・サビッチはルースを床におろしつつ、背中に腕をまわしたまま、顔だけ向けて言った。「申し訳ない、保安官。ルースから到着の報告がないと聞いて、ひどく心配してたものだから」

「誰に到着の報告を？」ディックスは尋ねた。

ルースが答えた。「わかった、ルーサー・ヒッチコックがあなたに電話したんですね、ディロン？　彼はメジャーリーグ級の心配性だもの。今回は心から感謝するけど」その場の全員に、分け隔てなく子どものような笑顔を向けた。「彼、胆嚢《たんのう》の発作に襲われて、一緒に来られなくなったのよ――」そこで言葉が途切れ、ふいに表情を消して青ざめた。

「どうした、ルース？　何があった？」

「ディロン、誰かに殺されそうになったんです。たぶんウィンケルズ洞窟の財宝のせいで」

「ウィルケンズ洞窟？」ディックスが訊き返した。「財宝というのは？　きみは何者なんだい、ルース？」

シャーロックは鋼《はがね》のように頑丈そうな男にほほ笑みかけた。男はこちらに飛びかかろうともがいている白くてふわふわした塊を右腕に抱え、両脇に十代の少年二人を従えている。

「わたしたちは全員ＦＢＩの捜査官なの、保安官」

ルースは手を差しだした。「ルース・ワーネッキ特別捜査官です、ノーブル保安官。はじめまして」

ディックスはその手を取り、ブルースターは舐めた。興奮冷めやらぬルースは、握手した手を上下した。ディックスが言った。「だから、シグを使ってるのか」

「グロック17も持ってるわ」

「ほんとにFBIの捜査官なの、マドンナ？」レイフが訊いた。「違った、ミズ・ワーネッキだよね。ええと、ワーネッキ特別捜査官？　テレビに出てくるような本物のFBI捜査官？　すごいや。父さんにドレッサーの後ろに隠れてろって言われたとき、むかついただろうね」

ルースは笑い声を放った。「そうでもないわ。少なくともあのときはね。もちろんお父さんも、もうそんなこと言わないだろうし。ノース・カロライナのあのまぬけな保安官とは違うもの。それと、わたしのことはルースと呼んで」ブルースターがけたたましく吠えだした。ルースはディックスの腕から犬を奪い、ぎゅっと抱きしめた。「自分に戻れるって、いい気分。頭のなかもそう。マドンナなんかより何倍もいいわ」

ブルースターはルースの顔を舐めた。吠える合間に顔を舐め、気がつくとロブのスウェットシャツにおしっこを引っかけていた。

10

ルースはサビッチとシャーロックにはさまれて坐った。二人の手を放したくなかった。

「思いだせるだけ話してくれ」サビッチが言った。「隙間はすべておれたちで埋める手伝いをするから、心配しなくていい」

「最後のはっきりした記憶は、洞窟の壁の低いところにあるアーチ型の開口部をくぐり抜けて、その向こうの部屋に入ったことです。その先はすべてが混沌としてて、そう——真っ暗なんです。あの暗闇の質感を覚えてます。ゆうべ見た夢とまったく同じだったから、あの夢は実際に起きたことを反映してたのかもしれない」

「じゃあ、その夢について話して」シャーロックがルースの手を軽く握りながら言った。

「夢の記憶なんてあいまいになってると思うでしょうけど、そうでもないんです。いまその夢を見ているようにはっきりと覚えてて。そうね、わたしは夢のなかでどこか暗くて狭いところに立っていた。一人きりで、自分の手も見えなかったけれど、怖くはなかった。わたしは男が一〇〇万ドル分の金の延べ棒を持ってきてくれるのを待ってました。いまにしてみると、わたしが探していたウィンケルズ洞窟の財宝のことだったんですね。彼が近づいてくる音を聞いたんですが、それが足音じゃないと気づいて、はっとして目が覚めました。窓の外で二人組の男がたてていた音だった。夢はそこまでで、先はありません」

ディックスは首を振っていた。「ウィンケルズ洞窟に財宝が隠されているとは、いまだに信じられないな。初耳だよ」顔を上げると、ロブとレイフがリビングの戸口に立っていた。そり遊びにいくため防寒着に身を包み、じっとルースを見ている。

ロブが言った。「ウィンケルズ洞窟に財宝があるの、ルース？　海賊が隠した金塊？　ドブロン金貨（スペイン・ラテンアメリカでかつて用いられていた金貨）？」

ルースは二人に笑いかけながら首を振った。「ううん、それ以上よ。リッチモンドにいるリー将軍に届けられるはずだった金を盗んだもの」

「へええ」レイフがリビングに三歩で入ってきた。「すぐ近くにお宝があるのに、ぼくたち全然知らなかったんだね」

「でも、なぜウィンケルズ洞窟なの？」ロブが尋ね、同じく三歩で部屋に入ってきた。

「黒色火薬の主原料が硝酸カリウムだっていうのは知ってる？　硝酸カリウムは硝石からとれるんだけど、その硝石は洞窟に蓄積されるの。南北戦争中、バージニア西部の洞窟は硝石を取るために大々的に採鉱されたわ。金を盗んだ兵士たちがウィンケルズ洞窟を知ったのも、たぶんそのせいでしょうね。実際にここで採鉱したときにあの洞窟を見つけて、隠し場所にうってつけだと思ったのかも。それで金の延べ棒を隠した」

「一〇〇万ドル分の金？」ロブが弟の隣に立った。「それってどれくらいの量？」

「かなりになるはずよ、わざわざそんなことしたんだから」

二人ともそり遊びのことなどそっちのけで、ルースに飛びかからんばかりだった。ソファの背に飛び乗ったブルースターは三人に向かって吠えつづけ、ロブに抱きあげられてようやく鳴きやんだ。ルースが言った。「さあ、二人とも、新しいことがわかったらまた教えてあげるから。約束する」

ディックスが割りこんだ。「そうだぞ。おれたちはルースから話を聞かなきゃならないから、おまえたちは出かけておいで。気をつけろよ。縫うほどの怪我はもうごめんだからな」

少年たちはしぶしぶリビングから退散した。「おとなしく出ていくとは思わなかったよ」ディックスは二人を見送りながら言った。「きみはあいつらの扱いを心得てるようだね、ルース」

玄関のドアを開け閉《た》てする音を聞いてから、サビッチが口を開いた。「よし、ルース、ゆっくり頼む。その宝の地図を見つけたいきさつから、すべてを逐一、話してくれ」

「わかりました。先月、マナサスのガレージセールですごく古い本をまとめて買ったんです。どれも百年以上前の本で、いかにも旧家の図書室にありそうな本ばかり、あらゆる分野にまたがってました。当時の流行歌を集めた薄い歌集のあいだに、ウィンケルズ洞窟以外にはありえない洞窟の地図がはさまってたんです。そこには金の延べ棒が隠されている印があった。あの子たちにさっき言ったとおり、鉄道網のかなめのマナサス・ジャンクションから、リッチモンドのリー将軍に届けられるはずだった金の延べ棒を盗んだ裏切り者の兵士の手による地図でした。一八六一年六月二十一日にマクドウェルがブルラン——ここ南部ではマナサスと呼ばれてますが——に攻撃をしかけたとき大混乱になった。たぶんそれに乗じた兵士たちが延べ棒を盗み、一時的に保管するためにここに持ってきたんでしょう。

騒動が落ち着いたとき、ハーパーズ・フェリーから一〇〇ポンド以上の金がなくなったという報告があがり、多くの人は北軍の兵士が盗んだと考えました。金を洞窟の隙間に隠した兵士たちは、戦争が終わったあと回収するつもりで地図を描いたのに、まだあの本のなかにあったところをみると、一人も生き残れなかったんでしょうね。これはたんなる勘ですが、地図は一枚しかなくて、盗んだ兵士たちの一人が戦場を離れて家族を訪ねたときに、あの薄い歌集のなかに隠したんだと思います。そして家族には金を盗んだことも、地図のことも話さなかった。とにかく本物らしかった。時代も合ってたし、少なくとも紙はそうとう古かった。筆跡もその時代にふさわしいものでした」

ディックスが言った。「地図は複数枚あるかもしれない。盗人を信頼しすぎじゃないか?」

ルースは肩をすくめた。「かもね。とにかく、試してみる価値はあると思ったの」

「ところが、あの洞窟にいちばん乗りしたのはきみじゃなかったようだ」サビッチが言った。

「つまり、お宝はとうになくなってる可能性が高い」

「そうなんです、ディロン。地図もどこかに行ってしまったし。以前は持ってなかったとしても、いまはそいつらの手に渡ってます」

「明日その洞窟に行ってみよう」とサビッチ。「きみに何が起きたのか突き止めたい」

ルースはサビッチの手をつかんだ。「あそこに戻ると思うと、怖くなります。体の芯が凍りつきそうです。まるで牙をむきだしにした虎が外をうろついていて、わたしは家の火のそばで縮こまってるのに、それでも不安な感じ」

シャーロックも思わず身震いした。「そういう気持ち、わかりたくないけど、ルース、わたしもあの場所についてはまったく同じように感じてるわ。そう、わたしがはまりこんでしまったあの迷路のこと——でも、いまは関係ないわね」

ルースはブルースターを膝にのせ、やわらかい耳を撫でながら、煌々《こうこう》と燃える暖炉の炎を見つめた。

ディックスが身を乗りだした。「大丈夫か、ルース？」

「ええ、ごめんなさい。少しぼんやりしてしまって。金曜からいろいろありすぎて、消化不良を起こしてるみたい」ルースは涙をぬぐい、きりっとした表情になった。「泣き言はもうおしまいにしなきゃ。わたしはタフな女なんだから、それらしくふるまわないと」

「なんなら月に向かって吠えてもいいぞ」ディックスが笑った。「きみが耐えてきたことを思ったら、おれはマッチョの看板をおろしてもいいくらいだよ」

「大切なのはわたしたちがここにいて、みんなで真相の究明にあたれることよ」シャーロックがルースを引き寄せて抱きしめ、あいだにはさまれたブルースターの鼻が押しつぶされた。「忘れないでね、あなたがタフな女だってこと。さあ、洞窟探検はそんなにたいへんじゃないと言ってくれなくちゃ。ディロンもわたしも、一般に公開された洞窟の観光客用ルートしか歩いたことがないの」

ルースは平静を取り戻した。「洞窟探検には細心の注意が必要です。ウィンケルズ洞窟は、地図にないところでもそれほどの難所はありません。だからこそ、兵士たちも延べ棒の隠し場所にしたんでしょう。肝心なのは、洞窟に一人で入らないこと。要はわたしがばかだったってことです。頭に血がのぼってしまって、ルーサーがいなくても大丈夫だと勝手に判断しました」

「ああ」ディックスがうなずいた。「そんなところだろうな。きみはばかだった。おれはずぶの素人だが、どれだけ金を積まれたって、一〇〇万ワットのサーチライトをつけてたって、洞窟の地図もない部分に一人で行こうとは思わない」

「恐れ入ります、ノーブル教授」ルースはそう言うと、シャーロックを見て続けた。「男性に同意してもらうのっていい気分。それはともかく、わたしが案内します。地図がなくても通った道はほぼ覚えてますから。実際それほどひどくないんです。過去にはもっときつい洞窟も探検してきました。冷たい水のなかを腹這いで進んだり、底に何が待ってるかわからないまま——底があるのを祈りながら——垂直の壁をロープでまっすぐ下ったり、十二歳以下の子どもにしか通り抜けられそうにない通路を這ったり。

少なくともわたしが見たかぎりでは、ウィンケルズ洞窟には閉所恐怖症を引き起こすほどの難関はありません。このあたりの洞窟にはバージニア・ミミナガコウモリがいるはずですが、糞しか見かけていないし、ほかの洞窟動物にも出くわしませんでした。平均気温が十二度だからひんやりとはしてましたが、水のなかを歩く必要もなければ、低体温症を心配するほど長時間いる必要もないはずです。必要なのはたっぷりの光。それがなにより大切です」

そこでひと息入れた。「あの洞窟でわたしが何に出くわしたのか、知りたいんです。思いだせたらいいんですけど。見てはいけないものを見たのか、あそこから何者かに引きずりだされたのか。でもわたしを助けようとしたのなら、なぜ頭を殴って意識のないまま保安官の森に置き去りにしたんでしょう？　実際、ブルースターに発見されなければわたしは死んでいたはずです。それと、この家に押し入ってわたしを撃とうとした二人組のこともあります。殺そうとしたのなら、なぜそもそもわたしを生かしておいたのか？」

「気に病むなよ、ルース。いずれわかるさ」ディックスが言った。「そうだろ、マドンナ。きみの名前だってこうしてわかったんだから」

多少なりとも、笑い声をあげられるのは気分いい。短い時間とはいえ、ウィンケルズ洞窟の恐怖を追いやることができた。ルースはサビッチに尋ねた。「どうやってわたしを見つけたんですか?」

サビッチも笑った。「いいか、ルース、保安官が森で女を見つけたことは大勢の人が知ってる。それにゆうべの猛吹雪のなか、州間高速道路でカーチェイスがあったことや、その二人の不届き者が保安官の家に泊まっていた女を殺そうとしたことも周知の事実だ」

シャーロックがつけ加えた。「身元照会のため、あなたの写真まで送られてきたのよ」ルースの手を軽く叩く。「それと、真相が明らかになるまで、わたしたちもここに滞在するわ」

「でも、ディロン、わたしはテイラー事件の責任者です」

サビッチはこともなげに言った。「デーンに電話しよう。あいつならうまくさばいてくれる。心配するな」

「でも、彼は二週間後に結婚を控えてるんですよ」

シャーロックが言った。「だったらよけい、早期解決に向けてがんばるんじゃない?」

ディックスが尋ねた。「テイラー事件?」

シャーロックが答えた。「メリーランドの農場主が買ったばかりの農地を耕してたら、遺体が出てきたの。何が起きたのか、少しずつ解明してるところよ」

ディックスがゆっくりと言った。「ラジオで聞きましたよ。あなたたちがアーリントン国立墓地に埋葬されてる朝鮮戦争で死んだ兵士の墓から、誘拐事件の被害者の遺体を見つけたそうですね。あれはいったいどういう事件なんです？」

サビッチはシャーロックと目を見交わし、肩をすくめた。「いいだろう。そろそろモージズ・グレースとクラウディアの話をしてもいいころだ、ルース。きみは電話をコニーにあずけたろ？　情報屋のロリーから連絡が入ったんだ」

サビッチはルースと保安官に〈フーターズ・モーテル〉での失態や、アーリントン国立墓地でピンキーの遺体を見つけたこと、コニーが撃たれたことを話して聞かせた。「これを言うのは残念だが、ルース、モージズ・グレースはロリー殺害もほのめかしてる。モージズ・グレースとクラウディアの正体は不明。だが、ピンキーの携帯電話でおれに連絡してきたことや、その通話にアーリントンの基地局が使われていたことが確認された。モージズがまたその電話でおれに連絡してくるかもしれないから、アカウントは開いたままにしてある。やつがもう一度電源を入れれば、居所を突き止められる。ただし、下品なしゃべり方だし、文法も間違いだらけだが、頭はかなり切れるようだから、ピンキーの携帯はすでに捨てていると考えたほうがいいだろう」

「本気でシャーロックを撃とうとしたんですか？」

サビッチが答えた。「おれとシャーロックの両方を狙ってる。ショーンはマエストロに来る前に、おふくろにあずけてきた」ディックスに向かって補足する。「こういうことは前にもあったんだ」

「わたしがその場に居あわせなかったなんて。電話してくれればよかったのに」

「いや、おれたちが事態を混乱させてしまった」

ルースはさっと立ちあがると、ブルースターを抱いたまま室内をめぐった。

「ワシントンでそんなことが起きてるのに、それを放りだしてわたしを捜しにくるなんて」

「身内がいちばん大切だよ、ルース。そこは考えるな。とにかく、モージズ・グレースはきわめて危険な男だ。わずかなやりとりだったが、よくわかった。何かしらおれを標的にする理由がある。復讐かもしれないな——いま過去の事件を洗いだしてる。モージズはかなりの年で、どこかわずらってるようだ。濡れた小石が喉に絡んだような咳をしょっちゅうしてる」

シャーロックが続けた。「クラウディアは若くて、iの点をハートで書くような子よ。モージズからはスイートハートと呼ばれてる。確証はないけれど、モージズの娘か孫娘か、あるいは家出少女かもしれない。ねえ、ルース、坐って。目がまわりそう」

ルースは腰をおろしながら、ディックスの視線を感じた。マドンナとはまるで違う冷静な警官口調に慣れなければならないと感じているのだろう。ディックスは言った。「ルースのBMWがまだ見つからない。あとでナンバーを照会しますが、いまの時点ではどこかに隠されているか、持ち去られたと考えてます」

「ルースのSAVね」シャーロックがにやりとした。

サビッチは、この数分間、全員をつぶさに観察していた保安官に話しかけた。「ルースを見つけて保護してくれたことに対しては、いくら感謝しても感謝したりないくらいです」

ディックスは手を振ってそれを打ち消した。その目はサビッチをしげしげと見ていた。

「きみの名前は聞いたことがあるよ、ルース。二カ月前、〈ワシントンポスト〉に載ってただろう？　嫉妬に駆られた老人に殺されかけたとか、数学教師の居場所を突き止めたとか」

「あら、覚えてるの？」ルースは笑顔になった。「ジンボ・マープルね。わたしの情報屋の一人が、ジンボが被害者の老人をショッピングモールの駐車場から連れ去るのを見てて、すぐに連絡してくれたの。狙撃手が犯人を撃ち殺したとき、サビッチはものすごく怒ったわ。記憶力がいいのね、保安官」

「おれたちが扱う事件はどれも、多くの人間がかかわってる」サビッチはさらりと言った。「ここにいるルースは情報屋をうまく使うので有名でね。ＦＢＩに入る前の首都警察時代に集めたんだ」

シャーロックが言った。「それに射撃の腕はチャンピオン級よ、ディックス。彼女がシグかグロックに何を撃ちたいか言えば、次の瞬間、ど真ん中に穴が空いてるわ」

「ディックスがカーチェイスをやってるあいだ、わたしはドレッサーの裏に隠れてました」

「それはともかく」シャーロックが軽くいなした。「あなたは戻ってきてくれたわ」

「タフな女が」ルースは嬉しそうにうなずいた。

ディックスはぎこちない笑みを浮かべ、硬い声に疑念を滲ませた。「それで、ＦＢＩがここを引き継ぐんですか？」

シャーロックがとびきりの笑顔を向けた。「とんでもないわ、ノーブル保安官、わたしたちは手助けにきただけです。なんといっても、ルースはわたしたちの一員だもの。ディロンが上司に連絡し、ここでの出来事を報告したの。上司のミスター・メートランドはこちらの事件も解決することを望んでる。部下の一人が殺されそうになったことが許せないの」

サビッチはディクソン・ノーブルの目を見てはっきりと言った。「きみたちの事件に手を出すつもりはいっさいないよ、保安官。心配しないでくれ。われわれには設備や情報などきみが必要とするすべてを提供し、協力する用意がある」

ディックスはまだ半信半疑なようだったが、いちおう首を縦に振った。「お茶のお代わりはどうですか、サビッチ捜査官？」

ディックスは携帯電話を切ると、にやにやしながらリビングに戻ってきた。「子どもたちは父親のつくった残り物のシチューよりもいい夕食の誘いを受けたらしい。クラウスンズ家でほかの子たちと一緒にピザをご馳走になってくるそうだ。クラウスンズ家とその祖先に幸あれ。これで気兼ねなく話ができる。事実をちょっとねじ曲げて、あいつらにはＦＢＩの大物捜査官は今夜長くはいないから、たいして話を聞きだせないだろうと言っておいた。それと〝ガベージ・ダンプ〟ピザが形勢を逆転させた」

保安官のシチューを食べたあと、シャーロックが見ていると、ルースはごく自然に流しでやかんに水を入れてコンロにかけ、大きくて雑然とした食器棚からティーバッグを取りだした。「ねえ、デザートにチーズとクラッカーがあるわ。輪ゴムで止めてあるから、しけってないと思うけど」

ディックスが苦笑した。「もっとましなものを出せなくて悪いね」

「シチュー、おいしかったわ」シャーロックが言った。「料理がおじょうずね、保安官」

「慣れてるんで」保安官はそれだけ言うと、カップ二つにティーバッグを入れた。「ルース、コーヒーは？」

ディックスは彼女がうなずくのを見た。「ルース——いい名前だ。マドンナよりきみに合ってる。力強くて、聖書に出てくる名前だね」

ルースは保安官にほほ笑みかけた。「途中で名前が変わってごめんなさい、保安官。ディロンとシャーロックは、マエストロでどこに泊まればいいの？」

「バド・ベイリーのB&Bだね。ハイ・ストリートのど真ん中で、おれのオフィスからも半ブロックだ。そうだ、忘れてた、ルース。どこに泊まってたのか教えてくれないか。きみの写真に見覚えがある人間がいなかった」

「どこにも予約してなかったの。お宝を手に入れたあと、それほど遅くなかったらとんぼ返りするつもりだったから」

「どこかでガソリンを入れたかい？」

「ええ、ハミルトンで」

ディックスは眉をひそめた。「しらみつぶしに調べた範囲からはちょっとはずれてたな。どこに住んでるんだい？」

「アレクサンドリアよ」

シャーロックが尋ねた。「爆発したトラックの男たちだけど、もう検死はすんだの？」

「運よく郡の監察医を日曜に確保できた。火傷がひどすぎて身元の確認がむずかしかったが、指紋の一部と歯のレントゲン写真をかろうじて撮れたよ。やつらは降って湧いたわけじゃない。二日以内に行方不明者の届け出があるといいんだが。なければ、プロの犯行ということになる。それほど時間はなかったろうから、背後には何らかの地元のグループがいるかもしれない。それが誰で、これがどういうことなのかはわからないが。いずれにせよ、部下を総動員してるし、いまではFBIも嚙んでる。何かアイディアがあったら歓迎するよ」

しぶしぶ言っていることはサビッチにもわかっていたが、ここがはじまりであり、保安官もそのつもりでいることは間違いなかった。「明日の朝いちばんにウィンケルズ洞窟に行こうと思う」ルースのほうを向いた。「何か用意していくものはあるか？」

ディックスが首を振りながら答えた。「いや、懐中電灯もヘッドランプもつるはしもこちらで用意するよ。署に山積みになってる」

サビッチはうなずいて、ルースに確認した。「金曜日にあの洞窟に入ったとき、公園局の許可は取りつけてないんだろう？」

「いいことを教えてあげます。ウィンケルズ洞窟は私有地で、所有者のミスター・ウィーバーに話をつけたんです。錠つきの門まであるんですけど、鍵がなかったから、錠をこじ開けました。インディ・ジョーンズだったらそうしますよね？」

シャーロックは天を仰いだ。「少なくとも公園局から許可を取る手間は省けたわね」

サビッチが言った。「たぶん問題はなかったろうが。ミスター・メートランドのゴルフ仲間に公園局のお偉いさんがいても不思議じゃない」ルースを見ながら、あやうく命を落としかけたのだと、あらためて思った。「洞窟に入ったら、おれの目の届く範囲にいてくれよ、ルース」

ルースが嬉しそうな顔をした。「そうだわ、保安官、ミスター・メートランドには息子さんが四人もいるのよ」

ディックスは十字を切った。

「いけない」ルースは言った。「クレジットカードをすべて取り消しておかないと。バックパックと財布を車に置きっぱなしだったの」

11

ウィンケルズ洞窟
月曜日の朝

「いいですか」ルースは言った。「これから歩く場所には、公園局が用意してくれる照明もないし、はっきりした踏み跡もありません。ベルトに予備の懐中電灯があるけれど、この先使うのはヘッドランプだけです」

しばらくは天井が高かったので、立ったまま歩くことができた。ルースを先頭に最初の角を曲がって何歩か進み、尖《とが》った岩を二つ下りきると、ヘッドランプ以外には明かりのない漆《しっ》黒《こく》の闇に呑みこまれた。あたりは不気味に静まり返り、聞こえるのは自分たちの息遣いだけだった。

「この壁の層を見て」ルースは幾重にも重なった曲線を指さし、ヘッドランプをそびえ立つ石筍《せきじゅん》に向けた。「どこにも触れないように気をつけて。それと、すごくもろいんで、壁にもぶつからないように。離れないようについてきてください」

ウィンケルズ洞窟は凹凸のない靴底でも探検できるため、みなハイキング・ブーツをはいていた。それでも各自二度ずつすべったが、痛い目にはあわなかった。「もうすぐ左側が急な斜面になります。三メートルくらいだと思うので、わたしの歩いた跡を歩いてください。このあたりはすごく詳しく地図に描かれてましたから、きっと誰かが落ちたんですね。あの石灰岩、便器みたいでしょう？」四つのヘッドランプがさっと右を向いた。「特徴があるから、地図にも書き入れてありました。間違いなく、正しい方向に向かってます。さあ、ここからはシャーロック以外は腰をかがめて、そのあと三メートルくらい、少し左に寄って。シャーロック、あなたはそのままで大丈夫。ここは狭いけど、また広くなるから安心してください」

「真っ暗ね」シャーロックがささやくように言った。自分の声がうつろな笛の音のように返ってきた。「世界にわたしたちしかいないみたい」

「この洞窟という世界には、おれたちだけだよ」ディックスが言った。「洞窟ってのは、あまり好きになれないな」

「ウィンケルズ洞窟があまりやっかいじゃなくてよかったです」とルース。「前に言ったとおり、足が濡れる心配もないし。ミスター・ウィーバーは水が流れてると言ってましたけど、それはもっと低い、七・五メートルくらい下の通路です。彼も水の音を聞いただけで、見たことはないそうで」巨大な地下空間にこだまするルースの笑い声を聞きながら、四人は歩を進めた。「もっとはらはらしたいんなら、〈アメリカにおけるケービング事故〉っていう雑誌を見せてあげます。深い穴に落ちたり、ロープで宙づりになったり、泥混じりの水のなかを這っていて低体温症になって死んだり。溺れ死ぬこともあるんですよ。怖がらせてしまったけれど、自分のやっていることをわきまえてさえいれば、ケービングは危険なスポーツじゃありません。悪くして切り傷や擦り傷、ねんざ程度ですから」

「よく言うな」とディックス。「よく知らない洞窟で未踏の部分に入っていくんだから、きみの慎重具合がわかるってもんだ。おれならそれを危険と呼ぶよ」

「はいはい、わかりました」ルースは応じた。「あと六メートルくらい進んだら、右方向に少し這うと、わたしが倒れた場所のすぐ近くまで出るわ」

ディックスが毒づいた。

サビッチがヘッドランプを向けて鋭い口調で尋ねた。「どうしたんだ?」

「ルースが蹴った石につまずいた。いや、大丈夫だよ。この暗さにまだ慣れないだけで」

「もうすぐ石が上から突きだした箇所に差しかかります。男性陣は頭を低くして」男二人は体をほぼ二つ折りにした。

「三メートルほど進んだら天井が高くなるので、またまっすぐに立って歩けます」しかし、ルースはそこから五歩進んだところで急に立ち止まった。「ねえ、これ何かしら?」

残る三人はルースを囲むようにして、ヘッドランプを頭上に向けた。瓦礫の山が通路をふさぎ、石灰岩や白雲岩の塊とともに土や石が散乱していた。

ルースがゆっくりと言った。「これは自然に起きた崩落じゃないわ。意図的な爆破の跡よ。あんな遠くまで岩の破片が飛んでるもの」

ディックスはうずたかく積もった瓦礫に近づき、両手で調べた。石を二つ抜き取り、膝をついて肩で押した。「固いな。重機でもないかぎり、ここを通り抜けるのは無理だろう」それでもサビッチと二人で体重をかけてみた。

「たしかに、びくともしない」サビッチも言った。

しばらくのあいだ、なすすべもなく行く手を阻む障害物をぼんやりと眺めていた。やがてディックスが口を開いた。「きみを本気でここから締めだしたがってるやからがいるようだな、ルース。ひとけのない夜のあいだに吹っ飛ばしたらしい」

ディックスがふり返ると、三人は目の前の巨大な岩をまだ茫然と見ていた。ベルトにガスマスクをくくりつけたその姿は、B級映画に出演を拒まれた俳優のようだ。「そうだな」ディックスは言った。「ここにブルドーザーを持ちこむのはそもそも無理だろうが、それよりいい考えがある。義理の父のチャッピー・ホルコムさ。ここで生まれ育ったチャッピーは、このあたりの洞窟に詳しくて、ほとんど探検したと豪語してた。別の方法、メインの入口以外のところから入る方法を知ってるかもしれない」

「たしかに、ここに重機を入れるのは、どだいが無理な相談だ」サビッチがうなずいた。ルースも言った。「それがよさそうね。彼に会いにいきましょう。そうそう、ケチャップを買って帰らないと。ゆうべわたしたちがシチューの残りに全部使ったって、レイフがぶつぶつ言ってたから」

「レイフはスクランブルエッグにケチャップをかけるのが好きなんだ」ディックスは言った。「今朝はそれができなかった。よし、行くか。ここを出れば、少しは気分が晴れるかもしれない」

「そうしよう」サビッチは言った。「腰が曲がったまま元に戻らなくなる前に」

タラ

およそ一時間後、ディックスたちはマエストロの反対側にいた。レンジローバーに乗ったまま、美しい渦巻き模様で〝タラ〟という文字が装飾された重厚な鉄の門を抜け、手入れの行き届いた砂利道を四〇〇メートルほど走った。両脇には石塀が築かれ、オークとカエデの木が立ちならんで、寄せられた雪がうずたかく積みあげられている。ゆっくりと勾配《こうばい》をのぼっていくと、この界隈でもっとも広大であろう屋敷がルースの視界に現われた。南部の大農園さながらの白亜の邸宅で、前面にドリス式円柱がならんでいる。

「広々してるわね」ルースは感想を述べた。「タラはいつごろできたの？」

ディックスは、二十台は停められそうな円形の私道に車を入れた。「チャッピーがここを建てたのは五〇年代後半、ニューオーリンズのブリンクマン家出身のミス・アンジェラ・ヘイスティングス・ブリンクマンを迎え入れるためだ。建築家に『風と共に去りぬ』に出てくるタラをまねさせた」

シャーロックが尋ねた。「大金持ちのようね。どうやって富を築いたの、保安官？」

幅の広い六段のステップを上がりながら、ディックスは答えた。「初対面のとき聞いた話によると、親父さんの膝もとで銀行経営を学んだらしい。このあたりに一ダースの支店があるホルコム・ファースト・インディペンデント銀行のオーナーなんだ。妻のアンジェラとのあいだに子どもが二人いて、それがおれの妻のクリスティと、その兄のアンソニーだ。アンソニーとその連れあいのシンシアはここでチャッピーと同居してる。アンジェラはクリスティが十歳のときに亡くなった。死因は覚えていないが」

シャーロックが尋ねた。「チャッピーはほかにも事業をしてるの？」

やはり警官だ、とディックスは思った。すべてを知りつくさないと気がすまない。赤い巻き毛に縁取られた、生き生きとした顔に笑いかけた。

「バージニアとワシントンDCとメリーランドで不動産開発業を展開してるよ。それほど大規模じゃないし、ここみたいに田舎じゃないんで、目立ちもしないけどね」

呼び鈴を鳴らして三十秒ほどすると、玄関の巨大なオークのドアが内側に開いた。

「こんにちは、チャッピー。バートラムはどうしたんです？」

「あの役立たずの執事は、食あたりを起こしてあたりかまわず吐きまくっていたんで、ベルビルで医者をやってる姉のところにやったよ。

ところでこちらの方々はどなたかな、ディックス？　そうか、きみのところの森でブルースターが見つけた若いご婦人というのがあなただろう？　町はあなたの噂でもちきりだ」ルースがうなずくのを見て、両手を腰にあてて頭を振った。「そうやってあなたとディックスが一緒にいることや、それにディックスが助手たちと土曜の夜にパトカーの窓から身を乗りだして、ダーティー・ハリーばりのカーチェイスをくり広げたことなどを。町の連中はいまそんな話ばかりだ。すっかり有名人だな、ディックス。どんな気分だ？」

「チャッピー」ディックスは愛想よく言った。「FBIのルース・ワーネッキ特別捜査官を紹介させてください」

「すでにうかがってるよ、ミス・ワーネッキ。FBIの女性捜査官とお近づきになれるとは、興奮《キック》するな」

ルースは戸口をふさいでいる年配の男に手を差しだした。「ええ、キックってわたしたちを表わすのに最適な表現ですね」相手の手を上下に振った。

「チャッピー・ホルコムだ、お見知りおきを。わたしの孫息子たちをどう思われるかな？」

「そうですね、わたしがいま身につけているのはロブから借りたスウェットシャツとジーンズ、コート、それにレイフのソックスです。いまの時点で、二人はわたしの人生になくてはならない存在です」

チャッピーはきれいな白い歯を見せて笑った。「そういえば、捜査官、あなたは妹のリジーに似ているな。悲しいことだが、十五のときに白血病で亡くなったよ」それからサビッチとシャーロックに目を向けた。「それで、こちらのお二方は？」

紹介がすむと、チャッピーは後ろに下がって四人を壮麗な玄関ホールに招き入れた。一五センチ角の白と黒の大理石のタイルが敷きつめられ、冬の鈍い陽光でも光を反射して輝いていた。ドアを開けたままディックスたちを五分ほど外に立たせていたために、室内の温度が五度は下がっただろう。一同はチャッピーが立派なドアを閉めるのを見ていた。

「いっぺんに三人ものFBI捜査官をお招きできるとは」そう言うと、手で行き先を指し示しながらリビングに導いた。驚くほど心地のいい部屋だった。あちこちに飾られた家族写真は、多くが二十世紀初頭のものだ。「ときどきディックスの助手たちがやってくることはあるが、こんなことははじめてだ」

ディックスが訊いた。「二人はどちらへ？」

「シンシアの行き先は知らんが、おそらくウィリアードの近くにできた新しいショッピングモールだろう。トニーは銀行だ」

「引退されたのですか、ミスター・ホルコム？」サビッチが尋ねた。

「いや、銀行の大口顧客の前でよだれを垂らすようになるまで引っこむつもりはないよ。たいていのことは自宅でできる。ああ、ミセス・ゴス。スコーンと飲み物を用意してくれるか？　坐ってひと心地ついたら、用件をうかがおう」

12

タラ 月曜日の午後

「それで、ウィンケルズ洞窟の何を知りたいんだね、ディックス？」

「あなたはこのあたりの洞窟をすべて探検したとクリスティから聞いたことがあります、チャッピー。なかでもウィンケルズ洞窟はお気に入りで、隅々まで知りつくしていると。そこでお訊きしたいのは、ウィンケルズ洞窟とつながっているほかの洞窟や、メインの入口以外に出入り口がないかどうかです」

ルースは食べ滓《かす》が緑のサテン地の椅子カバーに落ちないようナプキンでスコーンをくるみ、優美なルイ十五世様式の椅子から身を乗りだして、「とても重要なことなんです」と言い添えた。

チャッピーは四人の顔を順ぐりに見て、コーヒーカップを脇の小さなテーブルに置いた。

シャーロックが見るところ、ひじょうに優雅なアンティークだ。きちんと手入れされて、光沢を放っている。「あるかもしれん。このあたりにはたくさんの小規模な洞窟があるし、なかにはそこそこ大きな洞窟もあるからな。だが、わたし自身はウィンケルズ洞窟につながる洞窟にはお目にかかったことがない。むろん石灰岩と白雲岩によってつくられる洞窟は信じられないほど入り組んでおるからな、わたしが知らない、ましてや通ったことのない通路を通じてどこかでつながっていても不思議ではないが。なぜそんなことを知りたいのか、理由を明かすつもりはないんだろう？　れっきとした正面の入口があるのに、ウィンケルズ洞窟になぜ裏口から入りたいのか？」

その瞬間、ルースは自分が見つけたアーチ型の開口部のことは、この百五十年間誰にも知られていなかったであろうことに気づいた。冷静で控えめなディックスの声が聞こえた。

「しばらくその答えは待ってもらえますか、チャッピー。できることなら」

チャッピーは少しのあいだ下唇を嚙み、ぼんやりとスコーンを手に取ると、それに目をやりながら言った。「まあ、断わる理由もなかろう。近くにある洞窟の入口をいくつか教えてやろう。次の十分で〈シティバンク〉の買収戦略を決定しなければいけないわけでもないんでな。おい、コーヒーをその上等なソファにこぼすなよ、ディックス――冗談だよ。だがやっぱり、わけがわからん。なんだって、あの洞窟に入りたいんだ？」

サビッチが言った。「ルースの身に何が起きたのかを探っています、ミスター・ホルコム。

彼女はウィンケルズ洞窟から、どこか別の洞窟に入りこんでしまったようなのです」

「なので、正面と裏口の両方があると思いまして」ルースが言い足した。

「ウィンケルズ洞窟に通じる道はあるかもしれん。子どものころ、矢尻になるようなものを探していて、大きな洞窟に入る入口を見つけたことがあった。ただそこには大きな洞窟があっただけで、どこにもつながっていなかった。だがいまにして思えば、きちんと調べたかどうか定かではないし、四十年以上も前のことだ。その入口があるのは、小渓谷の斜面、ローン・ツリー・ヒルの近くだ」言葉を切り、耳たぶを引っぱる。「雪ですっかりおおわれているだろうから、わたしが案内しないとわからんだろう」

ディックスが目をやると、サビッチは肩をすくめてうなずいた。

十分後、五人は洞窟探検用の道具が押しこまれたディックスのレンジローバーに乗りこんだ。チャッピーのキャンプ道具のなかから持ってきた手提げランプも四つある。

「必要なのは手提げランプと懐中電灯だけだ。くくりつけ型のヘッドランプというのはどうにも好きになれん」チャッピーは誰にともなくつぶやいた。

「いい車だ」チャッピーは続け、ダッシュボードを叩いた。「クリスティはこの車が大好きだった。ブリッツ家もこれと同じのに乗っている。三年前のクリスマスにわたしが買ってやったんだよ。特別仕様のウェストミンスターで、その年三百台しか輸入されなかった。クリスティはこのやわらかい黒の革シートが好きでな、一四〇キロまでスピードを上げておまえの顔が赤くなるのを見るのが楽しいと言ってたよ、ディックス。それに、きみが関節を真っ白にさせてサイドブレーキを握っていると」

チャッピーは、この一年ほどディックスの顔をおおっている閉ざされた表情を見やった。少なくとも最初の年に見せていた、うつろな絶望よりはましだった。

ディックスは返事をしなかった。二人とも押し黙ったまま道路を見つめているので、ルースにはクリスティの行き先を疑問に思うしかなかった。もしディックスのもとを去ったのなら、なぜ大切な車に乗っていかなかったのだろう？

二分ほどすると、ディックスが手袋をした手で曇ったフロントガラスをぬぐいながら言った。「後ろは大丈夫かい？　余裕はあるかな？」

サビッチが笑い声をあげた。「シャーロックに膝にのるように言い聞かせたんだが、うまくいかなかったよ。ああ、余裕なら充分ある。おれたちと手提げランプのね」

ルースが言った。「ディロン、運転免許が戻ってきたら、ポルシェを運転させてくれますか？」

「昨日まで自分の名前もわからなかった人間に、大事なポルシェを託せると思うか？　あきらめろよ、ルース」

シャーロックが言った。「記憶喪失とは関係ないのよ、ルース。ディロンは誰にもあの車を触らせないの」

チャッピーがシートのなかで向きを変えた。「ポルシェ？」

「ええ、九一一クラシックの赤で、わたしの年と同じくらいの年式です」

「きみは大柄だが――あの車におさまるのかね？」

「ぴったりです」シャーロックが答えた。「ただし、群がる女どもを棒で追い払わなきゃなりません」

「男のほうが多いですよ」とサビッチ。「勝手にボンネットに顔を突っこんでくるんです」

ディックスはチャッピーの指示でレインツリー・ロードを右に曲がり、雪面にわだちの目立つ一車線道路に入った。「雪かきしたことのないような道路だな。ずいぶん雪が深そうだが、このまま走れるだろう。ローバーには期待を裏切られたことがない」

ゆっくりとした速度だった。ときには雪がタイヤの高さまできたが、止まらずに進めた。途中、道路からかなり奥まったところに建てられた古い木造家屋が二軒あった。木々に囲まれ、雪がうずたかく積もり、私道に古びた車が停まっている。

ディックスは独り言のようにつぶやいた。「ウォルト・マガフィの家だ。しばらく出かけたようすがないから、エモリーにガフの無事を確認させとくかな」携帯電話を取りだし、署に連絡した。

通話が終わると、ルースはあらためて森の静けさに気づいた。明るく降りそそぐ陽光が白い丘陵に反射し、裸のオークの枝からは雪解け水がしたたっている。

道は一五メートルほど先で行き止まりになっていた。ディックスは言った。「この雪だから、一般道をはずれないほうがいい」

「そうだな。ここからなら近い」チャッピーが応じた。「この先はちょっとしたハイキングになる。ルース、大丈夫かね?」

「もちろんです。多少の頭痛には負けません。なんだってできそうです」

「シャベルを持っていけ、ディックス」チャッピーが命じた。

雪は深く、十五歩も進むとブーツのなかに雪が入ってきた。左手から木々のざわつきが聞こえ、ウサギが顔を出した。こちらをじっと見たあと、ぴょんと跳ねて木立のあいだに戻り、首まで雪に埋もれた。

「あいつは悪党の一味じゃないな」ディックスは言った。「まわりを見てごらん。すばらしい景色だろう?」

チャッピーが茶化す。「ああ、そうとも、おまえはマエストロの広報係だからな。元は都会育ちだが」

ディックスが天を仰ぐ。「いまは違いますよ、チャッピー。去年ニューヨークの家族を訪ねたときは、違う惑星に降り立った気がしましたからね」

ルースは腰をかがめてブーツのひもを結びなおした。「どれくらい歩くんですか、ミスター・ホルコム?」

「チャッピーと呼んでくれ、特別捜査官」

ルースは笑った。「では、わたしのこともルースと呼んでいただかないと」

「そうしよう、ルース。だが、ルースというと、旧約聖書のルツが抜けでてきたか、家にいて暖炉の前で洗濯物を振りまわしているご婦人のような気がしてな」チャッピーは立ち止まってあたりを見まわした。「たぶんあちらだ。あと三〇メートルくらい」指さしながら言った。「ローン・ツリー・ヒルが見えるだろう——てっぺんにオークの木が一本立っているのがわかるな？　わたしが歩けるようになる前から、ああやってここを見守ってきた木だ。雪のせいですっかり景色が変わってしまった——雪とこれまでの歳月とで」

一行はそのオークの木を目指し、行進するように脚を高く上げて雪のなかを進んだ。日が照っているので寒くはないが、足はすっかり濡れている。「ロブがウールの靴下をたくさん持ってるから、替えがなければ貸してくれるわ」ルースはシャーロックに言った。「ディロンはディックスに頼んでください」

チャッピーが片手を上げて立ち止まった。小渓谷の縁まで残り三メートルほどだった。少なくとも高さ六メートルはある斜面が切り立ち、その下は直径一〇メートルほどの窪地になっている。木がまばらに生えた斜面は、黒イチゴの茂みにおおわれているが、いずれも雪の重みにたわんでいる。ローン・ツリー・ヒルは左手に見え、そのてっぺんに雪をかぶったオークの木がコバルトブルーの空にシルエットとなって浮かびあがっていた。

「クリスマスツリーみたい」ルースが言った。「カメラマンには絶好の撮影スポットですね」

「ああ、だが大半は遠くから撮るだけで、ここまでのぼってくる人間はほとんどいない」チャッピーは言いながら、腕の雪を払った。「妻は四季折々にあの木を描くのが好きでな。このあたりならどこからでも見える」渓谷の反対側を指さす。「ほらあそこ、あの曲がったマツの古木のそばに洞窟の入口がある。あの木はわたしが子どものときも死にそうに見えたが、いまも変わらずぶっ倒れそうだ」

窪地を横切り、二メートルほど斜面をのぼると、チャッピーが立ち止まった。「たしかこのあたり、その茂みの下あたりに入口があったと思うんだが」

茂みはたやすくよけられた。あまりにたやすい。サビッチは後ろに下がって、ディックスがシャベルで茂みのあいだに積もった雪を払うのを見ていた。硬い岩にぶちあたると、ディックスがチャッピーをふり向いた。「ほんとにここですか、チャッピー？　入口があるとは思えないな。もっと左か右を探しましょうか？」

チャッピーは首を振った。「いや、間違いないよ、ディックス。そのねじくれた茂みの脇だった。まだ完全にもうろくしてはおらんぞ」

「待ってください」サビッチが言い、その場にしゃがみこんで残っていた土と雪を手袋をした手で払いのけた。「チャッピーの言うとおりだ。ここに間違いない。茂みがたやすくよけられただろう、ディックス？　誰かが石でふさいだらしい。入口を隠すためだ」

「うまく隠してあるわ」とシャーロック。「まわりをきれいにして、よく見ないとわからないもの。あなたはここから出てきたのかもよ、ルース。誰かがこの洞窟を両側からふさごうとしたみたい」

「ディックス、シャベルで石をどけられそう?」ルースが尋ねた。

「やってみよう」ディックスはいちばん深くに埋まっている石の下にシャベルを差し入れ、地面に食いこませた。かなりの力仕事だったが、五分後にはシャーロックが最後の石を引き抜いた。全員が息を詰め、丘の中腹に空いた高さ一二〇センチ、幅九〇センチの洞窟の入口を見つめていた。その先にあるのは真っ暗闇だった。

「ちょっといいか、ディックス」チャッピーが肘で押しのけて前に出た。「まずわたしに確かめさせてくれ」入口にかがみこんだ。「そうだ、思いだしてきたぞ。右側になだらかな下り坂がある。ぴったり右に張りつかなきゃならん。五、六〇センチ左が切り立った壁になっていて、底まで真っ逆さまなんだ。脳みそよりも度胸に恵まれていた十代のころ、懸垂下降しようとしたことがある。六メートルほど下ったところでどこからともなくコウモリが現われ、洞窟の入口に向かう連中に囲まれて気絶しそうになった。

記憶によると、右手の通路を行った先が大きな部屋だ。ウィンケルズ洞窟につながっていた記憶はないが、小さいものはいくつかあるかもしれない。

わたしが先に行こう。一列になって後ろに張りついてこいよ。じきに道幅が広くなる」

ディックスは義父の肩に手をかけた。「ルースはここでガスにやられたかもしれないんです、チャッピー。まだガスが残ってるかもしれない。おれの足もとで卒倒されたらことです。世間体ってもんがありますからね。おれを先に行かせてください。充分注意するし、右側に張りついて進みますから」

「洟垂《はなた》れ小僧が保安官風を吹かしおって」

ディックスが笑った。「おれはあなたを押しのけるために金をもらってるんですよ、お義父《とう》さん、それがあなたの安全を守ることになるなら」懐中電灯を持ちあげて穴の奥を照らした。下り坂になっているものの、天井がほぼ水平なおかげで、少し行けば身長ほどの高さを確保できそうだ。幅は狭いが、通れないほどではない。ディックスは穴に体を押しこみ、右側に寄って五歩下がると、後ろに呼びかけた。「ここまでは大丈夫そうだ」

四人が続き、サビッチが最後尾についた。全員が横にならべるほど幅が広くなったところで、ディックスが足を止めた。手提げランプで狭い空間を照らしだし、いま歩いているのが石灰岩の岩棚であることに気づいた。

「血圧が上がりそう」ルースは言うと、端まで行って、手提げランプを上に向けた。六メートルほど上方の天井から、煌《きら》めきを放つ鍾乳石が突きだしている。底は見えなかった。「石灰石が汚れてるわ。見て、ところどころえぐられてる。どうしてかしら」

「空気が新鮮だな」サビッチが言った。「つまり、入口が石や土でふさがれてから長くたってない、空気が淀むほどの時間じゃなかったってことだ。誰かがわざわざ隠してるくらいだから、ここがおれたちの捜してた場所なんだろう」

一行は慎重な足取りでゆっくりと岩棚を進んだ。ルースがチャッピーに尋ねた。「この通路の先にある部屋ですが、どれくらいの広さだったか覚えていらっしゃいますか？」

「かなりの広さがあったな。横一二メートル、いや一五メートル、それに奥行きが三メートルくらいか。だが、奥の壁に変わった形の窪みがあったせいで、それより広く見えた」

「その窪みに何かありましたか？」

チャッピーが鋭い視線を向けた。「子ども時分、そこにインディアンの宝物が隠されていると信じてたのは記憶にあるが、何も見つからなかった」ディックスの袖を引っぱる。「よし、もっと右に寄れ、この通路はまた急勾配になる。かなり急だから気をつけるんだぞ。下りきった先に広い部屋がある」

ディックスに続いて全員がその部屋におり立つと、チャッピーが言った。「きみが迷いこんだのはここかね、ルース？」

「まだわかりません、チャッピー。よく覚えてないんです」

「奥に進んでみましょう。何か見つかるかもしれない」とサビッチ。

ディックスが洞窟の奥に向かって足を踏みだすと、コールマン社製の手提げランプが奥の壁にゆがんだ影を浮かびあがらせた。

13

巨大な墓所のような丸天井の空間だった。高い天井から、おびただしい数の異様な形をした鍾乳石がぶら下がり、頭上を飾るシャンデリアを思わせた。だが、手の届く範囲にある鍾乳石の多くが損なわれている。切れ目が入っていたり折れていたりして、その残骸が地面のあちこちに散乱していた。「ひどい」ルースがつぶやいた。「こんなことをするなんて」

奇妙なことに、光を反射している壁から手提げランプをそらすと、あたりが真っ暗な底なしの闇になり、音が遠のいた。深閑とした空気に、自分の声が他人のもののように響く。ルースは自分が怖がっていることに気づいた。

「大丈夫、ルース?」シャーロックが尋ねた。

「ええ、もちろん」少し明るすぎる声で答えた。「あの変わった形の層を見て。棺桶みたい」

「わざわざのご指摘、ありがたい」チャッピーが言った。「体が温まったよ。だが美しいだろう? 美しいものをそのままに留めておけない人間がいるのは、じつに嘆《なげ》かわしい」

おかしいと自分でも思うけれど、ルースは無理をしないと前に進めず、自分に起きたことを知るのが怖かった。もしここがあの部屋だとしたら――もちろんそうに決まっている。誰かが入口をふさいだぐらいなのだから。

「思ったより奥行きがあるようですね、チャッピー」ディックスが奥に進み、手提げランプであたりの暗い壁を照らした。「ルース、アーチは右側かい？　見てみるか？」

いやだ、一歩も動きたくない。生き埋めにされそうな気がする。空気が足りなくて窒息しそうだ。この謎だらけで空気のない真っ暗な空間を飛びだし、長い岩棚を走り抜けて、日の光のなかに戻りたい。ルースは呼吸が速くならないように注意した。立ちすくんだまま、みんなのランプから放たれる光の渦を浴びながら、少しずつ息を長くしていく。喉に引っかかる感じがして、ぶるっと震えた。寒い。実際の気温よりもはるかに。

もう一度深呼吸してみた。よかった、こんどはできた。ばかみたい。ルースは向きを変えると、右側の壁に沿って歩いた。穴はそこにあるはずだった。そしてはっきりとわかるはずだった。ここがその場所だと――なんの場所なの？　いまだ脳には、いまいる場所と同じ真っ暗なブラックホールがある。ルースは手提げランプを壁にあててみたが、開口部は見つからなかった。そのとき、自分が歩いたこと、歩いても歩いてもどこにも行きつかなかったことを思いだした。たぶん猛スピードで円を描いて、ぐるぐるとまわっていたのだろう。もう一度、頭を振ってみた。歩くのをやめたのを思いだしたものの、どうして止まれたのかがわからなかった。

何かにつまずいて、両手と両膝をついた。手のひらに鋭い痛みが走った。落ちていた石灰岩のかけらに手をついてしまったらしい。手を見てから振った。たいした怪我ではないし、手袋も破れていない。石灰岩が散らばっているだけで、地面は驚くほどつるんとしている。でも手提げランプの明かりの先に、何か、丸いものが落ちていた。ルースは近くまで這って、目を凝らした。

わたしのコンパス。

鮮明な記憶に貫かれた。わたしのコンパス。投げだしたのは覚えているけれど、なぜそんなことをしたの？　腹立ちまぎれに？　それとも落胆？　投げつけたのは、コンパスが嘘をついたから。ありえない方角を示したからだった。怖かったから投げつけたのだ。

みんなに呼びかける声が、自分のものとは思えなかった。「わたしのコンパスが見つかったわ。ここに落としたのを覚えてる。ここに間違いないわ」

すぐにみんなが集まってきた。ディックスがルースの手を取って引き寄せた。コンパスを受け取ると、手のひらに水平に置いて目を凝らした。「まだちゃんと動いてるな」

ルースは息を呑んだ。「前はでたらめだったのよ」かぶりを振る。「そうなの、ほんとうは落としたんじゃなくて、力いっぱい投げつけたの」

ディックスはコンパスをジャケットのポケットにしまった。ルースが苦しげな息遣いをしているのに気づき、近づいて腕をさすった。「いいかい、もう心配はいらないんだ。ここで何があったにしろ、きみはそれを切り抜けた。もう二度と起こらない。わかったか？」

少しのあいだでいい、保安官に身をゆだねて、ここにいる化物から守ってもらいたい。けれど、そういうわけにはいかないので、彼から離れた。ディックスはルースの不安を感じ取って、彼女を引き寄せた。「サビッチ、きみとシャーロックとでアーチを探してもらえるか」

チャッピーが隣に来て、ルースを見つめながら言った。「アーチとは？　どういうことなのか説明するつもりはないんだろうな？」

「チャッピー、あとで説明します」ディックスが答えた。

「あったぞ！」

ディックスが言った。「穴を見にいけるかい？」

ルースが肩先でうなずいた。「ええ、大丈夫。もう平気。こんなに取り乱すなんて、ほんとにばかみたいね」

「いくらタフだって、ときにはまいるさ」ディックスは応じた。

二人が見守るなか、サビッチとシャーロックは慎重にアーチ型の横穴をくぐり抜けた。縁の石灰岩がノコギリ状になっている。少しすると、サビッチが声を張りあげた。「通路を二メートルもいかないところに爆弾がしかけられていた。ここはめちゃくちゃだ」

シャーロックが言った。「出口はやっぱり一つだけね」

ルースはふと口を開いた。「ジャスミンの香りがする。ごくかすかだけど、間違いない。

いま思いだした。金曜日にも同じ香りがしたの」

「空気が新鮮なのはわかるが」とサビッチ。「ジャスミン？　香水みたいな？」

ルースはうなずいた。「でも、わけがわかりませんよね？　わたしは香水をつけてなかった。どういうことなの？」

チャッピーが言った。「ああ、かすかに何かがにおうな。ジャスミンかどうかはわからないが、甘い香りだ」

ルースは言った。「チャッピー、壁の窪みに案内してもらえますか？」

ルースはチャッピーに連れられて奥の壁まで行き、サビッチとシャーロックはあたりをそぞろ歩いた。

「ありがとうございます、チャッピー。少し時間をいただけますか？」

壁に沿ってゆっくりと懐中電灯を動かした。何千年もかけて雨に浸食された石灰岩が、凹凸のある複雑な空間をつくりだしている。千年前から変わらずそこにありそうだった。金の延べ棒はそこにあったのだ。地図には〝窪みの下〟と書いてあったのに、いまは何もない。誰がどのくらい前に見つけたのだろう？　ルースは泣きたくなった。あんなに興奮して、あんなに楽しみにしていたのに、すべてが無駄骨だった。「あなたが言ったとおり、何もありませんね、チャッピー」

ルースは向きを変えて、みんなとは逆の奥の壁に沿って歩きだした。ふたたびジャスミンがにおった。さっきよりも強く、ほかのにおいも混じっている。嫌悪をもよおす不快なにおい。さらに進むと、天井が低くなってきたので、腰をかがめた。

ますますにおいが強くなる。

音がした。ごくかすかな音。コウモリの羽音かもしれない。このあいだもきっとコウモリの大群が飛んできて、倒れて頭を打ったのだろう。さっと視線を上げ、手提げランプで天井を照らしだした。何も見えない。レースのような石灰岩の層が光を反射しただけだった。

さらに一歩進むと、何かにつまずいた。膝をつき、両手を投げだして衝撃をやわらげた。指がねとっとした冷たいものに触れた。

頭の奥深くで何に触れたのかを察知した。悲鳴をあげて身を引くと、手提げランプの明りが周囲でちらついた。

自分を呼ぶ声が聞こえ、みんなが走ってくる。ルースは意を決して手提げランプを下に向けた。膨れあがって緑色に変色した若い女の顔があった。

「ルース、どうしたんだ？　何があった？」

ルースはディックスを見あげた。「死んでるわ、ディックス。ジャスミンの香水をつけていたのはこの人だったのよ。それにむかむかするようなにおい、これも彼女から出てる」

ディックスが隣に膝をついた。「サビッチ、シャーロック、ここに光をあててくれ。チャッピー、どうか下がっててください。こちらには一歩も近づかないように」

「知った顔だ」ディックスは女の顔を見つめながら言った。「スタニスラウスの学生だな。名前は知らないが、町で何度か見かけたことがある」指先で彼女の首、頬、そして胸できちんと重ねられた手に触れた。ユリが一本あれば完璧だ、とディックスは思った。たまたま一人でここに迷いこんだのでないことは明らかだった。死後硬直はすでに解けている。「死んでからあまり日にちがたってない。三、四日だろう」

ルースが明言した。「金曜日にここに来たとき、この香水のにおいを嗅いだわ」

ディックスは淡々と続けた。「時間的には合ってる。ここは涼しくて湿度が低いから、腐敗が遅れる。このところの寒波を考えると、さらに遅れてもおかしくないが、どうやらもうはじまってるようだ。胸部に色の変わった小さな円が見えるか？　刺し殺されたらしい。ナイフは見あたらないようだな」

「このにおい」ルースは言った。「ジャスミンじゃないほうのにおい、吐きそう」

「ああ」ディックスは相づちを打った。「薬品が混じってるようなにおいだ」

「ナイフは見あたらないが」と、サビッチ。「思うに、犯人はここのどこかに隠していったんじゃないか？　鑑識にはこの部屋じゅうを調べるという大仕事が待ってる」

ルースは複数の手提げランプに照らされた若い女の顔を見おろした。「姿勢を整えられてるわ。手は胸の上で組み、脚を伸ばして、スカートはきちんとおろしてある」

ディックスがゆっくりと立ちあがり、膝を伸ばした。「頭のいかれた人間のしわざだ。彼女を殺して、ポーズをつけ、事実上ここに葬《ほうむ》った。ここにもう一つ出口があるのを知らなかったんだろう。少なくとも、ルースのアーチを見つけるまでは。ポーの小説みたいだな」

シャーロックは遺体のポケットを調べ、体の下にそっと手を走らせた。「ハンドバッグがないわね。ポケットは二つあるけど、空っぽよ。身元を証明する書類は持ってない」

ルースは部屋の反対側にあるアーチ型の開口部を見やった。「ここで殺されたのかしら?」

「わからない」ディックスが言った。「憶測するのはやめておこう。ただ、きみがここに一人で来たとき、彼女につまずかずにすんだことに感謝するよ」

ルースは震えていた。体が痛むほど寒かった。気の毒な娘から目をそらせないまま、両手で腕をこすった。「つまずいたのかも。それで半狂乱になったとか。まだ思いだせない」

ディックスは彼女にコンパスを手渡した。「ルース、しばらくこれを持っててくれ」

いやだったが、コンパスを受け取って、手のひらにのせた。サビッチの声が言った。「それでいい、ルース。ただ持ってればいいんだ。きみがむかしから持ってたものだ。そして愛用してきた。最後に手にしたとき、何をしてたか覚えてるか?」

ルースはコンパスを取り落とした。「あのとき——怖かった。何かが近づいてきて、地面をずるずる引きずるような音がした。逃げなきゃと思って、わたしは走った。そして悲鳴をあげた」

サビッチがルースの手をがっちりとつかんだ。「よくやったな、ルース。まずはそれで上出来だ」サビッチからうなずきかけられたシャーロックが、ルースを引き寄せた。サビッチはディックスがコンパスを拾い、ジャケットのポケットに戻すのを見た。

シャーロックが言った。「外に戻りましょう。ここから出て助けを呼ばないと」

サビッチが言った。「ディックス、たしかきみの義理の叔父さんがスタニスラウスの校長のドクター・ゴードン・ホルコムだと言ってたな？」

「ああ。こちらですぐに身元が確認できないときは、彼に助けてもらえる」

午後三時のことだった。エリン・ブシュネル、二十二歳、アイオワ州スーシティ出身。将来を嘱望《しょくぼう》されたバイオリニストの亡骸《なきがら》は遺体袋におさめられ、ルーダン郡の監察医のバンの後ろにのせられて、郡立病院の地下にある死体公示所へと運ばれていった。ゆっくりと雪解け道を走りだす白いバンを見送りながら、ディックスが口を開いた。「監察医はバート・ヒンプルといって、優秀な男だよ、サビッチ。たしかクワンティコで訓練を受けてる。きみとシャーロックに会ったあとだけに、しくじらないよう細心の注意を払うだろう」

サビッチはバンを見やった。「何か訊きたいことがあるかもしれないから、ドクター・コンラッドの名前と電話番号を伝えておいた」

ディックスはルースに言った。「きみの言うとおり、きみがあそこに最初に這って入ったときには、もうエリン・ブシュネルの遺体が寝かされてたんだろう」言葉を切り、保安官助手のリー・ヒッキーを見た。二カ月前、被害者にスピード違反のキップを切ったばかりだったヒッキーは、ただちに彼女だと気づいた。「デートに誘ったんですが、彼氏がいると断られました」そう言ったヒッキーは、目もあてられないほどの落ちこみようだった。

サビッチが言った。「おそらく犯人は被害者をあそこに運びこみ、ゆがんだ趣味に合わせてポーズをつけた。そこへきみがやってくる音を聞いたんだろう、ルース。きみは薬を飲まされたか、ガスを吸わされたかしたようだ——そうやって犯人はきみの体の自由を奪った」

レンジローバーに乗っていたチャッピーは、鑑識班が緑の遺体袋を運び去ると、ディックスたちに合流し、大勢の人間が洞窟の入口を出たり入ったりするのを眺めていた。「今日はわたしの人生で、もっとも奇々怪々な一日になりそうだ」

「間違いなく、そう位置づけられるでしょうね」ディックスはうなずいた。

「わからないのは、なぜルースが生きているかということだ」チャッピーが言った。

サビッチが言った。「もしディックスが森でルースを見つけていなければ、われわれはこの洞窟を徹底的に捜索し、コウモリの羽の最後の一枚まで引っぱって手がかりを捜したでしょう。とすると、犯人はルースをこの洞窟に置き去りにしたくなかったのかもしれない。彼女がFBIの捜査官で、そのままだとウィンケルズ洞窟のこの部分を中心に大がかりな捜索が行なわれると踏んだからです」

「ねえ、みんな。わたしはルース、ここにいるわ、ほら、生きてるのよ」

ディックスが言った。「おれたち全員、それを喜んでるよ、ルース」

「これからきみたちは、あのボンクラのツイスターに会うんだろう?」チャッピーが尋ねた。

「ええ。エリンの住所を訊かなければなりません。残念ですが、チャッピー、連れていけませんからね。そうだ、〈バンク・オブ・アメリカ〉の買収計画案でもまとめたらどうです?」

チャッピーは首を振った。「わたしはツイスターという男をよく知っているんだ、ディックス。あの狡猾《こうかつ》な臆病者を動かしている骨の髄までな。あれの言葉は一つとして信じられない。わたしにならば、あれがごまかそうとしているのかどうか、あれが大事な学校を守ろうとしているのかどうかを、見きわめることができる。あれが十歳になるころには、手口はすべて見分けられるようになっていた」

「チャッピー」ディックスがさえぎった。「ゴードン叔父さんについてあなたがどう思っているか、ここにいるFBI捜査官に話していただけますか」

「あれは悪賢くて根性のねじ曲がったイタチだ」

シャーロックが尋ねた。「なぜ弟さんが何かを隠しだてするとお考えになるのでしょう? わたしたちが会いにいくのは、弟さんがスタニスラウスの校長だからで、エリンの友人や先生を教えていただく以上の意図はないんですよ」

チャッピーは開きかけた口を閉じ、深いため息をついた。「〈バンク・オブ・アメリカ〉の買収は無理だ。二カ月前にやろうとしたが、ストックオプションでしっかり守られているうえに、あそこのCEOは人間というより人食い鮫だからな——冗談だよ。まったく、なんという一日だ。わかった、今日のところはおとなしく帰るが、わたしにも捜査の進捗状況を教えてくれるな？　約束だぞ、ディックス」

ディックスはうなずいた。「約束します。助手のモランが家まで送りますよ。そうだ、チャッピー、ゴードン叔父さんには電話しないでください。いいですね？」

スタニスラウス音楽学校のキャンパスは、マエストロの東六・五キロにあり、静かな自然に囲まれていた。北側の山並みが一本の稜線を描きだし、オークやカエデ、マツの森が斜面の裾野をおおっている。手前の丘陵はなだらかで、黒イチゴが群生しているが、それも東へ行くにしたがってまばらになり、雪をかぶった平らな低地へと続いていた。

月曜の夕暮れどきの光のなかで見るキャンパスは、その価値にふさわしい台座を得た宝石のようだった。雪に枝のしなる木が点在する広い中庭を取り囲むようにして、赤煉瓦の建物がある。歩道はどれもきれいに雪が払われていた。バッハのブランデンブルグ協奏曲がバン・クライバーン・ホール——十五年前、学校に莫大な寄付をした名ピアニストにちなんで名づけられたメインホール——から聞こえてくる。四人は景色と美しい音色に心を奪われ、そろって足を止めた。

「四時近いわ」シャーロックが言った。「ドクター・ホルコムがまだいるといいけど」

「たぶんいるよ」ディックスが言った。「彼は著名な音楽家で、フルートとピアノを演奏する。この十年は経営に専念してきたが、その前はヨーロッパを中心に演奏活動をしていて、うち二年はパリに住んでた。娘のドクター・マリアン・ガレスピーもここで教えてる」

「ドクター・ガレスピーも音楽家なのか？」サビッチが尋ねた。

ディックスはうなずいた。「クラリネット奏者だ。ただ、父親ほどの才能もなければ、人や組織を動かす能力もないと、クリスティは言ってたが。むかしのヒッピー風だよ――会えばわかる」

事務所のあるブランケンシップ・ホールに続く広い歩道を歩きながら、ルースが尋ねた。

「マリアンのご主人は何をしてるの？」

「おれたちがニューヨークから移ってくる前に別れたから、マリアンの亭主には会ったことがないんだ」シャーロックとサビッチを見て、補足した。「おれはニューヨーク市警に四年いて、殺人課の刑事だった。こっちに来てから、クリスティの父親のおかげといえなくもないが、マエストロの保安官に選ばれた。息子たちもおれもマリアンとはあまり行き来がなくてね。二カ月に一度タラで一緒に食卓を囲むくらいさ。ロブとレイフはその夜のことを〝サーカスナイト〟と呼んでるよ」

「家族っておかしなものよね」ルースが言った。「それで、あなたの息子さんたちは、その才能を受け継いでるの？」

「ロブはハイスクールの友だちとバンドを組んでドラムを叩いてるよ。ありがた迷惑ではあるがね。レイフはピアノを少しやる。だがレッスンを受けるかと訊くと、毎回そのつもりはないと答える。さて、どうなることやら」

ディックスは豪華なクルミ材でできた半円形の受付デスクへ向かった。並々ならぬ好奇心で待ちかまえている二人の女に会釈して話しかけた。「メイビス、叔父に会いたいんだが」

「部屋にいらっしゃるわ、ノーブル保安官」メイビスはサビッチを見やりながら答えた。

「今日は早めに帰りたいとおっしゃってらしたけど。たぶんピーター・ペッパーにつかまっているんでしょう」

メアリー・パートンが目を見ひらいた。「もしピーターといるのなら、助けてあげたら感謝されるわ。ところで、こちらの方たちは、保安官？　待って、あなたが保安官が家の近くで見つけた女性ね？」

ルースはにこっとしてうなずいた。「はい、特別捜査官のルース・ワーネッキです」

「そう」メアリーはうなずきながら言った。「警備の仕事をしていらっしゃるの？　リッチモンドで？」

「いえ、そうじゃなくて」ルースは言った。「ＦＢＩの特別捜査官なんです」

「まあ、すごい。あなたみたいにきれいなお嬢さんが、銃や防弾チョッキを持っているの？　そう、それは極秘事項ね？　わかったわ、保安官、この方たちをお通しして」

メイビスとメアリーに礼を言ったあと、ディックスは一行を絨毯《じゅうたん》を敷きつめた長い廊下に導いた。「いまごろ、きみのことをすべて調べあげようとしてるよ、ルース。左膝の後ろにあるほくろのことまでね」

ルースの眉が吊りがった。「それって、右膝の裏にあるほくろのこと?」

四人は著名な演奏家や歌手、指揮者のサインつきの写真で埋めつくされた壁に見入った。

「たいしたギャラリーね」ルースが述べた。「ねえ、これパバロッティよ。本物なの? ここで? そう、そうよね。このサインを見て。遠慮ってものを知らない人の字だと思わない?」

シャーロックはルチアーノ・パバロッティの写真を見つめながら、うわの空で答えた。「この写真が撮られたのは、たぶん十五年くらい前の夏ね。興奮した教職員と生徒と一緒にここスタニスラウスで。パバロッティが遠慮する理由はないでしょ。知ってる? 生存するテノール歌手のなかで、テノールの声域を完全にマスターしているのは彼だけなのよ」

ルースが尋ねた。「テノールの完全な声域なんてどうして知ってるの?」

サビッチが言った。「シャーロックは遠いむかし、コンサートピアニストになるためジュリアードを目指してたんだ」

ルースが言った。「そうなの? こんど弾いて聴かせて」

シャーロックはうなずき、背筋を伸ばした。「むかしのことだけれど、あなたのためなら喜んで。ごめんなさい、ディックス、ドクター・ホルコムのオフィスに連れてってくれるのよね？」

「その突きあたりだ。だがその前に個人助手兼秘書のヘレン・ラファティが立ちはだかって、大統領を守るシークレットサービスみたいに、叔父を守ってるよ」

ミズ・ラファティは机の中央にきちんと積みあげた書類の山を鉛筆でトントンと叩きながら、ドクター・ホルコムのオフィスの閉じたドアを見つめていた。ディックスは咳払いした。

「ヘレン？」

「ノーブル保安官！　知らない方たちをお連れなのね。あの、みなさん、どうぞおかけになってください」

「ヘレン、エリン・ブシュネルの住所を教えてもらうことはできるかい？」

「どうしてですか？　そう、理由は話したくないんですよね。ちょっと待ってください。ここに全校生徒の名簿がありますから。お酒とか騒ぎとか、何かトラブルに巻きこまれたんじゃなければいいんですけれど。ああここです、ここにあります」ヘレン・ラファティは住所を書きとめて、ディックスに手渡した。

「それと、ゴードンに会いたいんだが」

「あら、ドクター・ホルコムは学生と面談中なんですよ。でも、もう充分でしょうね。今日のところはピーターに切りあげてもらわないと」席を立つと、七センチのヒールを響かせてマホガニーのドアの前まで行き、何度か派手にノックした。返事を待たずにドアを開けると、頭を突っこんで、大きな声で言った。「お邪魔してすみませんが、保安官がおみえです、ドクター・ホルコム。とても重要なご用件とか」

のんびりとして深みのある男の声が返ってきた。「ありがとう、ヘレン。すぐに行くよ」

ディックスがヘレンの背後から言った。「FBIの捜査官三人も一緒です、ゴードン」

「ちょっと待ってくれ」ドクター・ホルコムが大声で返した。

ヘレンは戻ってくると、胸に手をやりながらディックスたちのほうを向いた。「あら、FBIの捜査官でいらしたの？　ほんとうに？　このスタニスラウスに？　わかった、あなたがディックスの家の玄関に倒れてらした女性ね？」

「ええ、そうです」とルース。

「人からじろじろ見られても、気にしないで。その豊かな髪に隠れて包帯もあまり目立たないもの。ほんとうにFBIの捜査官？　みなさん全員？」

シャーロックが答えた。「身分証をごらんになります？」

「どうこう言える立場ではないんですけれど、FBIのバッジを見たことがないんです」

「〝盾《シールド》〟と呼ばれてるんですよ」シャーロックはIDを手渡した。「あるいは〝信頼《クレッド》〟と」

ヘレンはしばらくためつすがめつした。「へえ、精巧にできているんですねえ。そうだわ、もうすぐドクター・ホルコムのオフィスから出てくる青年を逮捕してくださいませんか？」

「いいですとも」サビッチは言った。「手錠をかけて連行しますか？　先にちょっと叩きのめしてからにしますか？」

「すてき」とヘレン。しばし耳をすませると、後ろに下がり、修行僧のような顔つきの痩せた青年を通した。髪を短く刈り、しわくちゃのシャツを着て、がっくりと肩を落としている。そのあとからドクター・ホルコムが出てきた。「名前差別なんてものはないんだよ、ピーター。名前のせいで指揮者がきみを使わないなんてばかげた考えは捨てなさい。ディックス、すぐに行く」

ピーターと呼ばれる青年は、ディックスたちを頭から無視して、大きな声で続けた。「ドクター・ホルコム、こんなことは許されません。二つも断わられたんですよ。真実をわかっていただくために通知を持ってきたんです。文面こそ丁寧ですが、二通ともぼくはいらないと言ってきた。二通ともですよ！　これがぼくの嘆かわしい名字のせいだということは、先生もおわかりのはずです。ぼくの名前を二つつなげたら、誰だって吹きだしちゃいます。指揮者や理事会の気取った連中なんか、とくにそうだ。行間を読まなきゃわかりませんが、たしかにそこにあるんです。誰もピーター・ペッパーなんて名前のバイオリニストなんかいらないんだ。博士号を取ったらいったい何通の不採用通知を受け取るか、いまから目に浮かぶようです」

ヘレンが親切ごかしに言った。「ドクター・ペッパーね。わたしならソフトドリンクで大金を儲けたと思うかも。きっかけとしてはいいんじゃない?」

「それくらいにしなさい、ヘレン」ドクター・ホルコムはこらえきれずに吹きだした。「ピーター、名前差別なんてものはないよ。誰かがきみよりもいい演奏をしたという一致した意見があるだけで、それ以上でも以下でもないんだ。両方の通知に隅々まで目を通したが、〝行間〟なんてものはなかった」

ルースが声をかけた。「あの、名前を変えたらどうかしら?」

ピーター・ペッパーはルースをまじまじと見た。「それはできない。母に殺されてしまう。遺言からはずされたら、ここの授業料が払えなくなります」

「じゃあ、次のオーディションのとき違うファーストネームを使えば万事丸くおさまるんじゃないかしら? あなたのミドルネームは?」

「プリンストン。母がプリンストン大学の出身なので」

「だったら、単純に二つの名前を入れ替えたらどう? ペッパー・プリンストンと名乗るの。これなら平凡じゃないわ。きっと気に入られるわよ」

ピーター、別名ペッパー・プリンストンは、じっくりと考えているようだった。ルースを見据えたまま、やがてゆっくりとうなずいた。「これまで誰も名前が問題だと認めてくれなかったんですけど、ぼくにはずっとそれが原因だとわかってたんです。ペッパー・プリンストン。うん、それならいいや。それなら誰にも笑われない。はじめまして、わたしの名前はプリンストン、ドクター・プリンストンです。いい響きですよね。名のある人物の感じがする。あの、今夜お食事でもいかがですか?」

ルースは彼の肩を軽く叩いた。「今夜はもう予定があるの。でも、ありがとう。幸運を祈ってるわ」

ドクター・ゴードン・ホルコムは、ピーターが胸を張り、意気揚々と廊下を遠ざかるのを見送った。ルースに向きなおって言った。「すばらしい。半年前にわたしが考えついていたらと思いますよ。けれど、彼にしたらあなたから聞いたほうがよかったかもしれない。今夜食事にお誘いできますかな?」

ディックスが全員を叔父のオフィスに導いた。

「あの、わたしはどうなるんですか?」ヘレン・ラファティが後ろで言った。「わたしを食事に誘ってくださる方はいらっしゃらないの?」

14

ディックスは常々、ゴードン・ホルコムのオフィスは彼の人となりを表わしていると思っていた。五線紙がありとあらゆる表面を埋めつくし、三方の壁には楽器がもたせかけられている。隅には黒いスタンウェイの小型グランドピアノが置かれ、閉じたふたの上には楽譜が山積みになっている。机がコンピュータとプリンタと、さらなる五線紙のたんなる置き場になっているのを見て、ルースは笑みを浮かべた。六脚の椅子があちこちに置いてあるのは、たぶんドクター・ホルコムが学生とともに随時、楽器を手に取って演奏するためだろう。腰を落ち着けてくつろぐ場所はなく、あるのはただ椅子と譜面台だけだった。その一つにフレンチホルンが置かれているほかは、新聞の批評記事や五線紙が座面を占領していた。

ルースから見ると、温かみのある部屋だった。スタニスラウス音楽学校の校長にとってのではなく、ゴードン個人にとっての大切なものが映しだされている。それでついドクター・ホルコムに笑いかけていた。「夕食をご一緒させていただけるんですか？　イタリアンはお好き？」

ディックスが眉をひそめた。「夕食はだめだ、ルース。息子たちに今夜ホットドッグとベークドビーンズとコーンブレッドをつくると約束したんだ。きみがいないとがっかりする」

ドクター・ホルコムは口を開きかけ、ディックスが先手を打った。「重要な用件で話を聞きにきました、ゴードン」

「どうした？　チャッピーに関係のあることかい、ディックス？　あの陰険男がこんどは何をしでかした？　シンシアが先週会いにきて、チャッピーがトニーを銀行のいまの地位から追い払うんじゃないかと心配していたよ。あいつもここに見切りをつけて、別の場所に移ったほうがうまくいくんじゃないか。それでチャッピーはどんな難癖をつけてるんだ？　わたしだかこの学校だかを告発し、わたしを逮捕させようときみをよこしたのかね？　あの男がわたしを嫌っているのは知ってのとおりだ、ディックス。すべては嫉妬のせい、わたしが死ぬか刑務所に入るのを望んでいる。わたしが視界から消えれば、自分の成し遂げたことが金儲けだけだと思い知らされずにすむからだ」

ディックスだけは、洗練されていて才能豊かなドクター・ホルコムの形のよい口から次々と辛辣《しんらつ》な言葉が飛びだすのを聞いても動じなかった。にやりとして、かぶりを振った。「いいえ、チャッピーや彼があなたの人生をみじめなものにしようとしていることとは無関係ですよ、ゴードン」

ドクター・ホルコムは腕組みをして机にもたれかかり、一人一人の顔を見た。「そうか、ではディックス、どういうことなのか説明してもらおう。手はじめに、こちらの方々を紹介してもらえるかね？」

ディックスがFBIという言葉をくり返すたびに、ドクター・ホルコムの左眉が吊りあがった。次々と握手を交わし、ルースの手を握ったときに動きを止めた。「さてはディックスが凍えるように寒かった金曜の夜、レンジローバーで寝ている女性を見つけたというのはあなたのことだな？　だがこちらの二人の捜査官は？　きみたちは共同で捜査しているのかね？　わたしにどういう用件だろう？」

「エリン・ブシュネルのことは、どの程度ご存じですか？」

ドクター・ホルコムは一瞬目をみはってから、ディックスの質問に答えた。「エリン・ブシュネルかね？　じつに才能のあるバイオリニストで、力強く奔放な演奏をする学生だ。妙に聞こえるだろうが、わたしは彼女とともにその演奏の抑制と自発性に取り組んできた。音楽は、詰まるところ、学んで練習するものだ。しかし、真の芸術家の音楽は、その体から放たれ、かつて演奏されたことがなかったように響く。それこそが才能であり、神の恵みなのだ。エリンがバルトークの無伴奏バイオリン・ソナタを弾くのを聴いてみるといい。圧倒的なすばらしさがある。その曲を聴く人類で最初の人間になったように感じるはずだ。

それ以外に知っていることか？　いま四年生で、この五月には音楽学士号を取得して卒業する。修士課程に進むのが本人の希望だろう。何があったんだ、ディックス？　エリンが何かしたのか？　ドラッグをやらないのはわかっている。キャンパスに出まわっているから、マリファナくらいはやるかもしれない。だがそれより強いものには手を出さないはずだ。それに愛車のミアータをぶっ飛ばしたがる。おい、まさか、事故にあったんではないだろうな？」

ディックスが言った。「ドラッグではありませんよ、ゴードン。交通事故でもない。これをお話しするのはつらいのですが、エリン・ブシュネルが亡くなりました。ウィンケルズ洞窟で遺体を発見しました。いまのところ死因は不明ですが、殺害されてあの洞窟に埋葬されたようです。

出入り口が隠してあったので、犯人は遺体の隠蔽《いんぺい》をはかったのでしょう」

ドクター・ホルコムの端正で貴族的な顔から血の気が失せた。そのまま失神するかに思われたが、ぎゅっと机の端をつかんで体を支えた。口が動いたものの、出てきたのは錯乱した言葉ばかりだった。「まさか、そんなこと、ありえない。違う、ディックス、エリンじゃない。あの才能豊かで、溌剌《はつらつ》としていて、若くて、有望なエリンが。何かの間違いだ。そんなことが起きるはずがない。きみが見つけたのはほんとうに彼女なのか？」

ディックスは義理の叔父の肩にそっと手をかけた。「ほんとうに残念ですが、ゴードン、間違いありません。彼女は金曜日、ルースが洞窟に入る少し前に殺されたと思われます。犯人はルースがやってくる直前にエリンをそこに引きずりこんだのでしょう」

「エリンがウィンケルズ洞窟に？　なぜそんなところにいたのだ？　この週末彼女に電話す

るつもりだった。卒業前にもう一度コンサートを開きたいと思ってね。だが、いま書いている新しいソナタのことで頭がいっぱいになって忘れていた。ああ、なんと哀れな」

「わたしたちもとてもお気の毒に思っています、ドクター・ホルコム」ルースはお悔やみを述べた。「ですが、わたしたちはあなたの協力を必要としています。エリンもです。何者かが彼女を殺害した。エリンのことを教えてください——友人、教師、恋人、習慣、役立ちそうなことは一つ残らず。金曜日にエリンがどこにいたかを探りださなければなりません」

ルースが見るところ、ドクター・ホルコムはまだ質問に対処できる状態ではなかった。無理もない。暴力的な死はつねに、被害者を知る者に大きな衝撃をもたらす。

ドクター・ホルコムは両手で目をおおった。「おいそれと受け入れられる事実ではない。学生が、わたしの学生が殺されるとは。スタニスラウスで起きていい事件ではないのだ。なんたること。これがこの学校とその財政にどう響くことか。ほかの学生が犯人だと考えているわけではあるまいな？　われわれがここで育成しているのは音楽家であって、殺人犯ではない」頭を垂れ、気を鎮めようとしている。ふたたび顔を上げたとき、その顔はいまだ青ざめつつも、声には張りが戻った。「エリンはグロリア・ブリシュー・スタンフォードに師事していた。グロリアは非凡な才能と激しさに恵まれた年配の女性で、辛辣な口の持ち主だ。これまでに十回以上カーネギーホールで演奏し、レコードも多く出している。世界じゅうのオーケストラと共演の経験がある。きみとクリスティはニューヨークで彼女と知りあいだったな、ディックス」

ディックスは説明した。「クリスティとグロリアの娘は同じ時期にカーネギーメロン大学に通ってた。おれたちがニューヨークを離れて半年後、グロリアがここスタニスラウスで教職につき、おれたちは思わぬ再会を喜んだ。グロリアの娘も一緒に引っ越してきたんだ。それで、エリンはグロリアについて学んでたんですね？」

「九月に秋学期がはじまって以来、エリンは日に最低でも二時間はグロリアからレッスンを受けていた。グロリア以上にエリンを知る教員はいないだろう。彼女ならきみの質問に答えられるかもしれない……よくわからないが、グロリアなら知っているんじゃないか？　エリンの恋人や嫌っていた人物、心配事があったかどうか、そんなことを」声が尻すぼみになって消え、ドクター・ホルコムは机にもたれかかったままイタリア製の上等なローファーを見ていた。「エリンはまだとても若かった。二十一、いや二十二歳になったか？　それで、彼女のご両親にはもう話したのかね、ディックス？」

「はい、話しました。心の痛む仕事でした。自分たちの娘を憎んでいる人間に心当たりはないと言っておられた。殺したいほど憎んでいる人間はもちろんのこと、最近恋人とトラブルがあったとも聞いていないそうです。まもなくこちらに来て、アイオワへ連れて帰るとか。ヘレンからエリンの住所を聞きました。ルームメートがいたかどうかご存じですか？　それとも独り暮らしだったんでしょうか？」

ドクター・ホルコムは肩をすくめた。「見当もつかない」

「けっこうです。ゴードン、ご協力に感謝します。今回のことはひじょうに残念です。あなたには、これからやることが山のように出てくる。とくにマスコミに知れたあとは」

「ああ、そうだ。マスコミの連中は、今回のことでスタニスラウスの人間が一人残らず苦しむよう取り計らってくれるだろう。学生を守る対策を講じなければ。そうだ、それに取り組まなければ。それしかない」彼はもはやゴードンという一個人ではなく、学校長に戻っていた。「何かわかったら知らせてくれ。エリンのご両親にはわたしからも電話する。追悼《ついとう》式をやることになるだろう」

一同が部屋から出ても、外のオフィスにいたヘレンは黙りこくっていた。目が潤んでいる。

「そんなこと、とても信じられません。エリンが死んだなんて。なんて言ったらいいのか、わからないわ。いいお嬢さんで、少なくともわたしはそう思っていました。二度ほど教職員のパーティでご一緒したことがあるんですよ。お酒はあまり飲まなくて、どちらかというと内気でしたけれど、話しかけられれば愛想よく答えて。これは悲劇です、保安官、まぎれもなく」

ルースがヘレンの腕に触れた。「ご協力に感謝します、ヘレン」

ヘレンは、「エリンにはルームメートはいませんでした。独り暮らしだったんです」と言って、ディックスにカードを差しだした。

四人は、ヘレンがドクター・ホルコムのオフィスに入って静かに話しかける声を聞いてから、外に出た。外気は重く、冷たかった。

「ヘレンから渡されたカードには何が書いてあるんだい?」レンジローバーに乗りこみながら、サビッチが尋ねた。

「グロリア・ブリシュー・スタンフォードの携帯番号と住所だ。彼女は明日訪ねることにして、今日はエリン・ブシュネルのアパートに寄ろう。ここから三十分だ。何か見つかればいいが」

「びりびりに破いたラブレターでもあればいいんだけど、署名入りの」ルースが言った。

「おれは完璧な指紋が取れれば、それでよしとするよ」ディックスは応じた。二分後、キャンパスから三ブロック先のアッパー・キャノン・ロードに入った。きれいにペンキが塗られた木造家屋が立ちならぶむかしながらの住宅街で、ビクトリア朝風の家も目についた。雪をかぶったオークの古木が奥行きのある庭を埋めつくしている。

「二階に住んでたらしい。あそこだ」ディックスが言った。

呼び鈴を鳴らしたが、応答はなかった。ノックをして待ち、もう一度ノックした。ディックスが大声で名前を告げても、やはり返事はなかった。ドアノブをまわしてみると、難なくドアが開いた。

ディックスはふり返って言った。「隣人を信頼できるのはいいことだよな。なかに入ろう」

大きな一軒家で、三階建てのそれぞれがアパートになっていた。二階のアパートには部屋番号がなく、ノブをまわすと、またもやドアが開いた。「ドアに鍵をかけないなんて信じられない」ルースが言った。「表玄関はともかく、これでは災難を招き入れているようなものだわ」

シャーロックが言った。「犯人はここから彼女を連れだして、鍵をかけずに立ち去ったのかもしれない」

四人は天井の高い広々としたリビングに足を踏み入れた。右手の通りに面した小塔《タレット》には、クッションつきの窓腰かけがあった。リビングは食堂のアルコーブとキッチンにつながり、反対側には長いカウンターが配されている。

照明をつけなくても充分に明るい部屋で、色とりどりの投げ枕とパステルカラーの壁がその明るさを引き立たせていた。壁には特大のポスターが何枚も貼ってあり、その大半はブラッド・ピットだった。

「さて」ディックスは言った。「手分けして手早く調べよう。うちの連中も、死体発見現場が終わったら、ここに指紋を採取しにくる」

全員が手際がいいので、十分後にはふたたびリビングに集まった。

「彼女、食料の買いだしにいく必要があったみたいよ」ルースが口火を切った。「冷蔵庫にはニンジン一袋と無脂肪牛乳一パックしかなくて、においを嗅ぐ気にはなれなかった。ガラクタ用抽斗にはガラクタだけ、メモやノートの類《たぐ》いはなかったわ」

リビングもひと間きりの寝室もバスルームも、生活感が乏しかった。

けれどもエリン・ブシュネルの音楽室は違った。鎧戸《よろいど》の閉まった狭い部屋だけれど、そここそが、この若き女性が時間のすべてを注ぎこんだ場所だとわかった。バイオリンとオーケストラのための楽譜を積みあげたきれいな山がいくつもあった。椅子の上には開いたケースごとバイオリンが置いてあった。シャーロックはケースからバイオリンを取りだし、両手に持った。「十九世紀にロンドンのハート・アンド・サンズでつくられたもので、めったにお目にかかれない名品よ」

楽譜にもシャーロックが目を通したが、不自然なものは見つからなかった。

住所録も日記も、人との約束を示すようなメモも、皆無だった。小型のラップトップがあったので、ディックスが手に取った。「研修中の弱虫《ウィーニー》に調べさせるよ」ルースが眉を吊りあげるのを見て、ディックスはにこりとした。「本名はアレンというんだが、みんなはウィーニーと呼んでる。本人も気に入ってるよ」

ルースがエリンのアパートのドアを閉じた。「ここでほんとうに彼女らしさを感じさせるのは楽譜とバイオリンだけね」

「殺された原因は、ほかを探らなきゃわからないかもな」ディックスは古い家をあとにしながら続けた。「さて、今日のところは切りあげよう。おれがきみたちをどこに隠したのか、息子たちが気にしはじめるころだ。学校が終わったあと、二人だけで長時間過ごさせたくないんだ。きみたちFBI捜査官がまたうちに来てくれたら、大喜びするよ」

「ええ、きっといまごろは学校で注目の的になってるわね」とルース。「友だちみんなに今夜わたしたちから秘密を聞きだすと約束してるはずよ」

ディックスはクラクションを鳴らして、目の前で方向転換しようとしている車に警告した。そしてルースに言った。「またブルースターに小便を引っかけられないように気をつけろよ」

ルースはにやりとした。「わかってる。もしされたら、わたしの崇拝者とのディナーに出かけられなくなるもの。それにロブから最後の服まで取りあげることになっちゃう」

携帯電話が鳴ったとき、ディックスはレンジローバーをあやつり、スタンプツリー・レーンの中央に居坐る一メートルもの雪の塊をよけていた。誰かがその上に丸く固めた雪を置き、ニンジンを鼻にしていた。「ロブとレイファーもこのいたずらに加わってたりしてな」と言うと、電話に出た。「はい？　ノーブル保安官だ」

しばらく耳を傾けたあと、車を路肩に寄せた。「頼む、冗談だと言ってくれ」さっきより長い沈黙のあと、電話を切り、ジャケットのポケットに戻した。「監察医のドクター・ヒンプルだった。エリン・ブシュネルの組織から薬物が検出されたんで、分光装置で分析したそうだ。彼の見立てによると、BZと呼ばれる化学化合物で、それで体の動きが奪われた可能性があるらしい。そのあと犯人は薄い刃物か針を胸に突き刺した」ディックスは深々と息を吸いこんだ。「だが、問題は殺したあとに犯人がしたことだ。これほど異様な話は聞いたことがない」

ルースは身を乗りだして、彼の腕に触れた。「なんなの、ディックス、犯人は何をしたの？」

「防腐処置さ」

15

サビッチは軸つきのトウモロコシに塩を振りかけ、がぶりとかぶりついて、至福のため息をついた。「ロブ、きみたちがスタンプツリー・レーンの真ん中につくった雪だるま、なかなかよかったよ。あのニンジンがいい。ほとんどの車が足止めを食らったろう――ただし、きみたちのお父さんは別さ。レンジローバーで突っこんだんだ。あんなしなびたニンジンでなければ、食ってただろうな」

二人は顔を見あわせ、ロブが咳払いをした。「えーっと、みんなでやったんだよ。二年生のクラスはあのあたりを通って帰ってくる」父親の顔をうかがう。「一人だけのせいにするのは公平じゃないよ、父さん。だって、学校が三時に終わって、誰もそりには行きたがらなかったんだ。ブレーカーズ・ヒルの雪はもうぐちゃぐちゃだからね」

「もう一本ホットドッグを食べるか？」ディックスが訊くと、子どもたちはほっとしたように笑顔を見せた。

ロブはポテトチップを口の手前で止めて、こわごわ尋ねた。「怒ってないよね、父さん？

外出禁止にしたりしないだろ？」

「父さん、聞いてる？」レイフが父親に向かって指をパチンと鳴らした。

「うん？　ああ、悪い、雪だるまの話だったな。おれたちも同じことをやったぞ。ただし場所がクイーンズだったから、パトロール警官につかまって署までしょっ引かれ、親父に尻を叩かれた。いいか、おまえたちもまだ罰を逃れられるほど、大きくないんだぞ」

ロブが言った。「いや、ぼくたちは大きくなりすぎたよ、父さん。それにいつもそう言って、一度も実行したことないだろ？」にやりとする。「ほんとうにお仕置きしたいんなら、一晩留置場にぶちこんだら？究極の罰になるよ」

「最高にクールな罰？」ルースが言った。

ディックスが目を見ひらいてみせた。「最初に父さんがあの小さな雪山を通り抜けたから、ほかの人に迷惑をかけずにすんだんだぞ。おまえたちは運がよかった」

「つまんないの」と、ロブはフレンチマスタードとピクルスをたっぷりのせたホットドッグにかぶりついた。

「今日ね、『オセロ』のテストがあったんだよ」レイフが言った。「できたと思う。答えが全部わかっちゃった」

「そりゃそうさ」ディックスは言った。「前から言ってるだろ。おまえたちは母さんの頭脳を受け継いでる」

「うん、それでね」レイフが続けた。「最低でもBマイナスを取ったら、フルトンさんの金物店で放課後働いてもいい？」

携帯電話が鳴り、ディックスは電話に出るため席を立った。戻ってくると、指をレイフに突きつけながら言った。「前に約束したとおり、最低でも生物でB、英語でBを取るまではアルバイトは禁止。Bマイナスじゃなくて、掛け値なしのBだ。三週間後には成績表が出る。それがおまえの目標だ。文句は言わせない。シャーロックとサビッチにはおまえたちよりずっと小さい男の子がいるが、二人に暗い未来を見せたくないだろ？」

「ぼくたちそんなにひどくないんだよ、サビッチ捜査官」ロブが言った。「父さんはただそういうふりをしてるだけなんだ」

レイフは兄をちらりと見たあと、父親に視線を戻して身を乗りだした。「ウィンケルズ洞窟で殺された女子学生を見つけたんでしょう？　みんなその話ばっかだよ。最初は二人組の男が土曜の夜にルースを殺そうとして、次はその学生。どうなってんの、父さん？」

ディックスが言った。「ああ、ウィンケルズ洞窟で死体が見つかった。愉快な話じゃない」

「たまたまFBIの特別捜査官がいて手伝ってもらえるなんて、ラッキーだよね」ロブが言った。

「ああ」ディックスは野ざらしにされた白骨のように乾いた調子で応じた。「恐ろしく運がいい」

「しょっちゅう死体を見てるんですか、サビッチ捜査官？」ロブが尋ねた。

「しょっちゅうじゃないよ」サビッチは軽い調子で答えた。「実際はコンピュータで仕事をすることが多いんだ。ＭＡＸという名前のラップトップでね。ここ何年もＭＡＸとともに大勢の犯罪者を追いつめてきた」

「わたしたち」とシャーロック。「つまりワーネッキ捜査官とわたしは、ブラッドハウンド並みに鼻が利くのよ。それで悪いやつらを嗅ぎつけて追いかけるの」

「父さん、なんか怖いよ」レイフが言った。「その女子学生に何があったの？」

「警察には隠しておかなきゃならないこともあるんだぞ。せっかくつかんだものをマスコミに台無しにされたくない」

「でもさ――」

ディックスは首を振った。「父さんは宝探しのことでルースに質問がある。クラブとか会報とか、そういったものがあるのか、ルース？」

ルースはうなずいた。ディックスにというより、子どもたちのためだった。「ええ、なんでもあるわよ。スノー・ヒル農場の埋蔵金の話を聞いたことはある？　ここバージニアの、ニュー・ボルチモアの村から一・五キロほど南に行ったところなんだけど？」

細い手足を投げだしてだらしなく坐っていた少年たちが、急に体を起こしてルースのほうに身を乗りだした。レイフは両手で顎を支えている。「銀貨や金貨が――」ルースは続けた。

「六万ドル分」

「誰が埋めたの?」レイフが食いついた。「ルースがそれを見つけたの?」

「ウィリアム・カークっていうスコットランドの海賊が一七七〇年代にそこに埋めたのよ。でも彼が死んだとき、宝物は影も形もなかったから、奥さんはスノー・ヒル農場をウィリアム・エドモンズ大尉に売り渡した。農場の所有者はいまでもその大尉の相続人よ。長いあいだ探しつづけているけれど、まだお宝は見つかってないわ。たまに十八世紀のコインが出るぐらいで」

「ぼくなら見つけられるのにな」レイフが言った。「一、二枚のコインじゃなくてさ」

ロブが弟の腕をパンチした。「宝なんてあるかよ、ばかだな。ただの伝説さ。さもなきゃ誰かが掘り起こしてるって」

「でも、そこが宝探しのおもしろいところなのよね」ルースは声を低めた。「宝物がどこかに隠されてるっていう話が、そもそもどこから出てきたのか不思議に思わない? 二百年前の酒場で、どこかの年寄りがエールを一杯おごってもらおうとしてふかしたのかしら? それにすべてが魔法じゃないかと思うことがあるでしょう? そう思ったら、もう魔法にかかったも同然。フォキーア郡に行って、保管されているウィリアム・カークの遺言を読めば、奥さんに広大な土地だけでなく多額の現金を残したのがわかるわ。それはどこにあるの?」

レイフが言った。「奥さんは旦那さんが海賊だって知らなかったの? 海賊が金を隠すのは常識だよ。キャプテン・キッドがロングアイランドのどこかに隠したみたいに。農場を売るなんて、その奥さんばかだね」

ルースがにやりとした。「かもね。じゃなきゃ、彼女はロブと同じで、宝物があることを信じてなかったのかもね。信じてたけれど、どうやって探せばいいのかわからなかったって可能性もある」

ディックスが口を開いた。「ルースと三日間一緒にいただけで、宝探しの奥義がわかっただろ？　信じることさ。究極の楽観主義者になれば、何度がっかりさせられたって耐えることができる」ルースに向かって眉を吊りあげて見せた。

ルースはディックスを見た。彼はゆったりと椅子に身をあずけ、平らな腹の上で指を絡ませて、シャツの袖を肘までまくりあげている。

口を開いたルースは、話す前に咳払いしなければならなかった。「たしかに、そんなところかもね」

「じゃあ、まだ金がそこにあると思ってるの、ルース？」ロブは確かめたがった。

彼女はうなずいた。「ええ、思ってるわ。革袋に入ったのがいくつもあると思ってる。なかには破けた袋もあって、コインがこぼれ出してるけど、お宝そのものはそこで、発見されるのを待ってるのよ」

ディックスが立ちあがった。「さて、ここらで〈ミリーズ・デリ〉で買ってきたキャロットケーキを食べるとするか。おまえたちはひと切れずつ取ったら、宿題の時間だ。おれたち大人はまだここで片付けなくちゃならない問題がある」

ロブはいちばん下の階段にしばらく留まり、ビリー・マクリードが今日家に来て、寝室の窓枠を直してくれたことをルースに話した。「もう隙間風は入らないよ」

子どもたちの声が聞こえなくなると、大人四人はコーヒーや紅茶を手にリビングに移動した。暖かく静かな屋内で、ルースの膝の上という特等席を確保したブルースターのいびきだけが聞こえている。サビッチが口火を切った。「そういえばディックス、ルーダン郡コミュニティ病院の医者がルースの入院中に毒物分析をしたと言ってたな。その後、連絡はあったのかい?」

ディックスはうなずいた。「じつはさっきの電話はその医者からなんだ。きみの血液サンプルの残りを調べたそうだ、ルース。組織からエリン・ブシュネルと同じ薬物が検出された。BZという薬物だ」

「詳しくは知らないけど」シャーロックだった。「たしかベトナムで使われた、神経組織を破壊するガスじゃなかった? 医者はほかに何か言ってなかったの、保安官?」

ディックスはしばし口をつぐんでシャーロックに笑いかけた。「じつは、シャーロック、サビッチのトウモロコシを茹《ゆ》でてるあいだに、インターネットで調べてみたんだ。検索結果をプリントアウトしたからあとで見せるよ。正式名称はキヌクリニジニルベンジラートというんだが、明らかな理由からただBZと呼ばれてる。通常スプレー状にして使われる無色無臭のガスで、一九六〇年代に軍事用に開発された。即効性があって、吸いこむと心拍数が上がり、視界がぼやけ、体の調整機能がおかしくなる。特異なのは、それがいわゆる精神に影響を及ぼす化学薬品であること——知覚や思考に影響し、幻覚や混乱、健忘を引き起こし、しまいには昏睡《こんすい》状態に陥る。

だが、BZは戦争ではあまり使われなかった。効果の予測がむずかしかったからだ。圧倒的な恐怖やパニックややみくもな怒りなど、さまざまな反応が出て、ガスを吸った兵士たちはみずからの安全を顧《かえり》みずに攻撃に走った。

ロシアでは八〇年代、このBZに似た薬品をアフガンのゲリラに対して使った。そして——モスクワの劇場で人質がとられたとき、このガスを使用した形跡がある。死者が数百人にのぼったことを考えると、それもかなりの高濃度だったんだろう」

「けれどエリンは、刺されたときはまだ死んでなかったのよ」シャーロックが指摘した。

「ああ、だが組織からはかなりのガスが検出されてる。そう、ルース、きみよりも多く。きみがあの洞窟のなかで強い恐怖に呑まれて、襲われる感覚があったとすると、エリン・ブシュネルがどんな思いをしたのか、想像するだに恐ろしいよ」

ルースは長いため息をついた。「じゃあ、わたしは頭がおかしくなったわけじゃなかったのね。でもそんなガスをどうやって手に入れるの?」

ディックスは肩をすくめた。「医者が言うには、この手の化学化合物は製薬会社やインターネット経由で手に入るし、彼らには研究という合法的な使用理由がある。それを調べる令状が出るとはまず考えられないが、BZの入手先が犯人の特定につながるまともな地元の企業や研究所とは考えにくい」

サビッチがうなずいた。「ルース、きみの吸入量がエリンより少なかったとすると、彼女に使われたガスの残りを吸いこんだんだろう。自分の作品をあとから見にきた犯人が、錯乱するか意識不明になるかしていたきみを見つけたのかもしれない。そこで犯人がきみの頭を殴ったか、あるいはすでに怪我をしてたのかもしれないが、きみを外に引きずりだした」

「でもそのままわたしを殺して、エリンと一緒に置き去りにしなかったのはなぜ？」

「なぜなら、あそこはエリンの墓だからだ」サビッチがゆっくりと言った。「きみのではなく、エリンのための空間だった」

「むかついてしかたがないんですけど、ディロン」

「わかるよ」とサビッチ。「まったくだ」

膝にティーカップをのせたシャーロックが、バランスを保ったまま身を乗りだした。「それで、その墓という考えだけど、防腐処置と何か関係があるのかしら？」

ディックスが言った。「ドクター・ヒンプルの言葉をそのまま伝えると、防腐処置とは言わずに、こんな妙なものは見たことがないという言い方をしてた。正確に説明させてくれ」

シャツのポケットから紙を引っぱりだし、しばらく目を通した。「いいかい。葬儀屋が遺体に防腐処置を施すときは、まず頸動脈と頸静脈に小さい切れこみを入れる。頸動脈にチューブを挿入して防腐剤を注入すると同時に、頸静脈から血液を抜く。完全に殺菌して遺体を保存するには、およそ一二リットルの防腐剤がいる。さらに、体腔には、ホルムアルデヒド、メタノール、エタノールをはじめとする溶剤を混ぜたものを流しこまなければならない。

　重要なのは、われわれの犯人がそのすべてを行なったわけじゃないことだ。エリンの頸動脈と頸静脈に切れこみを入れ、およそ四リットルの防腐剤を注入し、頸静脈から少量の血液を抜いて終わりにしている」

シャーロックが暖炉を見つめながらゆっくりと言った。「つまり、犯人は防腐処置を完璧には知らなかったか、あるいは、ただたんに満足感を得るための儀式にすぎなくて、そのプロセスを味わうだけで充分だったか」

「そうだ」サビッチがうなずいた。「そしてポーズをつけた。犯人はこれを儀式の一部だと見なしていたのかもしれない。そして、おそらく本人は畏敬の念すら込めて、厳粛に執り行なったんだろう。どこかに埋める前にしばらく保存しておきたかったのかもな」

「気に入らない」ディックスが言った。「儀式だって？　この犯人は以前にも同じことをしたかもしれないと考えてたんだが、きみたちに反論があることを願うよ」

「まだ確かなことはわからないけど、ディックス、それを思わせる点は随所に見られるわ」

ルースが言った。「ドクター・ヒンプルは、切開痕が縫合されていたかどうか言ってた?」

「いや、言ってない。だが、胸の刺し傷には血がなく、きれいにぬぐわれていたそうだ」

「だとしたら、それも儀式の一部ね」とルース。「犯人は仕事をやり遂げたのよ。それで、ディックス、マエストロに葬儀社はあるの?」

「もちろん。トミー・オッペンハイマーがブロードムア・ストリートにある〈ピースフル・フィールド葬儀社〉を経営してる。トミーはうちのペニーの亭主だが、気のいい男だ。多少神経質で、妻に対して過保護なところがあるが、害はない。防腐処置について尋ねてきた人間がいないかどうか、あるいは商売仲間から、変な従業員がいるなり最近クビにしたなりという話を聞いたことがないか尋ねてみるよ」

「もしわたしがあなたなら」シャーロックが念を押した。「ドクター・ヒンプルに言って、エリンに防腐剤が流しこまれていたことを口外したら痛めつけて手足をバラバラにしてやると、助手全員を脅すように頼んでおくわ」

「信じられないよ」ディックスは首を振った。「そんな儀式を行なう異常者がこの世にいるとは。エリンの両親の耳には絶対に入れたくない」

シャーロックが言った。「あなたが直接出向いて、ドクターの助手たちに話してきたほうがいいかもよ、ディックス。そのほうが長く伏せておけそうだもの。ご両親に伝わったらどうなるか、助手たちに思い知らせておけばなおいいわ。防腐処置については、ディロンがM

ＡＸを使って同じ手口の事件があったかどうか調べるはずよ」

ディックスは背中を伸ばし、足首のところで脚を交差させた。「ニューヨークを離れたとき、これで頭のいかれた連中とは縁が切れたと思った。思い違いだったな。もしルースがあの日、ウィンケルズ洞窟に宝探しに行かなかったら、エリンは永遠に失踪扱いになって、誰も彼女に何が起きたのかわからないままだっただろう。誰にも何も告げずに荷物をまとめて出て行ったのか、誰も見たことのない男と駆け落ちしたのか。あるいは、何者かに連れ去られたのか？」ぴたりと口を閉ざし、両の拳を太腿に置いたまま、凍りついたように床を凝視して動かなかった。

ルースが見ると、その顔は異様なほど青ざめていた。ただならないことがあったに違いない。と、ある考えが浮かんだ。「ディックス、クリスティに何があったの？」

ディックスは長いあいだ黙したまま、身じろぎもせず、誰の顔も見なかった。やがて脇に立っているルースを見あげた。「妻のクリスティは――三年近く前にいなくなった」

「彼女に何が起きたか、わからないのね？」

ディックスはうなずいた。「ある日ふっと消えた、きみがたまたまあの場にいなければエリン・ブシュネルがそうだったように。おれたちは大がかりな捜査を行ない、できるかぎりの手をつくした。評判を聞いたシカゴの私立探偵まで雇ったんだ。だがこの三年のあいだ、何一つ、ただの一つの手がかりも、わずかな糸口も見つけられなかった」

顔を上げてサビッチとシャーロックを見た。「ルースがエリン・ブシュネルを見つけた瞬間から、同じことがクリスティに起こったのではないかと考えずにいられなかった」

サビッチは咳払いをしてから、妻に目をくれた。「そういう不確かさ、何が起きたかわからない苦痛のなかで生きていくのがどんなことなのか、おれには想像もつかない。きみと息子さんたちのつらさを思うと、たまらないよ。正直に言うと、もしそれがシャーロックだったらおれも同じように考えたと思う。だが、現実には、クリスティの失踪とエリン・ブシュネルの殺害に関連がある可能性はあまりない」

ルースは涙で喉が焼けるのを感じ、それを呑みこんだ。保安官にほほ笑みかけた。「ディックス、あなたの森に捨てられたことをわたしがどんなに感謝してるかわかる？　そうでなければ、あなたの息子さんたちと知りあえなかったし、あなたたちのボクサーパンツから青い色素を漂白する機会にも恵まれなかったのよ」

静かな笑いに包まれ、いい感じだとルースは思った。

シャーロックにジャケットを着せてやりながら、サビッチが言った。「ここには完全に精神の破綻《はたん》した人間がいる。だが、そいつには、二人の男をこの家に送りこんでルースを殺させようとする冷徹な判断力もあるんだ。おれたち一人一人が細心の注意を払わなければならないし、なかでもきみは気をつけろよ、ルース。一度あったことは二度あるという」

「いまさらそんなことをする理由がありますか？」ルースは言った。「彼の洞窟とエリンは見つかり、わたしが知っていることはすべてあなたたちにしゃべりました。それでもなお、FBI捜査官に手を出す必要があるんですか？」

ディックスが言った。「サビッチの言うとおりだよ。きみの言い分は正しいが、ルース、エリンの遺体に防腐剤を流しこむような人間に通用するとは思えない。要は、犯人が何をしてくるかわからないということさ」

「すてきな考え方」とルース。

ディックスが言った。「サビッチ、クワンティコのプロファイラーにこの案件を検討してもらえる見込みはあるだろうか？」

「明日の朝スティーブに電話してみるよ」

サビッチとシャーロックが帰ると、ディックスはルースをロブの寝室まで送った。レイフの部屋の前で立ち止まり、閉じたドアの外で耳をすませた。「やけに静かだな。たいていどちらかがいびきをかいてるんだが」

ルースは彼の腕に軽く手をかけた。「クリスティのこと、なんと言っていいかわからないわ。もうこの世にはいないと思ってるんでしょう？」

ディックスはうなずいた。「ああ、おれにはわかるんだ。クリスティがおれと子どもたちを置いて出ていくはずがないからね。少なくとも自分の意志では。誰かに連れ去られて、殺されたんだろう。わからないのはそれが誰かだ」

かける言葉が見つからなかったので、ただディックスに寄り添い、長いあいだ抱きしめていた。

ようやく体を離しても、しばらく腕に触れていた。「今夜わたしがここに泊まることで危険があるとは思わない？」

その声に恐怖を感じ取ったディックスは、かぶりを振った。「おれがいま考えてたのは、きみなら酒場の喧嘩も蹴散らして出ていくだろうってことだよ、特別捜査官。だが、これ以上きみや子どもたちの安全を脅《おびや》かさせるつもりはないんだ。助手たちにローテーションを組ませて、一時間ごとにこの家を見張らせる。心配するな」

ルースはうなずいた。「明日、買い物にいかなきゃ。ロブに服を返したいの」

「いいよ」ディックスは背を向けたが、ふと動きを止めて、ふり返った。「大丈夫か、ルース？」

「もちろん、わたしは平気よ。あなたは大丈夫なの、ディックス？」

彼は無言でうなずいた。

ベッドに入ったディックスは、なじみ深い夜の音に耳をすませながら、平和な自分の町に何が起きているのだろうと考えた。そしてクリスティのことを思った。今夜のように妻のことを話したのははじめてだった。自分が慰められ、感覚を麻痺させている苦痛から少しだけ自由になり、それと同時にふたたび人生に向きあう気力がわずかながら戻った気がする。職場の机にはまだ妻の写真が飾ってある。失踪するわずかひと月前に子どもたちと一緒に撮った写真だ。ディックスはそれを目にしては、妻に何が起きたのかと、日々自問してきた。

16

バージニア州マエストロ
火曜日の朝

火曜日の朝十時三十分、四人はメイン・ストリートにあるモーリーの食堂に集まり、遅い朝食をとった。サビッチは紅茶をひと口飲んで、カップをおろした。「ふつうなら知りたいとも思わないサイコパスたちが行なった刺殺やガスによる殺人、さらに死体に防腐処置を施したケースをMAXがはじきだしてくれたが、それを組みあわせて行なったケースはなかった。ただし、わかっているかぎりの話だ。最後にただし書きを足したのは、ルースがいなければエリン・ブシュネルが発見されなかったかもしれないからだ」

「意外じゃなさそうだね」ディックスはトーストにバターを塗りながら言った。

サビッチは首を振った。「おれたちが相手にする殺人犯には無限の想像力があると、日々学ばされてるからね」

ルースはフォークを置き、絡めた指に顎をのせた。「それが肝心な点ですよね。彼らには特別な約束事があって、それが彼らの存在を独自なものにしてるし、それこそが彼らの創作でもある」

サビッチが言った。「そのとおりだ、ルース。通常そうした殺人犯は、その芝居を成功させたいと思ったら、自分の書いた脚本に忠実に従い、作品を人目に触れさせたがらない。それは彼が求めるもの、目指すものではないからだ。過程――大切なのはそれだ」

「紅茶のお代わりはいかが、特別捜査官?」

サビッチはウェイトレスのグレンナにほほ笑みかけた。「ありがとう、いただくよ」彼女が何度もふり返りながら引っこんだあと、サビッチは尋ねた。「今朝モルグで検査助手たちと会ったのかい?」

「ああ。思いつくかぎりの脅しをかけておいた」ディックスは肩をすくめた。「みんな漏らさないと約束したが、どうなることやら。うちの連中にはいっさいしゃべってないようだから、知ってるのはおれたち四人とドクター・ヒンプル、それに三人の検査助手だけだ。それからルーダン郡コミュニティ病院のドクター・クロッカーに電話した」携帯電話が鳴りだした。ディックスはポケットから電話を取りだし、通話ボタンを押した。「ノーブル保安官」

相手の話を聞くうちに表情が明るくなったものの、ふと眉をひそめると、テーブルの上で拳を握りしめた。「おまえはどちらだと思う、エモリー? これはいいニュースなのか、悪いニュースなのか」さらに耳を傾けているあいだに、部下のエモリーが保安官をなだめようとしているのが伝わってきた。通話を終えたとき、ディックスは爪を嚙み切りそうな顔をしていた。

ルースが言った。「それで？」

「きみのBMWがウォルト・マガフィの家の納屋で見つかったよ、ルース。ローン・ツリー・ヒルに行く途中で通り過ぎた家だ。まったく雪がかいてなかったんで、部下にウォルトのようすを見にいかせた」言葉を切った。無力さに憤っているような顔をしていたので、ルースは腕に手をかけた。

「何があったの、ディックス？　悪いニュースというのは？」

「助手は今朝になってやっとウォルトの家を訪ねた。ウォルトは死んでいた。おそらく金曜日には殺されてたんだろう。エリンを殺し、きみを殺そうとしたのと同じ怪物のしわざだと思う。きみのBMWが納屋のなかに隠してあった」

「ミスター・マガフィはどうやって殺されてたんだ、保安官？」

ディックスはサビッチの声を聞いて、平静を取り戻したようだった。「台所にあったナイフで心臓を刺されてたそうだ」

シャーロックが言った。「それは儀式じゃないわね。便宜上の殺しで、それ以上の意味はないわ。その老人は見てはいけないものを見てしまったのかもしれない」

ディックスはうなずいた。「ともかく急いでルースの車を隠さなければならなくなり、ウォルトが邪魔だったから始末したのかもな。車内から何かを発見できることを祈るよ」

ディックスはテーブルに置かれたサビッチの勘定の横に二〇ドル札を添えると、ルースにロブの古い革ジャケットを着せかけた。ルースは言った。「こんなことになってすごく残念よ、ディックス。ウォルト・マガフィさんとは長いつきあいだったの?」

彼はうなずいた。「ここへ来た当初からのつきあいだ。八十七歳のウォルトは、それを自慢にして独り暮らしを続けてた。チャッピーの話によると、むかしは州いちばんの家具職人で、サトウカエデで最高級の家具を手がけたそうだ。たしか、妻のマーサは七十代で癌で亡くなった。毎年感謝祭になると、クリスティはウォルトをディナーに招待した——おれもこの二年は呼ぶようにしてた」

モーリーの食堂は保安官事務所の向かいにあるので、ディックスは三人とともに歩いて事務所に戻った。マガフィを訪ねるのが遅れた件でエモリーをどなりつけるつもりだった。頭に幅広の包帯を巻いたペニー・オッペンハイマーが受付デスクにいた。ディックスは彼女が仕事に出てきているのを見て驚いた。あと二、三日は休むことになっていたからだ。

ペニーがディックスの機先を制した。「エモリーがマガフィさんの家に人を行かせなかったのには理由があるんですよ、保安官。みんな超過勤務で保安官の家を守り、すでに起きていた三人の死亡事件を捜査していたからです。もちろん吹雪で切れた電線の始末もあった。

そのうえエモリーは、何事かと問いあわせてくる市民からの電話を何百本も処理しなければならなかったんです。もちろんマスコミ対応もあるし、飲酒運転も三件ありました。三件ともティーンエージャーが起こした事故です」

「マスコミ?」

「ええ、保安官。ミルトンは五分おきに情報をくれと電話してきます。これは市民の知る権利で、水曜日の締め切りまでに最新の情報を入手したいそうです」

ディックスは鼻を鳴らし、三人に説明した。「ミルトン・ビーンは〈マエストロ・デイリー・テレグラフ〉紙の所有者兼経営者で、七十四歳で葉巻を吸うもんだから、咳ばかりしてるよ。たしか、この十五年は署名入り記事を書いてないはずだぞ」

ペニーが言った。「ミルトンはあっという間にものにするって息巻いてましたよ。わたしたちさえ協力すれば——」

「本物のマスコミがまだ来ないとは、驚きだな。じきに冗談でなく手いっぱいになるだろう。で、エモリーはどこにいる?」

「男子トイレ、だと思いますけど」とペニー。「しかも下痢みたいで。エモリーはものすごく後悔してます、保安官。ひどく気分が悪いようです」

「そうか、おれがもっと気分を悪くしてやるよ」

ルースはにやりとした。「でも、ペニー、保安官に話を切りだす役目をうまく果たしたわ

る わ。保安官が頭を包帯でぐるぐる巻きにしたかわいい部下に怒れないのはみんなが知ってるわ。しかも、あなたは彼のために命を危険にさらしたんだもの」そしてディックスに言い添えた。「頭の切れる部下をお持ちね、ディックス」

ディックスは唐突に話題を変えた。「頭の傷はどうなんだ、ペニー? まだ家にいたほうがいい。おれにケツを蹴飛ばされないよう、エモリーに呼ばれたのか?」

ペニーは首を振った。「いいえ、わたしが来たかったんです。うちだとトミーにソファに寝かされてテレビを見させられるんです。もううんざり。来ても、受付の仕事をしてるだけですから。電話に応対して、来客があったら質問に答える。それしかしないと約束します。あの、みんな今回の事件にひどく動揺してます。ウォルトは立派な人でした」

「ほんとにな」ディックスは足音も荒く自分のオフィスに向かった。

シャーロックは、机の脇を通り過ぎるとき、ペニー・オッペンハイマー保安官助手に耳打ちした。「その大きな包帯、なかなかすてきよ。それに対抗できる男なんてこの世にいないわ。そんなこと考えもしないでしょうね」

「ありがとう」ペニーは言った。「何か手を打たないと、保安官がエモリーの膝のお皿を割りかねないと思ったの。あの、保安官はあなたたちがここにいるのを気にしてないみたい。大きな連邦の靴で、彼を足蹴にしたりしないからね」

「たまにつま先でつつくくらいよ」シャーロックは、ペニーの背後にあるガラス張りのパーティションの向こうにある大部屋にうなずきかけた。半ダースの保安官助手がさも忙しそうにしているが、三人の部外者に興味津々《しんしん》なのは見ればわかる。なかでもロブのジーンズとフランネルのシャツ、お古の革のジャケットを着たルースには、視線が集まっていた。ルースはディロンのあとについて保安官のオフィスに入った。

「すてきなオフィスね」シャーロックが言った。

正直言って、ルースにも意外だった。壁一面をおおっているのは、バージニアの風景写真で、アレクサンドリアの古い町並みから、雪をかぶった競馬場のパドックまであった。霧に包まれた山並みを映した大きなモノクロ写真や、鮮やかな緑の山あいに立ちならぶマツやカエデやオークの木々という、真夏の自然の美しさを切り取ったカラー写真が大きく引き伸ばされて、何枚も飾ってある。いずれも黒いフレームにおさめられ、それはデスクに置かれた女性と少年二人の写真も同じだった。クリスティに違いない。ルースはディックスの視線に気づき、にっこりした。「きれいな人ね、ディックス」

「ありがとう」ディックスは抽斗から紙を数枚出して、ポケットに入れた。「さあ、ウォルトの家に行こうか」

十五分後、ディックスが、野次馬からウォルトの家を守るために周囲にテープをめぐらせた四人の助手たちから話を聞いたあと、一同はウォルト・マガフィの平屋に足を踏み入れた。

一九四〇年代に建てられて以来手を加えていないようだが、調度類には目をみはるものがあった。ウォルトは会心の出来の家具を手もとに残しており、どれもサトウカエデ材の逸品だった。ソファとテーブル、椅子六脚、サイドテーブル数個。しかし、七〇年代にはやった毛足の長い赤みがかったオレンジ色の絨毯のせいで、全体の雰囲気が損なわれている。ドクター・ヒンプルはすでに到着しており、郡都ルーダンから来た鑑識班が一緒だった。鑑識の面々には疲れが目立つ。ドクターは立ちあがって伸びをすると、ルースにうなずきかけたが、目はディックスに向けたままだった。「ひじょうに残念だよ、ディックス。多少の慰めになるかどうか知らんが、ウォルトは苦しむことなく死んだ。ナイフでひと突きだから、感じる暇もなかったろう。防御傷はない。ナイフが近づいてくるのも見ていないかもしれんな。だがもちろんこれは予備調査だ。さっそく検死して、結果を報告するよ」

サビッチが口をはさんだ。「では、ミスター・マガフィは犯人と顔見知りだったんですね。招き入れ、歓迎した」

ドクター・ヒンプルはうなずいた。「ああ、そう言っていいと思う」

シャーロックが言った。「ミスター・マガフィはおそらくコーヒーの一杯でも出そうとキッチンに招き入れた。犯人は彼を殺すつもりで、周囲を見まわして凶器になるものを探し、カウンターにナイフが置いてあるのに気づいて、それを使った」

ドクター・ヒンプルはシャーロックからサビッチに視線を移し、ゆっくりとうなずいた。

「そんなところだろう」

「指紋をすべて採取してくれ」ディックスは鑑識班の主任であるマービン・ウィルクスに言った。「キッチンのあたりはとくに念入りに頼む」

ディックスはウォルトの脇に膝をついた。老人は骨が古着をまとっているようだった。肩に手をかけ、しばらく目を閉じた。ウォルトが六本きりの歯を見せて笑いながら、あのわんぱく盛りの子どもたちのせいで髪が白くなったようだと言っていたのを思い起こした。いまウォルトの顔には驚きの表情が浮かんでいる。苦痛はなく、ただ驚いている。

涙が目に刺さり、嗚咽《おえつ》を呑みこんだ。すばやく立ちあがり、ドクター・ヒンプルに言った。「丁重に扱ってくれ、バート、ウォルトは立派な男だった。うちの息子たちがどれほど悲しむか」

「任せてくれ、保安官」

「家族はいないから、葬式はおれが出す」

続けて家のなかを捜索したが、目ぼしいものは見つからなかった。ただ古い木箱があって、そのなかに四〇年代に撮ったとおぼしきウォルトと妻と幼い男の子たちの写真が入っていた。

「息子さんか?」サビッチが訊いた。

ディックスはかぶりを振った。「どうかな。もしそうなら、かなり幼いころに死んだんだろう。ウォルトから子どもの話は聞いたことがない」言葉を切り、その箱を腕に抱えた。「遺体を埋葬するとき、一緒に埋めてほしがるんじゃないかと思う」

裏の古い納屋のなかで、ルースのBMWが見つかった。雪が降りはじめる前に隠されたらしく、どこも汚れていなかった。財布はフロントシートに、ダッフルバッグは助手席の床に置かれ、キーはイグニッションに刺さったままだった。

「しばらくはすべてここに置きっぱなしになるぞ、ルース」ディックスが言った。「鑑識に徹底的に調べてもらわなきゃならない」

「もちろんよ、問題ないわ」

「でもって、そのあとはうちの息子たちが乗せてもらいたがる」ぼやくように言い添えた。

「さて、全員がレンジローバーに戻ったら、有名バイオリニストに会いにいくとするか」

グロリア・ブリシュー・スタンフォードの住まいは、スタニスラウスのキャンパスから五〇〇メートルと離れていない、エルク・ホーン・ロード沿いにある平屋建ての農場風家屋で、広大な敷地は三方を森に囲まれていた。三台分のガレージは裏手に追いやられ、キッチンにつながっていた。ディックスの説明によると、このすばらしい地所のかつての持ち主は、むかしマエストロ・ファースト・インディペンデント銀行のチャッピーのもとで長年経理部長をつとめていたさる紳士だった。その人物は大叔母からこの家屋敷を相続したのだが、彼が亡くなると相続人たちは表舞台を辞して、屋敷をスタニスラウスで教職に就いたグロリアに売り払った。

「どんな人なの、ディックス?」きれいに雪を払った正面の歩道を歩きながら、ルースが尋ねた。

「おれとクリスティが息子たちとここに引っ越してから半年後に、彼女が娘と一緒に移ってきたことは、前に話したとおりだ。娘はここマエストロで弁護士をやってて、遺言や信託財産、遺産設計なんかをおもに扱ってる。クリスティによると、娘のジンジャーは音楽の才能がこれっぽっちもないことをいつも神に感謝してた」

「どうしてそれが感謝することなの?」シャーロックが尋ねた。

ディックスはシャーロックを見た。「ジンジャーは自分の人生をつねに混乱の連続だと感じてきた。母親はいつも世界じゅうを演奏してまわり、自分は家に置き去りにされている、とね。ツアーに出ていないときの母親は、疲れ切ってぐったりしてるか、次の公演のためにアドレナリンを放出させてるかのどちらかだった。父親は彼女が十歳のときに家を出た。いまジンジャーは、心静かに遺言を作成することだけが望みだと言っている。それだけで幸せにやっていけるそうだ」

玄関のドアを開けてくれたのは、家政婦とおぼしき小太りの年配女性だった。リビングに通され、丁寧な口調で坐って待つようにうながされた。静かに話をしながら美しい前庭の芝生を眺めていると、グロリア・ブリシュー・スタンフォードが入ってきた。着古したスウェットシャツとスニーカー、ヘアバンドというスタイルで、顔をタオルでぬぐっていた。「フイリスは正式な扱いをしたようね」よく響く太い声で言った。タオルを床に放り投げ、手を差し伸べて歩いてきた。

ディックスは頬にキスを受けたあと、三人を紹介した。グロリアは言った。「みなさん、ようこそ。わたしのかわいそうなエリンのことね。あなたが帰ってすぐにゴードンが電話をくれたのよ、ディックス。考えるのがいやで、トレッドミルで足を動かしてたの」嗚咽を抑えるように、一瞬手で口をおおい、ふたたび向きなおった。「許してね。あの子は娘のような存在だったの。たいへんな才能の持ち主で、情熱と時間のありったけを音楽に向けていたけれど、自分の人生にはさっぱりだった。いつも不思議だと思っていたわ。持てるすべてを音楽に注ぎこんでいたのよ。男性の知りあいもたくさんいたけれど、ろくにデートもしなかったし、親密な交際相手もいなかった。いたら、わたしにはわかったはずだもの。

悪く思わないでほしいんだけれど、ディックス、ジンジャーに電話させてもらったわ。大事な遺言の起案がすみしだい、来るそうよ」天を仰ぐと、暖炉に近づき、マントルピースに一列にならんだフンメル人形をいじりだした。「あなたはわたしがエリンについて知っていることをすべて知りたがるだろうって、ゴードンが言っていたわ。そう、くり返しになるけれど、あの子はほとんど男性の話をしなかった。男性に割く時間なんてなかったのよ。情熱のすべては音楽に向かっていた。エリンがシューマンやグリーグのバイオリン無伴奏曲を弾いているとき、目を閉じるとユーディ・メニューインかわたし自身が弾いているように感じたものよ。それくらい優れた演奏家だったの」

グロリアは言葉を切り、ヘアバンドをはずすと、汗の滲む、豊かな白髪混じりの髪をかきあげた。化粧はしていないか、汗で流れるかしていた。ディックスの見るところ、トレーニングを欠かさず、体調管理を怠らない女性。大柄で引き締まった体つきをし、血色もいい。数年前にくらべると、驚くほどの変化だ。そのころはいまよりもずっと瘦せて張り詰め、うっかりすると、バイオリンの弦のようにピシリとやられそうだった。

ルースが見ていると、グロリアはぼんやりと虚空に目をさまよわせて言葉を継いだ。「エリンはむかしからここスタニスラウスで学びたがっていた。ジュリアードではなくてね。ニューヨークを嫌っていたの。都会すぎるし、不潔で騒々しいし、そこに住んでいる人たちも好きではなかった」ふたたび言葉を切り、ため息をついた。「崇拝しているのはアルカンジェロ・コレリだったけれど、もちろん彼の演奏を聴いたことはないのよ。十七世紀の演奏家だもの。同時代の詩人が彼の演奏について記しているのを読んで、それを読めば伝わってくると言っていた」

突然ふり向いた彼女の目には、涙が浮かんでいた。「ゴードンはがっくりきているわ。わたしもよ。卒業したら、スタニスラウスが誇る屈指のバイオリニストの一人になるはずだったもの。ゆくゆくは、世界有数のオーケストラで第一バイオリンをつとめたでしょう。なぜ彼女の命と圧倒的な才能が奪われなければならないのか、わたしには理解できない」

「エリンがバイオリンをはじめたのはいくつですか、ミズ・スタンフォード？」ルースが尋ねた。

「三つだったと思うけど。ご両親に知性と先見の明があれば、そんなものよ」

「ご家族との仲はよかったんですか？　ごきょうだいは？」とシャーロック。

「エリンは独りっ子だった。あなたたちが来る前にご両親から電話があったのよ。お母さまはひどく取り乱されて、何を言っているかわからないほどだったわ。お気の毒に」

「彼女を妬《ねた》んでいた学生に心当たりはありませんか？　彼女の才能を憎み、排除すべき競争相手だと考えるような学生です」

グロリアは質問をしたサビッチ捜査官に目を向けた。穏やかでやさしい声だが、厳しさと有能さをあわせ持つ危険な男のようだ。彼の薬指に結婚指輪があるのを見て、惜しいなとふと思った。「ごめんなさい、サビッチ捜査官、いま何とおっしゃったの？」

「嫉妬です、マダム。エリンを妬むあまり、一線を越えそうな学生に心当たりは？」

グロリアは顔色を変えずに言った。「いまのうちにはっきりさせておきましょう。スタニスラウスやジュリアードのような学校に受け入れられるのは、並はずれた才能のある学生だけです。ここでは自分以外の学生は全員がライバルだし、バイオリニストにとって演奏家になる以外の道は多くない。そりゃ、ロサンゼルスかどこかで高校教師になりたいなら話は別だけれど。過酷な競争の連続で、ときには深く傷つき、暗い激情を引きだされることもある。

けれど、音楽家というのは、試練にぶちあたったとき、競争相手にではなく自分と音楽に目を向けるよう訓練されているものよ。

スタニスラウスのバイオリン科には、一ダースほどの学生がいる。でも、自分の将来の脅威になるからといってエリンの殺害を考える学生なんて、ただの一人も思いつかない。そんな話は聞いたこともないわ。それより、彼女が洞窟で亡くなったなんて不思議ね。あの子はむかしアイオワの実家の近くの洞窟に行って、バイオリンが地下の奥深くでどんなふうに響くか試したと言っていたわ」

ディックスは、エリンを教えていたほかの教授のなかに、マエストロに住んでいる人がいるかどうか尋ねた。何か思いだしたらどんなことでも電話してもらえるよう頼み、グロリアが聞きたがっているのがわかったので、ロブとレイフがブレーカーズ・ヒルでそり遊びをしていることや、レイフの二重らせんの課題のことなどを話して聞かせた。十分後に家を出るとき、グロリアの顔には笑みがあった。

シャーロックはつま先立ちになって、サビッチの耳もとでささやいた。「一瞬、彼女があなたに飛びかかるんじゃないかと思ったわ」

サビッチはぎょっとして、とっさに首を振った。「あなたってほんとうにうぶね」シャーロックはサビッチの腕をぎゅっとつかんだあとで、夫の目が愉快そうに輝いているのに気づいた。「ディロン、うんと懲らしめてやるから。わたしをかつぐなんて」

「二人は結婚してどれくらいになるんだい？」ディックスはルースのために助手席のドアを開けながら尋ねた。

「ずっとよ」ルースは答え、サビッチとシャーロックを見つめるディックスを見ていた。彼の目からは、どんな思いも読み取れなかった。

17

午後六時、一同がキッチンに集まり、ディックスお手製のミートローフ、マッシュポテト、サヤインゲン、それに〈ミリーズ・デリ〉で買ってきたボストンクリームパイの夕食をはじめようとしていると、サビッチの携帯が『わが心のジョージア』を奏《かな》ではじめた。

サビッチは失礼と断わって、キッチンの戸口に移動し、携帯の画面を見おろした。非通知。

「サビッチだ」

「やあ、ぼうず。一度連絡したきり、ずいぶんとごぶさたしたな。おれとおれのかわいい小娘に会いたかったろう?」モージズ・グレースのだみ声は楽しそうなうえに、肘のあたりにでもいるようにはっきりと響いた。

サビッチは、ダイニングの食器棚に開いて置いてあったMAXにすばやく近づき、エンターキーを押した。

モージズ・グレースがふたたび電話をかけてくるこの瞬間を待ちわびていた。はじめてこの老人の声を聞いてから、わずか四日しかたっていない。サビッチは会話を聞かれないように、玄関ホールに移動した。「そうか、番号を非通知にしてるんだな、モージズ。やるじゃないか。この電話のためにまた人でも殺したのか？」

不快な笑い声が耳もとで響き、痰の絡む咳に変わった。「おい、おめえは警官だろう？　砂丘でだって、ノミ一匹を捜しだせんじゃねえのか？　ところが実際、このざまはどうだ？　わしが車で乗りつけて、目の前で手を振っても、わかりゃせん。ヒントをやるか？」

「ああ、くれ」

「そのうちな。おい、おめえの大事な嫁は元気か？」

鮮烈な怒りがサビッチの体を貫いた。「おまえの手の届かないところにいる」

「本気でそう思っとるのか？　わしがいま考えとることを教えてやる。おめえの嫁を奪って崖に連れていき、崖からゴロゴロ転がり落ちて手足がばらばらになって死ぬところを見物してやるのさ。おめえもてっぺんから一緒に見るか？」

憎しみが湧いてきて、はらわたが煮えくり返りそうだった。しかし、言葉では殺せないし、モージズ・グレースにはまだ話を続けさせなければならない。「相変わらず具合が悪そうだな、モージズ。薬を探してどこか遠くまで行ってたのか？」

「わしが具合が悪いかだと？　煙草のせいでちょいと咳が出るだけのこった。病人にしては、アーリントンでおめえら滑稽《こっけい》なＦＢＩを相手にうまくやったろう？　ＦＢＩのビルを爆破するってのはどうだ？」

「ああ、好きにしたらいいだろう。だが、まずはおれのところに来たらどうだ、この悪党ジジイが」

モージズはしばし沈黙した。

「わしが？　悪党？　ああ、そうかもしれんな。生意気な口を利きすぎるからって、親父がおふくろの口に洗剤を流しこみすぎたのかもしれん。おふくろは口の悪いスケだった。親父に何度となく頭を叩かれておかしくなっとったんだろうが、それでも口答えをやめんかった。おい、わしが悪党だったら、どうだってんだ？　善良なる神はご自分の面倒をみ、わしも自分の面倒をみる。わしから電話をもらって嬉しかろう、サビッチ特別捜査官？　特別捜査官——いい響きじゃねえか。おめえら能なしどもでも、唾を吐きかけるだけの価値があるように聞こえるってもんだ。この丸四日、おめえらはただの一人もわしとクラウディアに近寄れんかった。警官の横を車で通るたびにあの子は腹を抱えて笑い転げとったぞ。ときには指まで立ててな。人形みたいな娘っ子が指を立てるもんだから、警官どもは毎度、口をあんぐりしてな——あんなに若くてかわいらしい娘がそんな下品なまねをするのが、信じられんのだ。あいつには危険なスリルを求める癖がある。この世でいちばん賢い子どもじゃねえが、おれになついとる」

「用件は何だ？」

「さっき言ったとおりよ」モージズは語尾をだらしなく伸ばした。「おめえと連絡をとりたかった。頼みてえことがあってな。〈ボーノミクラブ〉のミズ・リリーに電話して、ゆうべピンキーのために開いた追悼パーティはなかなかよかったと伝えてくれ」

モージズ・グレースとクラウディアは、昨晩あのナイトクラブにはいなかった。六人の覆面捜査官が待機し、いたるところに隠しカメラをしかけておいたのだ。だがモージズとクラウディアは外にいて、入店者たちを見ていた。

「おめえのボスのメートランド副長官はダークスーツがよく似合っとったぞ。黒い模様の入った黄色いタイも悪くなかった」

「ジェームズ・クインランは何を着てた?」

「ダークスーツに青い三角の模様が入った赤いタイ、サックス吹きにしちゃあ地味だったが、演奏はなかなかだったな。いや、驚いた。すすり泣いてるやつらが多いのなんの! じつに感動的でな」

サビッチは深く息を吸った。通話はかなり長引いている。もう充分かもしれないが、確証がなかった。念のために、なるべく話を続けさせたほうがいい。「なあ、モージズ、なぜそうもにおれにこだわる? なぜおれなんだ? おれが何かしたのか?」

モージズはつかの間、黙りこんだ。「てことは、これが個人的なことだと思っとるんだな? まあ、実際、そういうこった。わしの胸のなかじゃ、ルシファーよりも激しい憎しみがたぎっとる」

「なぜだ？」

「おめえは彼女を傷つけた。泣き叫ぶほど手ひどく」そこで言葉が途切れた。モージズの呼吸が速まるのがわかった。

「彼女というのは誰だ、モージズ？」

「おめえが死ぬ前に教えてやるよ、ぼうず。わしのクラウディアがまだ、おめえとやりたがっとるからな」

いいだろう。モージズは答えないつもりだ。サビッチはこの老人に揺さぶりをかけることにした。電話を切らせないには最善の方法だろう。侮蔑《ぶべつ》を込め、あざけるように言った。

「おれがあんな頭のおかしい、出目金の尻軽ティーンエージャーと寝たいと本気で思ってるのか？　あの娘も頭をやられて、よだれを垂らしっぱなしなんだろ？　おまえと一緒にいたら、なおさらだろうな」サビッチは悪意に満ちた笑い声をあげた。「あんないかれ女が近づいてきたら、頭を蹴りつけてやる。あの女は何だ、この老いぼれジジイ、おまえの孫娘か？それともクスリのやりすぎで行き倒れてたティーンエージャーを拾ってきやがったか？」

虚を衝《つ》いたらしいことが、冷たい沈黙で伝わってきた。モージズの出方を待っていると、やがて苦しそうな息遣いが聞こえ、ふたたび咳きこみそうになっているのがわかった。サビッチは精いっぱい下卑《げび》た台詞《せりふ》を吐いた――あのアマはおまえのイロなのか？

モージズ・グレースが咳とともに笑い声を放ち、サビッチの腕を粟立《あわだ》たせた。痰が絡んだような間延びした声で言った。「そんな汚い口を利くのも、おめえにとっちゃ命懸けだろう。だが言っとくがな、クラウディアにかかったら、おめえも考えを変えるぞ。クラウディアのやつ、かわいい顔をして、おれがやめろと言うまで女をいたぶり、目をえぐりだしてバンから蹴りだしおった」

そうだ、もっとしゃべれ、恥知らずの老いぼれ。「よく言うぜ、嘘つきジジイ。ハリウッドがシュワルツェネッガーのために紙吹雪の舞うパレードをやるくらい、ありえない話だ」

顔を上げるとシャーロックが三メートルほど先から、こちらを注視していた。サビッチはさらに悪意を込めた。「てめえのかみさんとやるのもつらかろう、モージズ？　もうろくして、病死しそうだとわかってるのにな」

冷たい憤怒が自分に向けられるのを感じる。モージズがあの胸の悪くなるような耳障りな声で高笑いした。「おめえには似合わねえから、そんな口の利き方はやめとけ。クラウディアにもわしにも、おめえにしてやりてえことがある。自分の命が流れだすのを見物しながら、おめえがなんと言うか、いまから楽しみってもんだ。まあ見とれ、勝つのはわしだ。じゃあな、サビッチ」

完全な沈黙が広がった。モージズ・グレースは電話を切った。

シャーロックがやってきて、肩に顔を伏せた。「あなたのあんな話し方を聞いたのは、はじめてよ」

「モージズのやつも驚いてた」近づいてくるディックスを見ながら言った。

ディックスにうなずきかけ、FBI本部の通信センターに短縮ダイヤルで電話をかけた。

「サビッチだ。モージズ・グレースの携帯電話のある場所をつかめたか?」

男の声が叫んでいる。「いますぐ場所を教えろ!」すぐにうわずった声が戻ってきた。「ダレスの西、半径三キロ以内の半農業地帯にいて、リースバーグ方面に向かってる。たったいま地元警察と捜査官をその地域に派遣した。ずっと移動していたし、残念ながら電源を切るだけの知恵があったせいで、もう電波を受け取れない。ずいぶんと長引かせてくれたが、サビッチ、ひと筋縄じゃいかない相手だな。あんたとは携帯電話会社が違ったんで、あんたの番号を対象として、自動ナンバー識別システムで居場所を探らなきゃならなかった。それに時間がかかった。何かわかりしだい連絡する」

サビッチは携帯を切り、シャーロックとディックスを見た。「モージズはリースバーグ方面に向かってる。地元の警官と支局の捜査官が出向いたが、確保はむずかしそうだ」

シャーロックが言った。「暖かいモーテルのベッドにいなくて残念」

「どうやってあいつの居所をつかんだんだい、サビッチ?」ディックスが尋ねた。

「MAXを使ったんだ。モージズがまた電話してきたら、ただちにワシントンの通信センターにつながるようにプログラムしておいた。MAXは、おれが携帯にしこんでおいたブルートゥース対応の送信機を介して通話を録音してる。

状が手に入れられるようになった。番号ごとではなく、容疑者個人の全通話について盗聴許可令状が手に入れられるようになった。つまりそれまで使ってた電話を捨てて新しいのに変えても、あまり意味がなくなったんだ。だから、モージズがどこに行き、どんな電話を使おうと、やつを追える。非通知サービスを使ってたせいで、多少手間がかかったがね。もしやつの番号がわかっていれば、十五秒で居所を特定できただろう」

「警察とFBIで捕まえられると思うか?」ディックスが尋ねた。

「よほど運がよければな」サビッチはため息をついた。「モージズは電話しながら車を走らせつづけてた。電源を切ったあとも動きつづけるだろう」続いてシャーロックに話しかけた。「ゆうべ〈ボーノミクラブ〉で開かれたピンキーの追悼会に、自分とクラウディアがいたってことをしきりに自慢してた。なかにいなかったのは確かだから、外からクラブに出入りする人間を見てたんだろう」

しばらく全員が押し黙り、ふたたびサビッチが口を開いた。「だからやつは話しつづけたんだが、当人もそれと気づかぬうちに手がかりを残してくれた。拉致されたあげく道端に捨てられた、おそらくは目に怪我をした女性を捜しださなきゃならない。メートランド副長官に電話して、早々に知らせておくよ。モージズはまた苦しげな息をしていた。あれは演技じゃない。さあ、きみたちはキッチンに戻って食事を続けてくれ。二分で戻る」

シャーロックはうなずいた。「B&Bに戻ったら、MAXにその女を見つけさせましょう」

つま先立ちになって、サビッチにキスした。「いいから、さっさと帰ってきて。育ち盛りの男の子が二人もいるんだもの。軸つきトウモロコシがいつまで残ってるかわからないわよ」

「もう一つある、シャーロック。おれはモージズの大切な女を傷つけたらしい。そのせいで憎まれてるんだ」

バド・ベイリーのB&B
木曜日の夜

サビッチは、モージズ・グレースとクラウディアに似た二人組が車両封鎖に引っかからなかったことを報告する電話を受けた。携帯電話はハミルトン在住のハンドバッグをなくした女性のものと判明した。何かを蹴り飛ばしたい気分だった。

しかたがないのでＭＡＸに仕事をさせ、十五分後には、バスルームから出てきたシャーロックにこう告げた。「名前はエルザ・ベンダー、四十五歳、一年前に離婚、子どもは手を離れてる。二カ月ほど前、地元のスーパーマーケットの駐車場から拉致された——目撃者が一人だけいて、その男が言うには、女の悲鳴を聞いた直後、汚れた白いバンが猛スピードで公道に走りでたそうだ。エルザは翌朝、西ペンシルバニアのウェスコットにある自宅から五キロと離れていない農道で、トラクターを走らせていた農場主に発見された。全裸のうえに、口が利けず、両目がえぐり取られていた。暖かな陽気だったから助かったが、そうでなければ死んでいただろう。実際は、ショックで死にかけていたらしい。

現在はフィラデルフィアで、この事件以来心を入れ替えたらしい元夫と暮らしている。この被害者に会わなきゃならない、シャーロック。ウェスコットの警察署長に電話でこちらの熱意を理解してもらい、彼女が犯人について語った供述を読ませてくれるよう頼んだんだが、調書がないというんだ。被害者はスーパーマーケットの駐車場に入った瞬間から病院で目を覚ますまでの記憶が何も残ってないと言ってる。事実なのか、怖がっているだけなのかはわからない。というのも、元夫が地元の病院とウェスコットの管轄区域から彼女をフィラデルフィアに移してしまったため、その後の聴取ができなかったからだ。フィラデルフィア警察もこの事件を知ってるが、そこの署長が言うには、いまのところ何一つ判明していない。最後に地元の警察が彼女と話したのは四週間前で、以来なんの進展もないとか」

シャーロックは興奮した。「その女性のことを教えてくれるなんて、モージズも親切ね。さっそく明日行ってみましょう」

サビッチはゆっくりうなずき、立ちあがって伸びをした。

「ねえ、水兵さん、踊らない？」

サビッチは笑った。妻を引き寄せ、強く抱きしめて、耳もとでささやいた。「明日の夕方にはマエストロに戻れる。そのころには、また踊りたくなってる」

「もしモージズとクラウディアが――」

「心配するな。連中が何かしかけてきても対処できる。何もしてこなかったら、そっちのほうが驚きだよ。モージズのやつは自慢したくて電話してきた。また自慢のタネが必要になる。敵はたちが悪いぞ、シャーロック。やつにとってはこれが最後の仕事になるかもしれない」

18

バージニア州マエストロ
水曜日の午前

「ちょっと待ってくれ、ルース」ディックスは言った。二人はレンジローバーの横で、トニー・ホルコムがメイン・ストリートを渡ってくるのを待った。トニーはディックスを見据えたまま、ぬかるんだ道には目もくれずにまっすぐ歩いてくる。彼をよけるため、一台の古びたフォード・フェアレーンがあわててパーキングメーターの横にすべりこんだ。

ルースは、自分たちのほうへ足早にやってくる立派な身なりの男を見た。引き締まった長身で、年のころなら四十代前半。ファッション誌の〈GQ〉から抜けでてきたような流行の服を身につけ、きれいに整えられた豊かな薄茶色の髪が朝日を照り返している。

「やあ、トニー」ディックスが声をかけた。「どうかしたのか?」

トニー・ホルコムは、ディックスの鼻先まで迫ってようやく足を止めた。「エ、エリンのことだ。父から何があったか聞いた。信じられないよ、ディックス。エリンはすごくいい子で、人に迷惑をかけたことなど一度もなかった。バイオリンさえ弾ければご満悦で、音楽がすべての子だった」

ルースがレンジローバーの陰から現われ、何千ドルもする黒いレザーコートに身を包みやわらかい革の手袋をはめた男に会釈した。

トニー・ホルコムは大きな黒っぽい瞳でルースの顔を見つめた。「ブルースターがディックスの小屋の近くで見つけた女性というのは、あなたですね？　まだ彼の家にいるんですか？　世間の目にどう映るのかな、もしも妹が——」

「もういいだろう、トニー」

「すまない。ああ、わかってる。ディックス、ところでエリンを殺した犯人はわかったのかい？」

「おれのオフィスに来ないか。少し暖まりたい」ディックスが言った。

トニーはホルコム一族に特有の体形をしていた——下顎ががっちりしていて、手足が長く、贅肉がない。黒っぽい瞳と淡い色合いの髪のコントラストが印象的だ。父親のチャッピーにうり二つながら、高齢にもかかわらずダンサーのような身のこなしのチャッピーにくらべるとやや優美さに欠け、歩き方はぎくしゃくして腕と脚の動きが微妙にずれている。だが、不思議とそこに魅力があった。

保安官事務所に入ると、ディックスは途中五、六人と言葉を交わしたあと、自分のオフィスのドアを開けて二人をなかへ招き入れた。

「さて、ちゃんと紹介しておくよ。ルース、彼は義理の兄のトニー・ホルコム、チャッピーの息子だ。この町でホルコム銀行を経営してる。トニー、彼女はFBIの捜査官のルース・ワーネッキだ」

二人は握手した。トニーはきれいに手入れされた手で力強く握手しながら、美しい目でルースの目をまっすぐに見つめた。この人の妹もこういう色の目をしていたのだろうか、とルースは思った。髪と瞳の色合いがこんなふうに印象的だったの？　ディックスの机に飾られた写真からは判断できない。

「トニーと呼んでください。まだマエストロにいらっしゃるのはなぜですか？」

「わたしの命を狙った人物を捜しだすためです。どうやらその人物が、エリン・ブシュネルを殺した犯人のようなので」

トニーの表情がこわばった。「信じられないな、彼女が死んだとは。父に聞きました。それに妻のシンシアにも。妻はひどく動揺してる。エリンとは姉妹のように仲がよかったから」

妙な話だ、とディックスは思った。彼が知るかぎり、シンシア・ホルコムが同性である女性に愛着を示したためしはなかった。実の母親と姉妹からして嫌いで、老いぼれたメス犬と哀れな二匹の仔犬と呼ぶのを聞いたことがある。そのならいで、義理の妹であるクリスティのことも嫌い、銃を持った右翼の田舎者《レッドネック》とばかにしていたものだ。クリスティが田舎者――いまだその言いまわしにはたじろぐ。はたして自分はシンシアにどう思われているのか、考えるのもおぞましい。そのシンシアがエリン・ブシュネルと姉妹のように仲がよかった？

「シンシアはどうしてる？」ディックスは角砂糖を二つ入れたブラックコーヒーのマグカップを差しだし、義理の兄が手袋をぬぐのを待った。

「いま言ったとおり、ひどく動揺している。きみが何をしているのか、何を知っているのかを探ってきてほしいと言われたよ。ウィンケルズ洞窟でエリンを発見したのはきみらしいね。誰のしわざなのか見当はついているのかい？」

「ああ、たしかに犯人が洞窟に置き去りにしていった彼女を見つけたのはおれたちだ。ところで、シンシアはエリン・ブシュネルとどうやって知りあったんだい？」

「去年スタニスラウスで開かれた音楽会だが、いまはそんなことはどうでもいい。ディックス、きみがウィンケルズ洞窟に行かなかったら、もしも親父が裏口を教えなかったら、彼女が死んでいることは誰にもわからなかっただろう」

「そうだな」

「ただの行方不明にされたかもしれない。クリスティのように」

ディックスは顔色一つ変えずにうなずいた。

トニーがルースを見ると、彼女はちびちびとコーヒーを飲んでいた。クリームをたっぷり入れすぎて、少しずつ飲まないと血液がドロドロになってしまうとでも思っているようだ。

「あなたは宝探しのようなことをしていて、洞窟のなかに誰もあるのを知らなかった空間を見つけたそうですね」

「そうなんです」ルースは答えた。どうやら情報が少しずつ漏れているようだが、その程度なら害はない。

チャッピーが事件のことをトニーに一部話したのだろう、とディックスは思った。だが、さいわいすべてをぶちまけてはいない。チャッピーは口の堅い男ではないが、金が絡むと話が違ってくる。ルースがトニーを観察しているのがわかった。容疑者を見るときの刑事の目だ。ルースが髪を耳にかけた。彼女の癖。だが、髪はたちまち元に戻ってしまう。わずかにうねりのある豊かな黒髪。トニーが食い入るようにルースを見つめている。と、トニーはあきらめたように二人を見た。「父からあなたたちを昼食に誘うように言われてきました。あとの二人の捜査官が今夜戻ってくるなら、夕食は無理でしょうから」

「あなたのお父さまは、なんでそんなことをご存じなの？」ルースは無造作にコーヒーをひと口含み、身震いした。

「今朝、学校に行こうとしてるレイフをつかまえて聞きだしたんですよ。サビッチ捜査官とシャーロック捜査官は、ある事件のためにＦＢＩのベル・ヘリコプターでフィラデルフィアへ向かったそうですね。どんな事件かは知らないが、レイフに夕食までには戻ると言って」

ディックスはうめいた。息子たちによく言って聞かせる必要がある。あの二人は〝分別〟という言葉を知っているだろうか？　口のファスナーはしっかり閉じておくよう教えてやらなければならない。

「なんでまた、急にフィラデルフィアに飛ぶことになったんですか？」

「ＦＢＩの仕事です、トニー」ルースが答えた。「お昼の誘いは喜んで受けさせていただきます。あなたと奥さまもいらっしゃるの？　エリン・ブシュネルのことや、姉妹のようだったというお二人の関係についてもうかがいたいので」

皮肉を言われたのかと、トニー・ホルコムの顔が一瞬、曇った。だが違うと判断したらしく、少ししてうなずくと、ディックスの机にマグカップを置いた。「そろそろ銀行へ行かないと」彼は黒い革の手袋をはめた。

「銀行のほうはどうだい、トニー？」

トニー・ホルコムは、ドアを開けながら肩をすくめた。「万事順調だよ。だけど父は、ほら、あのとおりのひねくれ者だからね。ぼくの代になってから何もかもが下り坂だとほざいているよ」

トニーが数人の保安官助手とあいさつを交わし、外へ出ていく音が聞こえた。

「とても感じのいい人ね」ルースが言った。「気の毒な立場ではあるみたいだけど」

「トニーはこれまでずっと、チャッピーが落とす長い影のなかを歩かされてきた。おれが彼だったら、とうにそんな立場を捨てて、チャッピーからできるだけ遠く離れた場所で好き勝手にやってたろう。さて、グロリアの娘のジンジャー・スタンフォードに会って、エリン・ブシュネルについて何か知らないか訊いてみるか。いまのところ、エリンは誰にでも好かれるいい子で、わが義理の姉シンシアが妹のようにかわいがる才能豊かな娘さんだ。どちらも薄気味悪くて、いかにも嘘っぽいだろ？」

ジンジャー・スタンフォードは、〈アンジェロズ・ピザ〉と〈クラシック・スレッズ〉のあいだにはさまれた、ジョージ王朝風の赤煉瓦の四階建てビルを所有していた。わずかな距離にもかかわらず、誰もが保安官に話しかけて、ルースを念入りに観察したがっているようだった。ＦＢＩの捜査官には腕が一本余分についているか頭が二つあるので、ぜひとも見ておかなければならないと言わんばかりだ。ディックスは辛抱強く相手をしながらも、口を固く閉ざし、息子たちの手本になるべく職業上の秘密を守りぬいた。

ジンジャーの秘書をつとめる古風な老人が、巨大なマホガニーの机にかがみこんでいた。机の中央に置かれた木製のネームプレートには、〝ヘンリー・Ｏ〟と書いてある。

「保安官」老人はしわがれた声で呼びかけると、ルースに会釈し、パソコンの画面に視線を戻した。「いま、むずかしい問題を解いているところでね。三つの異なる単語を含む単語を五つ挙げよ。たとえば〝splice〟みたいなやつだね」

「〝plice〟なんて単語はないと思うよ、ヘンリー。ジンジャーに会いに来たんだ。声をかけてもらえるかい？」

「たしかに、そう言われりゃそうだな。まったく！　ミズ・ジンジャーならミスター・カーマッジョンの遺言書を作成中だよ」

「カーマッジョンなんていう名前、聞いたことがないわ」ルースが言った。

ヘンリー・Oはのろのろと立ちあがった。糊《のり》の利いた白いワイシャツに、小ざっぱりとした黒いズボンを胸のあたりまで引きあげてベルトで留めていた。「わたしはそう呼んでいるんですよ、お嬢さん。エイモス・マックィーンといって、わたしよりもっと年寄りでね。彼がまだ息をしているのが信じられんくらいだ。一九七一年に干草梱包機が倒れて下敷きになったときにくたばってしまえばよかったんだが、まんまと生き延びおって。まったく、たまげた話だ」ヘンリーは閉じたドアのほうへよたよたと歩いていき、ノックした。ルースは、彼がほっそりとした小さな足に真新しいフェラガモの靴をはいているのに気づいた。

「どうぞ」

ヘンリーはドアを開け、部屋のなかに首を突っこんだ。「ミズ・ジンジャー、警察の方がおみえなんですが、なかなかに友好的な態度なんで協力してさしあげようと思いまして」

女性の笑い声が聞こえた。「お通しして、ヘンリー、こちらへお通ししてちょうだい。わたしも協力させてもらうわ」

ジンジャー・スタンフォードの姿を見たとたん、ルースは立ち止まった。息を呑むほどの美人――ほかに表現のしようがない。すっきりと高い頰骨、頭の後ろでくるくる巻きつけた本物のブロンド。背丈は一八〇センチ近くあるだろう。すらりと長い脚は、耳たぶまで続いているかのようだ。ディックスに愛想よくにっこりとほほ笑みながら机の前へ出てくると、片手を差しだした。ルースは、ジンジャーの目に浮かんだ表情を見逃さなかった。ディックスのことが大好きなのだ。

二人はあいさつを交わした。ディックスが紹介すると、ジンジャーは値踏みするような目でルースを見た。相手から侵略者と見なされたとき、女なら誰しもこういう視線を敏感に感じるものだ。

ルースは言った。「わたしはFBI捜査官です、ミズ・スタンフォード」

「ええ、そううかがっています。頭に怪我をなさったようには見えませんね」

ルースはとっさに、髪に隠れて見えない小さなバンドエイドを指で確かめた。「ほぼ治りました」

ディックスはかぶりを振った。「町じゅうの人に筒抜けになってるようだね」

「そうでもないわ」ジンジャーは優雅な手つきでソファを勧めた。「ブルースターが、ディックスの家の横に積まれた薪《たきぎ》の陰であなたを見つけたそうですね」

机に戻ると、ジンジャーは両手の指先を合わせて考え深げに言った。「エリンのことで母がたいへんなのよ、ディックス。ゆうべはずっとわたしがついていたんだけど、すっかり取り乱しているわ。ずっと泣きどおしなの。お願いだから、犯人が見つかったと言ってちょうだい。それにこんどはウォルト・マガフィでしょう？　いったいこの町で何が起きているの、ディックス？」

ディックスは肩をすくめた。「エリン・ブシュネルのことを聞かせてもらいたくてね、ジンジャー」

ジンジャーは椅子に腰をおろし、しばらく目を閉じた。パッと目を開いたかと思うと、まばたきしながらゆっくりと口もとに笑みをたたえた。人目を惹きつけるその一連のしぐさが陪審員には絶大な効果を発揮する、とルースは思った。男なら興奮するかもしれない。ジンジャーはようやく口を開いた。「ドクター・ホルコムに熱をあげていたことをのぞけば、彼女はとても賢い子だったわ」

「なんだって？」

「ええ、わかってる。彼はあの子の父親と言ってもいいくらいの年だものね。だけど、そうなのよ。エリンはいつも彼にまとわりついて、手伝いを買って出ていた。木管楽器のリードを交換したり、ハープシコードを調律したり、フレンチホルンを磨いたり、ありとあらゆることをね。彼が教える授業はすべて聴講していたし、自宅付近をうろうろすることも何度かあったと母から聞いているわ」

「きみのお母さんは、そんなことはおくびにも出さなかったぞ」

「そうでしょうね。母はまともにとりあわなかったから。あの子はただのぼせてるだけだからって、とくに気にしていなかったの。ドクター・ホルコムは自分の立場をわきまえた立派な人だし、エリンもきっと、音楽で活躍できるめどが立てば彼のことなどすぐに忘れると思っていたのよ。わたしはエリンがドクター・ホルコムにのめりこんでいて、気を惹くためなら彼の車の前に身を投げだすくらい平気でするわよと言ったんだけど、母は真に受けなかった。いつもそんなことないと首を横に振って、何があったにしても、エリンはそのうち演奏旅行で世界じゅうをめぐるようになると言い張っていた」ジンジャーは言葉を切り、反対側の壁に飾られたアフリカの仮面を見つめた。「でも彼女にはもうそんな未来はないのよね、ディックス」

「エリンがドクター・ホルコムにぞっこんだったというのが、きみの勝手な思いこみの可能性はないのかい？」

「わたしの思いこみ？　そんなわけないでしょう。わたしは弁護士なのよ」

ルースは思わず笑ってしまった。「おかしい」

ジンジャーは慇懃《いんぎん》にうなずいたが、目には親しみのかけらもなかった。「ワシントンへはいつお帰りになるのかしら、ワーネッキ捜査官？」

「おれの態度によっては、殺人犯を捕まえるまでいてくれるだろう」ディックスが答えた。

ジンジャーは答えが気に入らなかったらしい。椅子をぐいと後ろへ引き、脚を組んだ。

「あなたがウィンケルズ洞窟でエリンを発見したそうですね。それと、あなたもそこにいらしたとか。そうすると、あなたを狙撃した犯人がエリンを殺したとお考えかしら？」

「そうかもしれないし、そうじゃないかもしれません」

「警官の常套句がさらりと出てくるあたり、さすがね、捜査官」

ルースはほほ笑み、うなずいた。「ありがとう。わたしの得意技なんです」

ディックスが訊いた。「エリンのことで、ほかに何か思いあたることは、ジンジャー？」

「彼女はすばらしいバイオリニストだった。信じられないほどの才能だったわ。でも、そんなことはもう知っているわよね」ジンジャーが熱いまなざしを送るが、ディックスは素知らぬふりで自分の黒いショートブーツを見おろし、顔をしかめた。「同年配の交際相手はいなかったのかい？　クラスメートとか？」

「一人もいないわ、わたしが知るかぎり。確かよ。母のおかげで、わたしはエリンのことならなんでも知っているの。エリンが異性に目覚めたのは、ドクター・ホルコムがまるっきり最初なの」

ルースは椅子にかけたまま身を乗りだした。「ドクター・ホルコムは、彼女の気持ちに応えたんでしょうか？」

「さあ、どうかしら。〝ゴードンの番人〟ヘレン・ラファティに訊いてみたらどうですか。

彼女はなんでも——文字どおりなんでも知っています。噂によると、彼女とドクター・ホルコムは五年くらい前に恋愛関係にあったけれど、彼のほうから関係を解消したとか。あのとおり口のうまい男だから、個人秘書として残るようにヘレンを説得したんでしょうね。ええ、身勝手な男だと思います。けれど、そうすることで、かろうじてヘレンの自尊心も保てた。彼女ならドクター・ホルコムがエリンのことをどう思っているか——思っていたか——知っているんじゃないかしら」

二人は十分後にそこを出ると、昼食の約束のあるチャッピーの家へと車を走らせた。シートベルトを留めながらルースが言った。「どんどん深みにはまってくわね。あなたはどう思う？　二十二歳のエリン・ブシュネルが、倍以上も年が離れている校長に熱烈な片思いをしてたなんて」

「ほんとうに片思いだったのかどうか、調べてみないとわからない」

「彼のほうはエリンの才能を愛してたのかもしれない。才能のある女性に目がなくて、スベンガリ（ジョージ・デュ・モーリア作『トリルビー』に登場する、催眠術で若い娘トリルビーをあやつる音楽家）を自認してたとか。いえ、それじゃあ説明がつかないわ。個人秘書のヘレン・ラファティとも関係があったとすると」

「ヘレン・ラファティもピアノがうまい」

「そう。ドクター・ホルコムはこれをどう説明してくれるかしら？」

「興味深いね。チャッピーが言ってたよ。弟のことをツイスターと呼ぶのは、どんな局面でも言い逃れがうまいからだそうだ」

ルースは窓の外に広がる純白の雪原を見つめた。二羽のタカが円を描いて宙を舞い、大きく広げた翼が晴れ渡った青い空にくっきりと映える。やがてタカが見えなくなると、ルースは言った。「わたしの理解が正しければ、エリン・ブシュネルはスタニスラウス音楽学校の優秀な学生だっただけではなくて、校長に恋心をいだく若い娘であり、校長の義理の姪の親友でもあったわけね」

19

チャッピー・ホルコムは、磨きあげたチッペンデールのダイニングテーブルの上座に腰を落ち着けた。「さて、どうだろう、シンシア。ツイスターはおまえの親友のエリン・ブシュネルと寝ていたと思うかな？」

シンシア・ホルコムは、スティックパンを嚙んで飲みこむと、低俗なジョークでも飛ばされたように舅《しゅうと》をにらみつけた。「いいえ、思いません」にべもなく答え、まるで予防線を張るように次のスティックパンを手に取った。

チャッピーは義理の娘に向かってフォークの先を振りながら言った。「じつは、わたしもそうは思わない。ツイスターのやつが寝たい相手は、シンシア、間違いなくおまえだ。おまえを見るあの物欲しげな目つきを見ればわかる」

「父さん、やめてくれないか」トニーの声には怒りやばつの悪さというよりも、あきらめがあった。

「わかった、わかった。ミセス・ゴス、昼食はどうした？」

「ちゃんと用意してありますよ、チャッピー」ミセス・ゴスは五十絡みの女性で、驚くほど豊かな波打つ黒髪を、まるでジプシーのように無造作に背中に垂らしていた。派手な黄色いベルベットのロングスカートが足首のあたりで軽やかに揺れ、きわめつきは襟ぐりの大きく開いたペザントブラウス。身をかがめてシュリンプサラダがのった皿をチャッピーの右側に置くと、胸の谷間がちょうど彼の鼻先にきた。

「いい眺めだ」チャッピーは言った。「サラダもいい」

「我慢も大切ですよ」ミセス・ゴスは衣擦れの音をたててキッチンに引っこんだ。

「期待してくれていいよ、捜査官」チャッピーはルースに話しかけた。「ミセス・ゴスのシュリンプサラダはバージニア一だ。本人もそれを承知している」

「そうかもしれないけど」シンシアが口をはさんだ。「あのばかげたヒッピーの衣装の上にエプロンくらいはつけてもらいたいもんだわ」

「ジプシーだ、ヒッピーじゃない」声にこそ出さないが、チャッピーは黒っぽい目に不快感を浮かべていた。「彼女はおまえの顔に胸を押しつけているわけじゃないぞ、シンシア、わたしにだけああしてくれるんだ。ほかの女性の胸を拝めるチャンスはないんだから、彼女のすることに口を出すな」

ミセス・ゴスはしれっと料理をならべおえると、あとは一同に任せて出ていった。耳につけた大きな銀の輪が、日の光を浴びて煌《きら》めいた。

「シンシア、エリン・ブシュネルのことを話してくれないか」ディックスが言った。「トニーから、きみたちは姉妹のように仲がよかったと聞いたよ」

シンシアは平然と言った。「トニーはずいぶんむかしの話をしたのね。エリンとあたしが仲良しだったのは、あの子がこの人に色目を使うようになる前よ。彼女が死んだことは、そりゃあもちろん大ショックよ。だって、以前はとても親しくしていたんだもの。いまだってまだ悲しんでる」

「すると、トニーはきみの気持ちを知らなかったのか？　きみが悲しんでいるのを見て、エリンとはまだ以前と変わらず仲がいいと思ったわけだね？」

「エリンに言い寄られたことなどないよ、シンシア。一度もだ」トニーが声をあげた。

「あの子が外の暗がりにあなたを引っぱっていくのを見たわ。このあいだの火曜の晩の、グロリア・スタンフォードのカクテルパーティのときよ。あの夜は寒かったけど、あなたもあの子も、寒さなんか平気だったみたいね」

トニーはフォークでエビを突き刺し、まじまじと見つめた。「ぼくには記憶もないよ。ゴードン叔父さんといちゃついていたきみが、よくそんなことに気づいたものだ」

チャッピーは皿にフォークを置き、椅子の背にもたれて笑いだし、やがてダイニングから彼の声以外が消えた。チャッピーは笑いの余韻を残しながら、ルースに話しかけた。「よほど驚いたようだな、ワーネッキ捜査官。この二人のばか騒ぎはいまにはじまったことじゃないよ」

ディックスが黒々とした眉を片方吊りあげた。「そこにチャッピー、あなたが加われば、まるで野獣の喧嘩ですよ」

「いいや、わたしはきみのかわいいブルースターみたいにおとなしいぞ」

「ブルースターは、自分をドーベルマンだと思ってますよ」

トニーがディックスに尋ねた。「土曜の晩にワーネッキ捜査官を殺そうとしたやつらを雇ったのが誰なのか、もうわかったのかい？」

室内が静まり返った。ルースの耳に、キッチンにいるミセス・ゴスの鼻歌が聞こえてきた。

チャッピーが沈黙のど真ん中に切りこんだ。「ディックスはその話をしたくないんじゃないか、トニー。実際、連中の身元はわからんかもしれんぞ。遺体は真っ黒焦げだったらしいな。そうだろう、ディックス？」

ディックスは肩をすくめた。「そのうちわかるでしょう。ＦＢＩの研究所が指紋認識プログラムを使って入手できた指紋の断片を調べてるし、うちは連中がどこから来たのかを突き止めようとしてます。そのうち、捜査の手がかりがもっと見つかるかもしれません」

「だが、いまのところ手がかりがないってことだな、ディックス？」チャッピーが訊いた。

「まあ、みんながんばってますよ」ディックスは軽く答えると、椅子にもたれて腹の上で両手を組みあわせた。

チャッピーが唐突に切りだした。「ディックス、きみがあの気の毒なウォルト・マガフィじいさんが自宅で殺されているのを見つけたそうだな。いやな事件ばかり起きおって、そのうちわたしを埋葬することになるかもしれんぞ。彼を殺したいと思う人間などいるのか？ ああ、そうか。きっと誰かが、見られてはまずい場面をウォルトに目撃されたと思ったんだろう。ウォルトの家はウィンケルズ洞窟のもう一つの入口のそばにあるからな」

「その可能性はあります」と、ディックス。「ウォルトは穏やかな紳士で、クリスティは彼のことが大好きでした。彼女がいなくなったとき、ウォルトはずいぶん悲しんでくれました」ウォルトの小屋でルースのBMWが見つかったことは言わずにおいた。ディックスはシンシアに話しかけた。「きみとエリン・ブシュネルがそんなに仲がよかったとは驚いたよ。きみがこの町の女性と友だちづきあいするのを見たことがなかったからね」

「あたしは三人の女に囲まれて育ったのよ、ディックス。そろいもそろって、とてつもなくいやな女だったわ。それであたしが女とわざわざつきあおうとしない理由がわかってもらえるでしょ。エリンだけは違うと思ったけど、やっぱり同じだった。あの子はいかにもゴードン叔父さんに気があるようなふりをしてたけど、それはほんとうの目的を、あたしの夫を狙ってるってことを、あたしに悟られないようにするためだったの。だからあの子はここタラで、いつもあたしと一緒にいたがった。あの子が会いたいのはあなただったのよ、トニー」

「あるいは」チャッピーがいたずらっぽい調子で言った。「おまえたち二人ともがツイスターに熱を上げていたのかもしれんな」

「冗談はやめて、チャッピー。彼はあなたと変わらない年なのよ」シンシアが言った。「いつまでそんな子どもみたいなことを言ってるつもりなの？」

ディックスがすかさず口をはさんだ。「するときみは、エリンがドクター・ホルコムを愛していたというジンジャーの説は間違ってると思うんだね？」

シンシアは、セント・ジョンのえんじ色のニットをまとった華奢《きやしや》でエレガントな肩を片方すくめた。「ジンジャーは、あなたを喜ばせるためならなんでも言うんじゃないの、ディックス？　彼女があなたに首ったけなのは、あなた以外はみんな知ってるのよ。だけど、彼女のお母さんのグロリア・スタンフォードとなると、また話は別だけど」

シンシアは爆弾を落としておいて、シュリンプサラダに専念した。

ルースは白ワインを口に含んだ。「あなたはどうなんですか、チャッピー？　弟さんが関係をもっていた相手をほかにご存じありませんか？」

ディックスはルースをちらりと見ると、口もとをゆるめて、シュリンプサラダに入っているヒシの実にフォークを刺した。

「グロリアとツイスターができてるかってことか？　そりゃないだろう。ずっとむかしならいざ知らず、いまの彼女じゃあいつには年をとりすぎだ」チャッピーは答えた。「なにしろ、ツイスターは若い女が好きでな。あいつの好みからすれば、シンシアでも年をとりすぎなくらいだ。もうじき終わりだってことを素直に受け入れたほうがいいぞ、シンシア」

「すると、エリン・ブシュネルは年齢的に彼の好みにぴったりだったんですね？」ルースが訊いた。

「二十代前半か？　ああ、ぴったりだ。だが、わたしに何がわかるというんだい、ルース捜査官？　わたしにはわからんね。ツイスターとは、きみが生まれるより前から犬猿の仲だった。あまりに似すぎているせいかもしれん。それでかえって、ぶつかりあってしまうんだろう。そろそろあれのところへ行って、どんな御託をならべるか聞いてみてもいいころだ」チャッピーは意地の悪い笑みを浮かべた。

ミセス・ゴスはテーブルの上を片付けると、大きなニューヨーク・チーズケーキを運んできて中央にでんと据え、チャッピーにナイフを手渡した。彼が全員にケーキを切り分けているあいだに、ルースが言った。「とてもすてきなお宅だわ、チャッピー。どうしてタラという名前をつけたんですか？」

「トニーとクリスティの母親をここへ連れてきたとき、わたしは『風と共に去りぬ』の台詞をもじって、〝きみはもう二度と飢えに泣くことはない〟と、妻に言ったんだよ」

トニーがルースのために補足した。「でも、母はロードアイランド州の予算に匹敵するくらいの莫大な信託財産を持っていたんですよ」

チャッピーは笑った。「そう言ったほうが気の利いた話になるだろう。わたしはタラという名前の響きが好きでね。心の奥底にぐっと迫るものがある。建物も本物そっくりにした。ただし、ゆったりとした豪華なバスルームだけはいくつも追加させたが」

三十分後、ディックスは長い私道へ車を発進させた。「三人の男の指紋が入手できていて、IAFISがすでに照合をはじめてるなんて、どうして言ったの？　FBIについても適当なこと言って」ルースが訊いた。

ディックスはうめき声を漏らして、黒いサングラスをかけた。

「わざと騒ぎを起こすために、ハトの群れに猫を放ったのね？」

ディックスはにやりとした。「結果は見てのお楽しみさ。あの三人はいつも、かならず、客の前でひと芝居打って見せる。一つ話題を提供すれば、それに乗ってくる。信じられないかもしれないが、あれでも今日はだいぶおとなしかったんだぞ。エリン・ブシュネルが亡くなったせいで、勢いをそがれたんだろう。ウォルトのこともあるし」

ルースはうなずいた。「たしかに、エリンに対する強い感情があるのはわかったけど、誰がどんなふうに思っているのかまではわからなかったわ」

「あの三人はひと筋縄じゃいかない。何年もかけて腕を磨いてきてる」

「これまで機能不全家族はいくつも見てきたし、わたしの家族だって似たようなものだったかもしれないけど、あの三人にはかなわないわ」

ディックスは笑った。「チャッピーに、彼とエリンの関係を訊いてみればよかったんだ。

三人がどんな顔をしたやら」

「こんなこと訊きたくないけど、あなたの親戚の誰かがエリンの殺人に絡んでいる可能性はあると思う?」

ディックスは無言のままマウント・オリーブ・ロードに入った。「クリスティがいなくなったとき、おれはありとあらゆる可能性を考えた。身内の人間が関与している可能性も含めてね。長年つきあってきて、度肝を抜かれるようなこともたびたびあった。だが、彼らが人殺しまでするとは思えない。もちろん、おれの勘がはずれたことは何度もあるよ」

それからまもなく、二人はヘレン・ラファティの机の前に立っていた。ディックスがサングラスをさっとはずして笑顔で見おろすと、ヘレンは困ったような顔をした。

ディックスは腰をかがめて顔を近づけた。「少し話せるかな、ヘレン。五分でいい。ラウンジへ行こうか?」

「わたし——あの、またこんどにしてもらうわけにはいきませんか、保安官?」

「いますぐお願いしたい。とても大事な話なんだ」

スタニスラウスの職員用ラウンジには教務スタッフが二人いて、緑色のフォーマイカ製のテーブルにおおいかぶさるようにして、あいだに置いたフリトスを食べていた。ディックスは保安官のバッジをちらりと見せて、二人を追い払った。

ルースはヘレンの横に腰をおろし、しばらくそのようすを観察した。相手の気分を推し量ると、ＦＢＩ捜査官らしい落ち着いた感じのいい声で質問をはじめた。「ドクター・ホルコムとエリン・ブシュネルについて教えてください、ミス・ラファティ」ルースからディックスに視線を移したヘレンは、保安官が腕組みをして壁にもたれているのを見るや、わっと泣きだした。

20

フィラデルフィア
水曜日

　サビッチとシャーロックは、エルザ・ベンダーの正面に坐っていた。場所は高級住宅地メインラインのリンダーマン・レーンに面したジョン・ベンダー宅。あっさりとしたモダンなリビングのなかはかなり暖かいのに、エルザは脚にカシミアの膝掛けをかけ、丸めた肩には分厚いウールのセーターをはおっていた。茶色の髪はまとめて、襟足のところで飾りピンで留めている。両手は膝の上で絶え間なく握ったり開いたりをくり返し、サビッチは、その指に結婚指輪がないことに気づいた。部屋には明かりが煌々とついているにもかかわらず、エルザ・ベンダーは真っ暗な影に閉じこめられているようだった。

　もう眼帯はしていないが、黒いメガネをかけている。枯れ木のような体に、異様なほど青ざめた顔色。まるで一度も外に出たことのない人のようだ。それでも、彼女は傍らに立ってそっと肩に手を置く元夫を見あげてほほ笑んだ。新聞報道によると、ジョン・ベンダーはやり手の不動産開発業者で、自分の個人アシスタントと称していた若いモデルと一緒になるため二年前に妻を捨てたが、結局若い女とは結婚しなかった。そしていま、がっしりとして、頑丈な顎をもつ大男はここにいて、盲目になった元妻もふたたび彼の家で暮らしている。

サビッチは自分とシャーロックを紹介すると、いきなり本題に入った。「あなたを誘拐したとわたしに語った老人と、その連れの若い娘のことです。モージズ・グレースとクラウディアという名前だとわかりました。娘のファーストネームと、二人の関係はいまだ不明ですが、わたしの友人であるピンキー・ウーマックをアーリントン国立墓地に埋めたのはこの二人です」

ジョン・ベンダーはまずサビッチを、次にシャーロックを見て、二人を警戒すべきかどうか見きわめようとしていた。やがてゆっくりとうなずいた。「そうらしいですね。あなたから今朝電話をいただくまでは知らなかったが――ようやく、犯人の顔と名前が一致したわけか。地元の警察にはもう伝わっているんでしょうね？」

「ええ、伝えました。今日お邪魔したのは、あなたにぜひご協力いただきたいからです、ミセス・ベンダー。犯人の特徴を語れる人間は、あなたをおいていません」

代わりに元夫が答えた。「エルザはまだ事件のことを思いだせないので、お力にはなれませんよ」

サビッチは、エルザの足もとにある分厚いクッションに腰をおろした。大きな両手でエルザの左手を握ると、ひんやりとしていた。彼女は心を閉じこめている。サビッチはそれをよくない傾向だと見なした。「急な訪問なのに会ってくださって、ありがとうございます。エルザと呼んでもいいですか?」エルザがかすかにうなずくのを確認して、話を続けた。「あなたがたいへんな目にあわれたことは承知しています、エルザ。そのことについて詳しくお訊きするつもりはありません。あなたにしても、連中をさっさと捕まえて残忍な行為の罰を受けさせたいでしょう? あの二人は、ほかの人たちにもひどいことをしました。あんたはまだしも幸運でした——こうして生き延びられたのですから。もう誰も死なずにすむように、協力していただきたいのです」

「これが生きていると言えるでしょうか」エルザの全身を苦しみが駆け抜けるあいだ、サビッチは彼女の手をしっかり握っていた。

「あなたは生きている」サビッチは言った。「じつは、もう一つ別の問題が起きているんです、エルザ。あなたに傷を負わせた連中が電話でわたしを殺すと言ってきました。妻と幼い息子の命も狙われています。家族を守るためには、あなたの協力が欠かせません」

エルザの手が一瞬ブルッと震え、また動かなくなった。「わたしにとっては、恐ろしくてつらい出来事でした、サビッチ捜査官。何があったかを考えることすらできないかもしれません。あの怪物たちの顔を、二度と思いだしたくないのです」

「エルザにこれ以上苦しい思いをさせることはないでしょう、サビッチ捜査官」ジョン・ベンダーは、力ずくでサビッチを追いださんばかりだった。「いいですか、妻はもう充分に苦しんだんです。あなたやご家族が脅されているのはお気の毒だが、エルザはお力にはなれません。どうかいますぐお引き取りください」

サビッチはエルザから目をそらさなかった。「あのときの記憶がよみがえりそうになったらけっして封印しないことが大事だと、医者に言われませんでしたか？　思いだし、人に語ることで、はじめて苦痛は軽くなる。あのときのことを話してください、エルザ。話すことで、過去の出来事として葬り去ることができる。あなたは生き延びたんです。いま生きているということを忘れてはいけない」

エルザの口から出た言葉にサビッチは驚いた。「ジョンのことは過去に葬り去っていたんです。なのにいま、彼はここにいる。不思議でしょう？」

ジョン・ベンダーは一瞬たじろいだ。「ぼくはどこへも行かない」だがサビッチには、エルザがその言葉に納得したかどうかわからなかった。

「わたしたちも人の親です、サビッチ捜査官、ジョンとわたしも。けれど、彼らがわたしにどんな仕打ちをしたかは言えない、どうしても言えないんです」

「わたしはそれでもいい、エルザ。ですが、話せばあなたのためになるのは確かです」

「じつは、もうおおかた思いだしているんです」エルザは、夫が驚きに息を吸いこむ音を聞いても、話すのをやめようとしなかった。「クラウディアという娘は、あの男を〝スイートピクル〟と呼んでいた。男は薄汚い年寄りで、苦しそうな咳をしていました。クラウディアはあの古臭いバンのなかでわたしを後ろ手に縛って、こう言ったんです。スイートピクルがあたしが女の人といるところを見たがってる、彼があんたを選んだのは、あたしがあんたを自分に似てると言ったからだよ、と。わたしがあの子の母親みたいに見えるからだなんて、ひどいと思いませんか？　そのあと男は、自分の母親だと思ってわたしをいたぶれとあの子に言い、わたしに目隠しをしました。そうしてあの子の暴行がはじまりました」エルザは声を殺して泣きだした。それからぐっと嗚咽をこらえ、ささやくように続けた。「とても不思議ですが、そのときはなぜか目の痛みを感じませんでした。痛みが襲ってきたのは、救急治療室に運ばれてからです」

「ショック状態に陥っていたんですね。それでよかったんです」

「ええ、きっとそうね」エルザはほんの少しメガネの縁を持ちあげ、モノグラムが入った白いハンカチの端でそっと涙をぬぐった。それからメガネを元に戻し、「泣いても前ほどつらくないわ」

「あの農夫のことを話したらどうだい、エルザ？」ジョン・ベンダーが言った。

「わたしを見つけてくれた農夫のことね。彼はバラの花を持ってお見舞いに来てくれました。ベッドの横に腰かけて、育てている大麦やオート麦の話をしてくれたんです。あの晩遅くジヨンがやってきて、三日後には、わたしをここに連れ帰ってくれました。以前一緒に住んでいた家なんです。わたしが出ていってから、どんなふうに模様替えしたのか、わたしにはわかりませんけれど」

「ご主人に訊けばいい、エルザ。本人に訊いてみればいいんです」

ジョン・ベンダーはいまにも泣きだしそうだった。「どこも変えちゃいないよ、エルザ」

「よかった」エルザはほじめてかすかにほほ笑んだ。「わたし、ごてごて飾りたてるのは好きじゃないから。すっきりしたままにしておいてくれて嬉しい」エルザは、それからしばらくサビッチの質問を受け、モージズとクラウディアについて思いだせるかぎりの特徴を伝えた。さらに、あとで似顔絵係と話をすることにも同意した。エルザは、クラウディアが自分の娘にとてもよく似ていたと語り、にこやかな顔で元夫に話しかけた。「ジョン、アニーがビーチボールをしている写真を見せて差しあげて。ほら、焼き増ししてあなたに送ったでしょう？　びっくりするくらいそっくりなのよ」

ベンダーが写真を取りにいっているあいだに、エルザが言った。「息子さんのことをもっと聞かせて、サビッチ捜査官」彼女の手はまだサビッチの両手に心地よくおさまっていた。

「名前をショーンといって、元気いっぱいです」サビッチはエルザの顔を見つめながら、シヨーンの誕生会で、妹のリリーが巨大なピエロの靴をはいて二十人ものちびっ子を追いかけまわした話をした。また、毎晩彼が玄関のドアからなかへ入ったとたんにショーンが猛スピードで突進してくることも。耳を傾けるエルザは笑みをたたえ、穏やかに呼吸していた。

戻ってきたジョン・ベンダーが話に割りこんだ。「ぼくにもう一度チャンスをくれないかとエルザに頼んでるんです、サビッチ捜査官」

サビッチに握られた手が一瞬こわばり、ふっと力が抜けた。彼女がまだ手を放そうとしないのは、いい兆候だった。

「もう二度と裏切らないと、何度も何度も誓ったんです」

すると驚いたことに、エルザが笑いだした。顔を上げ、元夫の声がする方向に顔を向けた。「そうかもしれないわね」彼女は言った。「子どもたちは、あなたはもう大丈夫だと思っているみたいよ。たぶんそうね」

シャーロックはジョン・ベンダーの顔をまじまじと見て、妻を見つめる彼の瞳に目を凝らした。「あの、エルザ、あなたを愛するこの男性は、自分にとって何が大切かをちゃんとご存じだと思いますよ」

それから十分後、サビッチは両手でしっかりとエルザの両手を握り、ゆっくり立ちあがらせた。カシミアの膝掛けが落ち、エルザの足もとはおぼつかなかった。

サビッチは言った。「もう大丈夫ですよ、エルザ。ジョンが暖かい服を着せて散歩に連れていってくれます。帰ったらホットチョコレートをつくってくれるでしょう。それを飲めば、きっと顔色もよくなります」

サビッチがノーブル保安官宅の玄関をノックしたのは、水曜日の夜九時近くだった。ブルースターの大型犬のような吠え声が聞こえ、バタバタとドアに駆け寄る足音がしたかと思うと、ドアが勢いよく開いて、ロブとレイフがわれ先に飛びだしてきた。

「こんばんは、サビッチ特別捜査官。こんばんは、シャーロック特別捜査官。今日は誰かを撃ったの？」

「もちろん」シャーロックが即答した。「そこらじゅう血の海よ。きれいに洗い流すのに苦労したわ」

「すっげー！　ねえ、きょうの出来事を最初から全部聞かせて。父さんが話してくれるような地味なやつじゃなくて、もっとすごいことがあったんでしょう？」

サビッチは数時間前にワシントンを発《た》って以来、はじめて笑った。二人をさっと抱きしめた。二人とも十代の少年らしく、ぞっとするような話が大好きで、興奮に息をはずませている。あと十年もすれば、ショーンもこんなふうに怖い話をせがむようになるのだろうか。

「食べずに待ってたんだけど、父さんが腹が減って自分の肘にかぶりつきそうだって言うから、食べちゃったよ。今夜はブイヤベースだったんだ。父さんの好物だからって、ミズ・マカッチョンが持ってきてくれて。味はまあまあかな。魚が好きならだけど」

「ディロン、リビングへどうぞ」まずルースの声がして、まもなく本人が戸口に現われ、その肩越しにディックスの顔が見えた。「おいしい紅茶と、〈ミリーズ・デリ〉のミリーがFBI捜査官のためにわざわざ焼いてくれたスコーンがあるわ。ディックスとわたしのほうはおもしろいことがいろいろあったけれど、それはまたあとで。さああんたたち、捜査官たちを案内して、一緒にスコーンを食べましょう」

「今日はどうだった?」スコーンをふるまいながらディックスが尋ねた。

シャーロックはにこやかにほほ笑み、ルースから紅茶を受け取った。「すばらしい午後だったわ。ショーンと外へ出て雪だるまをつくり、そのあとはあの子の喉にホットチョコレートを流しこんでやりながら、おばあちゃんの家にきた新しい仔犬の話を延々と聞かせてもらったの」シャーロックは、やれやれとばかりに目玉をまわした。「近いうちに、うちにも犬の声が響くことになりそうよ」

「犬はいい」ディックスはそう言って、ブルースターをそっと撫でた。「このチビは、夜はおれの首のところにぴったり寄り添って寝る」

それから一時間ばかり、ロブとレイフはさらにスコーンを四つ食べ、サビッチとシャーロックにフィラデルフィア郊外で起きた暴行事件の血湧き肉躍る作り話をたっぷり聞かせてもらったあと、ようやくベッドに入った。二、三分ほどして二階が静まり返るのを確認すると、ディックスはうなずいた。「やっと寝たみたいだな。フィラデルフィアで実際にあったことを聞かせてくれ。あの気の毒な女性は、モージズ・グレースとクラウディアのことを何か話したのかい？」

「ああ、話してくれたよ。エルザ・ベンダーという女性でね、もう心配いらない。つまり、彼女には申し分のない未来が待ってる」サビッチは言うと、ディックスとルースのほうを見た。サビッチとシャーロックに向きあう形で正面のソファに坐る二人のあいだでは、ブルースターが眠っている。サビッチはシャツのポケットから一枚の写真を取りだした。「これはベンダー夫妻の娘アニーが十七歳のときに撮られた写真だ。背が高くスラリとしていて、白っぽく見えるほど淡いブロンドの髪に大きなブルーの瞳をしている。エルザ・ベンダーによると、アニーはクラウディアにそっくりらしい」

ルースは写真をしげしげと眺めた。「チアリーダーのタイプね。土曜日のフットボールの試合のあとで、どの男の子とデートするかが最大の悩みって感じの。もう環状道路《ベルトウェイ》一帯にこの写真をばらまいたんでしょう、ディロン？」

「ああ、そうだ」

シャーロックが言った。「エルザは、モージズ・グレースは声の印象どおりの老人で、少なくとも七十は過ぎてると言ってたわ。日焼けしすぎて顔の皮膚がすっかり硬くなってたっていうから、人生の大半を農場か油田、あるいは鎖につながれて戸外作業に費やしたか――そんなところね。痩せて筋張った体つきだけれど、健康そうには見えず、顔が土気色だったそうよ。クラウディアはやさしい声で話したかと思うと、急に甲高い声をあげたりして、中西部の訛《なま》りがあった。モージズのほうは、ひどく間延びした話し方や、なんとなく文法的におかしい言葉遣いはわたしたちも聞いてる。エルザも、彼が激しい咳をして、しょっちゅう痰を吐いてたと言ってた。それが二カ月前で、いまはさらに悪化してるようだけど」ディックスがブルースターを両腕に抱いたまま前にかがんだ。「かなり有意義な一日だったようだね——」

ルースが割って入り、息せき切って話しだした。「だけど、わたしたちには負けると思いますよ。すごくおもしろいんです。まずはジンジャー・スタンフォード、次にチャッピーといたずら好きの若夫婦とのランチ」

「そして最後が」と、ディックス。「本日の主役——ヘレン・ラファティ」

21

「……スタニスラウスに着くと、おれたちはヘレン・ラファティを職員用ラウンジへ連れていった。ルースは彼女に心の準備をする隙すら与えず、いきなりドクター・ホルコムとエリン・ブシュネルについて尋ねた」

長年チームを組んできたかのように、ルースがすんなりと話の続きを引き継いだ。「ヘレンは急に泣きだしたんです。エリンが死んでしまったいま、その情報はとても大事なのよとわたしが言って聞かせると、やっと泣きやんでくれました」

ディックスが言った。「涙をふいたあと、ヘレンはまず、コーヒーはいかがと訊いてきた。彼女に落ち着く時間を与えるためにも、いただくよと答えた」

「彼女はディックスに謝ってました。ドクター・ホルコムが彼の叔父さんだと知ってるから。だけど、それも考慮したうえで正直に話さなければならないと思った。結局、ヘレン・ラファティは五年ほど前に、ドクター・ホルコム――彼女はかならずそう呼んでました――と三カ月ほど恋愛関係にあった。ちょうど夏で、あまり学生のいない時期だったそうです。別れを切りだしたのは彼のほうで、彼女と一緒にいて疲れはてたというのがその理由です。ずいぶんな言い草ですよね——ヘレンと一緒にいると、まるでとうのむかしにありがたみが失せてしまった過去の栄光にしがみついているようで、だんだんそれが苦痛になってきたから、もう親密な関係は続けられないと、そう言ったそうです。ヘレンが言うには、ドクター・ホルコムにはある種の強い欲望があって、深い関係になる前からそのことには気づいていたそうです。彼はむかしからスタニスラウスで学んでいる何人もの優秀な若い女子学生と肉体関係をもっていて、それをやめるつもりがなかったんです。ヘレンがそのことを問いつめると、魂の奥底で彼女たちが与えてくれる栄養——つまり音楽や人生に対する純粋な愛情を求めていて、それがないと創造性を発揮して自分の音楽を生みだすことができないし、絶対に音楽を続けていけないと答えたとか。ヘレンは少し笑って、それがどんなふうに聞こえるかはわかっている、と言ってました。けれど、彼が本気でそう信じているのは間違いないとも。ヘレンはいまでも、彼を偉大な人物だと思ってます。ただ少し病的なところがあるだけ、害のない弱点みたいなもので、年甲斐もないいやらしい気持ちなんかじゃないと言って、受け入れてました。彼のことをいまだに愛し、心から尊敬しているから、受け入れるしかないんでしょう。エリン・ブシュネルも、次々に現われる若くて有能な女子学生の一人として、たまたまドクター・ホルコムの精神の渇きを癒《いや》すことになっただけだと——これもヘレンの言いまわしのままです」

ディックスはソファに坐ったまま身をかがめ、両膝のあいだで手を組んだ。「それから彼女は不愉快そうな顔をして、そう思ったのは間違いかもしれないと言った。ドクター・ホルコムは、エリンのことをほかの女子学生以上に好きだったのかもしれない、と。ヘレンがゴードンや彼のたわむれの恋について語るようすは不気味だったよ。それで音楽を生みだせるのならかまわないと言わんばかりの口ぶりで、ヘレンはすべてを容認してた」

ルースが続いた。「ドクター・ホルコムは驚くほど意欲的になり、ここ数カ月ですばらしい曲をつくったんだそうです。ところがいまは、すっかり打ちのめされてふさぎこんでしまったと、ヘレンは心を痛めてました。わたしたちがエリンの殺害を伝えたときは、それほど打ちのめされたようには見えなかったと言ったら、彼は自分の苦しみをあらわにして人の同情を引くような人じゃないと、そう言うんです」ルースは鼻で笑った。

シャーロックがディックスに訊いた。「ドクター・ホルコムの渇きを癒してきた歴代の女の子たちの名前はわかったの?」

「そう来ると思った」ディックスはメモ帳を取りだし、パラパラとページをめくった。「ヘレンがドクター・ホルコムのもとで働くようになってから、つまり十四年と四カ月のあいだに八人ほどの学生と関係をもち——ここにヘレンは入ってない——そのなかには大学院生もいれば学部生もいた。つまり、せいぜい二十三歳か二十四歳止まりなんだ。ヘレンが何人かの名前を教えてくれたが、どの女性ももうスタニスラウスにはいない。残りの女子学生の名前も調べてくれるそうだ」

ルースがそれに対する驚きを言葉にした。「驚きますよね。わたしの父親くらいの年齢の男が、わたしじゃセックスの相手として年をとりすぎてると思ってるんですから。ヘレンが言うには、ドクター・ホルコムが撤退しても、そう彼女が表現したんですけど、この女子学生たちは卒業するまでスタニスラウスを離れなかったそうです。みんな喜んで学校に残ったし、その経験を教育の一環として受けとめていたふしまであるとか。彼女たちも楽しかったのかもしれない。自分が偉大な男をふたたび輝かせられたとでも考えて」

サビッチがそろりと切りだした。「どうやら、ドクター・ホルコムは相手を選ぶときの判断力が抜群に優れていたようだな。たいした自衛本能の持ち主だ。その能力があったからこそ、彼はスタニスラウスの校長として、長年にわたって彼女たちの音楽家としての将来に絶大な影響を及ぼすことができたんだろう。不思議なのは、ドクター・ホルコムが一部の学生を特別扱いしていたことをほかの学生たちが知らなかったことだ。知っていたらかならず悪い噂が流れたり、選ばれなかった学生たちの反感を買ったり、彼の行為を不適切だと感じる教職員連中から不満の声があがったりしたはずだ」

ルースが言った。「ヘレンは、関係のあった女の子たち以外は、誰もそのことを知らなかったと思うと言ってました。一度も噂を聞いたことがないそうです」

サビッチが首を振った。「どうだか。ふつうは、ある不正について二人以上の人間が知っていた場合、とくにこの手の際どい話の場合はなおさら、いつの間にか本人たちの耳にもやけに詳しい話が聞こえてくるものだ」

「ヘレンは彼のプライバシーを守るためにかなり協力したそうです」と、ルース。「つまり、〝彼の破廉恥《はれんち》な秘密の片棒をかついでた〟わけです」

「ホルコムは独り暮らしだ」ディックスが言った。「それに、以前から町はずれに家を持っていて、そこを改装してスタジオにしてた。女子学生とはそこで会ってたのかもしれない。それともう一つ、チャッピーがもしそのことを知ってたら、半径一〇〇キロ以内にいる全員に知れ渡ってたはずだ。しかもチャッピーの餌食《えじき》になって、ゴードンは学校に居場所を失うだろう。学生や教員のなかにも何人か知ってる者がいるかもしれないが、スタニスラウスの外部の人間は誰も知らないんだろうな」

「どうやら、周囲の人を言いくるめるのがうまい男みたいね」シャーロックが言った。「ほかの女の子たちがみんな無事だといいんだけど」

「そうなんだ」ディックスが言った。「こちらもそれが気になった。そのなかの二人とは連絡がとれたが、どちらも無事だった。残りの名前がわかりしだい、全員に連絡をとってみるよ」

ルースが言った。「ヘレンには、わたしたちと話したことを誰にも、とくにドクター・ホルコムには言わないように口止めしておきました。ドクター・ホルコムの金曜日のスケジュールと、ヘレンが最後にエリンに会ったのはいつかも尋ねたんです。その瞬間、彼女の目が飛びだしそうになった――わたしたちがエリン・ブシュネル殺しで校長を疑っているかもしれないと気づいたんですね。大あわてで、そんなことのできる人じゃないとくり返してました。ピアノの鍵盤すら乱暴に叩けないドクター・ホルコムが人を傷つけるはずがないし、ましてやスタニスラウスの学生にそんなことをするはずがないと。その点には自信がある、わたしたちにいろいろ話したのは、警察に嘘をつきたくないからだし、早いうちに明るみに出たほうがドクター・ホルコムのためになると思ったからだそうです。月曜日、彼がわたしたちにそのことを話さなかったのを知ってて、動揺しすぎて考えつかなかったんだろうと言い訳してました。そのあと、ドクター・ホルコムの大切な教え子たちは世界各地で活躍して美や調和を生みだし、さらに世界平和にもつながっているんだと、熱っぽく語ってました」

「彼女、正気なの？」シャーロックが訊いた。

ディックスが言った。「ゴードンのこととなると、とたんに愚かになるみたいなんだ。ヘレンは、彼がエリンの事件を知って以来食事が喉を通らなくなり、作曲や楽器の演奏もやめてふさぎこみ、仕事も何も手につかなくなってしまったと言って、そんな彼のようすに胸を痛めてる。ゴードンの金曜日の行動だが、ヘレンによると午後いっぱい学生集会にかかりきりで、一歩もキャンパスを出てない。自分が彼のアリバイを証明したものだから、勝ち誇ったような顔をしてたよ。はたして事実かどうか」ディックスは肩をすくめた。

「ドクター・ホルコムは、居場所についてなんて言ってるの？」シャーロックが訊いた。

「今日はまだ彼と話してない」ディックスは答えた。「ヘレンが説得して、予定どおりリハーサルに出席させたんだ。明日の朝には彼と話をして、そのあとまたヘレンの話を聞こうと思う」ディックスはルースを見て、ふいに尋ねた。「ルース、気分はどうだ？　頭痛は？」

ルースは驚いたように彼を見つめ、にっこり笑った。「左の耳の後ろがちょっとズキズキするけど、たいしたことないわ、ディックス」

「アスピリンを持ってくるよ。痛みがひどくならないうちに止めたほうがいい」ディックスはリビングから足早に出ていった。

電話が鳴った。一度だけだったので、ディックスがすぐに出たのだろう。サビッチはルースの顔を見て、意味ありげに片方の眉を吊りあげた。

すると驚いたことに、タフでやり手で画鋲《がびょう》のように鋭いルース・ワーネッキ特別捜査官が、なんと頬を赤く染めたのだ。

ときに人生には信じられないようなことが起こる。シャーロックはそう思いながら、ディロンの手を取って立ちあがった。「もうこんな時間だし、わたしたちも疲れたわ。続きは明日、早起きしてやりましょう」

部屋に戻ったディックスは、ルースにアスピリン二錠と水の入ったコップを手渡すと、そばに立って薬を飲むのを見ていた。それからサビッチとシャーロックに言った。「帰る前に伝えておくよ。たったいま、リッチモンド警察のモラレス刑事から電話があった。二人のごろつきが行方不明になって、誰にも連絡がないらしい。一人はジャッキー・スレイターという男で、車両窃盗罪容疑で指名手配中。もう一人はトミー・デンプシーという男で、その恋人が日曜の朝から警察にやってきて、トミーが帰ってこないのは、きっと誰かにやられたからだと訴えているそうだ。

モラレス刑事は、土曜の晩にここで起きたこと、つまり盗まれたタコマが爆発して男が二人死んだという話を聞いて、ひょっとすると彼らじゃないかと思った。それでおれの部下たちが、死んだ二人の特徴と一方の男がはめていた指輪の写真をファックスすると、恋人がその指輪を確認したそうだ。そいつはトミー・デンプシーだった」

サビッチが訊いた。「モラレス刑事は、そいつらを〝ごろつき〟と言ったんだな？　どうしようもないやつらという意味なのか、それともはした金で何でもやるという意味なのか？」

「スレイターは四カ月前にレッド・オニオン州刑務所を出所して、また商売をはじめようとしてたらしい。デンプシーは求職中だった。警察では、二人が地元で起きた強盗事件に関与していた可能性があると見ているが、はっきりしたことはわかってない」

「スレイターはなんの罪で服役してたの？」ルースが訊いた。

「警官に対する重暴行罪と、車両窃盗罪で逮捕される際に抵抗した罪だ。十年くらい前に、彼は強盗事件の最中に起きた重殺人罪で逮捕されたんだが、証拠不充分で起訴に持ちこめなかった。モラレス刑事は、スレイターにはここで起きた事件の段取りを考えるだけの能力があり、デンプシーを引っぱりこんで手伝わせたと踏んでる。どちらも粗暴で向こう見ずな男だ。モラレス刑事には、最近二人に仕事を依頼した人物を突き止めてほしいと頼んでおいた。あの二人が殺そうとしたのはFBI捜査官だと教えてやったら、刑事は椅子から転げ落ちそうなほど驚いてたよ。あの二人がそれほどばかだとは思わなかったそうだ」

ルースが両手をこすりあわせた。「モラレス刑事にがんばってもらわないと！　彼をクリスマスカードの送付先リストに加えるわ」

サビッチが言った。「うちの現地支部にも、モラレス刑事に全面協力させるよ、ディックス。まずは刑務所へ行かせ、次にデンプシーの恋人から話を聞き、それから二人と関係のある人物を洗いださせよう」

「そうしてもらえると彼も助かると思う。うちもわざわざリッチモンドまで車を走らせる手間が省ける」

「明日の朝は何時にここへ来ればいいかな？」

「ぼうずたちが早く出かけるから、夜が明けるころには朝食にする。よかったら一緒にどうかな」

「そうしましょう、ディックス」ルースが言った。「八時過ぎでどうかしら？　わたしがスクランブルエッグをつくるわ」

「いけない、忘れるところだったわ」シャーロックが言った。「ディックス、たしかドクター・ホルコムには娘さんがいると言ってたわよね？」

「ああ、名前はマリアン・ガレスピー。メドウレイク地区の小さなバンガローに住んでて、スタニスラウスで音楽理論とクラリネットを教えてる。クリスティは彼女のことが好きでね、ほかの人たちに追随しない、わが道を行くタイプだと言ってた。たしかにそうだ。明日叔父に会ったあと、彼女とも話してみよう」

サビッチが思案げに尋ねた。「父娘関係で何か変わったことはないかい、ディックス？」

「いや、とくに思いあたらないな」


木曜の早朝六時半をまわるころ、ディックスの電話が鳴った。悪い知らせでないことを願いながら、勢いよくベッドに起きあがった。

悪い知らせだった。ヘレン・ラファティが遺体となって発見された。発見者は、彼女の弟にしてジョギング仲間であるデイブ・ラファティだった。

22

ウルフ・リッジ・ロード
バージニア州マエストロ
木曜日の早朝

ディックスは、小声でわが身をなじらずにいられないようだった。ヘレン・ラファティの危険を察知できなかった愚かさを責めているのだ。ヘレンが殺されたのは、自分たちと話をしたことを誰かに知られたせいなのか、それとも彼女が何かを知っていたのか？

ディックスとルースが到着したのは、サビッチとシャーロックがサビッチの運転するポルシェで到着した五分後だった。ヘレンの弟によって遺体が発見されたという寝室には、ドクター・ヒンプルとルーダン郡警察の鑑識班がいた。

ドクター・ヒンプルと話をしたあと、ディックスとルースはキッチンでブラックコーヒーを飲んでいるデイブ・ラファティに会いにいった。サビッチとシャーロックもそこにいた。

デイブ・ラファティは四十代後半、ランナーらしい贅肉のない体つきに、薄くなりかけた髪は明るい茶色。顔は無精髭におおわれ、体をガタガタと震わせていた。

彼を落ち着かせるために、サビッチが質問をした。「ミスター・ラファティ、ご職業は?」

「えっ? ああ、マウント・ブラフのジョン・T・タッカー高校で理科を教えています。マエストロから二〇キロほど離れたところです」

「なぜ、こんなに朝早くにこちらへいらしたんです?」

デイブ・ラファティは、身につけているスウェットスーツとランニングシューズを指さした。「ヘレンとぼくは、週に三日一緒に走るんです。六時に玄関の呼び鈴を鳴らすと、返事がありませんでした。まさかこんなことになってるなんて——寝坊したか、疲れてまだ眠ってるんだとばかり。で、大声で呼んだんですよ。さっさと起きろ、時間がなくなるぞって。だけど、姉はぼくの声を聞くことも、話すこともできなくなってたんですね。こんなことになって、母はきっと死んでしまいます。姉とはすごく仲がよかったから」

彼はぐっと涙をこらえ、コーヒーを飲んで深いため息をついた。シャーロックが肩にそっと手を置くと、顔を上げた。「ベッドにいるヘレンを見たときも、眠っているんだと思いました。おい、怠け者って、呼んだんです。いつまで寝てるんだ、さっさと起きろよ、と。だけど、ヘレンはピクリとも動かなかった。仰向けに寝て、腰のあたりまで上掛けでおおわれてました。ブルーのフランネルのナイトガウンを着てて、開いた目がぼくのほうをじっと見あげてた。起こそうとしても、動くはずもなく、ただ目だけがこっちを見つめてたんです。そのとき首に絞められた跡があるのに気づいたんです。残酷ですよ。姉は人を傷つけたことなんか一度もないのに」彼は身を震わせ、組んだ腕の上にがくりと頭を垂れてすすり泣いた。

「死んでしまった、ちくしょう、姉さんが死んでしまった」

シャーロックは迷わず彼の肩に両腕をまわして、しっかりと抱きしめた。「つらかったですね、ミスター・ラファティ。わたしたちがきっと犯人を見つけだします」あとはシャーロックがうまくやってくれるとわかっているので、サビッチはディックスとルースとともにキッチンを出た。

ディックスは、まだぶつぶつ言っていた。「おれはムースホロウ・ヒルの柵柱に負けない役立たずだ。おれのせいだ、ほかの誰でもない、おれのせいだ」

サビッチが率直に言った。「おれたち全員がヘレン・ラファティに危険が迫っていることに気づかなかった。きみは誰にも言うなと彼女に口止めした。スタニスラウスの職員用ラウンジで、きみとルースがヘレンと交わした会話を誰かが盗み聞きしてたのか？」

「もっときつく口止めするべきだったんだ」と、ディックス。「ヘレンはゴードンに電話して、おれたちに話した内容を教えたのかもしれない」

サビッチが言った。「そして、何を話さずにおいたのかを。その可能性は充分にある。それに二人とも——エリンもヘレンも——ドクター・ホルコムといい仲だった。その一点だけで確実に容疑者リストのトップに躍りでる」

「午前中にスタニスラウスで会えなかったら、捜しだして連れてくるしかない」ディックスが言った。「だがいまのところ、ヘレンが証明した金曜の彼のアリバイは崩れてないんだ」

サビッチが見ると、シャーロックはドクター・ヒンプルと話をしていた。彼女はうなずき、監察医と握手を交わして、三人のほうへやってきた。「絞殺だそうよ。抵抗した跡がないのは、犯人が彼女が眠っているあいだにそっと忍び寄って首を絞めたからだろう、一瞬の出来事だったって。ヘレンは間違いなくドクター・ホルコムに電話してるわ、ディックス。それが愛からなのか忠誠心からなのかわからないけど」

サビッチはうなずいた。「こっちもいま、その話をしてたところだ。ディックス、昨日きみたちが帰ったあとの彼女の行動を追ってみる必要があるな。それを任せられる優秀な人材はいるか？」

ディックスはうなずいた。「さっきも言ったとおり、おれたちがスタニスラウスでヘレンに会ったとき、ゴードンはそこにいなかった。ゲーンズボロ・ホールと呼ばれる大講堂で、来月のコンサートで演奏される曲を聴いてたんだ。キャンパスを出る前のヘレンを見かけた人間がいないかどうか調べてみるよ。それと彼女の通話記録にもあたってみる。彼女は講堂にいるゴードンに電話をかけたかもしれない」

「ヘレンが電話をした相手はほかにもいるかもしれない。名前を思いだせなかった女子学生がいて、覚えていそうな人に連絡をとるとか、女子学生の誰かとか」ルースが言った。

ディックスは携帯電話を取りだして保安官事務所に電話をかけ、通信指令係に告げた。

「ああ、アマリーか。ペニーとエモリー、それからクラウスを呼びだしておいてくれ」しばらく黙って相手の話を聞くと、携帯を閉じてポケットにしまった。「アマリーはもう知ってた」ディックスは首を振った。「彼女が知らないわけないいな」リビングの敷物にブーツのつま先をこすりつけ、小声で悪態をついた。

そのあと四人は、ヘレン・ラファティのこぢんまりした三ベッドルームの家をくまなく探索したが、めぼしいものは見つからなかった。弟によると、ヘレンはしばらく前から最低限のものしか持たないシンプルな暮らしを好むようになっていたらしい。だが、よほど写真が好きだったらしく、どの部屋のどの壁にも写真が貼られていた。その大半は家族の写真だった。下着が入っている抽斗のなかに、五年前にドクター・ホルコムがヘレンに書き送ったメモが、リボンを結んだ小さな箱に入れて大事そうにしまってあった。熱烈な愛のメッセージにはほど遠く、〝今夜、きみの家で食事はどう？〟、〝六時にわたしの家で〟という類いだった。

なんて哀れなんだろう、とルースは思った。

スタニスラウスで主《あるじ》を失ったヘレン・ラファティの机は新品同様で、無駄な紙切れ一枚見あたらなかった。パソコンの画面も磨きあげたようにきれいだった。ドクター・ホルコムが不在なのをいいことに、ヘレンの抽斗を隅々までゆっくりと調べたが、事件に関係のありそうなものは見つからなかった。まもなく、キャンパスじゅうの人びとが事の顚末《てんまつ》を知りたがる。そしてひどく動揺して、うろたえるだろう。最初にエリン・ブシュネルが、そしてこんどは校長の個人秘書が殺されたのだから。そして、誰もが恐怖に怯えだす、とディックスは思った。

ディックスがレンジローバーのエンジンをかけようとしたとき、携帯が鳴った。しばらくして、彼は電話を切った。「チャッピーからだ。ツイスターが用もなくタラにやってきて、チャッピーのコナコーヒーを飲み、ミセス・ゴスがつくったスコーンを食べてるそうだ。ヘレンが絞殺されたと言って、めそめそ泣いてるらしい。チャッピーはうんざりした口ぶりだった」

太陽は出ていなかった。空は青みがかった灰色で、地平線上に重たい雪雲が点々と浮かんでいる。その寒々しい光景を見て、ディックスは数年前にクリスティと息子たちとともに訪れたサウスダコタの平原を思いだした。

裏道を選び、制限速度をかなりオーバーしてレンジローバーを走らせた。ルースが寒そうに身を縮めているのを見て、ヒーターの温度を上げた。「雪になる」誰にともなくつぶやいた。「午後には降るな」

二十分後、一行はタラの長い私道に乗り入れた。「うちの取締官たちはいったいどこにいるんだ？」ディックスが言った。「ここまでずっとスピード違反してきた。これだけ飛ばしてたら、誰かしら気づくはずなんだが」

「あなたは保安官よ」ルースが言った。「彼らが保安官の車を止めると思う？　まさか。スピード違反で部下に追跡されたことなんてある？」

「そりゃそうだ」

ディックスはレンジローバーを停めながら言った。「もし許されるなら、チャッピーの前でゴードンにエリンやほかの女子学生との関係について訊くのは控えたい。チャッピーは大笑いして、ツイスターはインポだと思ってたとかなんとか言いだして、延々とその話を続けるに決まってる。ここでゴードンに話を聞くのは無理だ。チャッピーのいないところで、エリンとヘレンのことを問いただしたい」

「彼はきみの叔父さんだし、これはきみの事件だ、ディックス」サビッチが言った。「好きなようにしてくれ」

今回も呼び鈴に応じて出てきたのは、チャッピーだった。空色のカシミアのセーターに黒いウールのズボン、それにローファーをはいていた。

「バートラムはまだ具合が悪いんですか？」ディックスが訊いた。

「ああ、あいつの姉さんによると、まだ彼女の家で鼻をぐずつかせながら、ベッドから出ると体じゅうが痛いと文句を言っているそうだ。やっかいな病人だな。そろそろ来るころだと思っていたぞ、ディックス。ヘレンを殺したのはツイスターだ。さあ、なかへ入って、哀れな弱虫野郎に手錠をかけて、さっさとここから連れていってくれ。あれがいると不愉快でならん。きみはまだFBI捜査官をぞろぞろ引き連れているようだな」チャッピーは後ろへ下がり、一同をなかへ招き入れた。

ゴードン・ホルコムは、コーヒーカップを手に暖炉のそばに立っていた。ダークグレーのスーツに白いシャツ、完璧な形に結んだ淡いブルーのネクタイ。イタリアのファッション画さながらのいでたちだった。悲しげだがどこか醒《さ》めたようすに、ルースはどことなく違和感を覚えた。彼は心からヘレンの死を悼んでいるのだろうか。内心ほっとしているのでは？

ディックスたちがリビングに入っても、ゴードンは無言でこちらを見ていた。

「ゴードン、ヘレンのことはほんとうにお気の毒でした」ディックスは話しかけた。

「なんでこいつにお悔やみを言うんだ？」チャッピーがうなるように言って、弟のほうに向かって拳を振った。「この異常人格の泣きめそ野郎が彼女を殺したに違いないんだぞ。こいつのしわざだと、さっききみに言っただろう。さあ、本人に訊いてみるといい！」

ルースが尋ねた。「あなたがヘレン・ラファティを殺したんですか、ドクター・ホルコム？」

ゴードンはため息をつき、コーヒーカップをマントルピースの上に置いた。「いいや、ワーネッキ捜査官、わたしは絶対に殺していない。ヘレンのことはとても好きだった。彼女とは、わたしがはじめてスタニスラウスに来たときからの間柄でね。すばらしい女性だったよ。誰が彼女を殺したのか、わたしにはわからない」その顔が突然、悪意にゆがんだ。「せっかく来たんだから、チャッピーにも訊いてみたらどうだろう？　彼はこの界隈じゃ有名な大ぼら吹きだ。彼がどうやってこれほどの金持ちになったと思う？　人の死を踏み台にしてきたのだよ。本人に訊いてみたまえ！」

「はっ！　つまらん話だ、ツイスター、なんの根拠もない。わたしが、おまえのむかしの女を殺したような言い草じゃないか。どう考えても動機があるのはおまえしかいないぞ、わたしではなくてな。さて、動機はなんだったっけか？」

ディックスが訊いた。「なぜ彼女が死んだとわかったんですか、ゴードン？」

「エリン・ブシュネルの葬儀のことで訊きたいことがあって、ヘレンに電話をかけた。留守電になっていたので、おかしいと思った。ヘレンがいつも七時半には学校に来ているのは、みんなが知っている。それでブランケンシップ・ホールの受付に電話してヘレンはいるかと訊いてみると、メアリーがまだ見かけていないという。それでヘレンの自宅に電話してみたら弟が出た。かわいそうに、泣いていたよ。彼はヘレンが死んだこと、誰かに殺されたこと、そしてきみたちがついさっき帰ったところだと教えてくれた。

わたしはすっかり動揺して、途方に暮れてしまった。どうしていいかわからず、ここへ来た」ゴードンはとがめるような目つきで兄を見た。「ここへ来たわたしがばかだったのかもしれない。このチャールズ・マンソン（アメリカのカルト指導者で殺人者）は同情一つしてくれない、血も涙もない残酷な男だ」

サビッチが口をはさんだ。「ヘレンと最後に会ったのはいつですか、ドクター・ホルコム？」

「昨日の午後、わたしがゲーンズボロ・ホールから戻ったあと、ほんの短い時間だった。エリンの代わりに入れた学生が彼女とはくらべものにならず、わたしはいらだっていた。たいてい、わたしがいればヘレンも残っていてくれるんだが、昨日は違った。わたしとはろくに言葉も交わさずに帰ってしまった。わたしはエリンが殺されたことを気に病んでいるのだろうと思った。

駐車場に停めてあったトヨタのほうへ歩いていく彼女を見ながら、少し太ったかなと思ったのを覚えている。彼女はそのまま車に乗って走り去った」ゴードンが声を詰まらせた。

「それが彼女を見た最後だ」

チャッピーがだしぬけに言った。「感動的な話だな、ツイスター。おかげですっかり気が滅入ったぞ」

ありがたいことに、そのときミセス・ゴスが大きな銀のトレイを持って戸口に現われた。

シャーロックは、ジョージ王朝風の美しい銀食器をうっとりと眺めた。表面に顔が映るほどピカピカに磨きあげられている。ミセス・ゴスが部屋を出ていくと、シャーロックはチャッピーのほうを向いた。彼はいたって満足げな顔で悠然と椅子に腰かけ、長い脚を組んでいた。「弟さんが泣いてたとおっしゃったのはなぜですか、ミスター・ホルコム？　泣いてらしたようには見えませんが」

チャッピーはただ肩をすくめた。「泣いていたのは、きみたちが来てなかったからだ。空涙ってやつだな。ツイスターが何かのために泣いたことは、こいつのくだらない人生を通じてただの一度もない。何かが欲しくて、それが手に入らないときは別だが」

「わたしはヘレンに生きていてもらいたかった」ゴードンが言った。その声は平板で、ひどく冷静だった。「そんなことはよくわかっているだろう、チャッピー。いつものようにわたしを困らせようとしているのだろうが、これは冗談じゃないんだ。このサディストめ、ヘレンが死んだというのに。エリンも死んで、ウォルトも死んだ。それに、ワーネッキ特別捜査官も誰かに命を狙われた。この状況がわからないのか、この老いぼれめ、事態はどんどん悪いほうへ向かっているんだぞ！」声がしだいに大きくなり、最後にはどなっていた。だが、チャッピーは、弟の顔を見てただにやにやしている。

ルースが尋ねた。「ドクター・ホルコム、金曜日の午後はどこにおられましたか？」

「何？　なんなんだ？　エリンの――わたしが彼女の殺害にも関与していると思っているのか？　なんということを。こんなことになるとは」

「金曜の午後はどちらに？」サビッチが同じ質問をくり返した。

ゴードンははねのけるように手を振った。「わからない。覚えていない。いや、待てよ。あの日は午後じゅう、次々にやってくるばかな学生たちの相談につきあわされ、気分がすさんでいた」

ゴードンはディックスに言った。「わたしは誰も殺していないぞ！ きみは保安官じゃないか。次に狙われるのは誰なんだ？ きみは、こんなことをしでかしたモンスターをどうやって捕まえるつもりだ？ いいか、犯人はわたしを嫌っている人物だ。わたしとスタニスラウスを破滅させたいと思っている人間なんだ」

ルースが訊いた。「ゆうべヘレンから電話がありませんでしたか、ドクター・ホルコム？」

「ヘレンから？ いや、なかった。じつを言うと、わたしのほうから彼女に電話しようと思ったんだが、しなかった。それが残念でならない」

「なぜ電話しようと思われたのでしょう？」

ゴードンは肩をすくめた。「わたしは落ちこんでいた。彼女に元気づけてほしかったのかもしれないが、結局は電話をしなかった。なぜやめたのかは覚えていない」

ディックスがひと呼吸おいて尋ねた。「ジャッキー・スレイターという男を知ってますか、ゴードン？」

「ジャッキー・スレイター？ いや、知らないな。なぜわたしが知っていると思うんだ？ 誰かね？」

「では、トミー・デンプシーはどうでしょう?」

「知らないね。どちらも聞いたことのない名前だ。なぜそんなことを訊く?」

「土曜の夜、ワーネッキ特別捜査官を殺そうとしたのがその二人だった可能性がきわめて高いので」

「待てよ、デンプシーか——どこかで聞いたような名前だな……」

「ジャック・デンプシーなら有名なボクサーだぞ、ばか者」

「黙れチャッピー。なぜわたしにそんなくだらない質問をする? ディックス、さっさと帰って仕事をしたらどうだ!」

その声に、歩きだしていたゴードンが立ち止まった。サビッチを見て、さらに青ざめた。サビッチの声がふいに厳しくなり、表情もそれに見あったものになった。「ゆうべどこにいたか話してもらいましょう、ドクター・ホルコム」

「きみはわたしに——アリバイを証明しろというのか? このわたしに? ばかばかしい、わ——わたしは——そうか、悪かった、ただ——ああ、わかっている、これはごくふつうの手続きで、たしかにわたしは彼女と親しかった。ゆうべは娘のマリアン・ガレスピーと、娘の家で食事をした。二人きりで食事をして、九時ごろまでそこでピアノを弾いていた。娘はジョージ・ウットゥンが作曲したクラリネット独奏曲を初見で吹いた。ウットゥンはインディアナ州出身の音楽家で、昨日娘にその楽譜が届いたんだ。わたしが帰るころには、娘はもう演奏をやめていた。どうしようもなかった」

「マリアンはうっとりするようないい演奏をするんだ」チャッピーが言った。「ところがこのツイスターは鼻持ちならない完璧主義者で、誰が何をどれだけうまくやろうと、けっして満足しない」

「曲がひどかったんだ、マリアンの演奏がじゃない。ウットゥンは耳障りな不協和音を天才的だと思いこんでいる。むやみに色を塗りたくってキャンバスを汚すモダンアーティストと同じだ。わたしが完璧主義者だと陰口をたたくのはいいがな、チャッピー、その前に自分がトニーをどう扱っているか考えてみるといい。トニーは、おまえの銀行をそうとうまく運営していると思うがね」

シャーロックがさえぎった。「そのあと何をされたんですか、ドクター・ホルコム？」彼女はあからさまにチャッピーを無視して、ゴードンを見据えた。

「何をしたかだと？　とくに何もしなかった。うちへ帰ったよ。寝る前には、たいていみんなそうすると思うが。人はみな家に帰る。さっきも言ったように、わたしはふさぎこみ、いらだっていた。頭のおかしな人間がエリンを殺したからだ。彼女のことをずっと考えていて、片時も頭から離れなかった。もう二度と彼女に会えず、あの演奏を聴けないと思うと、たまらなくつらかった」

サビッチの声がさらに鋭さを増した。「家に着いたのが何時で、そのあと何をしたか話してください」

「ああ、わかったよ。家に着いたのは九時半ごろだった。それから郵便物にひととおり目を通した。マリアンの家に行く前には時間がなくてできなかったからだ。そのあとテレビでニュースを見ながらスコッチを飲んで、寝室に移動した。エリンのことを考えまいとしたが、なかなか寝つけず、また少しテレビを見たが、エリンのことが頭から離れなかった。なのに、こんどはヘレンまで死んでしまった」

「それを証明してくれる人はいますか、ゴードン？」ディックスが訊いた。

「いや、きみもよく知っているとおり、わたしは独り暮らしだ。家政婦は夕方五時以降はむやみに出入りしない」

一瞬の沈黙を破るように、ルースがきょうだいの顔を順番に見た。「お二人はほんとうにそっくりですね。わたしはここに来て間もないので事情がわからないのですが、おたがいをこんなふうに扱うきょうだいをはじめて見ました。チャッピー、あなたはなぜ弟さんが殺人犯だとおっしゃるんですか？　理由を説明してもらえますか？」

チャッピーは笑い、腹の上で両手を組んだ。「いいかね、ルース捜査官、あの尊大できざな芸術家気取りの男を見るがいい。わたしの言うことが間違っているかね？　情けない嘘つき野郎は、バイオリンを弾く以外、生涯でただの一度もまっとうなことをしたためしがないんだぞ」チャッピーはしゃっくりをして、あわてて手で押さえ、またしゃっくりをした。

ゴードンがにべもなく言った。「嫉妬深い能無しの言うことなど気にしないでくださいよ、捜査官。両親を亡くして以来、彼はわたしの父親代わりになろうとして、わたしが彼から逃げだせるようになるまでずっと父親を演じてきたんです。彼にとって大事なのは金だけだ」

ゴードンは兄をにらみつけた。「おまえが死んだら、寂しくないように棺を一ドル札で埋めつくしてやるよ、チャッピー」

「どうせなら千ドル札と言えばいいものを、しみったれた野郎だ」チャッピーは、ローファーのつま先で弟を蹴るまねをした。

ルースが咳払いをした。「ドクター・ホルコム、それでもあなたは、どうしていいかわからなくなってここへいらしたんですね」

「この傍若無人な冷血漢には死ぬまで我慢を強いられるにしろ、じつのところ、彼のコーヒーは気に入っているのでね」ゴードンは兄に向かってコーヒーカップを掲げた。

23

ドアをノックすると、出てきたのは若い男で、マリアン・ガレスピーではなかった。裸足《はだし》にジーンズをはき、胸にでかでかと〝スタニスラウス〟の文字が入ったグレーのスウェットシャツを着ている。

「はい？　おたく、どなた？」

ディックスはにこやかに前に出ると、青年を家のなかへ押し戻した。「ノーブル保安官だ。きみこそ誰だ？」

「なんだよ――」

「誰だと訊いてるんだ」

「サム・モラガ」

「ここはマリアン・ガレスピー教授の家だ。ここで何をしてる？」

「マリアンに個人レッスンを受けてるんだよ」青年は答え、顎の骨が鳴るほどの大あくびをした。

「なんのレッスンだ？」

「楽器はいろいろあるけど、ぼくはクラリネット奏者なんだ。ゆうべは、ここへ来るのがだいぶ遅くなっちゃって。ドクター・ホルコムが——彼女の父親なんだけど——なかなか帰ってくれなくて、九時ごろまでここにいたから」

「ドクター・ホルコムが帰るところを見たのか？」

「ああ、見たよ。彼はこれみよがしにシルバーのメルセデスに乗ってる。自分はそこいらの田舎者とは違うと思ってんだよね。だけど、げんにそれだけの才能がある」

「ドクター・ガレスピーは留守なのか？」ディックスが尋ねた。

「さっき出かけたよ。クラリネット用の曲を送ってきた作曲家にメールを出さなきゃいけないんだって。彼女、その曲がえらく気に入ったみたいでさ。学校のオフィスにいるよ」

「このあたりのまともな知覚能力をもつ人間のなかで、ゆうべヘレン・ラファティが殺されたことを知らないのはきみくらいなもんだろう」ディックスが言った。

サム・モラガがあやうく倒れそうになり、ディックスが腕をつかんだ。「彼女のことは、きみも知っていると思うが」

「ああ、ミズ・ラファティのことなら、もちろん知ってるよ。ねえ、なんで次々に人が死ぬんだ、信じられない。彼女はやさしくて、誰かを傷つけるような人じゃない。マリアンの父親ともすごく仲がよかった。それが殺されただって？　彼女はマリアンにとっても、ぼくら学生にとっても母親みたいな存在だった。いったい誰が殺したの？」

「現在捜査中だ」ディックスは答えた。「きみとガレスピー教授は深い関係なのか？」

サム・モラガは茫然とうなずいた。「ヘレンが死んだ。まともにものが考えられないよ。恐ろしいな。最初はエリンでこんどはヘレン。いったい何が起きてるんだ、保安官？」

「さあ、リビングへ行こう」

四人はそれから三十分ほどサム・モラガと話をした。モラガはFBI捜査官を前にして動揺したらしく、つっかえつっかえ質問に答えた。彼がびくついているのは、家のどこかにマリファナを隠し持っているからではないかと、シャーロックは思った。四人がキッチンのテーブルを離れたとき、残されたサム・モラガの美しい手に握られたマグカップのコーヒーは冷えきっていた。

ディックスとルースはレンジローバーへ向かって歩きだした。少し遅れて、サビッチとシャーロックがゆっくりと歩きながら何やら相談していた。

「サムはきみたちFBI捜査官にびびって、おれをものの数に入れてなかった」ディックスが言った。「きみたちがいると、おれはいい引き立て役だよ」

「ディックス、あなたはサムが今回の件に無関係だと気づいたわ。犯人が誰であれ、頭のいい人物よ。いまのところ、わたしたちの目をまんまと欺《あざむ》いてるんだから」

ディックスはサビッチとシャーロックに声をかけた。「さあ、お次はガレスピー教授だ」

ふとルースにほほ笑みかける。「なあ、事件が片付いたらスケートに行かないか？　ハニーラック池に二週間前から氷が張ってるんだ」

「え、スケート？　いいわね。もう何年もやってないけど、以前はかなりうまかったのよ」

マリアン・ガレスピーは、ブランケンシップ・ホールの二階にある教員用ラウンジにいた。ダークウッドの羽目板張りのぜいたくな部屋の窓辺に一人ぽつんと佇むマリアンは、マグカップに入った飲み物をすすりながら、雪におおわれた遠くの丘陵地を見つめていた。ルースは彼女をひと目見るなり、ゴードンの娘でチャッピーの姪だとわかった。ほっそりとした長身にカッティングのいいダークブルーのスーツをまとい、すらりとした細い脚にはピンヒールのブーツをはいている。ボリュームのある淡い色合いの髪に濃い色の瞳は、トニーと同じだった。

「マリアン」ディックスが戸口から声をかけた。

彼女が顔を上げると、長い髪がひと束顔にかかった。「ディックス！　ああ、ヘレンのことで来たんでしょう？　ねえ、いったい何が起きてるの？」マリアンはマグカップをテーブルに置き、ディックスに駆け寄って抱きついた。「どうしても信じられないの。ヘレンを殺したいと思う人なんて一人もいない。わたしにとっては母親同然だったのよ。いつもやさしくて、親身になって悩みごとを聞いてくれて。それにね、わたしがジュリアードに行っていたころだって、よく手紙をくれたのよ」

「ああ、きみたちの仲の良さはクリスティから聞いてたよ。話がしたいんだ、マリアン」ディックスは三人の捜査官を紹介した。

マリアンは全員をなかへ招き入れた。椅子に落ち着くと、マリアンは言った。「何者かに命を狙われたんですってね、ワーネッキ捜査官。エリン・ブシュネルのこと、それに気の毒なウォルト・マガフィのことも聞いたわ。そしてこんどはヘレンだなんて。犯人は誰なの、ディックス？　友人たちを次々に殺して、わたしたちが必死に築いてきたものをめちゃめちゃにしようとしているのは、どこの誰なの？」

「あと少しでわかりそうなんだが、マリアン、きみの協力がいる」

サビッチが言った。「さっき、あなたの家でサム・モラガと話をしましたよ」

マリアンはとくに臆したようすもなく、さほど関心がなさそうにちょっと肩をすくめた。

「サムは才能のある将来有望な青年よ。何が大切なのかを見失わずにさえいられればね。まあ、大丈夫でしょう。呑みこみの早さは折紙つきだし、精力的だし」

その言葉が二重の意味を持つことには、誰も触れようとしなかった。父親が何人もの学生と関係を結んできたことを知っているのだろうか、とサビッチは思った。父親へのあてつけなのか？

シャーロックが言った。「今回のことはお気の毒です、ガレスピー教授。あなたのお父さまにもお話をうかがいました。タラで、チャッピーと一緒にいらっしゃったので」

「じゃあ、父はこのことを知ってて、わたしに電話一本寄こさなかったのね。いまにはじまったことじゃないけど。父がチャッピー伯父さんと一緒にいたからって、わたしは驚かないわよ。あの二人、どうせまた喧嘩してたんでしょう？」

「あの二人には唯一のコミュニケーション手段のようですね」シャーロックが言った。

マリアンはふたたび肩をすくめた。「むかしっからそうなの。どんな大喧嘩をしようと、気にならなくなっちゃった。どなりあいになることもあるけど、たいていはそこまでいかないし」

サビッチは、マリアンの注意を自分のほうに引き戻した。「ガレスピー教授、お父さんとヘレン・ラファティがかつてつきあっていたことはご存じでしたか？」

「ええ、ヘレンに聞いたわ。秘密でもないのよ。あなたも知ってると思ってたわ、ディックス。クリスティが知ってたのは確かよ。まさか、この件に父がかかわってると思ってるわけじゃないわよね？」

ディックスは無言でマリアンを見つめた。

マリアンが大きく片手を振った。「やあね、よしてよ。父はヘレンを必要としていたの、世界じゅうの誰よりもね。愛してはいなかったかもしれない——女としては。でも彼女が必要だったのよ。わたしがクラリネットを吹くと、ヘレンはいつもピアノで伴奏してくれた。ほかのピアニストたちみたいに、わたしの音をかき消そうとしたことなんか一度もなくて、彼女は――」

ディックスはマリアンの手をそっと叩いた。「つらいのはわかるよ。でも、本題からそれないようにしよう。きみが知ってることを教えてくれ」

「そうね、わかった、父とヘレンのことね。父に別れを切りだされて、ヘレンは発狂せんばかりだった。わたしはものすごく父に腹を立てたわ。ヘレンはもうわたしにとって母親みたいなものなのに、なぜ彼女をそう扱ってくれないのと直談判《じかだんぱん》したくらいよ。父の身勝手で彼女に残酷な仕打ちをしたって、責めたてたわ」マリアンは大きく息を吸い、気持ちを鎮めようとした。「それで父はどうしたと思う？　笑ったのよ、声をたてて。恋人としてのヘレンにはもう飽きた、事務管理の能力はあるかもしれないが、ベッドのほうはからきしだめだと言ってね。もう若くもないくせにどういうつもりなのかと尋ねたら、父はぷいと部屋を出ていってしまった。あとになって、わたしがそのときのことを謝ると――そうなの、わたしはそれでもまだ父のご機嫌を取りたかったの――父の言葉をそのまま借りれば、ヘレンは執着心が強すぎるし、あまりにも平凡すぎると言ったわ。

わたしはヘレンを立ちなおらせようと必死だった。だけど、父がしたことをわたしが責めるたびに、彼女は父をかばった。信じられる？　彼女が父をかばったのよ！」

誰一人しゃべらなかった。マリアンは深く息を吸いこんだ。「ヘレンはそれから半年くらい仕事を離れていたけど、スタニスラウスの関係者には理由を言わなかった。わたしは、よかった、ヘレンはやっと父のことを忘れて前へ進む気になったんだと思った。ところが、それからどうなったと思う？　父は彼女に会いにいって、自分の個人秘書としてスタニスラウスに戻ってほしいと説得したのよ。わたしなら、逆《さか》ねじを食らわせてやるところだけど、ヘレンはすんなり言いくるめられて職場に復帰したわ」

マリアンは頭を振り、また紅茶を少し飲んだ。「ヘレンは、父のことをまだ愛してるし尊敬してると言ってた。彼の非凡な才能がすべてを埋めあわせてくれるし、それに彼はまだ自分を必要としてくれてるからって。こんなの信じられる？」マリアンは言葉を区切り、一人一人の顔を見た。「何が悲しいって、わたしはもう三十八なのに、いまでもまだ父がわたしを見て、よくできた、おまえはとても才能があるぞと褒めてくれるのを待ってることよ。情けないでしょう？」

ルースが困惑のていで尋ねた。「理解に苦しむんだけど、お父さまに対してそういう気持ちがあるなら、なぜ彼のもとで働いて、いまもまだこの小さな町で暮らしてるの？」

マリアン・ガレスピー教授は弁解しようとしなかった。ただにっこりとほほ笑んで答えた。「だから言ったでしょう、ワーネッキ捜査官、わたしは情けないのよ。それにいやなこともいろいろあるけど、その代わり、ここには若くてすてきな男がたくさんいるわ」

「お母さまはどうなさったんですか、教授？」シャーロックが尋ねて、脱線を防いだ。

「マリアンと呼んで」

シャーロックはうなずいた。

「母？　わたしがまだ幼いころに両親が離婚して、母は出ていったの。それきりなんの音沙汰もないわ。以来、わたしは父と二人きり」

「お母さんがどこにいるか知ってるのかい？」ディックスが訊いた。

「知らないわ。チャッピー伯父さんは知ってるのかもしれないけど、あなたが訊いてものらりくらりかわすでしょうね。チャッピー伯父さんが母を嫌ってたことだけは覚えてる。離婚するくらいだから、父も母のことを好きじゃなかったんでしょうけど」

サビッチが唐突に切りだした。「お父さんがエリン・ブシュネルと親密な関係だったのは知ってましたか？」

マリアンは衝撃のあまり、唖然とした。よほどの役者でないかぎり、この話が初耳だったのは明らかだ。「そんなの真っ赤な嘘よ」彼女はテーブルに両手をついてぱっと立ちあがった。「なぜそんなことを言うの？　ばかばかしい。父がヘレンとそういう関係だったのは確かだけど、彼女とは年齢も近い。でも、学生とですって？　エリン・ブシュネルと？　ありえない」

サビッチが言った。「事実です、マリアン。ジンジャー・スタンフォードもヘレン・ラファティも知ってました」

「ヘレンがあなたにそう言ったの？　ほんとうなの、ディックス？　ねえ、エリンはわたしよりもずっと年下で、サムと同じくらいの年なのよ。だめ、そんなの信じられない、絶対に信じない」

「いずれ信じざるを得なくなるよ」ディックスが言った。「ヘレンがおれたちにすっかり話してくれた。おもしろいことに、きみは父親がヘレン・ラファティとつきあっていたことはよく知ってるのに、エリン・ブシュネルとのことは知らなかった」

マリアンはゆっくりと首を振った。「ちっとも気づかなかった。もっとも、父のほうだってサム・モラガのことを知らないでしょうけど。あきれた、さすがはわたしの父親ね！」

「サム・モラガは、ヘレンが殺されたと知ってかなり取り乱してた。たんなる学生の一人が管理スタッフの死をあれほど悲しむとは思わなかったよ。なぜだ？」ディックスが訊いた。

マリアンは肩をすくめた。「よくわからないけど、彼もヘレンのことを母親みたいに思ってたのかも。彼女のことが話題にのぼったことはないのよ。じつを言うと、サムを紹介してくれたのはヘレンなの。彼はわたしの音楽理論のクラスにいたんだけど、とくに気に留めたことはなかった。あるとき、父のこだわりでしょっちゅう開かれる教師と学生の親睦《しんぼく》会で、ヘレンが彼を紹介してくれたの」

「きみとサムとのことを知ってる人は？」

マリアンはディックスに首を振り、爪を噛んだ。「わたしたちは慎重だから」紅茶を飲み干す。「サムがうちにいなかったら、あなただって、みんなと同じようにわたしのことを禁欲的な独身女性だと思いこんだままだったでしょ？　サムの前にも二人いたけど、どちらもいまでは世界を股にかけて活躍してる。去年、父に〝しなびたかまとと〟って呼ばれたわ。前の晩に二時間しか寝てなかったせいだと思って、笑って聞き流したけど、父はわたしが笑った意味がわからなかったみたい。理由は教えてあげなかった」マリアンの声が皮肉めいた小声に変わった。「あのとき、父に話せばよかったのかも。そうすればおたがいに情報交換ができたのにね。わたしたち、とんでもない親子よね」

マリアンの目に浮かぶ涙を見て、ディックスは彼女が落ち着くのを待った。マリアンのことは、クリスティと結婚して以来ずっと知っている。だが……ディックスは首を振った。相手の身辺でほんとうに起きていることなど、傍目《はため》にはわからないものだ。

マリアンはディックス以外の三人に目を向け、感情を押し隠した顔を見て唇をゆがめた。

「ほかにもいたの？　エリン・ブシュネル以外にも、もっといたの？」

「そのことはきみから本人に訊いてくれ、マリアン」ディックスは答えた。「おれたちはこれから彼に会いにいく。何かほかに気がついたことがあったら、すぐに電話してくれ。携帯の番号は前と同じだ」

「もしかして、連続殺人犯がこのあたりをうろついてるの、ディックス？」

「いまのところ、おれたちはルースを殺そうとしたやつがエリン・ブシュネルを殺したとにらんでる。それでパンドラの箱が開いてしまった。いまごろは事態を収拾しようとやっきになってるかもな」

「だけど、なぜヘレンなの？　納得のいく理由があるの？」

「一連の事件をつなぎあわせると、すべてを解く鍵が見つかるかもしれない」

マリアンは窓辺へ歩いていき、ふり返って四人を見た。「いまはあまりにつらすぎる。だけどサムの悲しみも癒してあげなきゃね。彼はなぜ、わたしに負けないくらいヘレンを慕《した》ってたのかしら？　不思議だわ、ディックス。ねえ、父は彼女のことを少しは気にかけてたのかしら？」

「ああ、マリアン、おれはそう思うよ」

24

ディックスは、ゴードン・ホルコムがタラを出た時点から尾行させている保安官助手に電話をかけた。

「彼はいまどこだ、BB?」

「それが変なんですよ、保安官。タラを出たドクター・ホルコムは、その足でスタニスラウスへ向かうと思ってたんですが、途中で気が変わったらしくて、そのまま〈クーン・ホロウ・バー〉へ直行しました。店に入って、二時間くらいかな。隠れなくていいってことだったんで、そのとおりにしてます。向こうは尾行されてるのに気づいてますが、べつに気にするふうもなくて。いま、自分は道の向かい側のマツの茂みのなかです」

ディックスは、いますぐそちらへ行くからその場を動くなと指示を与えて、電話を切った。

「ゴードンはその店を〝聖域〟と呼んでる。第二次世界大戦前からある年季の入った木造建築の店で、窓には黒いガラスがはめられ、店の前の駐車場はタイヤの跡だらけだ」

〈クーン・ホロウ・バー〉は、マエストロの町からわずか一・五キロほどの郊外にあった。

「くつろげそうなお店ね」シャーロックは古色蒼然とした店の佇まいを惚れぼれと眺めた。

「けっこうお客が入ってるわ」駐車場に停まっている四台の車のほうを指さした。

〈アライグマの巣穴《クーン・ホロウ》〉というだけあって、店内にはまったく日が差しこまない。ビールと塩味のプレッツェル、それに煙草のにおいがして、店の奥にあるトイレのドアの上に〈バドライト〉のネオン文字がぽつんと輝いている。ゴードン・ホルコムはカウンターにもたれ、背中を丸めてうなだれていた。カウンターには彼のほかに六人ほどの客がおり、小声で言葉を交わしたり、ゴードンと同じように黙然と酒を飲んでいた。

入口のドアが開いて明るい光が差しこむと、ゴードンは顔を上げて、自分のほうへ近づいてくる四人を見つめた。グラスのなかで揺らしている酒以外にはまるで関心がなさそうだと、ルースは思った。

「ゴードン」ディックスが声をかけた。

ゴードンはちらりと保安官の顔を見て、うつむいた。「きみたち警官には、これが何だかわからんだろうな」グラスを掲げ、なかのスコッチを回転させた。「これはマッカラン、ハイランドのスコッチウイスキーだ。十八年物だよ。シングルモルトのロールスロイスと言われる逸品で、ここの店主の父親がわたしのために特別に注文してくれたのだ。最後のボトルがもう空になりかけているから勧められないが、ディックス、もしもきみがヘレンを殺した犯人を見つけてくれたら、クリスマスプレゼントに一本進呈しよう。きみたち、ビールでも飲むかね？」

「いや、ゴードン」

「ところでディックス、なぜBBにわたしを尾行させているのか説明してもらえるか？　彼は道の向かいのパトカーのなかだ。わたしが犯罪者で、逃亡の恐れがあるとでも思っているのか？」

「ゆうべヘレンが電話で何を言ったのか教えてください」ディックスは言った。

「ヘレンはしょっちゅう電話をかけてきた」

「ゆうべの話です、ゴードン。それとも、令状を取って通話記録を調べましょうか？」

ルースの目にはゴードンがたじろいだように見えたが、彼はまたグラスに視線を落とし、スコッチを揺すって、グラスの肌に残る液体の跡をじっと見つめた。

「わかったよ、たしかに彼女は電話してきた。さっきはチャッピーがいたから言わなかったがね。あいつはきっと笑い転げて、刑務所に面会に行ってやるとかなんとかほざき、わたしが死刑になるときに注射を打つ役目を買って出たかもしれない」

「ヘレンの電話の話です、ゴードン」

ゴードンは急に老けこんで、縮んだように見えた。深いため息をつき、少し咳きこんだ。

「ほんの短い電話だったんだ、ディックス、それだけだ。ああ、彼女がいなくなったとは信じられない。どこかに頭の壊れたやつがいる。そいつはわたしを憎み、スタニスラウスを憎み、すべてを破滅させようとしている」

ルースが言った。「それは変です、ドクター・ホルコム。あなたはすべてがほかの誰でもない、ご自分にかかわる問題だと思ってらっしゃる。ずいぶん偏《かたよ》った考えだとは思いませんか？　げんにあなたはここで高級なシングルモルトのスコッチを飲みながら、ピンピンしてる。エリン・ブシュネルと、ウォルト・マガフィと、ヘレン・ラファティは亡くなったんですよ」

ドクター・ホルコムは一瞬とまどいの表情を見せた。「もちろん気の毒に思っているよ。何もそういうつもりで――きみたち、ほんとうに飲み物はいらないのかね？」

「けっこうです、ドクター・ホルコム」サビッチが答えた。「あちらのボックス席へ移動しましょう」

部屋の両端の壁沿いに、むかしながらのボックス席が六つあった。つるつるしたビニールのシートは冷ややかで、財布がまぎれこみそうなほど大きなひび割れができている。ルースはゴードンを奥にやり、その隣に腰をおろすことで実質的に彼を封じこめたが、ゴードンはそれにも気づいていないようだった。

「じきに雪が降りだす」ゴードンはグラスに向かって語りかけるように言った。「こんなにスコッチを飲んでしまっては、スタニスラウスに戻れるかどうかあやしいものだ。向こうにはマスコミの連中が大勢押しかけているだろうな、ディックス。ほどなく後援者たちからわたし宛に続々と電話がかかってくる。彼らにいったいどう説明すればいいのかね？　校長に殺人の容疑がかかっていますと言うのか？　ヘレンがいないことだけでも想像できないというのに、まして死んでしまったとは」うつろな目でディックスの顔を見あげた。「彼女はつねにそばにいてくれる、わたしの守り神だった。タラを出たあと学校へ行くつもりだったが、彼女がいないと考えただけで耐えられなくなった。あそこにはもうヘレンがいない。信じてくれ、わたしは彼女を殺してなどいない」ゴードンはがっくりとうなだれた。

サビッチはバーカウンターへ行き、コーヒーを四つと紅茶を一つ注文した。

「それが事実なら、まずはあなたが犯人じゃないと納得させてくれないと。ゴードン、ヘレンの電話のことを話してください」

「その前にもう一杯飲ませてくれ」

席に戻ってきたサビッチの耳に、ディックスの声が聞こえた。「だめです、ゴードン。酒はそれくらいにしたほうがいい。サビッチ捜査官がコーヒーを持ってきてくれました」

サビッチがカップを手渡すと、ゴードンはそれを凝視して、小さく身震いした。スコッチのグラスを持ちあげて傾けるが、中身は空だった。

「さあ話してください、ゴードン。嘘をつこうなどとは、考えてもいけない。さもないと、チャッピーに絶好のネタを提供することになりますよ」

「わかった。ヘレンは声をひそめて電話してきた――じつに妙な感じだったよ、ヘレンがあんなふうにひそひそと話をするとは。わたしのことが心配だから気をつけるようにと言ってきた。きみとワーネッキ捜査官、それにFBIの捜査官二人が何やら嗅ぎまわっていて、わたしとの関係について尋ねられたと」

　誰も話さず、続きを待った。ゴードンはうわの空でコーヒーを飲んでいた。

「業《ごう》を煮やしてルースが言った。「ここは静かでくつろげますね、ドクター・ホルコム。あなたが聖域のようだとおっしゃるのがわかる気がするわ。学生や先生たちから離れて、一人だけで過ごせる場所だもの。ここへはいつも一人でいらっしゃるんですか？」

「ああ、いつも一人だよ、ワーネッキ捜査官」

　ディックスが訊いた。「ヘレンはほかに何か話しましたか？　おれたちが嗅ぎまわってるから気をつけろということのほかに？」

「きみから、わたしとエリンやほかの学生たちとの関係を知っていると聞かされたと言っていた。すでに何人かの名前を教えたが、きみは全員の名前を知りたがっていたとね。協力するしかなかったと言って、ヘレンは泣きだし、わたしに許しを請うた」

　聞こえるのは、ゴードン・ホルコムがスコッチのグラスを手のひらで撫でる音だけだった。

「それは充分な動機になりますよ、ゴードン」ディックスが言った。「元恋人がうっかり秘密を漏らしてしまった。スキャンダルになれば、名誉ある職を追われ、父兄たちに自分の子どもをスタニスラウスから転校させるなによりの理由を与えてしまう。すぐにでもあなたを逮捕できるくらいだ」

ゴードンはグラスを倒しそうになったが、とっさにつかんで、まっすぐに立てなおした。呼吸が速く激しくなっている。「わたしはやっていない、ディックス、誓ってもいい。わたしにヘレンを殺せるはずがないだろう？　彼女を愛していたんだ、わたしなりのしかたで」

「あなたなりのしかたというのは？」ルースが訊いた。

「ヘレンはわたしの支えだった。彼女は人間というものをよく理解していて、わたしには想像もつかない部分で人の本質を見抜いた。そしてわたしに安心感と助言を与えてくれたんだ。忘れもしない、わたしはビオラを弾くある学生に興味をいだいた。だがヘレンは、あの子は信用できない、きっと騒ぎを引き起こして面倒なことになると言った。だからわたしはその学生に近づかなかった。二カ月後、彼女はレイプされたと言って町のある青年を告発した」

「その件なら記憶にある」と、ディックス。「ケニー・ポラードだ。だが、彼には鉄壁のアリバイがあった。ようやくわかりましたよ、ゴードン、ヘレンはあなたが学生を口説く片棒をかついでたんですね」

彼はかぶりを振ったものの、見るからに動揺していた。

「ヘレンがあなたのことをわれわれに話したと知って、報復のために彼女を殺したんじゃないんですか？　そして、自分が節操のないヒヒジジイだということが世間に知れ渡るのに耐えられなかった」サビッチの辛辣で容赦ない物言いに、ゴードンはヘッドライトに照らしだされた鹿のように硬直してしまった。サビッチは身を乗りだし、ゴードンの手首をつかんでひねりあげた。「ほんとうのことを言えよ、スケベジジイ。なぜエリン・ブシュネルを殺した？　彼女がほかの学生たちにはうかがいしれないあんたの本性を見抜いたからか？　あんたの正体をみんなにバラすと脅されたのか？　あんたが赤っ恥かいて、権威も名声も剝ぎ取られてキャンパスから逃げだす姿を見とどけてやると？」

そのとき、グラスをつかんで必死に無実を訴えていた男の姿が忽然《こつぜん》と消えて、本来の威厳を取り戻し、気品のある顔に尊大な皺《しわ》を寄せたスタニスラウスの校長ドクター・ゴードン・ホルコムの姿が現われた。優越感に裏打ちされた見下すようなまなざしで、三人の顔を順繰りに見た。「エリンのことを正直に話そう。はじめて関係を結んだのはハロウィーンの日だった。彼女は『夏の夜の夢』のティターニアに扮して〝いたずらかお菓子か〟と、わたしの家を尋ねてきた。その夜には、わたしのことを〝わたしのオベロン〟と呼んでいた」

ルースは顔色一つ変えなかったが、ディックスには彼女が身震いするのが見えたような気がした。

「エリンは、長年見てきたなかでもっとも才能に恵まれたバイオリニストだった。いつか世界的なバイオリニストになると、グロリア・スタンフォードも信じていた。テクニックに優《すぐ》れ、琴線《きんせん》に触れる演奏をした。ブラームスがヨーゼフ・ヨアヒムのために作曲した三つのバイオリン・ソナタ――あの演奏はすばらしかった。わたしは彼女とともに過ごす幸運に恵まれ、それを存分に楽しんだ。だが、殺してなどいない。殺す理由がない。ヘレン・ラファティのことも殺していない。わたしはそれぞれに違ったしかたで二人を愛していた。わたしの道徳観や行動をどう思うか知らないが、法を犯していなければ、きみたちには関係のないことだ。そしてわたしは、法を犯してはいない。ディックス、きみはマエストロの保安官だ。町の誰もが、きみのような保安官がいてくれてよかったと言っている。それを証明してくれないか。われわれのために、一週間にも満たないあいだにこの町の住人を二人も殺した犯人を見つけだしてもらいたい」

「ウォルト・マガフィのことを忘れないでくれ。生まれてこの方、人を傷つけたことのない、あの善良な老人を」

「彼のことは聞いている。あの老人の死までわたしのせいにするつもりか？　実際、彼のことはよく知らないし、なんの関係もなかった。なぜわたしが彼を殺さなければならない？」

「彼の家はローン・ツリー・ヒルとウィンケルズ洞窟の裏口に行く途中にある。ルースの車は彼の小屋に隠されていた。彼が殺された理由はそれだ」

「彼女の車のことなど何も知らない！　ウォルトともここ数カ月会っていない」

ディックスが言った。「生きているエリンと最後に会ったのはいつです？」

「木曜の午後、スタニスラウスで。彼女は間近に迫ったコンサートのリハーサルで忙しかったし、週末にも会う予定はなかった」

「じつは金曜にも彼女と会ったんじゃないですか、ゴードン？　あなたは彼女をウィンケルズ洞窟に連れていき、そこで殺した」

ゴードンはいまにも卒倒しそうだった。顔は青ざめ、白目をむきそうになっている。ルースは自分のコーヒーカップを彼の鼻先に突きだした。「飲んでください」

ゴードンは支離滅裂な言葉を口走りながら、酔っ払った指揮者のように両手を振った。「やっていない、ほんとうだ、わたしにそんなことができるわけがないだろう。わたしじゃない――」

ディックスはシートの座面に両手をつき、叔父におおいかぶさるようにして言った。「これからあなたにしてもらいたいことを言います、ゴードン。まずあなたの家とオフィス、それにスタジオの捜索を許可するという書面を出してもらいたい。協力していただければ、捜査の一環として粛々と捜索します。もし拒むなら、令状をとって、キャンパスじゅうの木にあなたの女性関係に関するビラを貼り、相手の女性の全員をスタニスラウスに召喚して、おれたちと――それに理事会の前で証言してもらいます。

エリンとの関係をこのまま隠しとおすのが無理なのは、あなたにももうおわかりでしょう。自分から理事会に事情を話せば、クビにならずにすむかもしれないし、どこか別の職場を斡《あっ》旋《せん》してもらえるかもしれない。よく考えてみてください。

それと、関係をもったほかの学生たちのことも全部話してもらいます――名前と連絡先を。

必要とあらば、スタニスラウスの学生簿をひっくり返して捜すこともできる。おれにそんなことをさせないでもらえませんか、ゴードン」

ルースがペンとメモ帳を取りだした。「さあいいわよ、ドクター・ホルコム。才能に恵まれたロリータたちについて話して」

「誤解だ！　きみはまるで彼女たちがティーンエージャーだったような言い方をしているが、そうじゃない。みんな優秀な音楽家だ。断じて、そんないかがわしいものじゃない。わたしはそのときどきに彼女たちを愛していた」

「そのときどきに、か」サビッチが噛みしめるように返し、ゴードンの顔を凝視した。「いちばん長く続いたのは誰です、ドクター・ホルコム？」

ゴードンの顔がこわばる。「そのことについては話したくない。ディックス、こんな質問はやめさせてくれ。わたしは何もしていないんだ」

「ルースがメモをとる準備をしてますよ、ゴードン。彼女に名前を教えてください。エリン・ブシュネルの前は誰でした？」

一瞬、場の空気が張りつめた。ゴードンは深く息を吸いこみ、ルースに語りだした。「エリンの前はルーシー・ヘンドラーだ。きれいな長い指をしたピアニストで、技巧と情熱がすばらしく、ピッチも完璧だった」

特徴をくどくどと語るわりには、一人の女性としてのルーシー・ヘンドラーのことは何も言わない。「時期は？」

「時期というと？」

「ドクター・ホルコム、ルーシーとのことは、それほどむかしの話じゃありませんよね」

「彼女は去年の二月のリサイタルでスカルラッティをみごとに演奏した。スタンディングオベーションを受けるほどの演奏などめったにできるものじゃない。しかも、聴衆は一流の音楽家たちだ。そのあとで彼女はほんとうはスカルラッティなど嫌いだと言い放った。古臭くて退屈で、あまりにも意外性に欠けると。彼女が歴史的背景を知らずにそう評するのを、わたしはおもしろいともかわいいとも思った。いったい誰が、ドメニコ・スカルラッティほどの作曲家をあっさりはねつけられるだろう？　ルーシーはまだ二十一だった。彼女に何がわかるだろう？」

「すると、スカルラッティ愛好家じゃなかったから彼女を見かぎったんですか？」

「いいや、もちろんそんなことはない。むしろ仲が深まったよ。たしか、すれ違いが生じたのは、彼女が卒業する少し前だった。あれは五月祭の日で、キャンパスに五月柱《メイポール》が立てられていた。わたしは、柱のまわりにアイルランド民謡を歌うコーラス隊を坐らせて、その周囲を農民風の衣装を着た学生たちに踊らせたら、いい催しになると思った。ルーシーはそんなわたしを笑った。信じられるかね？」

「ルーシー・ヘンドラーはいまどこにいるんですか、ドクター・ホルコム？」

「彼女は六月に卒業した。うちの大学院課程に合格したが、残らなかった」

「もしかして、メイポールの一件があって気が変わったのかしら」

「いや、彼女がスタニスラウスを離れることにしたのは、それとはまったく無関係だ。ニューヨークの友人を訪ね、そのまま留まることにしたそうだ。最後に聞いた話では、彼女はジュリアードに入学した」

ルースはうなずいて、尋ねた。「スタニスラウスが大学院生を一人失ったことに、責任を感じますか？」

ディックスは口を閉ざしていた。ルースはたくみに誘導して、ゴードンをうまく引き寄せ、その口から情報を引きだしている。おれにここまでうまくしゃべらせることができただろうか、とディックスはひそかに舌を巻いた。

ゴードンは次に、リンゼイ・ファーランドについて語りだした。二年半ほど前に関係をもった学生で、並みはずれた音域の広さを誇るソプラノ歌手だった。出会ったとき、彼女は『蝶々夫人』の裏切られた新妻、蝶々さん役を演じていた。黒人のリンゼイは、見た目にはまったく役柄にそぐわなかったが、彼女の歌声を聴き、『ある晴れた日に』でその声が高音のドの音に達した瞬間、ゴードンは恋に落ちた。

「わたしもあのアリアが大好きです」ルースが本心から言っていることは、同席者全員にわかった。ひと呼吸おいて、質問を続けた。「リンゼイは、いまどこにいるんですか？」

「わからない。二年前に卒業して以来、連絡をとっていない」

「そう苦労せずに消息を調べられるでしょう」

ルースは六人の名前を聞きだしたが、ゴードンは女性たちに関してあまり覚えていなかった。交際していた時期についても、記憶があやふやだった。「もうこれ以上は思いだせない、ワーネッキ捜査官。いや、待ってくれ、もう一人いた。名前はカークランド。変わったファーストネームだった――アノカだったか。それと、あと……いや、あれは関係ないな。学生簿に目を通せば、正確なファーストネームがわかるだろう」

核心を衝《つ》いたのは、シャーロックだった。「いま除外した人のことを話してください、ドクター・ホルコム。その人のことを言いたくないのはなぜです？ どなたなんですか？」

ディックスは首を振った。「なぜ言いたくないのかわかりますよ。地元の女性、マエストロの住民なんでしょう、ゴードン？」

「いいや、ほかには誰もいない。ディックス、きみは彼女たちに電話をして、わたしの話の裏をとるのだろうが、あまり驚かせたくない。まずわたしから連絡してもいいだろうか？」

「まだだめです、ゴードン。電話をするべきときがきたら、おれが一緒にかけます。いまはここにいて、さっき名前を言わなかった女性のことを考えてください。地元の人間に決まってる。既婚者ですか？ その人は内緒にするとあなたに誓ったんですか？ 名前を聞かせてください、ゴードン。明日の朝までに答えなければ、あなたを追いまわしますよ」

「もう一人の女などいないと言っているだろうが！」

ディックスはきっぱりと言い渡した。「名前を教えなければ逮捕します」

「なぜそんなことが言えるんだ、ディックス、わたしはクリスティの叔父だぞ！」

ディックスはゆっくりと背筋を伸ばした。「間違いを犯していると知りながら、あなたを逮捕せずにいるのは、だからかもしれませんね、ゴードン。だから、イタリアのスーツでめかしこんだあなたを、居心地のいい拘置所に放りこまずにいるんでしょう。とりあえずBBに見張らせます。こちらの期待に応えてくれることを祈ります」

25

バド・ベイリーのB&B
バージニア州マエストロ
木曜日の夕方

「ディックスの家に行く前にシャワーを浴びて髭を剃らないとな」そう言いながらも、サビッチは起きあがろうとしなかった。シャーロックの首に鼻をすりつけ、顔をくすぐる髪の感触を楽しんでいた。

「立ちあがれないから、お先にどうぞ」シャーロックはサビッチの肩に軽く歯を立てて、キスをすると、深呼吸して胸いっぱいに夫のにおいを吸いこんだ。「わたし、まだあなたのことがいやになってないかも」

「そう？」

十五分後、シャーロックはストレッチをしながら、多角的に事件をふり返り、話を聞いた人たちのことをたどった。はたして、ゴードン・ホルコムはすべてを正直に語ったのだろうか。

シャワーを浴びながら、よく響くバリトンで『ベイビー・ザ・レイン・マスト・フォール』を口ずさむ夫の声を聞いて、頬をゆるめた。一緒にシャワーを浴びて、充実したひとときをもう少し楽しみたいかどうか確かめようと思ったとき、彼の携帯が『わが心のジョージア』を奏ではじめた。シャーロックは電話に出た。

「もしもし?」

返事はなく、息を吸いこむ鋭い音だけが聞こえた。

「どなた?」

「うわ、びっくり。今日のあたしツイてっかも」

女――いや、少女の生気にあふれる声だった。「クラウディア? クラウディア・グレースなの?」

「そう、大当たり。あたし、あんたの旦那と話をしようと思ってかけたんだけど。得意のテレホンセックスで燃えあがらせて、メロメロにしてやろっかなと思って。だけど、旦那のほうはあとでいいや。あんたと話すのもおもしろそうだし。かっこいいよね、クラウディア・グレースって。いい名前だよね? モージズと結婚して、ほんとうにその名前になっちゃおっかな。彼ってめっちゃカワイイんだけど、問題はアレがなかなか立たないことなんだよね。

あたしが素っ裸で歩いても、やっぱ苦労してんの。バイアグラ使っても立たないんだよ。それでやんなっちゃったもんだから、ぶらりと外に出かけて、あんたらと話すためにこの電話を買ってきてくれたってわけ。楽しいから独り占めしちゃ悪いって思ったのかもね」

電話回線を通じて、人のざわめきが聞こえた。つまり、今回は車で移動中ではないということだ。携帯を持つ手に力が入った。「いまどこにいるの、クラウディア？」

シャワーの音がやんだ。シャーロックはバスルームに近づき、ドアを開けた。濡れたままシャワー室から出てきたサビッチは、妻が携帯電話を耳にあてているのを見て、いぶかしげに顔をしかめた。

シャーロックは声に出さずに、「クラウディア」と口を動かした。

サビッチは飛びかからんばかりにして手を伸ばし、電話をつかもうとしたが、シャーロックは首を振って、「まだだめよ」と、やはり声に出さずに言った。

しずくを垂らしながら、サビッチが脇をすり抜けてMAXのところへ行き、キーをいくつか押してワイヤレスイヤホンを耳に入れた。

「あたしがどこにいるかって？　あんたらこそ、どこにいんの？　あたしらから隠れてるんだって、モージズが言ってたよ。まじで？」

「いいえ、クラウディア、隠れてないわよ」

「ねえねえ、いいじゃん、教えてよ。隠れてて居場所がわからないんじゃ、モージズだってあんたらを殺せないし。ねえ、旦那はそこにいんの？　近くなら会えんのにね」

「ええ、夫はここにいるわよ」

「ならよかった。モージズは彼に近くにいてほしいんだって。あんたらに何をしようとしてるか、モージズから聞いた？」

「そんなのちっとも気にならないわ、クラウディア。それより、あなたとモージズはいまどこにいるの？　二人で巨大な岩の陰にでも隠れてるの？」

「岩になんて隠れるわけないじゃん。大きくて立派なヒルトンのスイートルームにいるんだよ。リビングなんて、部屋の端からフットボールを投げたら反対側に届かないくらい広くってさ。そのうち、あんたのそのお利口ぶった口から悲鳴をあげさせたげる。すてきな旦那に言ってやったんだ、あんたの目の前で、脳みそが溶けるほど激しくやりまくろうって。それで脳みそがドロドロになったところで、あんたが何をされるか見せてやんの。あたしとやった男はみんな、脳みそが溶けちゃったみたいにヘロヘロになんだよ」

「あなたに言っておかなきゃね、クラウディア。まだ幼いのにそんなに男性経験が豊富だなんて驚きよ。ほんとなら学校で読み書きを勉強してなきゃいけないんじゃないの？　年はいくつ、十五歳？」

「何さ、読み書きくらいできるんだから。それに、あたしは十八だよ」

「へえ、そうなの。声を聞いた感じじゃ、せいぜい十五くらいにしか思えないけど。きっと、お母さんはずいぶん若いときにあなたを産んだんでしょうね。それで路頭に迷うことになったあなたを、モージズが偶然見つけた。で、いまのあなたは、まだ幼いのに大人のまねごとをして、あの気味の悪い老人とつるんでる」

「うっさいなあ！　モージズにつかまったら、そんな偉そうなこと言ってらんないよ」

「外で麻薬でもやってるときに彼に拾われたんじゃなかったら、どうやって出会ったの、クラウディア？　彼が家までついてきて、お母さんをなぶり殺しにしたの？」

「言っとくけど、あたしは十五歳じゃないし、ママは死んだとき四十過ぎてたんだからね。ママは頭がよくて学校の先生だったのに、舌にタトゥーを入れた連中に犯されて、殴られたんだ。そいつらのリーダーの誘いに応じなかったから、死んだんだよ」

「お母さんのこと、気の毒だったわね、クラウディア。お母さん、学校の先生だったのね？」

「そう、数学の。すんごく頭がよくって、死んだときはめちゃ悲しかった、ほんと悲しくてさ。だって、ママはあたしをトイレに流しちゃうこともできたんだよ。だけどそうしなかった。あんた、ちゃんと聞いてる？」

「そんな声でどなられたら、いやでも聞こえるわ。あなたは癇癪《かんしゃく》を起こした子どもみたいに、自分の感情が抑えられなくなってる。お母さんがなぜあなたをトイレに流したりするの？　お父さんはどこなの？」

「ママはくだらない男と寝て、捨てられちゃったの。だから、父親なんていないない」

「そんなに乱暴な言葉遣いをどこで覚えたの、クラウディア？　ママから教わったの、それともあなたがいま一緒にいる汚らしい老人から？」

「ママは乱暴な言葉なんか使わなかった！」

「お母さんが亡くなったあとは、どうしてたの？」

「家を出た。いかれたソーシャルワーカーなんかにつかまってたまるかっての。それと、あたしがモージズを拾ったんだよ、向こうが拾ったんじゃなくてさ。モージズは汚いホームレスのジジイを見おろして、手や古ぼけた野戦服や黒いブーツを血だらけにして、大笑いしてた。なんでホームレスを殺したのって訊いたら、こいつが酒を分けてくれなかったからだってさ。そういう人ならあたしを守れると思ったから、バーボンを分けてあげた。それからどうなったか覚えてないけど、次の朝起きたらモーテルにいた」

「アトランタでは何をしてたの、クラウディア？　少年院から逃げだしたの？」

「違う、アトランタじゃないよ。なんでそんなこと訊くの？　あんたを傷《いた》めつけてやるからね、おばさん。あたしとママをばかにしたから、その分も痛い目にあわせてやんなきゃ」

シャーロックは笑い飛ばした。「はいはい、クラウディア。あなたは口だけ達者ないじめっ子みたいね。いいかげんに居場所を言ったらどう？　そうすれば、あなたがモージズに殺されたり、白髪の老婆になるまで州刑務所で過ごすことになる前に、会っていろいろ話せるのよ」

「こんど会ったら、あんたの舌を引っこ抜いてやる」

「いまのはだいぶ大人らしい脅し文句ね。あなたはまだ若いわ。いくらでもチャンスがあるのよ、クラウディア。いつまでもふらふらしてると、薬漬けの娼婦に身を落とすわよ。それにそんなにお酒ばかり飲んでると、二、三年のうちにモージズと同じくらい老けこむわ。そんなふうになりたいの？」

「あたしがどうしたいか教えてやろっか？　あんたのほうを先にやれってモージズに言うんだ。あたしのために、あんたを好きなように始末してくれって。そんときは、あたしもその場にいてしっかり見とどけてやるから」

そのとき男の声がして、もみあうような音が聞こえた。「どうしたの、クラウディア？　いまのは誰？」

「ぶたないでよ、モージズ！」

カチッと音がして、声が聞こえなくなった。

サビッチは、シャーロックが通話を切るのを見ていた。「本部に電話して、二人の居場所を特定できたかどうか訊いてみる」

「まわりの音が聞こえたわ。がやがやしてたから、レストランかもしれない」

サビッチはうなずき、わずか数秒後には通信部門の責任者と話をしていた。

「今回はかなりいい線までいったぞ、サビッチ。サードパーティプロバイダのワイヤレス・プリペイドカードが使われてたが、スプリントがディレクトリナンバーを突きとめて、通話が途絶える二十秒前にぎりぎり場所を特定できた。GPSつきの携帯電話で電波も安定していたから、居場所を一〇メートルまで絞りこめた。メリーランド州ミルタウンのアサートン・ストリート沿いにある〈デニーズ〉だ。じきに捜査員が駆けつける」

サビッチは電話を切った。「捜査員がモージズの居場所に向かってる。きみの言うとおりレストランの〈デニーズ〉だった。捜査員の到着が間に合えば、連絡が入る。モージズは自分の新しい電話をクラウディアが使っているのを知らなかったようだな。その場所にはもういないだろう」サビッチはため息をついた。

シャーロックはしげしげと夫を見た。「クラウディアがあなたと脳みそが溶けるほど激しくやりまくるつもりでいるって、わたしに教えてくれなかったのね」

「あの娘はまともじゃないんだぞ。若さがそれに拍車をかけてる。そんな不愉快なことを話せるわけがないだろう?」

「マーリン・ジョーンズも不愉快だったし、タイラー・マクブライドも不愉快だったし、ギュンター・グラスも不愉快だった。だけどクラウディアは? 彼女のことはかわいそうだと思う。まだほんの子どもだもの。でも、ちゃんと話してほしかった」

「かわいそうだと? あの娘とモージズは、エルザ・ベンダーの目をくり抜いたんだぞ、シャーロック。それに、アーリントン国立墓地でピンキーの遺体を骸骨《がいこつ》の上に置いてポーズをとらせるのを手伝ってる。壊れてるんだ。そんな人間がきみに近づくと思っただけで、ぞっとする。ああいう人間のばかげた妄想を、なぜきみに伝えなきゃならない？　きみは彼女と話すべきじゃなかったんだ、シャーロック。プロらしくもない」

「プロらしくない？　このわたしが？　よかれと思ってやったのに。何が言いたいの、ディロン？」

「まず、きみはおれの電話に出た。モージズからかもしれないとわかっていながらだ。あの電話はあいつとおれとをつなぐ生命線なんだから、きみはまずおれに尋ねるべきだった。せめて、おれがシャワーから出てきたときに電話を渡すべきだった」

「わたしはたまたまFBI捜査官で、あなたと同じ事件を担当してるわ。だからわたしのことはパートナーとして、一人前の捜査官仲間として扱ってくれていいのよ。たまに気が向いたときとか、なんなら毎日とか」

「皮肉はやめろ。もちろんおれたちはパートナーだ。実際は、おれはきみの上司で、きみの夫でもある」

　腹を立てると、シャーロックの顔は髪の色と同じくらい真っ赤になる。首から上が熱くなり、肌がじわじわと赤く染まっていくのがわかった。彼にもそれが見えるのがわかっているので、よけいにむしゃくしゃしてくる。「そう、あなたはか弱い妻を守りたいわけ？　おとなしくて従順な妻の大事な耳を、いかれた少女のみだらな脅し文句で汚したくないのね？」

「やめろ、シャーロック、話を聞け。きみはおれの妻だ、おれが命懸けで守る」

「言っときますけど、あなたはわたしの夫なんだから、わたしだってあなたを命懸けで守るわよ。なんでそんなことをいま持ちだすわけ？」

「きみは彼女を怒らせ、挑発して、きみを狙うと言わせてしまった。なぜあんなことをした？　事前におれに相談もしないで勝手にあんなことをするとは信じられない」

「あら、そう。ごめんなさい、クラウディア、あなたとおしゃべりする前に、何を話せばいいか主人に訊いてみないと、とでも言えばよかったわけ？　ああ、気分悪い」シャーロックはサビッチの裸の胸を突き、口のなかでぶつぶつ言った。「むかしながらのダブルスタンダード。あなたがそんなことを言うなんて、ものすごく不愉快。マッチョぶるのもいいかげんにして」

「これがマッチョぶることなら、我慢してもらうしかないな」サビッチはいらだたしげにシャーロックをにらみつけると、足を踏み鳴らしてバスルームに戻った。

シャーロックがドア越しにどなった。「わたしは優秀な捜査官だから、彼女の口から母親のことやモージズとどんなふうに出会ったのかを聞きだしたわ。あなたも聞いてたでしょ、ボス。あのときモージズが電話を取りあげなかったら、もっと長く話をさせられたわ」

腰にタオルを巻いたサビッチがドアから飛びだしてきて、シャーロックの真ん前に立つと、腕組みをした。そのポーズを取れば、強さと威圧感を醸《かも》しだせるとわかっているのだ。「きみが優秀じゃないとは、ひと言も言ってないぞ。ただ、今回はやりすぎ、軽率な行為だと言ってるんだ。上司として注意してるんだから、口答えはやめてもらおう。さあ、着替えて仕事に出かけるぞ」

シャーロックが両手をひらひらと振った。「あら、わたしが気絶もせずにそんなことをやってのけられると思う？　まず水を一杯いただいて、両膝のあいだに頭をうずめたほうがいいかも。それとディックスに電話して、あなたたち筋肉隆々の野蛮人は、二人で外へ出て、たきぎでも集めながら今後の相談でもなされればって言おうかしら」

サビッチは濡れた髪をかきむしった。「どうかしてるぞ、シャーロック。いいかげんにしないとケツを叩くぞ」

シャーロックは武術の構えをすると、指で彼を誘った。「わたしに手出しはさせないわよ、マッチョくん。かかってきなさい、こてんぱんにしてやるから」

シャーロックが身につけている分厚いホテルのバスローブは、体に二重に巻けるほどの特大サイズだった。裸足のまま、乱れた巻き毛が怒りに赤く染まった顔にかかっている。本気で闘うつもりなのだ。なぜこんなことになる？　サビッチは思わず笑いながら、シャーロックの腰を抱えて肩にかつぎあげると、ベッドにほうり投げた。それから上にのしかかり、妻の両腕を頭のほうへ引きあげて全身を押さえつけた。

そしてシャーロックの鼻先で言った。「さげすむような顔はやめろ。脅しても効果がないのはわかってるから、そんな無駄なことはしない。きみが聞きだした情報のどこから攻めればいいか、きみの意見を聞かせてくれ」

心ゆくまで怒りをぶつけられないのは悔しいが、サビッチの言葉がオリーブの枝、つまり和解のしるしだということは、シャーロックにもわかった。しかも小さな枝ではないし、仕事は仕事だ。シャーロックは怒りをいったん引っこめた。

「どいてよ、ばか。息ができないでしょ」

サビッチはころりと横に転がったが、片脚だけは彼女の上からどけなかった。

「そうね、クラウディアが話したことは、たぶんこの一、二年の出来事よ。クラウディアの母親について詳しいことがいくつかわかったから、それをもとに捜査を進められるわ。それと、クラウディアというのは本名の可能性があるから、ＭＡＸを起動して調べないと。さあ、わたしが本気でむかついて暴れないうちに、さっさとどいて」

サビッチは、いまだ怒りを抱えて機嫌の悪いシャーロックの上にかがみこんでキスをすると、くるりと転がってベッドからおりた。それからしばらく、思案げにシャーロックを見おろしていたが、やがてバスルームへ戻ってドアを閉めた。

シャーロックが笑いながら叫ぶ声が聞こえた。「ねえ、ディロン、ミュラー長官に電話して、わたしがクラウディアから聞きだした話を耳に入れておいたほうがいいわ」

サビッチは、かみそりを手にバスルームの鏡の前に立っていた。シャーロックの言葉は一言一句はっきり聞こえた。その気になれば、彼女には耳をろうするほどの大声が出せる。だが、その笑い声の陰にはまだ怒りがひそんでいるようだった。きっとシャーロックも、自分と同じくらい怒っているのだろう。顔に石鹸を塗りつけながら、サビッチはため息をついた。悪いことは重なるもので、かみそりで二度も顔を切ってしまった。

十分後にふたたびサビッチの携帯が鳴り、モージズとクラウディアが〈デニーズ〉から立ち去ったあとだったという知らせがもたらされた。

サビッチはまずジミー・メートランド副長官に電話で報告し、次にディックスに電話をして、夕食には間に合わないと告げた。すべきことが山積みだった。

26

ノーブル保安官の家
バージニア州マエストロ
木曜日の晩

レイフは芝を刈り取るようにトウモロコシをいっきに囓《かじ》っていった。それに負けまいと、ロブはさらに幅広く、一度に四列ずつ囓り取り、一瞬喉を詰まらせそうになった。ロブの背中を叩いてコップの水を手渡した。ようやく落ち着いたロブが満足げに弟に笑いかけると、ルースは親指を立てて二人をねぎらった。

「息もつかずに食べたわね」ルースは言った。「すごいわ。この次はでっかいトウモロコシを買ってきて、あなたたちの限界を試してみなきゃ」

ディックスは自分のトウモロコシから顔を上げて息子たちを、そしてルースを見た。ルースに接する子どもたちはごく自然で、母親の地位を奪いかねない女性に対して子どもたちがえてしてとりがちな棘々《とげとげ》しさは微塵もなかった。

ルースとは金曜の晩に出会ったばかりなのに、不思議なほど誰もがくつろいでいる。椅子にもたれながら、ディックスは言った。「いつだったか忘れたが、おれはトウモロコシを六秒以内で食いつくしたことがある」

「ぼくたちのほうがもっと速かったよね、ルース？」

ルースは笑った。「時間は計ってないけど、きっとあなたたちの勝ちよ。兄とわたしはいつも、速さだけじゃなくて、どっちが汚い食べ方ができるかを競いあってたわ。両親はものすごく怒ってたけど」

ロブが言った。「チャッピーおじいちゃんは、おれたちが汚いことをして見せるといつも笑うんだよね。サヤインゲンを口のなかでくちゃくちゃに嚙んでわざとカスを下の歯にいっぱいつけといて、唇を下に引っぱって見せたりとかさ。トニー伯父さんはピリピリするし、シンシア伯母さんは、クロゼットに閉じこめるわよって顔で見るんだけど」

「ゴードン大叔父さんはどうなの？」ルースは気がつくと、尋ねていた。

「ゴードン大叔父さん？　うーん」ロブはレイフの顔を見てから答えた。「ほんと言うと、ゴードン大叔父さんの前では、一度も汚いことをしたことがないんだよね。だって、いつもすごくきちんとしてるだろ？」

「チャッピーおじいちゃんだってそうでしょう？」ルースは尋ね返した。

「同じじゃないよ」レイフが首を振る。「それに、あの二人は顔を合わせると喧嘩ばっかりで、ぼくたちなんかいてもいなくても関係ないみたいだし」

「そんなことないわよ」

「ルースはどうだったの？　お兄さんと一緒にどんな汚いことした？」

「そうね、わたしが気に入ってたのは、まずスケートをしながらコーラをいっき飲みすること。それから友だちの目の前でいきなり止まって、その顔めがけてものすごく大きなげっぷをしてやるの」

二人はげらげら笑った。身辺で大騒動が持ちあがるなか、息子たちが今日までずっと気を張って、なるべくふだんどおりに暮らそうとしていることにディックスは気づいていた。二人は一週間にも満たないあいだに町で三人の人間が殺され、しかも自分たちの父親がその犯人を捕まえる任務を負っているという状況に置かれている。

先に笑うのをやめたのはロブだった。自分の皿に山盛りになったベークドビーンズを見おろした。

いつまでも現実から目をそむけてはいられない、とディックスは思った。「おかげですごい光景が目に浮かんだよ、ルース。こんどスケートに行くときは、ソフトドリンク禁止にしなきゃな」ディックスが軽い調子で言っても、子どもたちはじっと考えこんでいた。

レイフが言った。「トニー伯父さんが、いつか腋の下を掻いてたんだよ。あとね、一緒に野球をやったとき、伯父さんはセンターを守りながらボリボリッって——」

ロブが弟の言葉をさえぎる。「ルースの前でそんな話すんなよ」

「そうね、そこまでは聞きたくないかも」ルースはロブに向かって紅茶のグラスを掲げた。

ディックスはスプーンでサヤインゲンをすくい、息子の皿にのせた。「さあ食べろ。下の歯にカスをくっつけるのはなしだぞ」

レイフは警戒するようにちらりと父親の顔をうかがい、ブルースターが尻尾を振らないうちに切りだした。「フルトンさんとこへ行って、雇ってもらえそうかどうか聞いてきたよ。ほら……ぼくの成績表が出たら」

「たしか金物店だったわね？」ルースが尋ねた。

レイフはうなずいた。「フルトンさんが言うには、たった六日間しかたっていないから店の状況は全然変わってないんだって。英語と生物の成績が上がったっていう証拠はいつ手に入るんだって訊かれたよ」

ブルースターはルースの脚をよじのぼろうとしている。ルースは身をかがめて頭を撫で、ソーセージのかけらをそっと与えた。だが、ブルースターは空腹なのではなく、かまってほしかったらしい。靴の上に置いたソーセージをいつまでもおもちゃにしているので、床から片足を持ちあげなければならなくなった。ロブとレイフに笑われながら、ブルースターを胸に抱きあげた。「何やってるの、わたしの靴をソーセージでギトギトにして、みんなの笑いものにするつもり？　あなたはわたしのヒーローだと思ってたのに」

「たいしたヒーローだね」ロブが言い、自分の皿にポテトサラダをたっぷり盛りつけた。

「ブルースターは仔犬のころすごく小さくてさ、寝ているあいだに押しつぶしちゃうんじゃないかって、みんな心配したんだよ」

　ディックスは横目でブルースターを見ながら、喉の奥で笑った。「こいつはルースを見つけたヒーロー犬だ。それに、ベッドでおれの下敷きになってもちゃんと生き延びてる。それでレイフ、フルトンさんは仕事のことをなんて言ってた？」

　レイフは口いっぱいに詰めこんだホットドッグを飲みこんだ。「〝卒業生総代《valedictorian》〟の綴《つづ》りを書いてみろって言われた。ずるいよね」

「いちおう書いてみたの？」ルースが尋ねる。

「うん、書いたよ。真ん中の〝e〟を抜かしちゃったけど。ね、ずるいよね」レイフは同じ言葉をくり返した。

「フルトンさんはおまえを雇ってくれなかったんだな？」

「次の成績表を持ってこいって。それを見てから、また父さんと相談するって」

「フルトンというのは、なかなかの変わり者でね」ディックスはルースに説明した。

「そうだ、今回の凶悪事件で父さんが何をやってるのかって訊かれたよ。父さんも三人のＦＢＩ捜査官もめちゃ必死に捜査してるって答えておいた。フルトンさん、わざとらしく咳払いしてた」レイフは皿に視線を落とし、消え入りそうな声で言った。「学校でね、こんなこと言うやつらがいるんだ。父さんはみんなが言うほど優秀じゃないから、いまに町じゅうの人が殺されるって」

「だが、おまえが傷だらけじゃないところを見ると、喧嘩にはならなかったようだな」

「あとちょっとでなりそうだったけど」レイフがつぶやいた。

「だろうな。だけどどうにか避けたんだろ？」

答えたのはロブだった。「うん、父さん。そうなんだ」

ルースはロブの指の関節のあたりにできた痣に気づいていた。皮まではむけていないから、小競りあいですんだのだろう。明るい笑顔で尋ねた。「ねえ、廊下に野球のボールとグローブがあったわね。バリー・ボンズはどっち？」

ロブが元気よく答えた。「ぼくさ。学校の野球チームで先発ピッチャーに選ばれたこと、父さんに聞かなかった？」

「悪いな、ロブ、まだ話してなかった。でも、ちゃんと言うつもりだったんだぞ」ロブにしても、話したかどうかを本気で気にしているわけではない。その証拠に、ロブは嬉々として続きを語りだした。「問題はさ、ルース、ぼくがまだ二年だってことなんだ。ビリー・カルザースは、去年自分が先発ピッチャーになったときは三年だったもんだから、コーチが二年のぼくを選んだことでめたくそムカついてんだ」

ディックスは息子の顔をじっと見た。

ロブは咳払いをした。「そうだよ、父さん、みんなそう言ってるよ。ビリー・カルザースのクソ野郎が――」

「ロブ、母さんがおまえの汚い口を石鹸で洗ったときのことを忘れたのか？　手を洗ったら皮がむけるくらいの強力な石鹸だったろう？」

ロブはうつむいて皿を見つめた。「うん、覚えてるよ。鼻毛が全部抜けちゃうぐらいすごかった」

「あの石鹸で洗われたのは二回だよね」レイフがロブの腕をこづいた。

「おまえも洗われればいいんだ」ロブが弟に向かって拳を振りあげた。

「おい、おまえたち」ディックスが静かに言うと、二人の動きがピタリと止まった。「よし。ロブ、それでどうした？」

「うん、ビリー・カルザースはすごく怒ってキレそうになったんだ」

ディックスは彼に向かって親指を立てた。「その言い方ならよしとしよう」

ルースはグラスを掲げた。「第二のデレク・ロウに乾杯」

「おい、おまえたち！」ディックスが紅茶の残りを飲み干した。「パンプディングを食べる準備はいいか？」

ルースが驚きの声をあげた。「パンプディング？　いつの間にそんなものをつくったの、ディックス？」

レイフがくすくす笑った。「父さんなわけないだろ。ミズ・デンバー、物理の先生だよ。今学年の最初から父さんを追いまわしてるの。料理がすごくうまいから、ロブもぼくもべつにかまわないけど、ただ――」

「それぐらいにしとけ、レイフ」

レイフはうなだれて、椅子の背にもたれた。

ロブが言った。「父さん、父さんはきっと殺人犯を捕まえるよね？」

ディックスは上の息子の顔を見つめた。「おまえはどう思う？」

ロブは迷わず答えた。「学校のみんなに、父さんは火曜までにはきっと犯人を逮捕するって言ったんだ」

「そうか。じゃあ、がんばらないとな」ディックスはルースに困ったような視線を送った。

ルースはテーブルに肘をついて身を乗りだした。「わたしも同感よ、ロブ。火曜っていい線かも。だけど、あなたもレイフも、そう簡単なことじゃないのはわかってるわよね」

「おれの読みだと月曜だな」ディックスは言い、腕組みをした。

子どもたちは父親の男らしい態度に誇らしさを覚えるだろう、とルースは思った。

「ねえ、ぼくたちはもうガキじゃないんだよ。なんでも隠さず話してくれていいんだ。学校ではみんな、ミズ・ラファティがベッドで殺されたこととか、ウィンケルズ洞窟で父さんがあの学生を見つけたときのこととか話してる」ロブは言葉を切り、咳払いをしたが、声はうわずったままだった。「それに、マガフィさんのことも。ほんと、ひどすぎ」

ディックスの声もふだんどおりとは言えなかった。「ウォルトはいい人だった。父さんも大好きだったよ」

レイフが震える声でルースに言った。「母さんもマガフィさんが大好きだったんだよ。去年の感謝祭のとき、マガフィさんは父さんの七面鳥は母さんのと同じくらい立派だけど、なかの詰め物はなってないって言ってた。それでぼく、父さんは母さんのレシピを見つけられなかったんだよって答えたんだ」

「レシピならあげるわよ、ディックス」きわめて微妙な話題だと知りつつ、ルースは言ってみた。少年たち二人は興奮と怯えの両方を感じつつ、その両方を顔に出すまいとしているようだった。「ヒシの実とクランベリー入りのコーンブレッドよ」

「ぼく、ヒシの実、好き」レイフが言った。「でも、ソーセージがたっぷり入ったソースもいいな」

ルースは顔を輝かせた。ロブが、「ルースのレシピを試してみてもいいよね」と言ってくれたからだ。

子どもたちが寝室へ引きあげてまもなく、ディックスの家の呼び鈴が鳴った。

「トウモロコシ絡みの、すごい話を聞き逃したな」ディックスがあいさつ代わりに言った。

「上着をあずかるわ」ルースはシャーロックの革のジャケットを脱がせた。ふと手を止め、一歩あとずさる。「二人ともどうかしたの？　何があったんですか？」

「悪いな」サビッチがぶっきらぼうに答えた。「たしかに、ちょっと訳ありでね」

サビッチとシャーロックは、ディックスに続いてリビングへ行った。ルースが口を開きかけると、サビッチが片手を上げて制した。「いや、ショーンは大丈夫だ。さっきも電話で話した。すっかりヨークシャーテリアを飼う気になってて、名前はアストロに決めたらしい」

シャーロックはいまだぎこちなさを残しつつも、ルースとディックスに笑顔を向けた。

「去年の夏、裏庭に人工芝を敷いてごく小さなミニチュア版ゴルフコースをつくろうかという話になったの。ショーンは人工芝の商品名の〝アストロターフ〟っていう名前がすごく気に入ったらしくて」

アストロターフなんて関係ないくせに、とルースは思いながら、感情を押し殺した二人の顔を順番にうかがった。ディロンの目には緊張の色が浮かび、シャーロックの頬には赤みが差している。誰かを蹴飛ばしたがっている証拠だ――もしかして、相手はディロン？

ルースは職業人生を送るうえで、サビッチとシャーロックを大きな支えとしてきた。一年半前に犯罪分析課に引っぱってくれたサビッチには心から感謝している。彼は直観力に恵まれた気さくなリーダーで、岩のように揺るぎなく、骨の髄まで高潔な人物だ。一方のシャーロックはお茶目で洞察力があり、聡明で鋭く、どんなときでも頼りになる。そしてつねに一定の速度で――全速力で――前へ突き進んでいる。今夜のような二人を見るのははじめてだった。

しばらくすると、その理由が見えてきた。ルースはおずおずと尋ねた。「信じられないことだけど、あなたたち大喧嘩したんですね？　課のみんなに言ったら、わたしが嘘発見器にかけられちゃう。もっとも、わたしは眠っていても嘘発見器を欺けるのをみんなが知ってるから、結果は誰も信じないでしょうけど」ルースは天を仰いだ。「神さま、わたしはもうすべてを知りましたから、いつ死んでもかまいません」シャーロックを指さした。「いったい何をしでかしたの、シャーロック、神聖なるポルシェでも運転したの？」

「よしてよ、ルース。あの車を運転するたびに、わたしはかならずスピード違反の切符を切られてきたのよ」

「あたりまえだろう」サビッチがことさら大きな声で言った。「ところで、よければ大事な話をしたいんだが」

シャーロックがうなずいた。「話というのはね、わたしたち、明日の朝早くクワンティコに発たなくちゃいけなくなったの。じつは――」

「その前に――」サビッチが話の腰を折る。「MAXが突きとめたモージズ・グレースとクラウディアに関する情報を伝えておくよ。クラウディアのラストネームはスモレットだった。

最後の音節を強く発音する」

ルースは身を乗りだし、真剣そのものの面持ちで訊いた。「イギリス風の名前ですね？」

サビッチがうなずいた。「なんと、彼女の母親はイギリス人だった。ポーリーン・スモレットという名で、二十二歳のときにアメリカに渡り、クリーブランドの高校の数学教師をしていた。結婚歴はない――少なくともアメリカでは。警察の捜査記録を見るかぎり、かなり派手な私生活を送っていたようだが、どうにか仕事とは両立していた。未婚で産んだ子どもが一人、つまりクラウディアがいて、女手一つで育ててきた」

「彼女に何が起きたんですか？」ルースが尋ねた。

「ギャングにレイプされて殺された」

ディックスは、膝に両手をついて前かがみになった。「捜査記録？　どうやってその事件とのつながりがわかったんだい？」

「さっききみに電話したとき、やることが山ほどあると言ったろ」サビッチは淡々と言い、そこでつと声を低めた。「それはつまり、クラウディアがシャーロックに明かした情報を追跡するという意味だ」

「まさか――ほんとにクラウディアと話したのか、シャーロック？」ディックスが訊いた。

シャーロックは顎を突きだし、目を怒りに煌めかせた。「話したわよ、かなり長い時間。ディロンがシャワーを浴びているときに、クラウディアが彼の携帯に電話してきたの」夫を見やり、言いたいことがあるなら言えばとばかりに、にらみつけた。

「そうなんだ」サビッチは穏やかに言った。「母親亡きあと、クラウディアは家を出た。さまざまな情報をもとにＭＡＸで検索をかけたら、似たような未解決事件が五、六件出てきて、それでポーリーン・スモレットに行きついた。すべてが符合したよ。

クラウディアが少年刑務所に入ってたときの記録もあったから、彼女の顔写真をアニー・ベンダーの写真とくらべてみた。アニーの母親のエルザから提供された写真だ。クラウディアはアニーにそっくりだった」

シャーロックが先を引き取った。「クラウディア・スモレットがはじめて地元の二十四時間営業の店で煙草と酒を万引きしたのは九歳のときよ。二度退学処分になって、そのうち一度は煙草で男子生徒に火傷を負わせ、次は別の生徒の腕を骨折させたという理由だったわ。その後も教師に向かって教科書を投げつけたり、悪態をついたり、母親を脅しつけたり、よくありがちな子どもじみた問題を起こした。なにしろ手に負えない子だから、たとえ母親が生きていても、まともな人間にはなれなかったでしょうね。

そしてある日、ホームレスの男を殺した直後のモージズ・グレースと偶然に出会った。二人はモーテルでバーボンを飲んで、そのあとはご存じのとおりよ。クラウディアの〝バーボン〟の言い方に南部訛りがあったから、モージズと出会ったのは南部のどこかじゃないかしら」シャーロックは、ひと呼吸おいた。「それに、クラウディアは十八じゃなくて、三週間前に十六になったばかりよ」

ディックスは指で髪をかきあげた。「ロブと同じくらいだ」

ソファに置かれたクッションをもてあそびながら、サビッチがうなずいた。「彼女はまだ子どもだ。頭のおかしい、抑制のきかない子どもなんだ。結局、殺されたホームレスに関してはシャーロックが聞かされたとおりだとわかった。一年半ほど前にアラバマ州バーミングハムの路地で殴り殺された男の記録が見つかったんだ。警察は加害者を発見できなかったが、別のホームレスの男が血だらけの野戦服姿の老人を見たと証言してるから、モージズだと考えて間違いないだろう」

「クラウディアは、モージズが野戦服に黒いブーツ姿だったと言ってたから、特徴は一致する」シャーロックが言った。「バーミングハム警察に連絡をして、こちらが入手した情報を伝えたわ。残念なことに、彼らのほうからはなんの情報も得られなかったけれど」

「逆探知はしたんですか、ディロン？　彼らの居場所はわかってるの？」ルースが訊いた。

サビッチが答えた。「いいニュースと悪いニュースがある。クラウディアがかけてきた携帯電話はプリペイド式で、モージズが今朝、家電量販店の〈ラジオシャック〉で現金で買ったものだった。モージズは駐車場にある公衆電話でアクティベートした。公衆電話には登録主がいないから匿名で通話ができるが、その反面、信号が強くてはっきりしてる。しかも移動してなかったんで、正確に居場所を特定できた」

「どこだったんだ?」ディックスが訊いた。

「メリーランド州ミルタウンのアサートン・ストリート沿いにある〈デニーズ〉よ」シャーロックが答えた。「現地の捜査員が五分とかけずに駆けつけたけれど、モージズとクラウディアはすでに立ち去ったあとだった。モージズはクラウディアと電話を残してしばらく席を立ってたみたい。それで戻ってみると、彼女はまだわたしと話し中だった。彼の声が聞こえたけど、電話を勝手に使ったことを怒ってるようだったから。つまり、わたしたちに居場所を突き止められるかもしれないとわかってたのよ。それであわてて立ち去った」ため息をつく。「彼がトイレから戻るのがもう少し遅れたら、彼らと一緒に夕食ができたんだけど」

「あの、いまの話のどこがいいニュースなの?」ルースがほかの三人に尋ねた。

「いいニュースというのは、詳しいことがかなりわかったことよ。モージズがはいていた古い編みあげブーツのこととか、クラウディアが偽名じゃなかったこととか。彼女はお尻が見えそうなローライズのジーンズに、露出度の高い派手なピンクのトップ、それにフェイクファーのジャケットを着てたそうよ。ウェイトレスたちは彼女のことをよく覚えてて、クラウディアはかわいいけれど化粧がどぎつかったと言ってるわ。老人のほうは、百年くらい日光にさらされつづけたように見えたって。

　だけどいちばんの情報は、あの二人が立ち去ったときに外で煙草を吸っていたウェイターの話よ。モージズがクラウディアをどなりつけながら、携帯で顔を殴るようなしぐさをして、そのあと彼女をバンに押しこんだと証言してるの。ウェイターはバンが遠ざかって見えなくなるまでクラウディアを目で追い、彼女は助手席の窓からウェイターに手を振ったそうよ。バンのことはあまり覚えていなかったけれど、たぶんフォード製で、すごく汚れていたとか。クラウディアに見惚れてたから。たぶん彼からはもっといろんな情報が聞きだせる──次の給料を賭けてもいいわ」

サビッチが言った。「そのウェイターが、明日の朝クワンティコでドクター・ヒックスの催眠術を受けることになった。それでおれたちも向こうに行かなきゃならない。明日の夜にこちらに戻れるかどうかは、その結果しだいだ。

モージズはばかじゃない。たとえ使ったのがプリペイド式の携帯でも、クラウディアが通話をしていた以上、おれたちに居場所を突き止められたと気づいているかもしれない」

シャーロックがあとを引き受けた。「そして、わたしたちが店で目撃者からすでに話を聞いているであろうこともね。だから、しばらくは潜伏するかもしれない。だとしても、明日の朝までには、その付近の全パトカーにクラウディアの写真がまわってるわ」

ルースは拍手を送った。「さっき電話をくれたとき、ディロンはそんな進展があったなんて教えてくれなかった。すごいわ、シャーロック。その調子でいけば、あなたが事件の全貌を解き明かすことになるかもね」

「クラウディアはディロンと話したかったのよ、ルース。どうやら彼とセックスしたいみたい。ディロンはね、わたしが繊細だからクラウディアが吐き散らす汚い言葉を聞かせられないって、ひどく心配してたの」

女性陣の視線がサビッチに注がれた。

「問題はそれだけじゃないぞ、ルース。シャーロックだってちゃんとわかってるんだ」

「なるほどね」ディックスはソファに深々と身を沈めて、腕を組んだ。

「何がなるほどなんだい？」サビッチが、妻を注視したまま尋ねた。

「何かと理屈をつけてるが、詰まるところ、きみはシャーロックを守りたいわけだ」

シャーロックがディックスに食ってかかった。「電話の向こうのばか娘から？　ディロンはどんな権利があって――」

ディックスはさえぎった。「もしもルースがおれの妻だったら、おれも同じように感じると思う。生物として当然なんだ。ご婦人方にもそれくらい理解してもらわないと。男の本能なんだから」

シャーロックのいらだちはおさまらず、ディックスは自分と彼女のあいだにサビッチがいてくれたことに感謝した。「おあいにくさま、女にだって同じ本能があるのよ」

ディックスは咳払いした。「まあ、流血沙汰にならずにすんでよかったよ。さてみなさん、時計をごらんください。こんな時間だよ」

笑い声があがったが、おもにルースの声で、そのあとには重苦しい沈黙が待っていた。

ルースがすかさずその日の午後、ディックスと二人でゴードン・ホルコムに会ったときのことを語りはじめた。「オフィスも家もスタジオも隅々まで捜索して、あらゆる記録を調べました。彼のために言っておくと、とても協力的でした。彼の元恋人だった女性三人とも電話で話しましたが、みんな元気で、殺人があったときには別の場所にいました」

「明日あらためてゴードンと話してみる」ディックスはむずかしい顔で、握った拳を見おろした。「被害者のうち二人が彼の元恋人だったという事実は見過ごせない。彼は教え子たちについてはすべて話したのかもしれないが、ヘレンは教え子じゃないだろ?」

27

クワンティコ
金曜日の午前

十時ちょうどにクワンティコのジェファーソン棟にあるサビッチの狭いオフィスに入るなり、ドクター・エマニュエル・ヒックスはクンクンと鼻をうごめかせた。「ペパローニだな」彼はサビッチの横の椅子にだらしなく腰かけている若い黒人青年を見た。「〈ボードルーム〉のか？」〈ボードルーム〉とは、クワンティコ内のレストランだ。

青年がうなずいた。「ダブルペパローニだよ、先生」

「うむ、わたしの大好物だ。ときには朝から食べる。わたしはドクター・ヒックス、害のない人間だよ」青年と握手した。「気を楽にしてくれよ、ドウェイン。サビッチ捜査官から聞いていると思うが、不快感はまったくないからね。きみがハードドライブにしまいこんだものを、細部まで思いだせるようにするだけだ」ドクター・ヒックスが額を軽く叩きながら言うと、ドウェインは「すげぇ」と答えた。

十分後、サビッチは自分の椅子をドウェインのそばに引き寄せ、青年の腕にそっと手を添えた。「まず、昨日〈デニーズ〉で最初に老人と娘を見たときのことを思い起こしてくれ、ドウェイン。彼らの姿が見えるか？」

ドウェインがうなずいた。

「いいぞ。見えるものを教えてくれるかい？」

「女の子がでかいサングラスをはずして、まわりを見てる。彼女、かなりいけてる——かわいい、すごくかわいくて、自分でもちゃんとわかってんだ。みんなの気を惹きたがってる」

「老人のほうはどうだ？」

「ボックス席にどっかり坐って、腕を組んでにやついてるよ。なんもしないで、ただにやついてんだ。すごい年寄りで、顔なんか皺だらけ、女の子のひいじいさんかって思うくらいの年寄りさ。女の子はメニューをぱらぱらめくりながら、ゆっくり選んでる。じいさんのほうは、メニューを開きもしないでハンバーガーを注文した」

「そのテーブルはメリンダが担当してたんだね？」

「そうだよ。オーダーを通しにキッチンに来たメリンダから、ちょっとあの子を見てごらん、って言われてさ。でも、おれたち男連中は、もうとっくに見てたけどね。

あの子は、おれたちが自分のことを噂してるってわかってた。外は凍るほど寒いのに、肌出しまくりのトップに、へそまで見せちゃって」

「へそにリングがついてるか？」

「ついてるよ、ちっちゃいシルバーのリングだ。うん、腹もいいね。ちょっとポチャッとしてるけど、かわいい腹してる」

「二人の会話が聞こえるくらい近づいたかい？」

じっと考えて、ドウェインはうなずいた。「うん。おれはいま、二人の席の二つ手前のボックス席にいるカップルにコンボ料理、ほらシーフードとステーキの盛りあわせみたいなやつを運んでくとこ。おれはゆっくりめに歩いてる。あの子にウインクされたから。ほんとにウインクして、にっこり笑いながら頭をさっと振ったんだ。右の耳に金のイヤリングを四つしてる」

「彼女がきみに気づいてウインクする前に、二人が交わしてた会話が聞こえるかい？」

ドウェインはうなずいた。「なんか赤毛の人の話をしてる——話しているのはじいさんのほうだ。えらく変わったじいさんだよ。野戦服も、ばかみたいなアーミーブーツも、ぼろぼろで、泥だらけで、なんか戦争にでも行ってきたみたいだ。二人が話してる赤毛っていうのが誰のことかはわかんないけど、あの子の話を聞きたいから、おれはもっとゆっくり歩いた。あの子、『このあと銀行に寄らなくちゃ、モージズ。どう思う？』みたいな感じのことを言ってる。じいさんはまたにやっとして首を横に振って、そりゃだめだ、スイートケーキ、って。そうさ、あの子のことをそんなふうに呼んでやがる。あんな薄汚いジジイが若い女の子をそんなふうに呼ぶもんだから、吹きだしそうになっちゃってさ。そのとき客に早く持ってこいって大声で言われたんで、その先は聞けなかった。あれ、ちょっと待って。じいさんはこんなことも言ってるな。きっとあの野郎は、ばかみたいにまわりをびっしり警官で固めて、わしからの電話を待ってるだろう、って」

サビッチはしばし待ったが、それ以上の話は出てこなかった。「いいぞ、ドウェイン。きみは一服しに外へ出る。きみが煙草を吸ってると、あのかわいい娘が店から出てくるのが見えた。そうだったね？」

ドウェインはポケットの小銭をじゃらじゃらさせた。「うん、あの子がいる」

「見えるとおりに話してくれ」

「あの子はまた、あのふわふわしたジャケットを着てるけど、短いからお尻は隠れてない。わお、お尻もいいね、いかしてる。腰を振りながら駐車場のほうに歩いてく。おれが見てるのを知ってて、こっちを向いて笑いかけてくるけど、本気でおれに関心があるわけじゃないんだ。携帯で電話してて、ものすごく真剣になってるから。そのうち、あのじいさんが何やらわめきながら店を出てきた。たぶん彼女が携帯で電話してるのを見たからだな。彼女に向かってどなりだした。一瞬殴りそうになって、彼女が、ぶたないで、とか言った。じいさんは携帯を取りあげると、まだ何かわめきながら、彼女を車に押しこんだ」

「バンを見てくれ、ドウェイン。見えるかい？」青年がうなずくと、サビッチは続けた。「いいぞ。こんどは女の子じゃなくて、バンを見るんだぞ。何が見える？」

「ええっと、むずかしいなあ」

サビッチは待った。

「おれはまだあの子を見てて、じいさんに殴られなければいいなと思ってる。あの子、またサングラスをかけた。それからおれのほうをふり返って、投げキッスだぜ。すげえよな？

わかったよ、バンだな。古いフォードのエアロスターで、薄汚れた白、タイヤをあんなに汚くしておくなんて、どんだけずぼらなジジイだろ。運搬用のバンだ——ほら、片方の側にしか窓がないやつ。ルーフラックとスライディングドアがついてる」

「汚れてる以外に、バンの側面に何か見えないか？」

ドウェインが小銭をいじりながら、こちらを見て眉をひそめる。サビッチは言った。「落ち着いて、時間をかけてくれ。よく見るんだ、ドウェイン」

ドウェイン・マロイは耳を掻き、小銭をもてあそびながら、右足の踵からつま先までを床に打ちつけはじめた。よくそんな動きが同時にできるものだ、とサビッチは思った。

「見えたよ、サビッチ捜査官、絵がある。芝刈り機かなんか。うん、そう、芝刈り機だ」

ドクター・ヒックスは一瞬、サビッチが躍りあがってハイタッチをするのではないかと思った。だがサビッチは慎重に質問を重ねた。「芝刈り機か。すると、植木屋のバンみたいな感じか？」

「うん、たぶんそう。芝刈り機の下に何か書いてあるけど、えらく汚いんで、読めないよ」

「きみは視力がすごくいいんだぞ、ドウェイン。そのまま見つづけて、文字だけに意識を集中してくれ。文字の色は？」

「黒」

「言葉か？」

「うん、言葉だと思うんだけど」

「芝刈り機のすぐ下に書いてあるのかい？」

「いや、斜めになってる。ほら、ちょっとかっこつけた感じで。文字は太くて、端がくるっと渦巻きみたいになってて」

「すごいぞ、ドウェイン。きみは目がいいから、すべてが見えてた。最初の単語を見てくれ。読めるかい？」

ドウェインはかぶりを振った。「いや、悪いけど、単語までは読めないや」

サビッチは青年の腕を軽く叩いた。「気にしないでいい、ドウェイン。そのままバンを見つづけてくれ。ほかに何か見えないかな、意外なものとか」

「ほかには何も。泥だらけなだけだよ」

「よし。それじゃ、いま男は駐車場から車を出そうとしてる。ナンバープレートは見えるか？」

「じいさんが急発進させたから、タイヤが焦げるにおいがする。ナンバープレートなんか、見ようにもその暇がなくてさ。それに、車体と同じで泥だらけだし。ちょっと待って。白。ナンバープレートは白だ」

さらに数分のあいだ、サビッチはドウェインへの質問を続けたが、ついにドクター・ヒックスがサビッチの腕に手を置いて制した。「彼のハードドライブはクラッシュしてしまったよ、サビッチ。ここまでだ」

サビッチがうなずくと、ドクター・ヒックスは、あと少ししたらきみはとてもいい気分になると暗示をかけて、ドウェインを覚醒させた。

ドクター・ヒックスは青年と握手をしながら、〈ボードルーム〉から絶品のソーセージピザが届いてるぞと告げた。

サビッチが言った。「とても参考になったよ、ドウェイン。助かった。FBIの長官と会って、直接お礼を言ってもらうっていうのはどうだい？」

「すげぇ」ドウェイン・マロイは、サビッチを見あげてにっこりした。「いつ会えるの？」

「いますぐ電話しよう」と、サビッチ。「そのあと似顔絵係に会ってもらえるかい？」

二時間後、サビッチとシャーロックとほか四人の捜査官は、犯罪分析課の会議室のテーブルを囲んでいた。

「一週間前、モージズとクラウディアは囮として盗んだ古いシェビーのバンをモーテルに置いていった。あのモーテルの部屋にいると思わせて、捜査官を殺そうとしたんだ」シャーロックが言った。「実際は、ディロン、モージズはあなたを殺したかったのよ。ほかの捜査官のことなど眼中になかった」

「それを言ったら、きみだって狙われただろ、シャーロック？」デーン・カーバーが言った。

「そのわずか数時間後に、アーリントン国立墓地で」

「ところが、当たりくじを引いたのはわたしだったのよね」コニー・アシュレーが言った。まだ片腕を吊っているものの、その元気そうなようすにシャーロックは感謝した。

「おれが言いたいのは、やつらはおそらくそのころからエアロスターに乗っていて、おそらくその車はあのモーテル付近に置いてあったということだ。ドウェインの証言で、車にはこの州のものじゃないナンバープレートがついていたことがわかった。ピンキーを殺す数日前に、州外に出てあのバンを買うか盗むかしたのかもしれない」

「ドウェインは、ナンバープレートが白だと言ったんですよね？」オリーが訊いた。

サビッチがうなずくと、オリーはさらに続けた。「オハイオのプレートじゃないですかね。いちばん近いから」

サビッチが言った。「その線で調べてくれ、オリー。あのバンでそれ以上の距離を移動したとは思えない。ドウェインは、車体には芝刈り機の絵と何かの文字があったと言ってる。植木屋のバンを想像してくれればいい」

デーンが言った。「じゃあ、盗んだんでしょう。ほかに死者がいないといいが」

シャーロックが言った。「バンの色と型はわかってるし、車体には〝逮捕して〟と言わんばかりに大きな芝刈り機の絵が描いてある。それと、いつも同じ服を着ているらしい老人とちゃらちゃらした恰好のブロンドの若い娘の二人組よ。目立たないわけないわよね？」

「ぼくが何にいちばん驚いたかわかりますか？」オリーはサビッチがボードに画鋲で留めた光沢のあるフォード・エアロスターの写真を指さして言った。「モージズが芝刈り機の絵や文字をペンキで塗りつぶそうともしなかったことです」

デーン・カーバーが言った。「行動科学課の連中の解釈によると、モージズ・グレースは誰一人彼には手出しできないと信じきってる。誰よりも利口で、なんでも思いどおりにできると思いこんでるんです。そしてスティーブは、モージズには生きて逃げ延びようという気がないかもしれないとも言ってた。録音された声からして、モージズの病状はかなり重くて、先が長くないかもしれないというんです」

サビッチは肩をすくめた。「こちらがクラウディアの身元を突き止めたことや、彼女の写真を手に入れたことに、やつが気づかなければいいが」

「ぼくの突飛な考えかもしれませんが」オリーが言った。「モージズは字が読めないのかもしれない。ウェイトレスが、ハンバーガーを注文したときにメニューを開きもしなかったと言っていますからね」

「目のつけどころがいいな、オリー」と、サビッチ。「だが、やつがモーテルにしかけた爆弾はかなり精巧だった。たしかに、今回はクラウディアのせいで自滅しかけたが、おれにはモージズがそれほど無学な人間とは思えない」

シャーロックが言った。「クラウディアの以前の顔写真のほかに、ドウェイン・マロイの協力を得て作成した似顔絵があるわ。スケッチを何枚かファックスしたら、三人のウェイトレスがすぐに似ていると認めたから、よく描けてるのは確かよ」

捜査官たちは、あらためて似顔絵を眺めた。

「冷酷そうなジジイね」コニー・アシュレーが言った。「人間らしさなんてこれっぽっちもなさそう。いちばんの疑問点は、モージズ・グレースが何者か。これまでの半世紀、この男はどこにいたの？ こういう名前の凶悪犯はいなかったし、運転免許証も発行されてないから、たぶん偽名ですよね。わたしたちが彼について何を知ってるか？」

オリーが言った。「コニーの言うとおりです。モージズ・グレースほどの年配者なら、なんらかの記録が残っていて当然です。それが何も見つからないということは、何十年という彼の人生が藪《やぶ》のなかってことです」

「そこでまた動機が問題になりますね、サビッチ」デーンが言った。「彼はあなたの命を狙ってる。あなたがある女を傷めつけたとかいう理由で。その女はモージズとなんらかの関係があり、肉親の可能性が高い。とりあえず、あなたが扱った六十二件の事件を洗いだしてみました。なかには部分的にかかわっただけの事件もある。負傷した人間は山ほどいて、そこには女も含まれてますが、モージズとの接点を示す手がかりは何もありませんでした」

シャーロックが言った。「問題はもう一つ。クラウディアの前にも誰かいたかどうかよ」

「いたんじゃないか」デーンが言った。

オリーが言った。「クラウディアを見てください。この目。高校の黒板みたいに冷ややかでうつろな目をしてる」

サビッチはアニー・ベンダーの写真を全員にまわした。エルザ・ベンダーからもらった写真をパソコンに取りこみ、コピーしたのだ。「この写真とクラウディアの似顔絵を見くらべてみてくれ」

オリーが言葉を選んでしゃべりだした。「エルザ・ベンダーがあなた方にクラウディアが自分の娘に似ていると言ったことは知っています。だけどぼくにはそうは見えない。たしかに肌や髪の色は似ているけれど、それだけですよ」

「アニー・ベンダーの写真には、何かを感じたり考えたり気遣ったりする人間らしさがある。それに引き替え、この娘は――」デーン・カーバーは肩をすくめた。

サビッチが言った。「そろそろこちらにも運が向いてきて、警察がエアロスターを見つけてくれるだろう。ワシントン首都警察のベン・レイバン刑事に電話した。警官たちには、モージズとクラウディアを一人で逮捕するなと指示が出てる。彼らがこれまで出会ったどんな犯罪者より、危険な人物かもしれないからだ」サビッチはふと口をつぐんだ。「おれには、過去の事件を引きつづき洗ってみる以外の方法が思いつかない。事件を解く鍵が過去にあるのは明らかだ。あと二日待ってみて、日曜の朝までにエアロスターが見つからなかったら、メートランド副長官が記者会見を開いて、マスコミにモージズとクラウディアの似顔絵を公開する」

「あなたの携帯にもう一度電話がかかってきませんかね。そうなれば、まさに天の恵みなんですが」オリーが言った。

ジョン・バーロウズ捜査官が笑った。「そうそう都合よくいくかよ。何事も簡単にはいかないって、ぼくがこの課に配属されたときに言われましたよね、サビッチ?」

笑いが起こり、みんなの気分がなごんだ。会議はお開きとなった。サビッチがブリーフケースに書類を詰めこんでいると、オリーが尋ねた。「ところで、ミュラー長官と会ったドウエイン・マロイの感想はどうでしたか?」

サビッチはにこっとした。「年寄りにしては〝すげぇイケてる〟そうだ。事件の捜査に一役買って浮かれてるもんだから、ＦＢＩの捜査官になるのもいいかななんて言ってたよ。がんばれと励ましておいた」

シャーロックはほかの捜査官たちと一緒に会議室の戸口に佇み、片目でサビッチとオリーをうかがっていた。「聞いてくれる？　わたしは自分の身は自分で守れるわ。ディロンはそうは思ってないようだけど。犯人が狙ってるのは彼よ。だから彼を単独行動させないようにして。みんなでディロンを守るのよ」

「もうよせ、シャーロック」サビッチがごく小声で言った。ほかの捜査官たちはサビッチを一瞥《いちべつ》し、シャーロックにうなずきかけると、二人を残して出ていった。

シャーロックにとっては、息をすることと同じくらい大切なことだった。まっ向からサビッチの目を見た。「わたしは事実を言っただけよ。メートランド副長官にも相談するつもり。今回の事件もそろそろ終局に向かうわ、ディロン。わたしたちはワシントンに残ったほうがいいと思う。二人そろって、みんなの輪のなかにいるのよ。モージズとクラウディアが近いうちに何かをしかけてくるような気がしてならない。標的はあなたよ。わたしたちはここにいて、それに備えるべきだと思う」

不思議と、二人の予感は一致することが多かった。サビッチはシャーロックの腕をつかんで小声で言った。「メートランド副長官には話すまでもない。おれも同じことを考えてた」

シャーロックは彼の手を振りほどくようにして広い廊下を歩きだしたが、やがてふり向いて言った。「ショーンを迎えにいきましょう。会議の前にグラシエラに電話したら、家に来てくれるそうよ」

「わかった。おれはルースに電話して現状を伝えておく。マエストロで何が起ころうと、二時間半もあれば駆けつけられる」

シャーロックはいたずらっぽい笑みを浮かべた。「ヘリコプターならもっと速いわ」

デーン・カーバーが二人のほうへ足早に近づいてきた。携帯電話を握ったままだ。

「いい知らせです。警察が車体に芝刈り機の絵と〝オースティン・ガーデニングサービス〟の文字がある白いバンを発見しました。ウェブスター・ストリートにある倉庫の前に乗り捨ててあったそうです。どうやらモージズは、車を置き去りにするだけじゃ足らなくて、火を放ったらしい」

サビッチはため息をついた。「おれたちがクラウディアからの電話を逆探知して車の特徴をつかんだ可能性があるのを織りこみずみなんだ。うかうかしてられないな。向こうは町を出ようとしてるかもしれない」

「だが、あなたはそうは思ってない」デーンが言い返した。

シャーロックは長らく口を閉ざしたまま、指で巻き毛をもてあそんでいる。考えごとに耽《ふけ》っているときの癖だ。「いいえ、モージズは町を出ないわ。そうよ、あなたにとどめを刺すまでは」

サビッチはうなずいた。「だとしたら、こちらも準備を整えておかないとな」

28

バージニア州マエストロ
金曜日の午前

　十時ちょうどに、ディックスはスタニスラウスのゴードンのオフィスに電話をかけた。

「……なぜきみにそんなことを話さなければならないのか、わたしにはその理由がわからない、ディックス。彼女はここの学生じゃない。なぜ巻き添えにしなければならないのかね？いいか、あれはなんでもなかった。いっときの火遊びで、二人とも本気ではなかった」

「質問に答えてもらえるまで、快適な拘置所に入っててもらってもいいんですよ、ゴードン。あなたが名前を言わずにいるお相手は、トニーの奥さんのシンシアですか？」

「シンシア？」ディックスの聞き間違えでなければ、その声にはかすかな嫌悪が滲んでいた。

「それはよかった」ディックスは言った。「安心しましたよ。さあ話してください、ゴードン」長い沈黙が続いた。「手錠をかけられた姿は教師や学生たちの目を惹くでしょう――」

「やめてくれ、ディックス！ そんなことはさせない。わたしはただ、ある女性の名誉を守ろうとしているだけだ。きみは、わたしがシンシアと寝ると思っているのか？」

「ある女性の名誉？」ディックスが訊く。「女の子の、じゃないんですか？ もしかして、髪に白髪が混じっていたりするのかな？」

「いや、魅力的な女性だ。それに、へたなことを言って訴えられてはこと――」

ディックスは首を振った。「ジンジャーには親子ほど年の離れた男と寝ないだけの分別があると思ってたが、わからないもんですね。とりあえずシンシアでなくてよかった。ほら、意外にあっさりわかったでしょう？」

ゴードンはついに観念した。二年前にジンジャー・スタンフォードと関係をもったものの――この際だから打ち明けるが、母親のほうとも関係があったが――その関係はわずか二カ月しか続かず、大局的に見ればないに等しいくらいの短い期間だった、と語った。

ゴードンがひと息ついたとき、ディックスは尋ねた。「どちらから別れを切りだしたんですか？」

「結局、おたがい相手をそれほど好きではなかったんだ。ジンジャーは言ったよ。わたしが経験豊富だと聞いて期待していたのに、少しも満足させてもらえずあてがはずれた、と。性教育を受けたらどうかとまで言ったんだぞ！ あのときの苦々しさがわかるか？ このわたしに、性教育を！」

「グロリア・スタンフォードはどうでした？　彼女も理不尽な要求をしてきたんですか？　血は争えないとか？」

ゴードンは何かを反芻《はんすう》するようにしばらく黙っていた。「彼女はすばらしい才能に恵まれていたよ、ディックス。しかし、じつはわたしたちは、おたがいにそれほど魅力を感じていなかった。ただし、彼女は不届きな娘のようにわたしをけなしたりはしなかったが」

電話を切る前に、ディックスはゴードンに警告を発した。「ジンジャーに電話しようなんて考えは起こさないでくださいよ、ゴードン。そんなことをしたら、あなたが独房に入っても、予備の毛布を渡しませんからね」

「保安官、それに捜査官、ここで何をしているのかね？」ヘンリー・Oが立ちあがって問いを発した瞬間、ディックスとルースはオフィスのなかに入った。「ああ、なるほど。前回ここにみえたときからなんの進展もないんだね？」

よし、ゴードンは電話していない、とディックスは思った。ヘンリー・Oは身ぎれいだった。糊の利いた白いシャツに、仕立てのいいダークグレーのウールのズボンをはいて、高い位置でベルトを留めている。

「じつはね、ヘンリー、わたしたちはミズ・スタンフォードを逮捕しにきたの」ルースは言いながら、ヘンリーに小さく手を振って奥に進み、ディックスがあとに続いた。

「気は確かかね？　弁護士なんぞ逮捕したら、訴えられてさんざんな目にあわされるぞ。ちょっと待って、お待ちなさい！　なんとまあ、ミズ・ジンジャー、この人たちがわたしを押しのけてずかずかと！」

「信じられない」ジンジャー・スタンフォードはそう言いながらゆっくりと立ちあがり、きれいな黒いペンを机に置いた。「大丈夫よ、ヘンリー。この人たち、いきなり手錠をかけたりしないと思うわ。そうよね、ディックス？」

ディックスはそっとヘンリーを部屋から押しだして、ドアを閉めた。「おはよう、ジンジャー。そろそろきみにゴードン・ホルコムとの短くも退屈な情事の話をしてもらおうと思ってね」

ジンジャーは笑いだした。「まあ、二人とも坐って。彼から無理やり聞きだしたんでしょう？　ええ、わたしはゴードンと寝たわよ。とんでもない間違いだったけれど。ほんと、時間の無駄だったわ。もっとうまいと思っていたのよ。わたしのこと、何度となく物欲しそうな目で見つめていたくせに、ただの役立たずのおじいちゃまだったの。二、三度チャンスをあげたんだけど、それでお払い箱、おしまいにしたわ。まさか、わたしが例の恐ろしい殺人事件にかかわっていると思っているわけじゃないでしょう？」

ルースが尋ねた。「お母さまに、さっきの話をなさったことは？」

「ええ、したわ。グロリアは笑って、自分も二、三回彼と寝たけど、わたしと同感だと言ってくれた。ある程度の年齢に達した男性って、大胆なことや斬新なことはあまりしないものだから、すべてがスムーズに運べばそれで満足なんですって。だから、グロリアはバラ色の幻想を抱くのはとっくのむかしにやめたって。ものごとがわかっている男なんてほとんどいないし、いたとしてもたいていは無頓着で、女がイッたふりをしてくれて、ほっとしたいだけ。ゴードンから得たものはただ一つ、バルトークの『無伴奏バイオリンのためのソナタ』の解釈に関するすばらしい助言だけだと言っていたわ」と、ジンジャーは笑った。

「なぜご自分のお母さまのことをグロリアと呼ぶんですか？」ルースが訊いた。

「えっ？　ああ、グロリアね。彼女はわたしが子どものころ、ツアーに出ていてほとんど家にいなくて、父はわたしが十歳のときに家を出たきりよ。妻不在の生活に耐えられなかったのか、わたしの世話がいやになったのか、理由はわからないけれど。それでわたしは二人の乳母に育てられて、いまでもその二人をママと呼んでいるの。彼女のことはずっとグロリアだった。でも誤解しないでね、わたしは彼女が大好きだし尊敬もしている。それにやっぱり母親だもの。だからわたしがいるわけでしょう？」

「彼女がマエストロに引っ越してきたとき、あなたも一緒にいらしたのはなぜですか？　いつだったかしら？　クリスティとディックスがここへ越してきた半年後？」

ジンジャーはルースのほうに首を傾け、サン・ペレグリノのボトルに入った水をクリスタルのグラスに注いで、飲んだ。「クリスティとわたしは学校が一緒だったのよ。とても仲がよかったわ」

ディックスが指摘した。「だが、きみはニューヨークでいい仕事をしてたんだろう？」

ジンジャーが長い沈黙をはさんで答えた。「まるでブルドッグね、ディックス。じつはニューヨークに男がいたの。でも、うまくいかなかった。彼は既婚者で、わたしもばかだったから、妻とはもう終わってるなんていう言葉を真に受けて、彼に都合よく使われたのよ。遠くへ引っ越せば、すべてがいい方向に向かうかもしれないと思った。実際、ほとんどの部分はそうなったわ。ねえ、訊いてもいい？　ゴードンはなぜわたしと母のことをあなたに話したの？　あなたがなぜそんなことに関心をもつの？」

ディックスは逆に質問した。「彼がきみのお母さんと寝たと知って、腹が立ったか？」

「まさか。いい、ディックス、グロリアは父がいなくなってから、そんなに大勢の男の人と出会ったわけじゃないのよ。ゴードンは才能があるし、その気になれば魅力的にもなれる。わたしには二人のことを気に病む理由なんてないわ。彼があんなふうじゃなかったら、二人はうまくいったのかもしれない。ゴードンはたぶん、グロリアが自分が望むほどちやほやしてくれないものだから、するりと逃げだしたんでしょうけど、グロリアが彼のご機嫌とりをする理由がある？　右も左もわからない二十二歳の小娘じゃあるまいし。それに、彼なんかよりずっと才能があって、有名で、それにお金だってたくさんあるのよ」

ルースが言った。「ゴードンが関係を解消したのは、あなたのお母さまが自分には年をとりすぎていると考えたからだと思いませんか?」

「うーん、そんなこと、考えてもみなかったわ。ゴードンが、彼女が年をとりすぎているから捨てた? 彼がそう言ったの? 何様のつもりかしら」ジンジャーはにやりとした。

ディックスとルースがジンジャーのオフィスを去ったのは、入って十分後のことだった。出がけに、ディックスはヘンリー・Oに言った。「手錠を持ってくるのを忘れた。信じられないだろう? おれたちの代わりにミズ・スタンフォードを見張っててくれるかい、ヘンリー? 脱走させないように気をつけてくれ」

ヘンリー・Oはすっくと立ちあがった。「わたしを部下にしたいなら、いまより高いお給料をいただかないとね、保安官」

29

バージニア州マエストロ
金曜日の午後

タラの玄関までいまだ五メートルの距離を残しているにもかかわらず、ディックスとルースにはシンシア・ホルコムの声が聞こえた。ディックスは唇に人さし指をあてると、敷石の歩道をはずれてゴシック様式の柱に近づき、雪におおわれた芝生を通って家の横手にまわった。

「彼女がどなる相手はチャッピーしかいない。いつものことだ。二人はきっと図書室にいる。おれの読みがあたっているかどうか確かめにいこう」

陰鬱な鈍色の空の下、気温は五度、前方に見える山並みには重たそうな雪雲が垂れこめている。図書室の窓にはひび割れがあり、そこからシンシア・ホルコムの声が朗々と流れだしていた。

「なによ、この卑劣な偏屈ジジイ!　あたしはどこも悪くないし、トニーもあたしとは別れませんから！　あたしたちはもう一年も前から、あなたに孫をつくってあげようとしてるのよ。それから、母と話すのはやめて、何も知らないんだから。ついでにもう一つ、あたしはほかの男となんて寝てないわ！　いったい何度言えばわかるの？」

「おまえの母親は、おまえが子ども嫌いだと言っていたぞ。わたしのかわいそうな息子は途方に暮れておる。おまえはあいつに内緒でピルを飲んでいながら、口では子どもが欲しい欲しいと言っているそうじゃないか」

「ピルなんか飲んでないわ！　なぜそういつも嘘八百をならべたてるの？　そんなに暇なの？　もっと自分の人生を楽しめば？　せめて、たまにはほかの人に暴言を吐いて」

「おまえの母親から、おまえの言うことは絶対に信じるなと言われたぞ。彼女は――」

　そのとき、ガラスが壁にあたって砕け散るような音がして、チャッピーがくすくすと笑いだした。シンシアは興奮に息をはずませながら叫んだ。「母の言うことに耳を貸す人は、それなりの目にあわせてやる。わかった？　ほんとうのことを教えてあげましょうか？　あんたの気弱な息子の子どもなんて、欲しいかどうかわからなくなってきたわ！　骨抜きのくせに、よくまっすぐ立って歩けたもんよ。こうやってあたしが叫んでやらなきゃ、いつまでもあなたにいじめられてるんだから」

「あらあら」ルースが言った。

「思った以上にひどいな。彼女がチャッピーの頭に壺《つぼ》を投げつけないうちに介入するか。彼女を逮捕するなんぞ、考えただけでぞっとする」

玄関のドアをぐいと開けたシンシアに、ルースは笑顔を見せた。「なんの用——まあ、ディックスじゃない。さあ入って。あら、あなたも。まだいらしたの？　悪いけど、名前が思いだせないわ。あなたも警官かなんかだったわよね？」

「ええ、警官かなんかです」ルースは愛想よく言った。「ルース・ワーネッキ捜査官です。ランチをご馳走になりました。一昨日だったでしょうか？　記憶ってたちまちのうちに消えると言いますからね」

シンシアが言った。「ええ、あたしも聞いたことがあるわ。でも、なんであなたのことを覚えてなきゃならないの？」

「冗談がおじょうずだこと」

ディックスが割って入った。「きみとチャッピーが大喧嘩する声が外まで聞こえたよ。図書室の窓を閉めておくべきだったな」

シンシアはなんの屈託も見せずに、肩をすくめた。「それで？」

ディックスがつかつかと歩きだすと、シンシアはなぎ倒されまいと脇へよけ、ディックスとルースが図書室に向かうのを見て、しかたなくあとに続いた。ルースは図書室を見まわし、そこが本ではなくCDのための部屋であることに気づいた。何百というCDがあり、ジャズ、ブルース、あるいは何十という有名な作曲家の名前ごとにラベルをつけて分類されていた。

そこにある数少ない本は、どれも大型の豪華本のようだ。ディックスはルースに深紅色のソファを勧め、自分はその横にある年季の入った薄緑色のブロケードの椅子に腰をおろした。シンシアは二人の向かいに坐ったが、歯医者の椅子のほうがまだましだと言わんばかりの顔をしている。チャッピーは部屋にはいなかった。

「きみとチャッピーは、また新しい喧嘩の種を見つけたようだね、シンシア。きみがトニーを愚弄するのをはじめて聞いたよ。そんな状態だとは気の毒に」

「あなたは彼と結婚してないからわからないのよ、ディックス。知らないでしょうけど、チャッピーからいやな顔をされるとなんでも妥協しちゃうんだから。銀行に居場所がなくなるなんて、想像もできないのよ。当然といえば当然だけど」

「さっき、チャッピーに何を投げつけたんだい？」

「けちな青い器。誰かが中国から彼に送ってきたの」

戸口からチャッピーの声がした。「あの青い器はかなり値の張る陶磁器で、清朝の康熙帝の時代、つまり一六九〇年ごろにつくられたものだ」この世に愁《うれ》いなど一つもなさそうなようすで、ぶらりと部屋に入ってきた。「この女は三百年の歴史をもつ芸術品を粉々にしてしまった。この不実な女と離婚するためにトニーが払うことになる金額よりもはるかに高い貴重品を」

「あたしがさっき言ったことを彼に話すつもりね？」シンシアの顔には、怒りと失望と、判然としない何かが表われている。ディックスはさっきの陶磁器のことを思い浮かべた。優美な形をしていた。自分がもしチャッピーの立場なら、われを忘れて毒づいているだろう。

「あの器には、保険がかけてあったんですか?」

「ああ、だが金のことなどどうでもいい」

シンシアは椅子からパッと立ちあがり、チャッピーに拳を振りかざした。「ほんとうはそのことしか考えていないくせに――お金と、まわりのみんなを支配すること。自分一人が犠牲になっているようなふりはやめたら?」彼女はディックスのほうを向いた。「この人はね、あたしをトニーの人生とこの家から追い払いたいのよ」

ディックスは肩をすくめた。「じゃあ、トニーと一緒にここを出ればいい。きみたちにはそうすることもできるんだよ、シンシア。ほんとにここタラで子どもを育てたいのか?」

シンシアは身震いした。「いいえ、もちろんいやよ。だけど、あたしがどうしたいかなんて関係ないわ。トニーがここを離れようとしないんだから」

「ああ、息子はどこへも行かんぞ、シンシア」チャッピーはそう言うと、ディックスとルースを見た。「トニーの子を産むつもりがないんなら、このやかまし屋がどこへ行こうとわたしの知ったことじゃないんだ。町を出ていく途中でゴードンとよろしくやるがいい」

「ゴードンにはそんな暇はありません」ルースが言った。「彼はいま、大忙しなんです」

「ツイスターはいくら忙しくてもセックスはする」チャッピーは自分の爪を凝視した。「知っているか？　ゴードンには女性がつけている香水をすべて言いあてることができる。臭覚が利くことよ。まったく、いつも驚かせてくれる」チャッピーはかぶりを振った。「トニーはスタニスラウスで行なわれる葬儀に参列する。地元の銀行として弔問《ちょうもん》くらいしないと恰好がつかないだろうと言ってな」

「おれたちも行きます」ディックスが言った。

「わたしは行かんよ。行くまでもあるまい。ツイスターは行くだろう。横にはきっと若くてかわいいお嬢さんが坐って、涙にくれるあれの手をしっかりと握りしめてくれるだろうさ。泣きたいときに泣けるとは、まったく癪《しゃく》に障るやつだ」

シンシアがクリームのように濃厚な毒を込めて言った。「あなたも、人の痛みに泣けるくらいのやさしさをもったほうがいいんじゃない、チャッピー？」

チャッピーは嫁のいやみを聞き流し、ディックスに言った。「ツイスターを逮捕するのか？」

「さあ、どうでしょうか」

「きみが本気でそうするつもりなら、わたしはあれに弁護士をつけてやる」チャッピーは両手をこすりあわせた。「そうすればツイスターも、身内に金持ちがいるのをありがたく思うんじゃないか？　どうだろう、ディックス？　O・J・シンプソン裁判のときの弁護士を一人雇うか？　あのボストン出身のシュレックみたいな小男はどうだ？　ふむ、そのへんからあたってみるのがいいかもしれんな。ツイスターにわたしの心づもりを伝えておいてくれ」

チャッピーは口笛を吹きながら歩きだし、戸口でふり向くと、ルースに軽く手を振った。

「新しい陶器でも探すとするか。こんどは日本のものにしよう。そうだ、ルース捜査官、ツイスターがあなたを食事に誘ったそうだが、行くつもりかね？」

「お店によります」ルースはあっさりと答えた。

「ズボンをはいていきなさい」チャッピーは言った。「それが最大の防御だ」粉々になった器には目もくれず、その横を通り過ぎていった。

「あの人、まともじゃないわ」シンシアが言った。「ほんとよ、ディックス、あの老いぼれは頭がどうかしてるの。トニーとあたしは子どもをつくろうとしてるのに、あたしがピルを飲んでるなんて言いがかりをつけて。あたしがゴードンと寝てるなんて考えられる？　チャッピーは自分の息子をちゃんと見たことがあるの？　トニーはすごくハンサムでしょ、そう思わない？」

「ハンサムだけど気弱なんだろう？」

「あんなふうに言ったのは悪かったけど、チャッピーが挑発するから、売り言葉に買い言葉でつい言っちゃったのよ。彼がトニーを手放そうとしない理由は、チャッピーの名を末代まで残してくれるのはトニーしかいないから。クリスティはいなくなってしまった——」シンシアは肩をすくめ、ディックスから目をそらした。

「彼女はいなくなっただけじゃないよ、シンシア。自分探しの旅に出たわけでも、長い休暇をとってるわけでもない。彼女は死んだんだ。きみにもわかってるだろ」

シンシアはゆっくりとうなずいた。「そうね、きっと死んでしまったのよね」

「さっきも言ったが、きみたちはこの家やチャッピーから離れるべきだ」

「でも、ほんとのこと言うと、あたしはタラを離れたくないの。もうすぐチャッピーがくたばって、ここが全部トニーのものになるかもしれないもの」

「妙な期待はやめたほうがいい。彼はあと二十年は生きるぞ。きみとトニーはリッチモンドに引っ越して、あっちで銀行を経営するべきなんだ。マエストロのほうは支配人を雇って、チャッピーにそいつをいじめさせておけばいい。いつかはチャッピーもいなくなる。そのとき戻りたければ、タラに戻ってくればいい」

シンシアは表に面した窓にぶらっと近づき、厚いブロケードのカーテンを開けて外を見た。冷たい空気が部屋に流れこんでくる。彼女は窓を閉めて、ふり返らずに言った。「トニーはここを離れるのを怖がってるの。それで失敗したり、チャッピーに相続権を剝奪《はくだつ》されるのが怖いのよ」

シンシアは肩をすくめた。「クリスティなら、トニーにここを出ろと説得できたかもしれないけど、あたしには無理。彼女が生きててくれたらいいのに。彼女がいなくなって寂しいわ、ディックス」

「クリスティがいたころは、それほど好きじゃなさそうだったろ、シンシア。なぜいまになって気持ちが変わったんだい？」

「よくものが見えるようになったからかもね」シンシアは窓に背を向けると、書庫の入口までの数メートルをゆっくりと歩き、また後ろをふり返った。「昼食に呼ばれたの？　ミセス・ゴスは、あたしには何も言ってなかったけど」

「いや、昼食に来たわけじゃない。ここへ来た理由の一つは、先週の金曜の晩にチャッピーがどこにいたかを、きみに訊くためだよ」

「もしかして、それってあなたがルースを発見した日のこと？　チャッピーは夜遅く帰ってきたわ。あたしにわかるのはそれだけ。彼はなんて言ってるの？」

「ここにいて、書斎で仕事をしてたと聞いた。トニーはどこにいたんだい？」

「あたしを天国に連れてってくれてたわ。少なくとも金曜の晩の十時以降はね。その日はずっと銀行にいたんだと思う。いつもそう。夕食のあと二時間くらい出かけたけど、行き先は言わなかったし、あたしも訊かなかった。帰ってきたときは、シャンパンを小脇に抱えて、ごきげんな笑顔だった。すぐに二人きりになりたそうだったから、二階の寝室へ行ったわ。チャッピーがいつ帰ってきたかを覚えてるのは、十一時ごろにあたしたちの寝室のドアをノックして、おれの息子に何をしてるんだって訊かれたからよ。ドアに鍵をかけるのが習慣になっててよかったと思った。いまにはじまったことじゃないの」

ディックスは、チャッピーがだいぶ前に妻に先立たれて以来、セックスには興味がないのだと思っていた。「きっと、若夫婦にいやがらせがしたかったんだろう。トニーは、夕食のあとどこへ行くか言わずに出たんだね？」

「たぶん銀行よ。とにかく父親のいないところにいたいっていう人だから。あたしはまた電話で母と口論になってイライラしてたから、ほかの人のことまで気がまわらなかった」シンシアはあくびをした。「チャッピーと喧嘩すると、毎回ぐったりしちゃう。リッチモンドまで車を飛ばして、気晴らしにショッピングでもしてこうかしら」

「エリンの葬儀には出ないんですか？」ルースが訊いた。

「彼女とはそんなに親しかったわけじゃないもの。いまさらね」シンシアはもう一度あくびをしながら、席を立った。

「どうも釈然としないな」数分後、二人してレンジローバーに向かいながらディックスが言った。「たしかに、トニーは先週の金曜の夜遅くまで銀行にいたと警備員は言ってるし、ずっと銀行にいたのは従業員や秘書からも裏がとれてる。チャッピーのほうは、金曜の昼は留守にしていたとミセス・ゴスが言ってるが、行き先は知らない。人には何も説明しない性格だから、本人に直接訊いてみるしかないな」

「デンプシーとスレイターを雇ってわたしを殺そうとした人物について、リッチモンドからは連絡があった？」

「地元の捜査官からもリッチモンド警察からも何も言ってこない。モラレス刑事に電話して、しっかり任務を果たしてくれたらきみがディナーにつきあうと言ってやるよ。イタリア料理は好きだろ？」

ルースはにこりとした。「あなたのシチューとスパゲティー・ボロネーゼはいい勝負よ、ディックス」


エリン・ブシュネルの葬儀は、ゲーンズボロ・ホールの大講堂で執り行なわれた。一ダースもの花輪がステージをぐるりと囲み、天井からはバイオリンを弾くエリンを写した大判のカラー写真が吊るされていた。ルースはその若さにあらためて胸を痛めた。

講堂は収容人数いっぱいまで埋まった。ディックスが見るところ、スタニスラウスの学生と教師陣が勢ぞろいしているに違いなかった。空席を見つけられなかった者たちが、周囲の壁ぎわに固まったり通路の階段に腰かけたりしている。町の住人たちも多くが顔を出し、講堂のあちらこちらに散らばっていた。

ディックスとルースは大勢の視線を浴びた。二人を見て顔をしかめる者もいれば、おずおずとあいさつをする者もいた。堅実そうな雰囲気のエリンの両親は、青ざめた顔で黙りこんでいる。きっと娘の無残な死を理解できずにいるのだろう。彼らが会場に到着したとき、デイックスは出迎えて哀悼の意を伝えた。ディックス自身妻を失っているとはいえ、わが子を失った経験はない。レイフとロブのことを思い浮かべてみるに、それは人生最大の打撃になりそうだった。

娘がどんな目にあわされたか、この両親がその全貌を知ることはないだろう――このまま情報の流出を食い止められれば。薬を吸わされてナイフを突き立てられただけでも充分にむごたらしい。ディックスには、真実を知るひと握りの人間がそれを漏らさないでいてくれることを祈るしかなかった。

葬儀のあいだじゅう参列者を観察していたディックスは、ルースもまた同じことをしているのに気づいていた。五、六人が哀悼の辞を述べたが、なかでもグロリア・スタンフォードとドクター・ゴードン・ホルコムの言葉が胸を打った。ゴードンは涙を抑えきれないようだった。長老派教会のマエストロ教区牧師が神の摂理について語り、かならずやエリンのために神の裁きがなされるだろうと述べると、講堂に集まった六百人を超える人びと全員がそれに共感しているようだった。

ゴードンはトニーとグロリアにはさまれて坐り、グロリアに手を握られていた。〈マエストロ・デイリー・テレグラフ〉紙のミルトン・ビーンの姿もあった。

突飛な行動に走る者はいなかった。実際、ディックスは自分がひどく役立たずに思えた。全員に疑いの目を向けるのにはうんざりだし、エリン・ブシュネルの死を悼む気持ちはあるにしろ、わずか二十二歳の人間にはありあまるほどの賞賛の言葉を聞きつづけるのにも辟易《へきえき》していた。

ディックスはヘレンと、監察医から弟に引き渡されたヘレンの亡骸《なきがら》のことを思った。ヘレンの弟は、来週スタニスラウスで葬儀を行なうことにやっと同意した。そしてウォルト老人のほうは公的な葬儀を行なうほどの重要人物とは見なされなかったらしく、コヨーテ・ヒルに二百年前からある町の共同墓地にすでに埋葬されていた。墓地でささやかに行なわれた葬儀に集まった人びとの少なさは驚くばかりだったけれど、ほんとうに親しい人たちが集まってくれたことに、ウォルトも喜んでくれているはずだ。

エレンの葬儀が終わると、ディックスは〈レイ・アン花店〉に立ち寄ってカーネーションの花束を買い、ルースとともにコヨーテ・ヒルまで車を走らせ、土の掘り跡も真新しいウォルト・マガフィの墓まで歩いた。ディックスは片膝をつき、墓の頭のほうにカーネーションを置いた。「いま墓石を彫ってもらってるんだ。来週には届く」

ルースが言った。「誘ってくれれば、わたしも昨日の葬儀に出たのに」

「ワシントンと電話中だったから邪魔したくなかった。それに、きみは疲れてる――二人とも。きみはこの間たいへんな目にあってきた。さあ、ここは冷える。風邪をひかせたくないから、うちへ帰ろう」

うなずいたルースは、ふと、彼の〝うち〟という言い方に胸を打たれた。まるで二人のうちのような言い方だった。おかしな感覚だし、怖い気もするけれど、心が浮きたった。ディックスたち親子と暮らしはじめて一週間、日に日になじんでくるのを感じている。ディックスは高潔で思いやり深い人だ。息子たちのこと、町のこと、そして正しく生きることを大切にしている。あのすらりとして引き締まった体に股上《またがみ》の浅いジーンズをはかせたらどんなにすてきか、考えるのも恐ろしい。

彼ともっとクリスティのことを話したいけれど、まだそのときでないのはわかっていた。早すぎる。知りあってまだ日は浅いにしろ、クリスティが多少なりとも自分と似ているとしたら、ディックスや息子たちを残して出ていくわけがないのがわかる。そう、みずから姿を消したのではない。クリスティ・ノーブルの身に何か恐ろしいことが起き、それはみんなにわかっていることだった。

レンジローバーに戻る途中、ディックスはルースの視線を感じたが、彼女の目はサングラスの不透明な黒いレンズにおおわれて見えなかった。助手席に坐ったルースは、厚手の黒い革のジャケットに身を包み、紫色のウールのスカーフを首に巻いて、おそろいの紫のウールの帽子を目深にかぶっている。ディックスは彼女がレイフの分厚い靴下ではなく自前の靴下をはいているのに気づき、ヒーターの温度を上げた。

30

二人は六時少し前に帰宅した。ディックスが玄関の鍵を開けようとしていると、ルースの携帯電話が鳴りだし、彼女はこちらに背を向けて電話に出た。そして二、三分で電話を切った。

「シャーロックからよ。状況はいいほうに向かってるみたい。彼女とディロンはとりあえずワシントンに残るけど、何かあったらいつでも駆けつけるって。いまのところ大丈夫だと言っておいたわ」

ブルースターが激しくドアを爪で引っかく音がしたので、ディックスは急いだ。

「ブルースター、ちょっと待て！　いいかい、ルース、こいつが飛びついてきても、体に近づけるなよ」

「大丈夫よ、ブルースターはゆうべキッチンのテーブルの下でソーセージをくれた人におしっこを引っかけたりしないから」

ディックスがようやくドアを開けると、ルースはブルースターが脚にまとわりついてくる前に抱きあげた。しっかりと胸に抱き、笑いながら小さな顔にキスした。ブルースターはしきりに鳴きながら、さかんに尻尾を振っていた。

「もう」ルースは言った。「ブルースター、なぜわたしにこんなことをするの？」

ブルースターは上を向いてルースの顎を舐めた。

「明日そのジャケットをクリーニング屋に出そう。においもとってくれる――たまたま実証済みなんでね。それに、革はしみにならない」

ルースは笑い声をあげた。「この恩知らずさんは、わたしがあげたものじゃ不満だったのかしら？　ホットドッグ用に、ソーセージだけじゃなくパンも欲しいの？　マスタードもつけて？」

「さあ、もういいだろう」ディックスはルースを自分のほうへ引き寄せ、あいだにはさまれたブルースターがけたたましく吠えたてるなか、唇を重ねた。

唇はすぐに離したけれど、ルースの額に自分の額を押しあてた。「すまない。こんなつもりじゃなかった――いや、こうしたかった」

ルースからブルースターを引き離し、一瞬抱きしめてから、床におろした。驚いたことに、ブルースターは機嫌をそこねなかった。小首をかしげ、尻尾を振りながら二人をじっと見あげている。

ルースはショックで頭がくらくらしていた。唾を呑みこみ、咳払いをした。「いやだ、謝らないで。だって、わたしも――」

「父さん!」

「なに、このにおい? あっ、ブルースターにやられたの、ルース?」

「そうなんだよ、レイフ。ただいま。夕食には何をつくるんだ?」

レイフとロブは顔を見あわせた。「ぼくたち、父さんの帰りを待ってたんだけど」

「ピザがいい」ロブが言った。「冷凍ピザをオーブンに入れるくらいなら、ぼくにもできる」

「つまり」ルースはゆっくりと言いながら、少年たちの顔を交互に見た。「あんたたちは、いつもぜーんぶお父さんにさせてるのね?」

「ときどき女の人たちが料理を持ってきてくれるよ」

「ぼくたちは洗濯もするし、自分の部屋もちゃんと掃除してる」

「父さんも、そんなにがんばって料理しなくていいのに。もっとピザの日が多くてもいいんだよ」と、ロブ。

ディックスが言った。「おれが魚を焼いてベークドポテトをつくる。ロブ、レイフ、あと一時間で宿題を終わらせておいで」

「うん、わかった」

「ぼくは宿題なんかないよ」

「そんな嘘を信じると思うか? 二人とも自分の部屋へ行って勉強してこい。テレビは見るなよ、イヤホンもだめだ」

「父さん？」

レイフの声音に、ディックスは久しぶりに耳にする何かをかすかに感じ取った。ルースにキスするところを息子たちに見られたのか？　見ていないといいのだが。まだ早すぎる。

「なんだ、レイフ？」

レイフは兄の顔をちらりと見て、足もとに視線を落とした。「ミセス・ベンソンが――ぼくの数学の先生だけど、今日泣いててね。殺された三人と友だちだったんだって」

ディックスはブルースターを抱きあげて自分のコートの内側に入れ、途中までジッパーを上げると、息子たちを抱き寄せた。「つらいのはわかる。ルースとおれにとっても、むずかしい事件なんだ。ゆうべちゃんと言ったろう？　おれは今回の殺人事件の背後にいる人物をかならず捕まえる。約束するからな」

レイフは笑顔をつくろうとした。「火曜日までにね」そう言って父親の肩に顔をうずめた。「ぼく、ミセス・ベンソンにそう言ったんだ。先生は必死に涙をこらえながら、ほんとにそうなってほしいって言ってた。それでこそ父さんに票を入れたかいがあるって」

ディックスは息子たちの顔を代わるがわる見ながら、探るように訊いた。「言いたいことはそれだけなのか？」

レイフが父親の腰に抱きついた。ロブは少しためらい、父親の顔がまっ向から見えるように一歩下がった。ディックスはロブが自分と背丈が一〇センチと違わないのに気づいて、衝撃を受けた。いつの間にこんなに伸びたのだろう？　肉付きもよくなってきていて、肩も以前ほど華奢ではなく、胸や腕も太くなってきている。「どうした、ロブ。言ってくれ」

ルースは黙って立っていた。この場にいないほうがいいとわかっているのに、足が動いてくれない。体をこわばらせ、息を詰めた。

ロブがルースをちらりと見た。「父さんがルースにキスするのを見たんだ」

レイフが飛びのき、まず父親を見つめ、ルースを見つめた。「キスしたの？　いつ？」

「ついさっき」ロブが答える。

「ああ、そうだ」ディックスが言った。「そのつもりはなかったにしろ、したのは確かだ」

「もし、するつもりがなかったんなら――」ロブは言いさして、父親の顔をまじまじと見た。

「いや、そうじゃないんだ。キスはしたかった。すべきじゃないのはわかってたが、それでも結局はした。それでおまえたち、何か困ることがあるかい？」

張りつめた沈黙ののち、ロブが小声で尋ねた。「母さんは？」

ディックスには、いつかはこの瞬間がくるのがわかっていた。遅かれ早かれ、彼の人生についに一人の女性が入りこんできたときに。クリスティがいなくなったあと、ディックスはもやもやとした苦しみを抱えてさまよいつづけ、妻を捜すのに忙しくて、息子たちに気持ちの整理をつけさせてやることができなかった。何週間かしてようやくまともに考えられるようになったとき、息子たちと母親のことを話しあわなければならないことに気づいた。そして、息子たちが自分を必要としているのと同じくらい、自分もまた彼らを必要としていることに気づいた。当時ディックスが息子たちに与えたのは、できるかぎりの正直さだった。その見返りとして、息子たちも自分たちの思いを率直に語るようになった。少なくとも、ディックスはそう信じてきた。そしてディックス自身は、子どもたちのために自分の苦しみを胸の奥深くに押しこみ、三人で少しずつその状態に慣れて、変えられない現実を受け入れてきた。いままで——ルースへのキスで、三人のあいだの暗黙の了解が破られるまでは。

ディックスは両手で息子たちの髪を撫でた。愛情と痛みと後ろめたさに襲われるのは、これまでと変わりがない。しかしいまは、そこにルースのことが加わっている。

ロブがくり返した。「母さんは?」

「わかってるよ、ロブ、わかってる。だが母さんがいなくなってもうすぐ三年になる」

ロブが言った。「ビリー・カルザースが、ほら、野球チームでぼくにピッチャーの座を奪われたやつだけど、あいつ、母さんはジムで出会った男と逃げたに決まってるって言いやがったんだ。ぼくはそんな話、信じないよ。でも、もしもそれがほんとうなら、いつか帰ってくるかもしれないだろ」

激しく生々しい怒りが、ディックスの腹の底から突きあげてきた。「そんなことじゃないのはわかってるだろう、ロブ」

ロブは涙を滲ませつつも、しっかりした声で言った。「うん、わかってる。ぼく、母さんはそんなことはしないって言ったんだ。それで喧嘩になったんだ」

レイフが言った。「トニー伯父さんは、母さんがひどい病気にかかってて、ぼくたちに死ぬところを見せたくなくて出てったんじゃないかって言ってた。でも、もしそうなら、なんでぼくたちに手紙で知らせてくれなかったのかな？」

「トニー伯父さんがそう言ったのか？　いつの話だ、レイフ？」

「三カ月くらい前」

ロブもうなずいた。「母さんは癌だったのかって訊いたら、伯父さんは、確かなことはわからないけど、とにかく治る見込みのない深刻な病気だったんだろうって言ってた」

二人はともかく母親が死んでいることを認めたくないのだ。その気持ちがディックスには痛いほどわかった。自身、何度となくそう思ってきたからだ。「いいか、おまえたちの母さんは、おれたちを置いて出ていくような人じゃない。絶対にだ。病気だろうとなんだろうと、何も告げずにいきなり消えるわけがないんだ。おまえたち、なんでいままでその話を父さんに黙ってたんだ？」

ロブは父親と目を合わせようとせず、ブルースターに視線を落としたまま、かぶりを振った。「ルースだよ、父さん。ルースのことがあるから話したんだ」

「わかってる。おれはしようと思ってたわけじゃないが、ルースにキスした。いつかは人生にも、自分自身の思いにも、前向きにならなきゃならない。それがおれたちみんなにとってたいへんなことだとしてもだ。母さんはきっとそれを望む。さっきのような話を聞いたら、自分たちだけの胸にしまっておかずに父さんに話してくれ。そんなことは、もうとっくにわかってくれてると思ってたよ」

ロブがささやくように言った。「父さんは母さんがもう死んだと思ってるんだよね。それ以外に、ぼくたちを残してこんなに長いあいだ帰ってこない理由は考えられないから」

玄関ホールが沈黙に包まれた。ディックスは息子たちを見つめた。最初からほんとうのことを語ってきたけれど、二人がそれを受け入れたがっていないのはわかっていた。そして、子どもたちが悲しむ姿を見たくないがために、無理に納得させようとはしなかった。だが、いま彼らのためになるのは明白な真実だけだ。ディックスは二人を自分から離し、目を見て言った。「もう一度言うぞ。おまえたちの母さんは、たとえ一日でもおれたちを置き去りにしていなくなるような人じゃない、それはわかるな。おれは毎日、彼女の身に何が起きたのかわかるように祈ってる。おれたちみんなが、それを知らなければならないからだ。これから先も、けっして捜すのはやめない。

父さんには母さんが死んでるのがわかるんだ、ロブ。頭でも心でもわかってる。母さんがいなくなってから——いや、もっとはっきり言おう。母さんが死んでから、おれはおまえたちに、自分の分だけじゃなくて母さんの分の愛情も注いでやろうとがんばった。たっぷりの愛情を注いだら、それが母さんのいる天国にも届くと信じて。たまに彼女がすぐそばにいるのを感じるし、これからだって、ずっとおれたちのそばにいてくれる。母さんに何があったのかを知る手がかりをさんざん捜しつづけてきたが、まだ何も見つかっていない。そのことは、言葉では言い表わせないほどすまないと思ってる。母さんの身には何か悪いことが起き、それをもっと早い段階でおまえたちに正直に話せればよかった。おれは間違ってた。おれたちがずっと真実から目をそむけようとしてきたことが、いまになってわかる。つらすぎたからだ。だが、もうそんなことはやめなきゃな。誰にとってもよくない。おまえたちはとても勇気がある。おれはおまえたちを誇りに思ってるよ」

ディックスは腰を起こし、ルースのほうを見て、ふたたび息子たちを見おろした。「おれがルースにキスするのを見て不安になったんだろう？　そうだろうな。正直に言わせてもらうと、父さんはルースが大好きだ。彼女がおれのことをどう思ってるかは知らないが、ルースは頭がよくてやさしいし、不良少年のおまえたちのことが気に入ってくれてる。しばらくこのまま見守ってくれないか？　とりあえず、それでいいかな？」

「ルースは母さんじゃないよ」レイフが言った。

「もちろんさ。ルースは母さんとはまったく違う。おまえたちの母さんから何かを奪うわけじゃないし、母さんがおれたちにとって特別な存在であることに変わりはないんだ。わかったか？」

少年たちは押し黙っていた。

「実際は、ルースにはおまえたちの母さんにそっくりなところもある。タフで、どんなときでも明るく元気なところだ」ディックスはブルースターをレイフに渡した。「勉強はあとでいい。さあ、食事ができたとおれが呼ぶまで、ドーベルマンを散歩させてきてくれ」

ディックスとルースが見守るなか、二人はスニーカーからブーツにはきかえ、上着と手袋を身につけると、外に出ていった。玄関の扉がバタンと閉まった。二人にとってはいつものことだった。ブルースターを大声でどなりつける声もいつもと変わりがない。ディックスはルースを見た。「そのきれいな革のジャケットを、スポンジで洗ってみたらどうかな？」

ルースは困惑顔でディックスを見つめた。「わたしって、ほんとにタフなの？」

「たぶん。だが、きみと一緒に暗い路地に迷いこむのも悪くないな」ディックスは笑った。「ジャケットのほうが終わったら、手伝ってくれないか。手早くサラダでもつくって、冷凍ピザからおれたちを救ってくれ」

31

ワシントンDC
金曜日の晩

サビッチの携帯が『ボレロ』の出だしのメロディーを奏でたのは、夜の九時十五分だった。ショーンを寝かしつけていたサビッチは、仔犬の世話をするというのはどういうことなのかをもう一度話して聞かせ、おやすみのキスをすると、廊下に出た。

「サビッチ」

「サビッチ、クインランだ。さっき〈ボーノミクラブ〉で爆発があった。原因はボイラーかもしれないが、まだはっきりしない。煙がすごくて、負傷者もいる。混乱状態でさらに負傷者が増えそうだ」

「ミズ・リリーは無事か？」

「ああ、だがジャズのレコードが全部焼けてしまうと言って大騒ぎさ。マービンとファズのことはまだ確認できてない」

「彼女を店に入れないようにしろよ、クインラン。すぐに行く」

サビッチは必死に心を鎮めようとした。あらためてショーンの部屋をのぞいてみると、息子はお気に入りの毛布にくるまれ、横にはロボコップが寝ている。足早に部屋に入り、もう一度息子にキスをした。

ショーンは眠ったまま小さく鼻を鳴らした。

グラシエラとシャーロックは、キッチンでポップコーンを食べながらダイエット・ドクターペッパーを飲んでいた。サビッチを見るなり、シャーロックが立ちあがった。「何かあったの、ディロン?」

「ジェームズ・クインランが〈ボーノミクラブ〉から電話してきた。爆発事故だそうだ。ボイラーの破裂かもしれないが、まだわからないし、怪我人も出てる。大混乱になってて、ミズ・リリーは無事だが、逆上してるらしい。おれも行って手伝ってくるよ」

「わかってるんでしょ、ディロン、ボイラーじゃないかもしれない。モージズ・グレースのしわざかも」

「だとしても同じことさ。あそこにはおれたちの友だちがいる」

「だったら二人で行きましょ。それならおたがいに目を光らせられるわ。グラシエラ、帰りは何時になるかわからないから」

二人は、「気をつけて！」というグラシエラの元気な声に見送られて家をあとにした。

ヒュートン・ストリートから二ブロックの地点まで来ると、サイレンの音が聞こえてきた。五年前までは〝辺境《ボーダー》〟と呼ばれていた界隈だが、ここのところ高級住宅街に様変わりしつつある。

点滅する非常灯がバットシグナルさながらにチカチカと空を照らし、何台もの消防車が通りに横向きになったり、歩道に乗りあげたりして停まっている。消防士がホースや斧《おの》を手にクラブへ向かって走っていくのが見えた。報道車が一台けたたましくタイヤをきしらせ、多忙をきわめる警官たちに追い払われずにすむのを期待しながら、パトカーや消防車のそばに急停車した。ヒュートン・ストリートは封鎖され、脇道も通行止めになっている。最前列の警官たちが、押しよせる野次馬やレポーター、カメラマンを制止し、その後ろでは、クラブから続々と出てくる客たちをほかの警官たちが誘導していた。黒く汚れた客たちはよろめきながら咳をし、恋人や妻などの名前を大声で呼んでいる。レポーターたちはあわよくば深夜ニュースで出番を得ようと、通りかかる人の鼻先にマイクを突きつけては、嬉々として事故に関する質問を浴びせかけた。現場にはゆうに百人を超える人びとがひしめきあい、その多くは金曜日の晩をクラブで過ごすのにふさわしい服装をしていた。また、事故を見物しようと、あるいは手伝おうと集まってきた人たちもかなりの数にのぼった。サビッチはクラブの真正面にポルシェを停めた。そこは六人の警官があらかじめ空けておいた駐車スペースで、本来は警察の本部長や、黒人が住民の大半を占めるこの地域への関心と同情を示すチャンスとばかりにいち早く連絡してきた政治家のために確保されていたのだろう。警官たちから移動しろとどなられる前に、サビッチは車から飛びおりてバッジを振りかざした。「ディロン・サビッチ捜査官だ。何があった?」

グリーンバーグ巡査が、警官たちのあいだをすり抜けてきたレポーターに肉付きのいい拳を向けながら、息をはずませて答えた。「クラブのなかで爆発がありました。たいした爆発じゃなさそうですが、真っ黒い煙がもくもくと出て、そのせいでパニックに拍車がかかりましてね。こういうクラブから客がいっせいに外に出ようとするとどうなるか、おわかりでしょう。いまのところ怪我人の数は十二人かそこらです。ほぼ全員外に避難しましたが、まだ消火作業が続いてて、有毒な煙に巻かれて逃げ遅れた人がいないかどうか確認中です。おい、あそこでマイクを持ってるやつを追い返せ! すみません。しばらく時間がかかりそうですが、なんとかおさめます、サビッチ捜査官。いまもまだそうとうひどいありさまですが、あと十分早くいらしたら、こんなもんじゃなかったんですよ。おい、下がってろ!」巡査は、サビッチの姿を見つけて近づいてこようとした三人のレポーターをどなりつけた。

「うるさいサメどもだ」レポーターたちのフラッシュが炸裂すると、巡査は言った。「きっとニュースに出ますよ、サビッチ捜査官。あなたは有名人ですからね。ミルブレイ刑事と話をされたらどうですか。フォートノイ刑事と組んでこの現場を担当してます。ご案内しますよ。一人じゃ絶対に見つけられませんからね」

「サビッチ!」

ジェームズ・クインランが駆け寄ってきて腕をつかんだ。煤だらけになり、スーツの上着は破れ、まぶたに小さな傷ができている。「すぐに駆けつけてくれてよかったよ。さっきは驚かせたが、当初思ったほどの大爆発じゃなかった。煙だけはすごかったけどな。爆発音がかなり大きくて、建物全体が揺れてさ。ミズ・リリーは無事だが、例の調子でクラブも自分の白いドレスも台無しだとまくしたててるよ。バーテンダーのファズも元気だが、客を外へ誘導するのを手伝ってて少し煙を吸ったらしい。用心棒のマービンは救急車で運ばれた。外に出ようとしてパニックを起こしたんだろう。救急隊員によると心配いらないそうだ」

「ミズ・リリーはどこだ?」

「消防士と一緒に箱を運びだしてた。たぶんレコードや帳簿だろう。あ、いた、いた。あっちで消防士たちに何やら指図してる」クインランがにやりと笑うと、煤で真っ黒になった顔に歯だけがことさらに白く浮いて見えた。

一見しただけではミズ・リリーとわからなかった。美しい白いサテンのドレスが見る影もない。それでも彼女が大声でわめいているのを見て、心から安堵した。サビッチはグリーンバーグ巡査に手を振った。「少し待っててくれ。すぐに戻る」

サビッチはシャーロックの両手をつかんで、声が届くようにそばに引き寄せた。「きみは動きまわらずに、モージズとクラウディアがいないか見張っててくれ。二人とも過敏になりすぎてるかもしれないが、予感が的中しないともかぎらない。念のためきみのまわりに警官を三人ほど配置してくれるように刑事に頼んでみる。もしモージズとクラウディアを見つけたら、とにかく大声で叫ぶんだぞ、いいな？」

シャーロックはうなずいた。人だかりをかき分けて進む必要がなければ、踏みつけにされる心配をしなくていい。サビッチが立ち去ると、シャーロックはポルシェの運転席側にもたれ、シグを握った手を脇に垂らして、押しあいへしあいしている群衆に目を凝らした。クラブの客や警官、消防士でごった返すなか、グリーンバーグ巡査がディロンとジェームズ・クインランを先導している。その先にはがっしりした体つきの男が一人いて、混沌に背を向けながら、大きな手のなかにある装置らしきものを見つめていた。男はウールのロングコートを着て、ロシアの大きな毛皮の帽子をかぶっていた。

サビッチはミルブレイ刑事の肩を軽く叩いた。とっさにふり向いた刑事は、サビッチの顔を見てはっとすると、しげしげとバッジを見つめ、かすかにとまどいの表情を浮かべながら言った。「ああ、あなたですか、サビッチ捜査官。たしかベン・レイバンが捜査でご一緒しましたね？　彼もそのへんにいるはずです。やつのガールフレンド、例の〈ポスト〉の記者ですが、彼女がみんなにうるさくつきまとってましてね。でもまあ、彼女も体を張って椅子の下から人を助けだしてくれましたが。自分はラルフ・ミルブレイです」

サビッチはミルブレイ刑事にジェームズ・クインランを紹介した。「クインランはＦＢＩ捜査官というだけでなく、週に一度、ここでサクソフォンを吹いてます」

「意外な取りあわせですね、クインラン捜査官」

サビッチはさっそく本題に入った。「あなたの部下を二、三人、あそこの歩道の脇に停めたポルシェにもたれて立っている赤毛の女性の警護につけてもらえませんか。ぜひともお願いしたい。理由はあとで説明します」

ミルブレイ刑事はクインランとサビッチの目の前でさっそく警官を四人呼び集めると、シャーロックのまわりに配置した。

「助かります、刑事。それはなんですか？」

ミルブレイ刑事は手にしていた装置をサビッチに渡した。「見てください、この何の変哲もないちっぽけな装置を。携帯電話の部品なんですが、これが手製の起爆装置として使われてました。ご存じかもしれないが、中東ではかなり一般的な装置です。爆発の被害はそれほどでもなかったんだが、すさまじい轟音がして黒い煙が大量に吐きだされたもんだから、みんなが恐ろしさに震えあがりました。わざわざ爆弾をつくって投げこんだやつは、もっと爆薬の量を多くすることもできたはずなんですが、実際は客が出口に殺到する程度の量だったんです。まるで、たちの悪いいやがらせで、クラブを廃業させるためにやったような感じですね」

「目的は店をつぶすことじゃありませんよ、刑事」サビッチが言った。「クインラン捜査官から電話をもらったとき、モージズ・グレースを疑いました。やつは、わたしがたまにここで演奏していることも、ミズ・リリーと友人だということも知っている。シャーロック捜査官の警護をお願いしたのはそのためです。彼女はわたしの妻です」

ミルブレイ刑事は凍りついたようになった。「つまり、ワシントンじゅうの警官が追っている、あの頭のおかしな老人のことですか？　それとあの小娘？」

サビッチはうなずいた。

ミルブレイ刑事は大声で巡査部長を呼び、しばらくその場を離れた。戻ってくると、サビッチに告げた。「犯人がまだ近くにいるかもしれないと全員に伝えるよう、巡査部長に指示しました。容疑者のこともです。だが、そいつがこの店を知ってて、しかも店のオーナーとあなたが親しいことを知ってるんなら、なぜこんなしょぼい爆弾を投げこんだんだか。なぜもっと大惨事を引き起こさなかったんだろう？」

もう一人の私服刑事がやってきた。「ジム・フォートノイ刑事です。警官をもっと出動させるよう要請しました。二人を徹底的に捜索します」

サビッチはうなずき、ミルブレイ刑事のほうへ向きなおった。「さっきの質問ですが――」

そのとき、シャーロックの大声が聞こえた。シグを上に向け、サビッチの右肩の後方に狙いを定めている。シャーロックが叫んだ。「ディロン、伏せて！」

シャーロックはサビッチのほうへ走りながら弾を二発放った。あとに続いた四人の警官も銃を抜き、二階建ての建物めがけて撃っている。

しかしサビッチは背後の建物をふり返らずに、自分のポルシェを見ていた。モージズが〈フーターズ・モーテル〉にしかけた爆弾のことが頭にあった。十数人がポルシェの周囲をうろついており、自分の名前がわかるのと同じくらいはっきりとモージズの狙いがわかった。サビッチは両手を口にあてて、声をかぎりに叫んだ。「逃げろ！　ポルシェから離れるんだ！　爆弾だ！　逃げろ！」

わけのわからないまま、フォートノイとミルブレイも一緒になって叫んだ。

一人として躊躇する者はいなかった。クラブで味わった恐怖が生々しいために、蜘蛛《くも》の子を散らしたようにあちこちに散った。

ミルブレイ刑事はサビッチの腕をつかんだ。「なぜあそこに爆弾がしかけられてると思うんです？　奥さんと警官はあのビルめがけて撃っていた。何がどうなってるんです、サビッチ捜査官？」

そのとき轟音とともにサビッチのポルシェが爆発し、炎に包まれた。すさまじい衝撃とともに、熱波がまわりの空気を吸いつくす。車のそばにいた十数人が爆風の煽《あお》りを受けて車道に叩きつけられ、あるいはほかの人の上に押し倒された。人びとの悲鳴とともに、身を伏せてじっとしていろと叫ぶ警官の声が聞こえる。サビッチは五、六人の警官に囲まれて、倒れた人たちに駆け寄った。歩道に横たわりじっと動かない若い女性の前にひざまずき、首筋に指をあてて脈を探った。よかった、生きている。大声で救急隊員を呼んだ。不気味な静寂のあと、消防士たちが燃えさかるポルシェに向かって勢いよく駆けだした。数人が消火ホースを引き、残る消防士たちは人びとを安全な場所へ誘導し、歩けない者を運んだ。

悪夢のような光景だった。悲鳴、うめき声、すすり泣き、うなりをあげて夜空に噴きあげるオレンジ色の炎、恐怖とパニックをおさめようとする声。

サビッチはあたりを見まわしながら大声でシャーロックの名を呼んだ。走ってくるシャーロックが上を見あげてシグを発射したほんの一瞬しか、妻の姿を見ていない。と、シャーロックが目に入った。ウールの帽子は脱げ、肩まで垂れた髪が、この世のものとは思えないオレンジ色の炎を背景にして、燃えあがっているようだった。

そしていま、妻が目の前に立った。顔は煤けて黒くなり、厚いコートは破れている。「二階の窓から、あの男の顔が見えたような気がしたの。彼はあなたを狙ってたわ。警官が何人かあの家を見にいってる」シャーロックはサビッチをしっかりと抱き寄せ、体じゅうをまさぐった。「あなた、大丈夫？」

サビッチは彼女の髪に顔をうずめたまま、うなずいた。

シャーロックが身を引いて、サビッチの顔を見た。「あの男はあなたのポルシェを爆破し、わたしまであの世へ送ろうとしたわ。あそこの窓から爆破のスイッチを押したのかしら？」

「答えはすぐにわかる」サビッチはしばらく口が利けなかった。まさに間一髪だった。「きみがあの窓の人影に気づいてくれて、どれだけ感謝してるかわかるか？　おかげできみの命が助かった」案外冷静に話せるじゃないか。サビッチは思いながら、世界でいちばん大切な人を見おろした。

シャーロックはこちらを見あげて、ほほ笑んだ。汚れていても、美しい。「車に爆弾がしかけられているのがよくわかったわね。ところで、モージズはどこかしら？」

「ミルブレイとフォートノイの指示で、ワシントンの警官の半分がやつを追ってるよ」

十五分ほどすると、ようやく混乱が鎮まり、人びとは家族や恋人の無事が確認できるにつれて平静を取り戻した。大半は命があることに感謝しながら、そしてまた爆発が起きることを恐れて、その場を去っていった。救急隊員たちが人の群れから群れへと移動し、待機している救急車に怪我人を導いている。あちこちにテレビカメラがあり、爆発が起きたあとの壮絶な現場を早くも中継しだしていた。

「サビッチ！」

顔を上げると、こちらへ向かって走ってくるベン・レイバンと、コートの裾をはためかせながらそのあとを駆けてくるキャリー・マーカムの姿が見えた。「シャーロックもいる。二人とも無事だ」

ベンは肩で息をし、顔から汗をしたたらせていた。「そうか、よかった。ひどい状況だな。

おれもいま、内臓に損傷を受けたと思われる男を一人救急車に乗せたところだ。見物にきていた子どもが一人、頭を金属片でやられたが、たぶん大丈夫だろう。ああサビッチ、あんたのポルシェが。あの美しいポルシェが」

「なんだか、たったいま親友を亡くしたみたいな言い方ね」キャリーはベンの腕をこづいた。「しっかりしてよ、ベン、たかが車一台じゃないの。大事なのは、ディロンとシャーロックが無事だったことなんだから。こんなのを間近で見るのははじめてだけど、警官がうまくさばいてくれてるわ。ほんと、たいしたもんよ」

「おれは結局、一度も運転できなかった」

サビッチが言った。「モージズ・グレースとクラウディアがまだ近くにいる可能性もなくはないが、どうだろう。さすがにリスクが高いからな。やつはポルシェに爆弾をしかけられるくらい近くにいて、あの窓のところにいたのをシャーロックに目撃された。一瞬の隙を狙って車に爆弾を落とし、そのあと立ち去ったはずだ。これだけごった返してると、それほどむずかしいことじゃない。おれが車に戻るのを待ってたんだろうが、その前にシャーロックが気づいてくれた」冷たい衝撃がふたたび腹部を襲った。シャーロックを見つめて引き寄せ、妻の息が止まるほど強く抱きしめた。シャーロックのコートはまだ温かく、髪についた煙のにおいが鼻をついた。

「わたしは大丈夫よ」シャーロックはささやいた。「ほら、大丈夫だから」サビッチに身をあずけて、両手で背中をさすっている。

「おれがばかだった。ここへ来たのが間違いだった。きみの言うとおり、罠だったんだ。あのときモージズを見つけて、車から離れなければ、きみは命を失ってた。きみも、あの警官たちも」

ベンとキャリーが顔を見あわせた。キャリーがテープレコーダーを取りだし、小声で録音をはじめた。

「キャリー、悪いがここだけの話にしてくれ」サビッチは言った。

キャリーがうなずいてスイッチを切った。

いまだくすぶっているポルシェの残骸を見やった。二十一歳の誕生日に父親から譲り受けて以来、サビッチの誇りであり喜びである車だった。それがたんなるねじくれた鉄と真っ黒な煙と化した。皿ぐらいの赤い鉄の塊が、歩道に引っかかるようにして転がっていた。

「ポルシェは残念だったわね、ディロン」

「何言ってるんだ」シャーロックを抱きよせると、右手に液体が触れ、心臓がどきりとした。

「シャーロック、どうしたんだ、いったい――」

「ああ、もう」シャーロックがつぶやき、唾を呑んだ。「まったくの無傷ってわけにはいかなかったみたい」

サビッチはシャーロックのコートをはぎ取った。右腕が血に染まっている。

妻を抱きあげて救急隊員のところへ運ぶと、隊員たちはドアを開け放した救急車のなかで医薬品を片付けていた。ジョン・エドセルという名の、二十五そこそこで、がっしりした長身の若い隊員が、すぐに対応してくれた。「あれ、どうしたんです？　おい、ガス、まだ仕事が残ってたぞ」ジョンが車輪つきの担架に寝かせろと身ぶりで示したので、サビッチはシャーロックの両脚を高く持ちあげた。

「やめて、ディロン。坐らせて。寝かせられるのだけはいや」

そこで担架の端に彼女を坐らせ、自分の体で支えながら救急隊員と話をした。

ジョンがうなずいた。「捜査官、少し離れてもらわないと。二歩下がってくれればいいんです。見せてください。こっちの腕に前に怪我したとおっしゃったんですね？」

サビッチはうなずいた。「ああ。数年前にぐずぐずしていてナイフで刺されたんだ」

「なぜぐずぐずしてたんですか？」ジョンはシャーロックに話しかけながら、セーターを切って傷を調べた。

彼が気を紛らわそうとしてくれているのはわかったものの、シャーロックはいきなり襲ってきた激痛に気を失いそうになった。すっかり忘れていたけれど、ハンマーで骨を叩かれるような痛みがある。いまという瞬間に意識を集中させようとした。「たぶん、運動不足で動きが鈍くなってたのよ。ディロンにすごく怒られて、怪我がよくなったとたんにジムでいじめられたわ。徹底的にしごかれたのよ。おかげですっかり鍛えあげられて、いまじゃ救急車だって持ちあげられるくらい。心配しないで、気絶なんかしないから」

「なるほど、あなたもFBIの捜査官なんですね。捜査官の人生って、じつに刺激的ですね。爆破されたのはおたくのポルシェだったんですか？　大丈夫、重傷じゃありません、捜査官。コートに救われましたね。腕にあたったものは、それほど高速で飛んできたわけじゃないんでしょう。二、三針縫わないといけないので、病院まで運ばせてもらいます」

ジョンはふと目を上げ、ひしゃげて煙に包まれている残骸を見やった。「ポルシェはほんとに残念でしたね。さあ横になってください、捜査官」シャーロックに手を貸して担架に横たわらせつつも、目をポルシェのなれの果てに注いだまま、首を振っていた。

32

ワシントンDC
金曜日の深夜

ベン・レイバンのクラウンビックで家まで送り届けられたのは、真夜中近い時刻だった。大量に痛み止めを飲まされて、右手を肩から吊ったシャーロックは、スター・ウォーズのテーマを口ずさんでいたけれど、頭が朦朧《もうろう》としているせいでスムーズに出てこなかった。ベンにおやすみのあいさつをし、サビッチに抱きあげられて家に入った。何があったかをグラシエラに説明したあと、サビッチに二階まで運ばれた。ベッドの脇に坐らされ、服を脱がされかけたとき、彼の携帯電話が鳴りだした。

シャーロックは鼻歌をやめて、ささやいた。「真夜中ね。十二時ぴったり。絶妙のタイミングでかけてくると思わない？」

サビッチがうなずいた。深呼吸して気持ちを鎮めようとしている。三度の呼び出し音のあと、サビッチはシャーロックにうなずきかけ、それを合図にシャーロックは、モージズ・グレースと接触中であることを伝えるため、固定電話でフーバー・ビルの番号を押した。

サビッチが話しだした。「派手にやってくれたな、モージズ」

「夜空が明るくなったろ？　おめえも、おめえの嫁もおったしな。いい気分だ。おめえにとってわしがどれだけ重要な存在かよくわかった。クラウディアとわしは、野蛮人どもがクラブからどっと流れだして、大声でわめきながら押しあいへしあいするのを見物して、盛りあがらせてもらったわ。人間ってのは浅ましいもんだ。礼儀だなんだ言っても、表向きばっかりだ。生きるか死ぬかってときには、善悪なんぞ吹っ飛んじまう。わしが〈ボーノミクラブ〉を選んだのはおめえのためだ。友だちがいっぱいいるとなりゃ、おめえだって指をくわえて見てられやせん。

案の定、おめえはピカピカの赤い車を飛ばしてやってきた。おめえが車から威勢よく飛びだすのを見て、クラウディアが舌なめずりしとったぞ」

老人はカーッと喉を鳴らし、しゃくりあげるような音をたててから、痰を飲んだ。サビッチには、老人が静脈の浮いた手で口をぬぐうさまが目に浮かぶようだった。「おい、おめえのご自慢の車は気の毒をしたな、ぼうず。あれが炎に包まれたときは、思わず涙がちょちょ切れちまった。

クラウディアは、おめえらとなじみになりすぎたんじゃないかと言っとる。そうだろ？

おめえの嫁さんが、窓辺にいるわしを見つけおった。いきなり大声をあげて撃ってきたときは肝を冷やしたぞ。もうちょっとでやられかけたがな、すんでのところでクラウディアが後ろへ引っぱってくれた」老人はため息をついた。「それからどうなったかは、まあ想像してくれ。

爆発したとき、おめえのかわいい嫁がポルシェにへばりついとらんで、クラウディアががっかりしとるぞ。あの女が車の破片と一緒に宙にぶっ飛ぶのを見たがっとった」

だがおまえは年寄りだ、モージズ。ひどい病気で体が弱ってるせいで、腕が鈍ったんだ。それに、知ってるか？ サビッチは侮蔑的な言葉を吐いた。「ああ、また失敗だったな。モーテルのときと同じだ。

「はぁ？ そりゃなんの話だ、ぼうず？ おまえは嘘つきだ。情けない、ひねくれた大嘘つきさ」

あれはおふざけで、本気でおめえの肉を骨から吹き飛ばそうと思っとったわけじゃないぞ——〈フーターズ〉のときはな。仮にそうなっとったら、そんときは、そこで楽しみが終わっただけのこった。わしが嘘つきだってのは、どういう言い草だ？ わしは一度だって、おめえに嘘をついちゃおらんぞ」

「いや、おまえは嘘をついた。おれがある女に責め苦を与えて、泣きわめかせ、その女を殺したとまで言ったじゃないか。それは嘘だ。男だろうが女だろうが、おれは誰かを責め苛《さいな》んだり、殺したりしたことはない。そんなことをするのはおまえか、おまえと一緒にいるあのいかれたロリータくらいなもんだ。なんであんな作り話をしたんだ、モージズ？ あんまり自分が情けないもんだから、ホラ話をでっちあげて、いい気分になりたかったのか?」

痰が絡まり、老人の呼吸に苦しげな音が混じったかと思うと、いきなり声が炸裂した。

「ホラ話だと、この野郎! 血も涙もない仕打ちをしおって、わしは容赦せんぞ!」

サビッチは野太い声で威圧した。「おまえは嘘つきだ、モージズ。なぜ嘘をつく?」

「おめえは彼女が自由の身になるのを待って、殺しおった。絶対に後悔させてやる。いいか、おめえが死ぬまでには、女が誰かわからせてやる。死ぬ直前にな。これまでは面白半分だったが、それもこれまでよ。おめえのところへ行って、彼女と同じ苦しみを味わわせてやる。報いを受けりゃいいんだ」激しい咳の発作の途中で電話は切れた。

サビッチは携帯電話をシャツのポケットにすべりこませて、妻を見た。「溺れ死にそうな声だったよ。アーノルド捜査官にはきみが電話してくれたから、あとはおれのほうからミスター・メートランドに電話しておく。モージズの居場所がわかりしだい、充分な数の警官を派遣してもらおう。それが終わったら、服を脱がせるからな」

シャーロックは彼の頬に触れた。「よくやったわ、ディロン。話は充分に聞きだせたの?」

「ああ、必要なことは全部わかったと思うが、やつの言葉以外にも手がかりが見つかった。モージズは、おれがやつの知りあいの女を殺したと何度もくり返してる。考えてみろ、シャーロック。モージズは今夜、おれの車に爆弾をしかけた。しかも警官が何十人もうろうろしているまっただなかで。モーテルでも墓地でも〈デニーズ〉でも、あいつは近くにいたはずなのに誰にも目撃されてない。おれたちがこれまで出会ったなかで、そういうことをやってのけたのは誰だ？　人に自分が見せたいものを見せ、自分自身を含めて、目の前の現実から目をそらさせることができるのは誰だ？」

シャーロックはサビッチを見あげた。「タミー・タトルだけね」

「あたりだ。タミーはそんな術をやつに教わったのかもしれない」

「でも、彼女の捜査ファイルを見たけど、接点は見つからなかったわ」

「おれたちが間違ってたんだ」

シャーロックは立ちあがった。「アーノルド捜査官から折り返し電話がかかってくるから、そうしたら、あの壊れた年寄りを捕まえにいきましょう」サビッチの唇に指先をあてた。

「だめよ。服は脱がないし、言いあいもしない。わたしたちは一緒にこの事件を捜査してるの。大丈夫、卒倒したりしないから。なんなら、もう一曲歌ってあげてもいいのよ」


土曜日の午前十時半、サビッチが玄関のドアを開けると、腕にブルースターを抱いたルースがいて、その後ろではディクソン・ノーブルと息子たちがにこにこしていた。

「おっと、驚いたな。ルース、心配いらないとゆうべ言っただろう？　わざわざ来なくてよかったんだ。きみたちだって――」

「いいから、ディロン、黙っててください。心配で居ても立ってもいられなかったんです。

シャーロックはどこですか?」そう言うと、ルースはサビッチに抱きついた。あいだにはさまれたブルースターが、激しく吠えている。「テレビのニュースで見たんです、ディロン。中継されたあの恐ろしい光景。まるで地獄みたいでした。お願い、シャーロックは無事だと言ってください」

「大丈夫だ、元気にしてるよ」

「よかった。じっとしてられなかったんです。どうしても確かめたくて」

「言い換えると」ディックスが前に出て、サビッチと握手した。「ルースはきみが嘘をついてて、ほんとうは銃弾と焼けた鉄の破片を全身に浴びて病院のベッドに横たわっているかもしれないと思ったんだよ。

じつは、おれたちもルースと同じぐらい心配してた。ルースはきみならきっとしゃんとしてると信じてて、会ったとき、しゃきっとして笑顔を見せてくれなかったら、ガツンと一発食らわしてやると言ってた。あのポルシェ――ニュースでは、きみがクラブの前に車を停めるところも流れた。そこからいきなり大混乱の場面に切り替わって、炎上するポルシェが映しだされた。すさまじい光景だったよ」

「いいぞ、ブルースター、こっちへおいで」

「気をつけてくれよ、サビッチ。こいつがどんなか知ってるだろ?」ディックスが言った。

「ああ、気をつけるよ」サビッチはブルースターに顎を舐めさせてから、少し引き離すようにして抱きあげた。おしっこは引っかけられずにすんだ。

レイフが言った。「三十分くらい前に散歩したとこだから、タンクが空っぽなんだよ」

「こいつには予備のタンクがあるんだぞ」父親が言った。

レイフがサビッチに言った。「ロブがね、あんなポルシェに乗ってたら、どんな女の子でもものにできるだろうなって言ってたんだよ」

「そうとも」ディックスが言った。「でも、それももうおしまいだ。気の毒にな」

ショーンが母親を従えて玄関ホールに現われ、立ち止まってブルースターを見つめた。父親の顔を猛烈に舐めまくっているのを見て、にかっと笑った。

ルースは三角巾で吊られたシャーロックの腕を見た。「ああ、シャーロック、腕に怪我をしたってディロンに聞いてたけど、ほんのかすり傷だって言うから。いったい何があったの？」

シャーロックが答えた。「実際、たいしたことないのよ。飛んできた金属片がかすっただけなの。いらっしゃい、ロブ、レイフ、それにディックス。みんなに会えて嬉しい。さあ入って。ねえ、ディロン、早くブルースターをカーペットからどかして。おしっこしてるわ」

三十分後、大人四人はキッチンのテーブルでコーヒーや紅茶を飲みながら、ポトマック・ストリートに新しくできたパン屋〈スイートシングズ〉で買ったレーズン入りスコーンを食べていた。少年三人はすでにスコーンを半ダースほど平らげ、いまはグラシエラとブルースターとともにリビングにいる。ブルースターはときおり吠えながら、ショーンの手に頭をこすりつけていた。

グラシエラはソファでセーターを繕《つくろ》いながら、男の子たちと、それにこれまで見たなかでいちばんかわいらしい犬にほほ笑みかけていた。

ルースがサビッチに言った。「またあの男を引っかけたんですね。精神的に追いつめるために」

サビッチは肩をすくめた。「これまでやつの正体がまったくつかめなかった。おれが女を殺すはめになった事件など一つもない。だが、ゆうべあの爆発があって、モージズから電話があったあと、シャーロックとおれはついに手がかりをつかんだと確信した」

ルースはテーブルに肘をついて前のめりになった。

サビッチはシャーロックの目に何かを読み取ったらしく、すっと席を立ち、キッチンのカウンターから痛み止めを取ってきて、彼女の口もとに差し伸べた。シャーロックが薬を飲みこむと、また席につき、ティーカップを掲げてルースと乾杯した。「心の準備はいいかい？その女はタミー・タトルだ」

ルースが身をこわばらせて、ディックスに言った。「わたしが犯罪分析課に移る前の話だけど、彼女のことはいろいろと聞かされたわ。人に自分が見せたいものを見せる不思議な力を持ってるって」

「集団催眠か？」ディックスが片方の眉を吊りあげた。「ほんとに？　途方もない話だな」

サビッチがうなずいた。「そうだろ？　だが、二度も目の前に現われたにもかかわらず、彼女を追いつめるのは至難の業だった。ありがたいことに、タミー・タトルにも全員の目は欺けなかった。彼女が近づいてきたとき、どういうわけかおれだけはそれに気づいたんだ。モージズの発言で一つだけあたってることがある。おれはあと少しで彼女の腕を銃で吹き飛ばしかけた。タミーは狂暴な双子の弟トミーと一緒に、誘拐してきた十代の少年二人を殺そうとしてた。肩を撃つしかなかった。それで彼女は片腕を失い、怪我が治ると、タミーは病院を脱走しておれを追ってきた。たいへんな執念だった。そう、モージズと同じだ」

シャーロックが言った。「でも、ディロンは彼女を殺してないの。当時、ディロンの妹がうちに遊びに来てて、タミーはその妹を誘拐してメリーランド州のプラム川沿いに建つ納屋へ運んだわ。すべての発端となった場所よ。妹は身を守ろうと必死で、タミーを殺した。わたしたちが現地に到着したときには、何もかも終わってた」

「妹さんは」ディックスがサビッチに訊いた。「無事なのかい？」

「ああ、無事だ」

ルースはスコーンを齧って、幸せそうに味わった。「これをつくった人と結婚したい」

「アルトゥーロは一三〇キロの巨漢だぞ」サビッチが言った。

ルースはにやりとした。「じゃあ、その人もパーフェクトってわけじゃないんですね。それで、モージズ・グレースは何者なんですか？　タミー・タトルのおじいさん？」

「かもしれない。おもしろいことになってきたよ。モージズはタミーの双子の弟トミーについては何も言ってない。なぜだろうな」

シャーロックが言った。「わたしたちが知っている唯一の肉親といえば、トミーとタミーのいとこにあたるマリリン・ウォールシュキーよ。プラム川沿いにある納屋の所有者で、MAXはそれを手がかりにタトルきょうだいを見つけだしたの。マリリンはちょっと鈍くて人の言いなりになりやすいところがあるけれど、犯罪者ではないわ。たんにいとこたちに押さえつけられていただけなんでしょう。彼らに利用されて好きなように操られていたんだけど、それでも生き延びた。モージズ・グレースのことを何か知っているといいんだけど。彼の本名もわかるかもしれない」

サビッチが説明を引き継いだ。「トミーとタミーの両親について尋ねたとき、たしかマリリンは二人の母親は死んだと言ってた。二人の父親のことは知らなかった。いろんなことがありすぎたんで、当時はそれ以上深追いしなかったが、モージズ・グレースが彼らの祖父だとしたらつじつまが合う。凶暴さを引き継ぐのに、モージズならぴったりだ」

ディックスがサビッチに尋ねた。「ゆうべの電話のあと、モージズの居場所は突き止められなかったのかい？」

「今回も電話をかけてきた場所はわかった——前回とは別の〈デニーズ〉の駐車場で、ここから車で四十分ほどのバージニア州ジュニパーヴィルにある。彼もクラウディアも、よほど〈デニーズ〉が好きらしい。だが、こんどもまた電話を特定して信号を三角法で測定するのに手間取ったもんだから、パトカーが到着したころにはいなくなってた」

サビッチはさらにつけ加えた。「モージズは、携帯からかけた通話を逆探知するのにどれだけの時間がかかるか把握してる。使うのがいつも携帯なのは、警官が息せき切って駆けつけたころにはとっくに姿をくらましているという楽しみを味わえるからだろう」

「じゃあ、別の方法で彼を見つけなきゃならないんですね」ルースが言った。

「いくつか考えがある」サビッチはそう言っただけで、具体的な説明はしなかった。

シャーロックは夫の手をぎゅっと握りしめた。「ディロンは、デーン・カーバーにマリリン・ウォールシュキーを捜してもらってるの。最後に消息を聞いたときにはカリブ海にいたから、デーンは手はじめにカリブ海の島を全部あたってるわ。わたしたちの知らないなんらかの理由で身を隠していないかぎり、見つけるのにそう時間はかからないと思う」

「それともう一つ」紅茶をお代わりしながらサビッチが言った。「モージズと話していて気づいたんだ。やつは文法がめちゃくちゃなこともあれば、完璧なこともある。おれをおちょくって無学なふりをしてるのに、たまにうっかりしてふつうにしゃべってしまうんだろう。南部訛りも出たり出なかったり。小学校もまともに出ていないようなふりをしているが、とてもそうは思えない」

そのとき、レイフとロブがキッチンに入ってきた。二人のあいだにショーンが駆けこみ、グラシエラは子どもたちの後ろで誇らしげな親のように、にこにこしていた。ロブが言った。

「サビッチ捜査官、いまマリリン・ウォールシュキーって人のこと話してたよね。プラム川のそばに納屋を持ってて、いまその人を捜してるって。グラシエラに名前の綴りを教えてもらって、彼女のノートパソコンでグーグル検索してみたんだ。マリリン・ウォールシュキーっていう人が、メリーランド州サマーセットに一人いたよ。ベイラー・ストリート三十八番地。サマーセットの地図を呼びだしてみたら、プラム川から一五キロくらい北だった。その人の番号に電話してみてもよかったんだけど、グラシエラが先にあなたに伝えたほうがいいって言うから。あなたたちにも少し仕事を残しておいてあげてって」

サビッチは立ちあがって少年たちのところへ行き、二人を強く抱きしめた。グラシエラの笑い声を聞きながら、サビッチは言った。「きみたちが知っていることを、ショーンに残らず教えてやってくれ、いいね？」

ルースはディックスを見た。「あの子たちに筒抜けだったとしたら、とても秘密会議とは言えないわね。グラシエラに散歩に連れだしてもらったほうがいいかも。あの子たちが飛びつきそうないいエサがあるの。いい、シャーロック？」

十分後、グラシエラは三人の少年を連れてプロスペクト・ストリートのアイスクリーム屋へ向かった。

「よし」サビッチはまた腰をおろした。「マエストロの捜査の進み具合を教えてくれ」

「死体防腐処置剤の線はあきらめるしかありませんでした」ルースが言った。「購入者が特定できないんです。あの液体はどこででも手に入るし、ドラッグとして路上でも売買されてます。自殺目的で買う人もいれば、PCPがわりにマリファナと混ぜて使うばかもいます。BZガスのほうは、戦闘用の通常爆弾にこの手の物質が使われることはわかりましたが、誰でも買えるものです。ロブとレイフだってネットで注文できるんです。科学雑誌でMEDLINEについて調べたら、この薬品はある種の神経伝達物質に関する研究でふつうに用いられるもので、世界じゅうの何千という研究室に供給されているのがわかりました。死体防腐処置剤と同じで、マエストロでBZガスを買った人を絞りこむのは至難の業です。わたしが洞窟のなかでそのガスを吸ったとはかぎらないこともわかりました。接触しても影響が出るんです。ある程度の量が付着した何かに触れて、皮膚から吸収した可能性もあるってことです」

シャーロックが訊いた。「それで、あなたたち、これからどんなふうに進めるつもり？」

「まだ見つかってない連続殺人犯に関する証拠集めをはじめたところです。マエストロから半径八〇キロの範囲で過去五年間に行方不明になった人たちを調べたら、十九人いました」

「ずいぶんな人数ね。統計的にどうなのか調べてみた？」

ディックスがうなずいた。「ああ、バージニア州のおもな農村地帯の平均よりも一五パーセントほど高かった。行方不明者の大半は若い人で、そのうち何人かは家出の可能性もある。それと、ヘレン・ラファティが几帳面にも保管していたスケジュール表を入手して、行方不明者たちがいなくなった日付と、ゴードンが町の外に出かけた日付を照合してみた」

ルースが補う。「当然ながら、町の外といってもそう遠くじゃないし、べつに泊りがけの必要もありません。つまり、ゴードンは車でひょいと隣町あたりへ行って、目ぼしい相手を見つけて連れ去ることだってできたわけです」

ディックスが言った。「ところが調べてみると、ゴードンが町の外へ出かけた日と、ティーンエージャーあるいは二十代前半の女性が失踪した日が一致するケースが五、六件あった。もちろんただの偶然かもしれないが」

シャーロックは指先でトントンとテーブルを叩いた。「もしも殺人犯が人を連れ去るためにどこかの町へ行ったとすれば、目撃者がいてもおかしくないし、被害者と一緒にいるところを見ている人がいるかもしれない」

「そうなの」ルースが言った。「ディックスは今日、部下を何人かマエストロ周辺の町へ行かせて、地元の警察から話を聞かせてるわ。マエストロでこれまで起きた失踪事件やエリンの事件について、詳しい情報を入手してくれるといいんだけど。すべてを洗いなおして、もう一度家族に事情を聞いてみる必要がある」

「ゴードンだと思う?」シャーロックが訊いた。

ディックスが答えた。「そう判断するのはひどくつらいよ。なにしろ彼は妻の叔父だからね。だがヘレンが殺されたことによって、犯人は地元の人間で、しかも被害者全員と顔見知りだったことが明らかになった」

ルースが言った。「いくら身の潔白を主張しようと、エリンやヘレンのことでいくら涙を流そうと、彼女たちのいちばん近くにいたのはゴードンよ」

「いまのところ、まだ動かぬ証拠はないわけね」と、シャーロック。「ゴードンを告発したら、きっとへそを曲げるだろうし、あなたたちをあざ笑って、二度と口を利いてくれないかもよ」

「何か別のやり方を考えないとな」ディックスが言った。「物理的証拠——目撃者か」

サビッチが言った。「つまり、むかしながらの警察の捜査をしたいわけだな。こちらから人員を出して、きみがさっき言ったマエストロ周辺の町をしらみつぶしに調査させることはできるぞ。リッチモンド支局担当のビリー・ゲイナー特別捜査官に電話して、きみと協力して進めるよう頼んでみよう」

「ああ、そうしてくれると助かる」

グラシエラが少年たちを連れて戻ってきた。三人とも、三段重ねのアイスクリームを食べてご満悦のようすだった。そろそろ帰りじたくをする時間だとルースは思った。すっかり自分も一緒に行く気になっていたショーンを、十分かけてようやくなだめ、四人は家路についた。

33

メリーランド州サマーセット
土曜日の午後

よく晴れた寒い日だった。火曜日まで雪が降らないという予報が出ていたが、誰も信じていなかった。サビッチとシャーロックは午後三時ちょうどにメリーランド州サマーセットに到着し、その十分後にベイラー・ストリート三十八番地を見つけた。サビッチはシャーロックのボルボを運転し、平屋建てのトラクトハウス脇の狭い私道に入った。このあたりは、三十年前にサマーセットに統合された地区だ。

「彼女は、二年ちょっと前に二十三歳になったころからこの家を借りてる」サビッチはそう言うと、まばらに生えたブナの木になかばおおわれた小さな家を眺めた。「この家のオーナーは一流の木工家具職人で、彼女はその男のところで働いてるんだ」

サビッチは、かわいらしいパンジーの鉢植えに縁取られた玄関の、まだペンキを塗り替え

って《←》

しばらく待ったのち、玄関から引き返した。「ガレージを見てみよう。彼女は九六年型のカムリに乗ってる。車がなければ、留守なんだろう」

ガレージの電動式ドアには窓があったので、ドアを上げずにすんだ。カムリはなかった。

シャーロックは三角巾の上から腕を掻いた。「ちょっとどこかに出かけたのかも」

「ああ、その可能性はある。だが、マリリンがちょっとどこかに出かけたりするタイプだとは思えない。心当たりがあるから、あたってるかどうか確かめにいこう」

ほどなく、サビッチは穴ぼこだらけの二車線のアスファルト道路に出た。シャーロックは林立するカエデの木を見つめた。むきだしの枝が冷たい風に揺れている。「懐かしい風景ね。ねえ、わたしはあの納屋にまた行けることを喜んでるの。あそこですべてが終わったから」

サビッチは何年も前の午後の出来事を、まるで昨日のことのように思いだした。「おれたちにとって、あの日は勝利の日だった。彼らが誘拐したあの二人の少年たちにとっても」

シャーロックは淡々と言った。「モージズ・グレースの言うことには、正しいことと的外れなことが混在してるわ。いろんな情報を新聞で仕入れた証拠よね」

「ああ、そして残りを自分の想像で補った。おい、あれを見てみろ」

何十年も放置されていた古くてだだっ広い納屋は、もはや荒れはてた廃屋ではなかった。かつては無残に剝がれていた羽目板には明るい赤のペンキが塗られ、カエデの枝のあいだから差しこむ午後の太陽をはね返し、納屋の外に散乱していたごみや機械の部品はすっかりなくなっている。その代わりに、入口の二枚の大きなドアへと続く砂利道ができていた。

「とても同じ場所とは思えないわ。すべてマリリンがやったのかしら?」

「ほかに誰がやるんだ? 見ろ、片方のドアがつっかえ棒をして開けてある。彼女はここにいるんだ」サビッチは頬をゆるませながら巨大なドアを引き開けた。太陽の光が西から差しこんでいる。その光景にサビッチは目をみはった。かび臭い干草の山や錆びついた用具類、それに木の飼い葉桶をすべて処分するだけでも何日もかかっただろう。忘れもしない、床の中央にペンキで描かれていたあの黒い円はなくなっていた。むきだしの土だった床にはベニヤ板が敷かれている。壁には石膏ボードを張ってペンキを塗り、窓にはガラスを入れなおしてあった。古い納屋は屋外と同じような清々しい香りがして、そこにペンキやおがくず、壁紙の糊のにおいが重なる。

裏の馬具庫《タックルーム》のほうへまわってみると、落とし天井からぶら下がった新しい照明器具が、あたりに巨大な光の輪を放っていた。部屋の奥にある、ロフトへと続く階段は新しくなってペンキが塗られ、見るからに頑丈そうだった。

女性の鼻歌が聞こえてくると、サビッチは呼びかけた。「マリリン? きみなのか?」

鼻歌がぴたりとやんだ。ごくあたりまえの不安がかすかに混じった声がした。「誰なの?」

「FBI捜査官のディロン・サビッチとシャーロック捜査官だ。覚えてるか?」

ペンキだらけの古ぼけたジーンズに、〈PLUM RIVER〉の文字が入っただぶだぶのスウェットシャツを着て、ペンキが点々とはねたスニーカーをはいた若い娘が、手に刷毛《はけ》を持ったまま奥から大股で出てきた。二人の記憶にある、太っていて姿勢が悪い、乱れた糸のような髪に怯えた目をしたみじめな娘の姿はもはやなかった。目の前にいるのは、健康的で、目をきらきらと輝かせ、清潔な髪をポニーテールに結った若い娘だった。「サビッチさん？ ほんとうにあなたなの？ ああ、ほんとにそうだ！ それに、元気そうだね！」マリリンは彼の首にしがみつき、飛びついて両脚を腰に巻きつけた。それからわずかに体を反らせてにっこりほほ笑みかけた。「ああ、すてき。あたしがアルーバから翌日配達便で送った手紙のこと覚えてる？ あなたがタミーに殺されなくてよかったって書いたよね？」マリリンは身をかがめると、派手な音をたててサビッチに二度キスをした。「また会えるなんて思わなかった」

サビッチはそっと手首をつかんで、首に巻きついた両手を引きはがした。「マリリン」笑いながら言った。「歓迎してくれるのは嬉しいが、こちらはおれの妻、シャーロック捜査官だ。覚えてるだろう？ いまは手を吊っているが、そうじゃなかったら、ここへ来ておれからきみを引き離し、捜査に協力してくれたお礼にぎゅっと抱きしめるだろうな」

マリリンは彼の腕のなかで身をよじった。「こんにちは、シャーロック捜査官。なぜあなたはサビッチ捜査官じゃないの？」

シャーロックは、まだ夫の腰に両脚を巻きつけている娘に向かってにこやかに笑いかけた。「それはね、マリリン、すでにサビッチ捜査官は一人いるからよ。FBIのなかに一人いれば充分。それに、わたしの旧姓には、悪いやつらをびびらせる効果があるの」

「シャーロック」マリリンは、口のなかで何度もその名前をつぶやいた。「ああ、そっか」マリリンはポンと地面に飛びおりると、一歩下がって笑顔でサビッチを見あげた。「ほんとに久しぶりだね、サビッチさん」

「いろいろといい変化があったようだね」サビッチが言った。

マリリンはうなずいた。「二年前にボルチモアの〈建築用木材工芸センター〉で九カ月のコースを受講して、施工図面の描き方から、治具《じぐ》、型板、指物《さしもの》細工、機械加工までいろいろ勉強してね。そのあと、サマーセットに工房をもっているやさしいおじさんがいるっていう話を聞いたの。すごい人なんだよ。むかしながらの職人で、このあたりじゃ家具職人としてとっても有名なの。それで、どうにか頼みこんで雇ってもらったんだけど、名前はバズ・マーフィーさん。すごくいいおじさんで、知ってることをなんでも教えてくれる。いまではほとんどパートナーみたいなんだ。引退したらあたしに工房を譲ってくれることになってる」

マリリンは言葉を切った。「それに、おじさんね、あたしと結婚したいって——そうなると思う。

あたし、もう貧乏ったらしい娘じゃないんだよ、サビッチさん——もう前みたいじゃないの。それにもうデブじゃないし。ちゃんと運動してるし、フライドポテトだって週に二回にしてるんだから」マリリンは特大のスウェットシャツをまくりあげて腹を出し、くるりとまわって見せた。

シャーロックは声をあげて笑った。「すてきよマリリン、すてきすぎて、夫から遠ざけておきたいくらい」そう言って片手で追い払うしぐさをした。「それにしてもかなりの大仕事ね――よくここまでやったわ」

マリリンは二人に笑顔を見せた。「ね、すごいでしょう？　何カ月も何カ月もかかったんだよ。何かをしなきゃいけないけど一人じゃとても無理ってときには、その仕事が得意な人を見つけるの。自分も技術を身につけてると、誰かと技術を交換できるからすごく便利。そうやって自分のビジネスをつくってくんだよね」

マリリンは、一カ所にまとめて置かれた四脚のマホガニーの椅子を指し示した。「バズと一緒につくった椅子だよ。あたし、チッペンデール様式の家具が大好きなの」マリリンは踊りださんばかりに興奮していた。

「あれは十八世紀後半の英国風のデザイン。あの凝った透かし彫りの背板を見て――あそこは神経を集中させてそっとやらないといけないの――それにあのボールアンドクロウ（球をつかんだ鳥の鉤爪の形をした家具の足）、ああいうふうにきれいに仕上げるのはたいへんなんだよ」

「立派なものね」シャーロックが言った。「とても精巧にできてる」

「背板はバズが手伝ってくれたけど、最後の二脚はあたしが一人でつくったんだ。でも、どれが自力でつくったものかわかんないでしょう?」

サビッチは椅子を一つ一つ見て、一脚の椅子の背板の繊細な模様を手でなぞり、マリリンに笑いかけた。「ああ、わからないよ。ほんとうに腕がいいんだな、マリリン」

「ありがとう。古い馬具庫《タックルーム》の改装は終わったの。あそこをあたしのオフィスにして、むかしの干草用ロフトを住居部分にするつもり。あと二カ月くらいで完成すると思うから、そうしたらここへ引っ越すの。

バズの工房も家も買い取らないことにしようと思って。必要なのは彼の道具や器材と顧客だけだから。でも、まだ彼には話してない。だって、彼にとっては三十年間も慣れ親しんだ工房だもんね。だけどあたしの工房はここ。必要な作業スペースは充分にあるから。それに光も。あのすばらしい光を見て!」

サビッチには、マリリンがどれだけ変わったかがよくわかった。外見ばかりでなく、あのころ彼女につきまとっていた絶望的な雰囲気、それに恐れ――そうしたものが跡形もなく消えていた。彼女はもはや、タトルきょうだいにいたぶられて恐怖に怯える少女ではない。力強い娘に生まれ変わったのだ。

サビッチはマリリンの手を取り、ふたたび恐怖を与えてしまうと知りながらも、やむをえず切りだした。「必要以上に怖い思いをさせたくないんだが、きみに協力してもらいたいことがある。タミーに関することなんだ」

マリリンの手がビクッとするのを感じ、サビッチはその手を握りしめた。一瞬、彼女の顔に動揺が走った。

「大丈夫だ。もちろんタミーもトミーもとっくに死んでる。訊きたいのは、あの二人とつながりのある人物のことだ。いまタミーのことを知ってる老人を捜してるんだが、彼女の祖父かもしれない」

「でも、なんで？　二人とも死んだんでしょう？　タミーはほんとに死んだんだよね？」

「もちろんタミーは死んだ。だが危険な老人がうろついてる。タミーと同じくらい異常で狂暴なやつだ。そいつはタミーの復讐のためにおれの命を狙ってて、シャーロックにまで危害を加えようとしてる。助けてくれないか、マリリン。やつが何者なのか教えてもらいたい」

「モージズ・グレースのこと？」マリリンはささやいた。顔は青ざめ、目にはかつての恐怖が戻っていた。「みんなが噂してるあの老人のこと？　それと、一緒にいるっていう若い女の子？　クラウディア？」

サビッチはうなずいた。

「どうしよう、彼はここを知ってると思う？」

サビッチは冷静に答えた。「いや、知ってる理由がないよ。この納屋の場所についてはどの新聞記事にも書かれてないからね。マリリン、もしもやつがなんらかの方法でこの場所を突き止めていたとしたら、とっくに来てるはずだ。やつは知らない。それは確かだ」

「うん、それならよかった。モージズ・グレースがタミーのおじいさんだと思うんだね？」

「ああ、その可能性が高い。父親にしては年をとりすぎてる」

「あんなやつに殺されないでね、サビッチさん」マリリンは三角巾で吊ったシャーロックの腕を顎で指した。「あいつにやられたの？」

「ああ、やつのしわざだ」

「タミーの父親じゃないっていうのはあたってる。父親は、彼女とトミーがまだ小さいときにいなくなったから」

「そうか。きみのお母さんとタミーの母親は姉妹か、片親の違う姉妹だと言ってたね。ほかの親戚について覚えていることを話してくれないか、マリリン——名前とか、住んでいる場所とか、そのほかなんでも」

「あの人たちのことを話すのはつらいけど、やってみる」マリリンは、あらためてマホガニーの椅子のほうを手で示した。「どうぞ坐って。うん、これでいい」口をつぐみ、両脚をまっすぐ前に伸ばして、ジーンズのポケットに手を突っこんだ。

それからようやく、意思に反して言葉を引きずりだすように、ゆっくりと語りだした。

「カンザス州ダルトンだよ、あたしがママに育てられたのは。タミーとトミーは母親と一緒にルーカス・シティに住んでた。あたしの家から二五キロくらい離れた小さな農業の町。物心ついたころから、どっちの家にも父親はいなかった。でも結婚してたのは確かなんだよね。タミーの母親はコーディ叔母さん。コーデリア・タトルっていった。タトルっていうのは旦那さんの名字だけど、さっきも言ったように彼はもうとっくにいなくなってた。あたしの父親の名字はウォールシュキーだから、ママはマーバ・ウォールシュキー。父さんはあたしが生まれる前に出てたって。

ママはいつも、コーディのおつむはキノコ並みなのに、マムシ以上に卑劣だって言ってた。トミーとタミーをごらん、まるでコピーしたみたいに母親とそっくりだって。あたしがあの二人に殴られるたびにママは言ったわ、命があるうちはまだ大丈夫、もっと強くならなきゃだめよって。

あの子たちが来ると、あたしは隠れた」マリリンはふと黙りこみ、顔をゆがめた。「だけどいつも見つかっちゃって、さんざんぶたれた。ママには意気地なしって言われてた」

「ほかのおじさんやおばさんのことを覚えてるか？」

マリリンはかぶりを振った。「ママは何も話してくれなかった。コーディ叔母さんからも聞いたことはなかった」

「きみのお母さんもタミーの母親も亡くなったんだね、マリリン？」

マリリンが急にパッと目を見ひらいた。「そうだよ、サビッチさん、二人ともあたしたちがまだ十代のころに死んだの。トミーとタミーに連れ去られて、なんでも言うとおりにしないとヘビがいっぱいいる穴に放りこんでやるって言われたのはあのときだった」

「お母さんたちはどんなふうに亡くなったんだい?」

「トミーが言うには、二人はあるおばあさんの家に押し入って生活保護費を奪おうとしたんだけど、その人はお金の保管場所を教えようとしなかったの。近所の人がおばあさんの悲鳴を聞きつけて警察に通報して、ママたちはその家から逃げだしたけど、追ってきた警官の一人に車の後ろのタイヤを撃たれた。ママはまともに運転できなくなって木に激突して、二人とも死んじゃった」

シャーロックは、込みあげる嫌悪感を抑えつけた。マリリンの語り口はあまりにも淡々としている。ディロンも顔色一つ変えずに聞いているが、濃い色の瞳がさらに濃くなり、厳しさを増していた。「お母さんの旧姓を思いだしてくれ」

「ママは、マーバ・ギリアムっていう名前だった」

「コーディ叔母さんのほうも同じ名字か?」

「コーディ叔母さん――そう、ギリアム。二人は実の姉妹だから」

「よし、いいぞ。ということは彼女はコーデリア・ギリアムだな。きみのおじいさんやおばあさんが訪ねてきたことは?」

マリリンはふたたび目を閉じた。「おばあちゃんのことは記憶にない。でもおじいちゃんのほうは――うん、覚えてる。泊まるのはうちじゃなくて、いつもコーディ叔母さんのとこだった。たしかあたしが六歳のときにうちに来たことがあったけど、いきなり出てったから、何かあったんだろうね。逃げださなきゃいけないような悪いことをしたのかも。すごくいやな感じの人だったんだよ、サビッチさん、コーディ叔母さんやトミーとタミーに負けないくらい。よくタミーの頭のてっぺんを殴ったあとで、彼女を抱いて髪を撫でてた。あたし、死ぬほどぞっとした。いまになって思うと、変だよね。タミーを抱いたときに、いつもいけないことをしてた」

「それ以来、彼に会ったことは？」

「ママが死んだあと、ある晩すごく遅い時間にトミーとタミーの家を訪ねてきたの。あたしたちは荷造りをしてた。ソーシャルワーカーが来ないうちに急いで逃げださなきゃいけなかったから。おじいちゃんはタミーの手にお札をたくさん握らせて、彼女にキスしたの。キスするとき口を開いてた。それから彼女の顔をそっと撫でて出てった。タミーがあとを追いかけて走ってったのを覚えてる。彼女は一時間くらい戻ってこなかった」マリリンはサビッチの顔を見た。「もう何年もそのことを考えたことがなかった。ほんとうに気づかなかったの……でも、たぶんタミーはそのとき十五歳だった。おじいちゃん、タミーとセックスしてたんだと思う？」

「深く考えないほうがいい、マリリン。彼のファーストネームを聞いたことは？」

「ママもコーディ叔母さんも〝パパ〟って呼んでた。おじいちゃんがタミーに、〝マルコム〟

と呼べって言ってるのを聞いたことがある。だからきっと、マルコム・ギリアムっていうんだと思う。ねえ、いま思いだしたけど、おじいちゃんはハンサムだった。すごく整った顔をしてた、年寄りだけどね。

それから半年くらいたったころ、トミーとタミーがおじいちゃんのことを話してたのを覚えてる。タミーはあたしの鼻先で葉書をヒラヒラさせて、あたしのおじいちゃんからよって言ったの。あたしのおじいちゃんでもあるのよって言うと、タミーは笑って、あんたはあたしほどおじいちゃんのこと知らないじゃないって言った。わざわざモントリオールから葉書をくれたって自慢してた」

「彼がなぜきみたちの住所を知ってたのかわかるかい？」

「わからない。二人はそのことは何も言ってなかった」

「ほかにも葉書や手紙は来たのか？」

「うん、何通か。三、四年くらいのあいだは、お札が何枚か入った手紙が送られてきてたけど、そのうち来なくなったの」

サビッチは身をかがめて彼女の手をやさしく撫でた。「とても参考になったよ。ありがとう」

マリリンは自分の新しい家を自慢したくてたまらなそうだったので、サビッチとシャーロックは一緒にソーダを飲み、彼女の好物のお菓子〝フィグ・ニュートンズ〟を二、三枚食べた。美しい椅子に合わせて目下製作中のテーブルを見せられた。シャーロックのボルボが停めてある場所まで見送りに来たマリリンは、最後にサビッチに言った。「ポルシェは残念だったね、サビッチさん。爆発するところをテレビで見たよ。それでこんなつまんない車を運転しなきゃならなくなったんだね」

サビッチはマリリンの頬を撫でて、軽くキスした。「できるだけ早く、きみの御眼鏡にかなうようなやつを手に入れなきゃな」

「じゃあ、新車のコルベットにして。もちろん色はレッド。フェラーリが買えるだけのお金があるなら別だけど」

二人はマリリンと納屋が見えなくなるまで手を振りつづけた。また元の田舎道に入るとサビッチは言った。「マルコム・ギリアムか。そしてやつの両親の名前は、モージズかグレース、あるいはその両方のはずだ」

34

バージニア州リッチモンド
土曜日の午後

土曜日の午後、リッチモンドへ近づくにつれて道は渋滞し、人びとはしばし車の窓から身を乗りだしては、外の空気を味わっていた。

ディックスは中心街へ向かう高速道路をおりると、ウエスト・グレース・ストリートを越えてリッチモンド警察本部へと向かった。

「なんだかちょっと皮肉なストリート名ね」ルースが言った。

土曜の午後にしては、署内はいつになく活気づいていた。ニューヨークを離れて以来はじめて目にする忙しさだった。両手で顔をおおってすすり泣く女性や、整備士にごまかされたとまくしたてる男、ひどく怯えたようすのティーンエージャーの脇で書類を作成する警官の横を、彼らは通り過ぎた。ロブとレイフをブルースターとともに車に残してくればよかったと考えていると、モラレス刑事が手を差しだしながら現われた。たがいに自己紹介をしたあと、刑事は一同を二階へ案内した。彼は少年たちを見ると、携帯電話に何やら小声でささやいた。

レイフが兄に耳うちする。「ねえ、あの傷見て。かっこよくない？　きっと銃撃戦をやったんだよ」

モラレス刑事が肩越しに言った。「そうだよ、コロンビア人の麻薬密売グループが倉庫街に潜伏していて、われわれはそこに突入した。こいつはわたしの勲章だ」彼は白っぽい傷を指でそっとなぞった。「かみさんも、この傷をかっこいいと言ってくれる」

「ああライナス、この優秀な二人はロブとレイフだ。わたしがこの子たちの父親のノーブル保安官とワーネッキ特別捜査官と話をするあいだ、銀行強盗の追跡をひと休みして、二人にわれわれの立派な施設を見せてやってくれないか」

ルースは肉付きのいい手をしたライナス・クレイグ巡査と握手しながら、彼はきっと二十二歳を超えていないだろうと思った。身長は二メートル、体重は少なくとも一二五キロはあるだろう。大学時代にアメフトの選手だったのは間違いなく、ポジションはおそらくオフェンシブラインではないか。折れた鼻筋は完全にまっすぐには戻っていないが、とびきりの笑顔の持ち主だ。彼はロブとレイフににっこり笑いかけながら握手をし、身をかがめて言った。

「きみたち、面通しの部屋を見たいかい？　廊下の先の捜査部にあるんだ。番号札をつけて実際に体験させてあげよう。ついでにきみたちの身長も計れるよ」

少年たちは、ディックスたちのほうをふり返ろうともしなかった。黒髪に黒い目、すでに髭剃り跡がうっすらと黒っぽくなっているモラレス刑事は、ディックスとルースを廊下の先の小さな会議室へ案内しながら笑った。「うちにもティーンエージャーが三人いるんですよ。ひと晩独房に入らせてくれとせがむもんだから、面通しのまねごとをさせてやったんです。そうしたら一日じゅうその話ばっかりでした」彼は会議室のドアを開けると、どうぞと手で示した。

「こちらの設備は立派ですね」コーヒーを受け取りながらディックスが言った。

「ここはまだ新しくて、稼動したのが二〇〇二年なんです。都会の警察署特有のにおいが、あのじめっとして、安っぽい脱臭剤と犯罪者のにおいが混じったいやな臭気が全然ないでしょう？　いまのところは。新しい建物のいちばんいいところはそれですね。あなたはFBIの捜査官だそうですね」モラレス刑事は唐突にルースに訊いた。「どうやってノーブル保安官と知りあったんです？　ご夫婦ですか？　あの子たちはお二人の？」

「いや、夫婦じゃありません」ディックスはあっさり答えた。「出会ったのはほんの一週間前、今回の一件が始まったときです、モラレス刑事」

「セサルと呼んでください」

ディックスはうなずき、前に身を乗りだして両手を組んだ。「わたしはディックスで、こちらはルース。先週の土曜日の晩にデンプシーとスレイターに発砲された捜査官はルースなんです。今朝ワシントンにいる彼女の上司と会ってきました。あなたが今日も出勤していたおかげで、こうしてお会いできてほんとによかった」

モラレスが言った。「週末も忙しいのはおたがいさまです、保安官。悪いやつはけっして眠りませんからね」

「あなたの部下に息子たちの相手をさせてしまってすみませんね、セサル。あの子たちにとってもつらい一週間でした。知っている人たちが何人も死んだり、うちが狙撃されたり。われわれがちゃんと捜査しているのを見せて、少しでも安心させてやりたくて。それに、二人きりで留守番させるのが心配だったものですから」

「わかりますよ。クレイグ巡査は子どもの相手がうまいから、そのあいだにこっちの捜査状況を説明しましょう」

「エディ・シャンキーとやらに聞いた情報を調べてるということでしたね？」

モラレス刑事はうなずいた。「ええ、あとは二人の刑事に、クレジットカードや通話、銀行口座についてもひととおり調べさせています。彼らはデンプシーのガールフレンドや商売仲間——っていうんですかねえ——その証言をあてにしていたんですが、ああいう連中は、自分たちが罪に問われて、それを軽くしてもらう梃《てこ》入れがほしい場合以外は絶対に口を割りません。

エディ・シャンキーは地元の悪党で、マリリン・ホニガー刑事にこれまでに二度刑務所に送られています。彼女が今回また宣誓釈放違反でやつを挙げたところ、刑務所に送り返されないですむのならなんでもすると約束したんです。どうも刑務所のなかでも外でもスレイターとデンプシーと親しかったようで。いま、そいつが二人を雇った人物の名前を明かすのを待っているところです」

「名前がわかれば足がかりができるな」ディックスは言った。「だが、刑務所に戻りたくない一心で、適当に新聞から名前を拾ってこないように気をつけないと」

「被害者たちの身辺には、社会的地位の高い著名人が何人かいます」ルースが説明した。「確かな情報を提供してくれないと、わたしたちが笑いものになります」

「なるほど」モラレス刑事が言った。「事件についていろいろ聞きました。関係者の何人かはあなたの親戚だそうですね、保安官。正直、自分があなたのような立場じゃなくてありがたいですよ」

ディックスは深いため息をついて小声で何やらつぶやき、それからモラレスの目を見て言った。「たしかに、かなりやっかいな問題になりかねない状況です。息子たちのことを思って、親族が事件に関与していないことを祈ってます。あの子たちにはそんなことを告げたくない。ただ何があろうと、乗り越えるしかない」

まもなく彼らは、クレイグ巡査から離れたがらないロブとレイフを引きずるようにして警察署を去った。ディックスは、興奮して吠えたてるブルースターが待つレンジローバーの鍵を開け、全員が車に乗りこんだ。少年たちがコンピュータゲームに熱中しはじめるのを待ってルースが言った。「モラレス刑事っていい人ね。ここへ寄って彼に会えてよかった。相手と直接会ってみるのって大事。彼は誠実な人だわ。きっと名前を聞きだしてくれる。ただ、間に合うかどうかはわからないけど——」ディックスが片方の眉を上げるのを見て、ルースはそっと言った。「火曜日に」

ディックスはにっこりと笑い、バックミラーで息子たちのようすを探りながらつぶやいた。

「あいつらはまだ、母親を失った悲しみと闘ってる。ゴードンのことが、おれたちの勘違いだといいんだが」

「ねえ父さん、クレイグ巡査がぼくたちの指紋をとったときの話したっけ？　最新式のすごい指紋採取機を見せてくれたって言ったっけ？　父さんとこの機械より新しいんだよ」

レイフが言った。「面通しのときにどうやったら乱暴そうなやつに見えるか教えてくれたよ。だらしなく背中を丸めて、スニーカーの端っこを折り返してはくんだって」

「面通し？　こんど行ったら、クレイグ巡査はおまえたちを待機房にほうりこんでしばらく閉じこめておいてくれるかもしれないな。そうしたら、町でも有数の立派な人たちと知りあいになれるぞ」

少年たちは不満そうな声をあげ、またゲームに戻った。あんな耳障りな射撃音や車がクラッシュする音を聞いて心がなごむのかしら、とルースは思った。

ディックスは一台の古いトラックに追いつくと、先に行けと手で合図してくれた農夫に会釈をして、レンジローバーの速度をゆるめて大きく弧を描くように追い越した。

35

ワシントンDC
日曜日の晩

サビッチとシャーロックは、自宅へと続く私道に停めたボルボのなかにいた。エンジンをアイドリングさせ、ヒーターもついている。サビッチはパソコンの画面をじっと見つめていた。フーバー・ビルにある通信センターと衛星通信中のMAXの画面には、ワシントンDC周辺の拡大地図が表示されている。

シャーロックが言った。「皮肉だと思わない？　わたしたちが住んでいる場所のすぐ北に、マルコム・ギリアムが九年間も収容されてたなんて。もっと長く閉じこめておいてくれれば、こんなことは起きなかったのに」

「精神病院じゃなく刑務所だったらよかったんだ」サビッチは言った。「カナダ最高裁が一九九一年に刑法を改正して残念だよ。そのせいで、心神喪失を訴えれば簡単に刑事責任を免

「それにしたって、ケベックで二人の人間を残殺した男を、たった九年で外に出すなんて」

サビッチは肩をまわして伸びをした。「弁護士たちが、犯行時には幻覚や妄想があったため刑事責任はないと陪審員に納得させた以上、やつをそれ以上拘束しておくことは法的に許されない。過酷で異例な処罰になってしまう」

「病院側が、彼がまだ社会にとって危険な人物だと証明できれば別だけど。ずいぶんと規則を守ったんでしょうね」シャーロックはしばらくMAXの画面を眺め、地図をずらしてさらに西のほうを見た。「それで、ディロン、モージズがもう社会にとって危険じゃないと判断されたから、フィリップ・ピネル研究所（モントリオールにある司法精神医学研究所）は退院後の彼を監視できなかったわけ？」

「週に一度、やつを総合的に支援するグループと会うことにはなってたが、法的には自由の身だった。それで所在探知用のブレスレットを切り取って逃亡し、二年前にアメリカに戻った。その後、八カ月前にバーミングハムでクラウディアと出会いホームレスの男を殴り殺すまで、消息をつかめずにいた」

「クラウディアのことを、タミーの代わりみたいに思ってるんでしょうね」

「おそらくな。クラウディアは当時のタミーと同い年だ。そして二人はいま、人を殺しまくってる」

サビッチはMAX上の画像ファイルを開いた。「この写真はまだ見せてなかったな、シャーロック。モージズの裁判の三週間前に撮影されたものだ」

シャーロックは身をかがめて、なかなか品のいい中年男性の写真を見た。ふさふさしたグレーの髪に、ほっそりとした苦行僧のような顔、それにわし鼻。きちんとツイードのスーツを身につけた姿は銀行家のようにも見える。「これがモージズ・グレースだなんて誰にもわからないわ」思わず驚きの声をあげる。「〈デニーズ〉で彼を見た人はみんな、かなりの年寄りだと言ってた。この写真を撮ってから十二年もたっていないのに」

サビッチはうなずき、シャーロックの緊張を解くために首と肩をマッサージしはじめた。

「この九年後にカナダの研究所を出たころの写真があると助かるんで、探してるところだ」

シャーロックはもう一度MAXの画面を見た。「この写真が撮られたときから三十歳は年をとった感じね。それに、健康状態も悪くなってる」

「かなり病状が重いんだ、シャーロック、やたらと老けこんで衰弱して見えるのはそのせいだろう。フィリップ・ピネルでは、再発した肺結核の治療を受けていた。ところが、まだ治療が終わらないうちに逃げだした。ドクター・ブレイカーに症状を話すと、病気が進んで空洞形成が起きているようだと言ってた。つまり、組織がだいぶ破壊されて肺に大きな穴ができてる。ドクター・ブレイカーの見立てでは、すでに末期状態だ」

「むかしは結核にかかる人が多かったんでしょうね。たぶん子どものころに感染した菌が、いまになって悪さをしてるのよ。少なくとも、ある種の報いは受けつつあるってこと」

「通信センターとの衛星通信が維持できれば、もっと早く報いを受けさせてやれる」

「そうなってほしいわ、ディロン。じゃないと、わたしたち一睡もできなくなる」

「真夜中までまだ少しある」サビッチはシャーロックを膝にのせ、耳の後ろにキスをして、やわらかい髪を撫でた。「少し休めよ。腕を怪我してからまだ二日しかたってないんだぞ」

彼はミッキーマウスの時計に視線を落とした。「前回、モージズは夜中の十二時ちょうどに電話してきた。そのころには動きがあるはずだ。デーンとベンもそろそろ来る」

十二時きっかりにサビッチの携帯が鳴った。彼は私道から車を出して縁石に寄せ、ふたたびアイドリングさせた。それから全員に親指を立てて合図をして電話に出た。

「やあ、モージズ、どうだい？　たっぷり血を吐いてるか？　死にかけてるんだろう、じいさん？」

いきなり切りだされて驚いたのか、相手はしばらく無言だった。モージズに何か言わせて本人であることを確認しなければならない。

「ぼうず、わしにはクラウディアがついとる。おめえを片付けられるくらいの元気は充分にあるぞ」

モージズがその言葉を言い終えないうちに、ＭＡＸに表示されたワシントンＤＣの地図上に、彼の現在地を知らせる点滅する黄色い点が一つ現われた。モージズは移動していた。シヤーロックはキーを打って地図を拡大し、サビッチに向かってうなずくと、まっすぐ前を指さした。ボルボがゆっくりと加速した。

「まだおれを殺すつもりなのか？　それは無理だぞ、ジジイ」サビッチが言った。

「そりゃどうかな、こっちはもうおめえの家を知っとるんだぞ」モージズがカーッと喉を鳴らし、口のなかで痰が転がる音が聞こえてきた。「どうやって住所を探ったか知りたいか？　あのしょぼい爆弾をぶっぱなす前に、ミズ・リリーのところで見つかってな。おめえのかわいい嫁を取り逃がしたもんだから、クラウディアはさっさと仕事にとりかかって早いとこ片付けたがっとる。だから、もう逃げも隠れもできないと教えてやろうと思ってな。金曜の晩、あそこはしばらく大騒ぎだったろうが？」

クレメント・ストリートを左折するようシャーロックが合図し、サビッチはなめらかにハンドルを切った。後部座席にいるデーン・カーバーとベン・レイバンは、フーバー・ビルからの無線通信を携帯電話で聞きながら、モージズを追う捜査官たち全員に彼の現在地を伝えていた。

「たいした騒動を起こしてくれたな、モージズ。クラウディアにもよろしく言ってくれないか？　あの子はクラウディア・スモレット、出身はオハイオ州クリーブランドだろう？　写真で見るかぎり、かわいい子だ。おれをどうしてもあの子に会わせたいっていうのはほんとか？」

怒りを含むモージズのくぐもった声が聞こえた。「おい、クラウディア、あいつがおまえのことを突き止めたぞ。わしの言うことを聞かないとどうなるか、わかっとるな？」

点滅していた黄色い点が地図上から消えた。モージズの電話は、GPS信号の届かないデッドスポットに入ったのだ。やがてまた点が現われ、以前と同じように明るく点滅しはじめると、ボルボに乗っている全員がほっと胸を撫でおろした。

サビッチが言った。「おれならそんなに彼女に腹を立てないぞ、モージズ。不注意だったのは彼女だけじゃない。おまえはほんとうはモージズ・グレースじゃないんだろう？　モージズは父親の名前で、グレースは母親の名前だ。息子が自分たちの名前を使って人を殺しまくっていると知って、親が喜ぶと思うか？　おまえの親はまっとうな人間だったようだが」

モージズは息を詰まらせ、そのあと痰の絡んだ激しい咳の発作を起こした。ようやく口が利けるようになると言った。「おおっと、そいつは勘か？　それともわれらがボーイスカウトが自力で調べあげおったか？」

シャーロックがサビッチに向かって親指を立て、あと二分よ、と口の動きで知らせた。

「おまえが自分の血にむせているあいだに話してやるよ。おまえの名前はマルコム・ギリアム、オハイオ州ヤングズタウン生まれ。工業学校を中退して、その後しばらくカナダで暮らした。ついでに言うと、おまえは無学な田舎者のふりをするようになった」

「どうやってわしのことを調べた？」

サビッチは質問を笑い飛ばした。「カナダの精神病院をたった九年で出るとは、たいしたもんだ。どうごまかしたんだ？」

モージズの喉に血と痰がごろごろと湧きあがってくる音が聞こえた。とっさに飲みこむが、それでもごろごろという音は消えなかった。「教えてやらあ、ぼうず、わしは体重を減らすためにゼナドリンを飲みはじめ、まんまと幻聴が聞こえるようになった。とんでもないことだ、とわしの弁護士は言いおった。ところが、善人面したまぬけどもは、九年間もあのくそったれな精神病棟にわしを収容しつづけた。わしは九年にわたって異常なふりをして、連中の言いなりになるしかなかった！　いいか、わしは必死になって連中の目を欺き、ばかばかしいテストにも、あいつらの欲しがる答えを与えてやった。だがそれも終わり、いまはここにいる。ぼうず、おめえにとっちゃ最悪の事態だ」

モージズが話している一方で、シャーロックがささやいた。「彼はアンドーバーを南へ向かってるわ。いまデランシー・ストリートを横切って住宅街に入るところよ。ここからわずか六ブロック先。デーン、ベン、わかった？」

「誰と一緒におるんだ、ぼうず？　そろそろおしゃべりをやめにゃな。わしの携帯の位置情報を突き止めたいんだろうが、つねに勝つのはわしだ」

サビッチは、モージズにもう少しだけ話を続けさせなければならなかった。「シャーロックだ、モージズ、べつに恐れるような相手じゃない。それに、おれたちは旧知の仲だろ？

なにしろおまえはタミーのじいさんなんだからな」

沈黙がモージズの驚きを物語っていた。こんどばかりは、モージズの声にかすかな恐れが混じるのをサビッチは聞き取った。「なんでわかった？」

「おまえのことはすべてお見とおしだぞ、マルコム。最後にタミーとトミーに会ったとき、おまえはタミーに金を渡して、そのあとカナダへ行った」

沈黙が続き、ようやくモージズが小声で語りだした。「おめえはかわいそうなトミーを殺し、タミーの腕を撃ち落としやがった。そのことを知っとる人間で生き残ったのは一人しかおらん——あのマーバの娘、名前はなんだった？　マリリンだ。死んだと思っとったが。めそめそ泣いてばかりおる気に入らん娘だったが、トミーはあいつをそばに置きたがった。よーし、あの娘を見つけだして、クラウディアの好きなようにさせて、それから心臓をえぐりだしてやろう」言葉の最後の部分は激しい咳に飲みこまれた。

サビッチが目を向けると、シャーロックが小声で言った。「ほんの二ブロックほど先よ、のろのろ運転してるわ」

「そこにクラウディアもいるのか？　おれたちの話を聞いてるか？」

「わしのかわいい子ならここにおるぞ」

「あんたがいつ血を吐いてもいいように、クリネックスの箱を差しだしてくれてるのか？　結核のほうはそうとうひどそうだな、モージズ」

「おめえの家を爆破してやるぞ、ぼうず、聞いとるか？　おめえも嫁も地獄へ吹き飛ばしてくれる」

モージズは電話を切った。

サビッチの目がダークブルーのバンをとらえるのと同時に、デーンとベンもそれを見た。モージズはジャクソン・パークのまわりを走っていた。寒い冬の深夜だけあって、古いカエデの木がまばらに生えた小さな四角い公園に人影はなく、周囲の家々の明かりがわずかに灯っているだけだった。

デーンが携帯電話に向かってささやいた。「やつが目の前にいる。みんな音をたてるなよ。おれの合図を待て」

バンが急に速度を上げた。見つかったと気づいたが、もう遅い。あまりにも遅すぎた。

「見つけたぞ、じいさん」サビッチはアクセルを踏み、バンに向かって突進した。ベンとデーンは窓から身を乗りだし、バンの後輪めがけて立てつづけに銃弾を放った。

タイヤは二本とも破裂した。

クラウディアが助手席の窓から頭を出して、応戦する。

バンは激しく横にそれ、停まっていたトヨタに衝突して跳ね返った。モージズは縁石を乗り越えて、二本の痩せたカエデの木のあいだをすり抜けて公園内に入っていった。ドアがいきなり開き、ＡＲ－15らしきアサルトライフルを手に、モージズとクラウディアが飛びだした。二人は木の陰に身を隠しながら、狭い公園を別々の方向に駆けだした。

ＦＢＩの車両が公園を囲むように次々に止まり、タイヤのきしみ音が響き渡るなか、目のくらむようなヘッドライトの光が公園内を満たした。

サビッチはボルボから降り、声を張りあげた。「伏せろ、全員伏せろ！」

公園からあたり一帯に自動小銃が乱射された。うめき声を耳にしたサビッチは、迷わず叫んだ。「やつらを撃て！」

しばらく激しい銃撃が続き、四方八方から公園内に弾が撃ちこまれた。クラウディアは叫び声をあげ、ＡＲ－15が腕を離れて宙に舞うと同時に地面に倒れこんだ。脇腹を押さえながら這って逃げようとしている。

近くでモージズの咳が聞こえ、毒づく声とともに銃が発射された。わずかな沈黙のあいだに新しいクリップをはめこむ音がして、モージズがふたたび発砲してきた。

公園周辺の家々に明かりがつきはじめた。もはや暗闇は残っていない。クラウディアは吐きだすように声をあげ、アサルトライフルが落ちている場所へ這って引き返した。彼女が武器をつかみあげたのと、狙撃手の目が彼女の姿をとらえたのは同時だった。大きな銃声が響く。頭が破裂し、クラウディアはばったりと後ろへ倒れて死んだ。

銃撃がふいにやんだ。モージズの発砲がやみ、姿も消えていた。

どこにもいない。

サビッチは、モージズを最後に見た場所へ駆けだした。モージズはさっきまで激しい咳のせいで体を二つ折りにしながらアサルトライフルを振りまわし、新しいクリップが空っぽになるまで弾を放っていた。

「撃つなよ！」サビッチは大声で命じた。モージズが立っていた場所の半径二メートル以内に立つと、使用済みの薬莢が見えた。ふと咳の音を聞きつけたサビッチは、とっさに左を向いて駆けだした。「聞こえたぞ、モージズ。すぐに見つけだしてやる。おまえはタミーほど巧みじゃないな」

弾が飛んできて、大きくそれた。次の瞬間、モージズ・グレースの姿が見えた。アサルトライフルをぶら下げ、前かがみになってうめきながら血を吐いている。腹のあたりに大きな血のしみが広がっていく。そのとき、突如として口から大量の血液が吹きだした。サビッチはそばへ寄り、その手からライフルを取りあげた。「誰からも丸見えだぞ、モージズ。もはやこれまでだ」サビッチは肩越しに大声で言った。「もう大丈夫だ」

老人はさらに血を吐いた。いまや血まみれになり、顎からしずくをしたたらせている。と、サビッチの目の前でよろめき、横ざまにバタリと地面に倒れた。うめきながら体を回転させて仰向けになり、まっすぐ上を見てサビッチの顔を凝視した。

何かを話そうと顔をゆがめ、乱れた呼吸で血まみれの胸が波打つ。サビッチは傍らに膝をついて横にかがみこんだ。モージズは血だらけの口を開き、サビッチが顔を近づけると唾を吐きかけようとした。しかし、老人にはもはや吐きだす息が残っていなかった。仮に意識があったとしたら、最後に彼が目にしたものは、まわりをぐるりと取り囲んで自分を見おろす二十人のFBI捜査官だった。

サビッチは首筋の脈を探り、かぶりを振った。それからしばし、狂気にかられた老人の残骸を見おろしていた。

ジミー・メートランドがサビッチの横にひざまずいた。「まったく、一人の人間の体にこれほど大量の血が流れているとはな。終わってよかった」

メートランドが立つと、サビッチもゆっくりと立ちあがって横にならんだ。二人は、その場にいる男女全員がたがいに手のひらを打ちあわせて喜ぶようすを見ていた。メートランドが大声で言った。「よし、みんな、この悪夢をさっさと片付けるぞ」

遠くでサイレンが鳴っていた。メートランドがサビッチに言った。「まもなくマスコミの連中がやってくる。おまえがどうやってこの一件を解決したかを、やつらに嗅ぎつけられないことを祈るよ。なにしろ、今回の件がどの程度上層部まで伝わっているのか、わたしにもわからないからな」メートランドはサビッチの肩をぽんと叩いた。

サビッチはにやりとした。「もののみごとに成功したでしょう？」

十分後、ジミー・メートランドは鑑識班がモージズ・グレースとクラウディア・スモレットの遺体を丁寧に袋に入れるのを見とどけた。警察が現場を封鎖し近隣住民を遠ざけている。

マイクやカメラを持った人びとが、報道車からあわただしく降りてくる。メートランドは、サビッチがシャーロックを抱きしめ、手を貸してボルボに乗せるのを見ていた。サビッチが運転席側にまわり、車に乗りこむ。あのサビッチが、ポルシェとは天と地ほども違う野暮ったい車に乗って、苦々しげにイグニッションキーをまわすようすを思い浮かべると、おのずと笑みが浮かんだ。メートランドはそのあと、意気揚々と報道陣の取材に臨んだ。

36

バージニア州マエストロ
日曜日の正午

少年たちは、一つめのハンバーガーとベークドポテトをむさぼるように食べながら、まだリッチモンド警察署での面通しの話をしていた。二つめのハンバーガーをこしらえだすと、ようやくロブが別の話をはじめた。「今朝は池の氷の状態がすごくよかったんだよ、父さん。みんなで競走してぼくが勝ったんだ、楽勝さ」

「ぼくに勝ったのはたった一回だろ、ロブ。それもズルして勝ったんだ。それに、ほかのやつらは十二歳だよ」

「ピートはどうなんだよ？　彼は上級生で、ぼくより年上だぞ」

「あいつはばかだもん。右足と左足の区別もつかないんだ」

ルースとディックスは椅子にゆったりと腰かけ、話をぼんやりと聞きながら、食べると同時に口論している子どもたちのようすを眺めていた。

ディックスが言った。「驚くよな。おれもこんなふうにきょうだいたちと食事をしたときのことをまだ覚えてる」

ルースはうなずいたが、何かを考えているのがディックスにもわかった。「今朝はずいぶん働いたんだ、ルース。しばらく頭を休めたほうがいい」

「無理よ」

ロブが言った。「ねえルース、スケートできる？　こいつに勝てると思う？　もしそうなら、ぼくと競走してもいいよ」

「そして勝ったほうがおれと競走するのか？」と、ディックス。

「いいよ、父さん、だけどハンディつけてよ」

「目隠しかな」レイフが言った。

「あなたってそんなにうまいの？」ルースが訊いた。

「こいつらを負かしてからのお楽しみだ」

ルースはにっこりと笑い、次のハンバーガー用にマスタードをまわした。

ディックスは、ロブがすぐにハンバーガーにかぶりつかないのに気づいた。めったにないことだ。「どうした、ロブ？」

ロブは皿にそっとフォークを置いた。「よくわかんないけど、なんかおかしい。父さんがだよ。なんだかすごくピリピリしてる。父さんもルースも」

「たしかにそうかもな」ディックスは言った。話の行き先はだいたい読めたが、食い止めようとは思わなかった。何も言わずに、ただうなずいた。

「レイフとも話したんだけど」ロブはここで、警告を発するように弟を見た。

「うん？」

「あのね、たぶん――ううん、なんでもない。この話はまたにする」ロブは椅子を後ろに引くと、ハンバーガーをわしづかみにして急に立ちあがった。「そりに乗ってくる」彼はハンバーガーを振って見せた。「力をつけないとね。ご馳走さま」

「ぼくも行くから待って、ロブ！」

「気をつけてね」ルースは二人の背中に声をかけた。

ディックスは、ちゃんと話せと言いかけたが、すんでのところで思いとどまった。息子たちはいろんな話を耳にして、さらに悪い事態まで想像しているのだろう。ロブの言うとおり、たしかに彼自身もルースもピリピリしていた。息子たちと話をするのは、自分たちの心の準備ができてからでも遅くないし、それにはすべてが解決するのを待たなければならない。

「あの子たち、きっとわたしのせいだと思ってるのね」ルースの言葉がディックスを驚かせた。「わたしがここへ来なかったら何も起こらなかったと思うのも無理ないわ」

「そんなふうに思ってるとしたら、それはあいつらが悪いし、そのうち気づくだろう。気持ちのまっすぐな賢い子たちだ。おれたちがしてやれる最善のことは、今回の一件にできるだけ早く決着をつけてやることだ。そのあとで、あいつらが気持ちの整理をつけるのを手伝ってやろう、ルース。少し時間がかかるだけだ」

ディックスの携帯電話が鳴った。

「ノーブル保安官」

ルースは、相手の話に耳を傾けるディックスの顔を見つめていた。電話を切ると彼は言った。「セサル・モラレスだった。名前はわからないそうだ」

「そんな言われ方をすると、つい憎まれ口を利きたくなるわ。わかったから、ディックス、からかわないで。彼はなんで電話をくれたの？」

「トミー・デンプシーのガールフレンドが、かなりの現金を使ってたらしい。そのことを突きつけると、トミーに九〇〇〇ドルの現金を渡され、自分とジャッキーがある仕事から戻るまで安全な場所に保管しておいてくれと言われたと白状したそうだ」

ルースの鼓動が速くなった。「デンプシーにそのお金を渡した相手を突き止める手がかりになりそうなことは、何か言ってたの？」

「さっき言ったように、セサルも名前はわからない。だが、トミーはにやりとした。「トミーはガールフレンドに、ある女から依頼された仕事の謝礼だと言った」ディックスはにやりとした。「トミーの言葉を借りると、その仕事を頼んだのは、スタニスラウス音楽学校の偏屈ババアだそうだ」

37

マエストロ
日曜日の晩

その晩六時ちょうどに、ディックスはゴードン宅の私道に車を乗り入れた。シートベルトをはずしながら、ルースのほうを向いて尋ねた。「銃は持ってるか？」

「ええ、もちろん」

ＢＢがパトカーから降りてきて、私道で二人と合流した。「保安官、ワーネッキ捜査官。息子さんたちには、誰かついてるんですか？」

「あいつらは食事とテーブルサッカーをしに、友だちと〈クローソンズ〉へ出かけたよ」

「彼を逮捕するつもりですか、保安官？」

「どうなるかな、ＢＢ」ディックスはふり向いて家のようすをざっと探りながら、ルースにささやいた。「クリスティがいなくなったとき、部下の全員が息子たちの母親代わりをつっとめてくれてね」それからまた、BBを見て言った。「これで準備がすべて整ったぞ。ところで、彼は今日の午後どこへ行ったんだ？」

「二時ごろにタラへ行って、ここへ戻ってきたのは一時間くらい前です。家じゅうの明かりを全部つけたようですね」

たしかにと思いながら、ディックスは家に目を向けた。「おまえは車で待機しろ、BB。どんな理由にしろドクター・ホルコムがおれたちより先に家を出たら、電話してくれ」

「とくに、彼が銃を振りまわしながら走っていったらよろしくね」ルースがつけ足した。

ディックスはルースの腕を取り、玄関へと通じる石畳の小道を歩いた。呼び鈴に答えて玄関に出てきたゴードンは、グレーのカシミアのタートルネックセーターに黒いスラックスをはき、まるで貴族のようだった。エレガントで世慣れた感じだが、疲れているのか、まぶたの重いどんよりとした目をしている。

彼は知っている、とディックスは思った。おれたちが何をしに来たのか。

ゴードンは戸口に立ったまま、二人を見つめた。「ディックス、ワーネッキ捜査官。今日は日曜だ。どういうわけで、わざわざお越しいただいたのかな？」

「あなたに話があるんです、ゴードン」

ゴードンはディックスの肩越しに外を見た。「きみの部下が外にいるのを見たよ。彼までなかへ入れるつもりじゃないといいが」

「いえ、彼はわれわれをバックアップしてるだけです」ゴードンにうながされて、ディックスは廊下へ進んだ。

「あなたと話をしなければなりません、ゴードン。トミー・デンプシーとジャッキー・スレイターを雇った人物のことなどを」

「誰だって？　ああ、カーチェイスできみたちが殺した連中か。いいとも。さあ、入りなさい。どうせ断わっても無駄なんだろう」ゴードンは、リビングへ入るようにと手で示した。

ディックスとルースが見守るなか、ゴードンは部屋の奥にある飲み物用ワゴンのほうへ歩いていき、ブランデーのボトルを持ちあげると、片方の眉を吊りあげて言った。「きみたち、一杯やらないか？」

二人は首を横に振り、ディックスが言った。「いえ、けっこうです」

ルースは広々とした空間を見渡した。ぐるりを窓と重厚なオーク材に囲まれ、部屋の向こう端には大きなグランドピアノが鎮座している。壁には美しい額に入った楽譜が何枚も飾られていた。ルースにも、それらがすべて作曲家本人の手で書かれたオリジナルの楽譜だとわかった。落ち着いたアーストーンの色調と特大の革製家具で統一され、エレガントで繊細な雰囲気が漂う居心地のいい部屋だった。石造りの暖炉には赤々と火が燃えている。

二人は、ゴードンが自分用にたっぷりブランデーを注ぐのを見ていた。すでに飲みすぎて酔っているのか、グラスの横に少し酒がこぼれた。

「すばらしいスタインウェイをお持ちですね、ドクター・ホルコム。前回お邪魔したときに気づいたんですが」

「そう、何もかも見たようだな。うちを捜索したときに?」ゴードンはたっぷり奥行きがある黒いグランドピアノに歩み寄り、鍵盤にそっと片手を置いた。「スタインウェイが〝ワーテルローの戦い〟で戦ったことはご存じかな?」

二人がかぶりを振ると、ため息をつきブランデーを口に含んだ。「どうでもいい話だ」

ディックスが唐突に切りだす。「まだ話していなかったと思いますが、ゴードン、おれたちはデンプシーとスレイターを雇った人物を知ってます。あなたもすでにご存じなんじゃないですか?」

「わたしが知っているわけがないだろう。誰なんだ、ディックス?」

「ヘレン・ラファティ」

ゴードンの手が動き、ブランデーグラスからさらに液体がこぼれた。「ヘレンが二人のチンピラを雇っただと? いったいどういうことだ? このワーネッキ捜査官を殺すためにか? 先週の土曜日には、ヘレンは彼女のことを知りもしなかったんだぞ。まったく筋が通らないぞ、ディックス」

「いいや、ヘレンはルースを殺すためではなく、エリンを殺すために彼らを雇ったんです」

「なんだと? エリンを殺すため? ばかばかしい。ヘレンがなぜそんなばかげたことをしなければならない？　それより、マリアンの若い恋人、サム・モラガのしわざじゃないのか？　彼はエリンに気があったが、相手にされなかったと聞いている」ゴードンは急に言葉を止め、二人を凝視した。「待てよ、ディックス。ということはつまり、きみはもうわたしがエリンを殺したとは思っていないんだな？　わたしを無実だとみなしているんだな？」

ディックスは言った。「あなたが連中を雇ったんじゃないことはわかってます、ゴードン。あなたを疑ったことは謝ります」

「サム・モラガがエリンの殺害にまったく関与していないこともわかってます」ルースが言った。

「すると、きみたちはヘレンに罪をきせるつもりなのか？　まったく理解不能だ、ディックス」ゴードンはグランドピアノにぐったりともたれかかった。

ディックスが言った。「おれたちは警官ですよ、ゴードン。すべての要素がピタリとおさまるところにおさまるまで、何度でも質問をくり返すのが仕事です。最初のうちは、あらゆる要素があなたのほうを指し示していた。ところが最終的に、あなたがエリンとウォルトを殺したということに関してはしっくりこなかった。はっきり言えば、われわれはあなたがエリンのことを本気で愛してたんだと思ってます」

「ああ、もちろんそうだとも、ディックス。彼女は光に満ち、愛にあふれていた」一瞬、ゴードンが泣きだすのではないかと思った。しかしどうにか持ちこたえて、傲慢そうな態度を貫いた。「それで、きみたちは容疑者リストを下へたどっていったわけだ。けっこうなことだ。ヘレンがどう関与しているのか教えてくれ」

「ルースとおれは、午後いっぱいかけてヘレンの銀行口座の記録をくまなくチェックしました。そして過去三週間のあいだに、三度にわたって多額の現金が引きだされていることを突き止めました。通話記録もたどりました。彼女はリッチモンドに二度電話をかけています。間違いなくトミー・デンプシーの番号でした。デンプシーのほうからも、先週の木曜日に一度ヘレンに電話してます。ヘレンは有能な秘書だったかもしれないが、犯罪者としては素人だった。痕跡を残していますから」

「彼女が男たちを雇ってエリンを殺させたというのか？　だが、そんなはずがないじゃないか、ディックス。彼女はいつだってわたしを支え、助けてくれた。わたしを愛してくれていたんだと思う。その彼女がなぜそんなことを？」

ルースが言った。「その答えを見つけるのは、そうむずかしくないと思いますけど、ゴードン？　ヘレンには、エリン・ブシュネルがあなたがそれまでつきあってきたほかの学生たちとは違うのがわかったんです。あなたがはじめて本気でエリンを愛しているのに気づいたんです。卒業までの短い期間ではなく、あなたとずっと一緒にいることになるかもしれないと。ヘレンは、あなたが自分のもとを去ったことをどうにか受け入れました。あなたには弱点があって――彼女はそう呼んでました――才能のある若い女性たちが与えてくれる刺激とインスピレーションが必要だった。あなたが学生たちとつきあうのを容認できたのは、それが一時的な関係で、ずっとそばにいるのは彼女だけだったからです。

ところが、あなたはエリンと出会い、すべてが変わった」

ゴードンはブランデーをぐいと飲み、むせて、滲む涙をぬぐった。「わたしはエリンのためならなんでも与えただろう。どんなものでも」

「そうでしょうね。ヘレンにもそれがわかっていた。そして彼女はそのことに耐えられなかった。忍耐の糸が切れてしまったんです」

「まだ信じられない。ヘレンのような人が、どうやって二人の犯罪者と出会うんだ？」

「わたしたちはヘレンの弟デイブ・ラファティに電話をして、ヘレンの口から彼らについて聞いたことがないか尋ねてみました。デイブは高校の教師で、デンプシーの弟がクラスにいたのを覚えてました。問題のある生徒で、兄は刑務所を出たり入ったりしていたそうです。デイブは、きっと自分がヘレンに彼のことを話したんだろうと言ってました。それでヘレンが、兄のほうを見つけだしたんだろうと」

ディックスが引き継いだ。「おれたちは、エリンの死体の隠し場所としてデンプシーたちにウィンケルズ洞窟を教えたのはヘレンだと思っています。彼女から聞かないかぎり、あの二人が洞窟のことを知ってたはずがないからです。あなたかチャッピーが、ヘレンをあそこへ連れてったことはありませんか？」

「覚えてないが、たぶんチャッピーが連れていったんだろう。わたしは子どものころからあの洞窟が好きでなかった。あそこはチャッピーの場所だった」

「ヘレンはあの入口のことも、洞窟の部屋のことも知っていた。だが、エリンの殺害方法についてはあの二人が勝手に決めたんでしょう。彼らが幻覚剤を使ってエリンの体の自由を奪い、殺害したあとで防腐処置をしてポーズをとらせたのを知ってましたか？　そのことを知ってましたか、ゴードン？」

ゴードンはぶっ倒れそうだった。「彼女に防腐処置をした？　葬儀屋がするようにか？」

ルースはうなずいた。「そんなことをするのは、葬儀屋かあるいは異常者です。デンプシーの継父が葬儀屋で働いていたことがわかってます。彼はおそらく継父の職場に出入りして、やり方を見てたんでしょう。それでデンプシーは、事態をひどく混乱させるようなことをした。スレイターとともにエレンに防腐処置をして、最後の仕上げにポーズをとらせ、万が一彼女の死体が予想外に早く発見されても、請負殺人ではなく儀式めいた殺人に見えるように細工をしたんです。その効果は絶大だった。みごとな目くらましになった。わたしたちは、エリン・ブシュネルを殺したのは儀式的な連続殺人犯に違いないと信じこんだ。ほかにも犠牲者がいるはずだと思い、手間をかけて捜した――かつてあなたと関係のあった学生たちを含めて。ところが彼女たちはみんな元気でピンピンしていたので、あなたがマニアックな連続殺人犯だという説はしっくりこなくなったんです」

ゴードンの顔が青ざめた。「きみたちは、わたしがそんなことをする人間だと思っていた
のか？　何度も殺しをくり返す殺人鬼だと？」
「彼らがそう見えるように仕組んだんです」と、ルース。「でも、いまは違うとわかってい
ます」
ディックスが言った。「ほかの点ではともかく、デンプシーとスレイターは自分の身を守
ることにかけては抜け目がなかった。ところが彼らは、ルースを追うという失態を演じてし
まった」
ゴードンはピアノの椅子に腰をおろし、ルースのほうを見た。「きみは、洞窟のなかでど
うやって彼らの目を逃れたんだ？」
「いい質問ですね。わたしがその場にいるのに気づかれていたら、わたしも殺されていたで
しょう。彼らはウォルトを殺した。だから、間違いなくわたしのことも殺したはずです。わ
たしは彼らがエリンに用いた薬物を吸うか、あるいはそれに触れるかしたあと、きっと倒れ
て頭を打ったんでしょう。それでもまだ、彼らが去ったあとにどうにか見つからずに洞窟か
ら抜けだすだけの思考力は残っていたようです。そのあと森をさまよい、ディックスの家の
そばで倒れた」
「しかし、ウィンケルズ洞窟からだと、少なくとも七、八キロはあるぞ」
ルースは肩をすくめた。「ディックスにもわたしにも、ほかにわたしが彼の森にたどり着

く方法が思いつきません」

「彼女はかなり鍛えぬかれています」ディックスはそう言い、ゴードンの注意を自分に引き戻した。「だから、幻覚を見て気分が悪くても、何時間もさまよい歩くことができたんでしょう。デンプシーとスレイターは、ルースの車を見つけたことをヘレンに話したんだと思います。ロックされた車内にはルースの財布があった。それで二人は、彼女がFBIの捜査官だと知ったんです。震えあがったでしょうね。自分たちがしたことを見られたと思って。二人は何時間もルースを捜しまわったはずです」

ディックスはさらに続けた。「おれが家の近くで自分の身に何が起きたかを思いだせない意識不明の女性を見つけたという話を聞いて、ヘレンは連中に連絡をとったに違いありません。ほかにどうしようもなかったんでしょう。ルースを殺すために土曜の晩にわざわざおれの家にやってきた。まさか自分たちのほうが死ぬとは思いもせずに」

ゴードンは頭を振っていた。「わたしにはまだ信じられない。ヘレンほど愛情深くやさしい女性が、デンプシーとスレイターのようなやからを雇うとは。いや、今回の件はすべてわたしをどうにかしておとしいれようとする策略だと思う。きみたちが、わたしが彼らを雇ったと思っているのはわかっている。チャッピーの手を借りたと思っているんだろう？ 彼はリッチモンドに知りあいが大勢いるからな。きみたちはそう思っているんだな？」

ディックスが言った。「違いますよ、ゴードン。また芝居を打ってるんですね。あなたには、ヘレンがやったとわかってるはずです。水曜の晩に彼女があなたに電話をかけて、何をしたかを話したからです。だからあなたは彼女の首を絞めた」

「失敬なうえ、ばかげている！　みんなに訊いてみるがいい、ヘレンはハエを殺すためにわたしのオフィスに来なければならなかったんだぞ！　わたしに人が殺せるわけがない」

ルースが言った、「ヘレンが水曜の晩にあなたに電話をかけたことはわかってます――くり返しますが、ゴードン、彼女の通話記録を調べましたから。おそらくヘレンはあなたにすべてを打ち明け、あなたは彼女の家に会いにいった。彼女は後悔して泣いてましたか？　自分が引き起こした死と悲しみのことで、ひどく動揺してた？　それとも、彼女はみんなにすべてを話して、あなたの人生をめちゃくちゃにするつもりだったんでしょうか？　あなたはかっとなって彼女を殺したんですか、復讐のためですか、それとももっと冷酷な気持ちからでしょうか？　わたしは冷酷な気持ちからだと思います。なぜなら、あなたは眠っているあいだに彼女を絞め殺している――あなたの姿を見ることもできず、もっとも無防備な状態にあるときに。あなたは自分の名声と、気楽で磐石《ばんじゃく》な仕事を守りたかったんですか？」

ゴードンは鍵盤に拳を打ちつけた。「これ以上、きみたちとこの件について話したくない！　きみたちはわたしにエリン殺しの罪をきせ、たえずわたしを見張らせ、家やオフィスを捜索し、おまけに電子メールまでチェックした。だが、結局は何も発見できなかったではないか！　その間ずっと、わたしは協力してきた。ところがあげくの果てに、厚かましくも家まで押しかけてきて、こんどはわたしがヘレンを殺したと責める。なんの証拠もなしにだ！」

これだけ取り乱してまくしたてれば充分だろう、とディックスは思った。

ところが、ゴードンはまだ言い足りなかったようだ。「きみの言うことで、一つだけあっていることがあるぞ、ディックス。きみがヘレンについて言ったことがほんとうなら、わたしにはもう何もなくなる。すべてが明るみに出れば、もうおしまいだ。わたしはすべてを失う――エリンも、体面も、キャリアも、名声も。スタニスラウスの理事会がきわめて丁重に辞任を求めてくるのも時間の問題だ。それを聞いてチャッピーがどれだけ喜ぶか想像できるかね？　もちろんできるだろうな。きみはわたしの人生を台無しにしたんだ、ディックス、わたしを破滅させたんだぞ！」

ゴードンは両手を突きだした。「さあ逮捕したまえ、大陪審にかけて起訴するがいい。きみにはそれが無理だとわかっているはずだ。わたしはヘレンを殺していないし、きみにはわたしが殺したという証拠がない。わたしのことを愚かで弱いやつだと思っているから、のこのことやってきたんだろう。

二人ともいいかげんにしてくれ。わたしの家から出ていってもらおう。逮捕しに来るのでないかぎり、二度と現われるな」

ゴードンは、激情のすべてを吐きだしたようだった。ガクリと前に身を伏せ、言いようもないほどぐったりしていた。二人には目もくれずにささやいた。「頼むから帰ってくれないか。一人になって、エリンとウォルトとヘレンの死を悼みたい。心底疲れてしまった。もう休ませてくれ」

38

タラ
バージニア州マエストロ
月曜日の午前

ルースとディックスは、トニーとシンシアと向かいあわせに坐っていた。チャッピーは肘掛けのついた大きな家長の椅子に坐り、指先をトントンと鳴らしている。

ディックスはクリスティの家族を見まわした。全員が押し黙っている。彼らといて、罵り声や文句が聞こえてこないのははじめてのことだ。ディックスはルースと同様に無言で椅子に腰かけ、足で床を踏み鳴らしながら、誰かがゴードンのことを切りだすのを待った。彼らがすべてを知っているのは間違いない。いまやマエストロじゅうに知れ渡っている。

ところが、誰も口を開こうとしない。

業を煮やしてディックスが言った。「ゴードンがどこへ逃げたのか、誰が話してくれるんですか？」

チャッピーが肩をすくめた。「なぜわたしたちが何か知っていると思うのか、わからんな、ディックス」

チャッピーは椅子に背をあずけ、腹の上で手を組んだ。小声で笑い、首を振る。「すると、ツイスターのやつは忽然と姿を消したのかね？　郵便局のミルトが今朝、電話してきてな。きみの部下たちがドアをドンドン叩いてあれを捜していたが、影も形もなかったとか。なんでそんなことになったのかね、ディックス？　きみは部下に彼の家を見張らせていたんじゃなかったのか？」

「〈フライング・キャブ〉の運転手が、ゴードンの家の裏通りで彼を拾い、エルダービルまで乗せたと言ってます。住宅街でタクシーを降りたそうです。そのあたりで聞きこみをしたところ、彼を知っている者は一人もなく、姿を見た者もいませんでした。別の誰かが、そこで彼を拾ったはずなんです」

「彼にはそれでよかったのよ」シンシアは言い、みんなに乾杯するようなしぐさをして、マフィンの最後のひと切れを口に入れた。

「ゴードン叔父さんはどこへでも自由に行けるんだぞ、ディックス。それを阻止できるような証拠など何もないんだろう？」トニーが訊いた。彼は身を乗りだし、膝のあいだで美しい両手を組んだ。「彼がいなくなったら、誰が困るんだい？　それに、もし居場所を突き止めたとしても、どのみち連れ戻すことなどできないよ」

「彼が去ったのは、もうここには居場所がなくなったからよ、ディックス」と、シンシア。

「彼は破滅したの。屈辱に耐えられなくて出てったのよ」

ディックスが言った。「それは、あまりに都合のいい解決じゃないか、シンシア。実際は、ゴードンはヘレン・ラファティ以上に未熟な犯罪者だ。彼は自分が痕跡を残したのがわかってる。だからいまのうちにこそこそ逃げだしたんだ」

ふたたび沈黙が訪れ、誰もがディックスと目を合わせようとしない。

彼はトニーを見据えて言った。「ゴードンの口座がすべて解約されたのに、きみが何も教えてくれなかったとはじつに興味深い。まさか、きみが手助けしたんじゃないだろうな、トニー？ おれには、チャッピーがそういうことをするとは思えない」

「預金者にその人の金を渡すことは違法じゃないよ」トニーが言った。

ディックスは三人の顔を一人ずつ見ながら、彼らを説得する言葉を探した。だが、無理そうだった。三人はついに対立をやめ、一つの目的のために結束を固めている。それでも、ディックスはやるだけやってみた。「ゴードンに、これだけのことを企てる知識や気力があったとは思えない」

チャッピーがくすくすと笑った。「どうやら、ツイスターのやつは底知れぬ力を秘めていたらしいな。あれにそんなことができると誰が思っただろう？」

トニーが尋ねた。「誰かが彼のために交通手段やお金、IDやなんかの手配を手伝ったとしても、べつにかまわないだろう、ディックス？　法に触れることじゃないんだから」

チャッピーがにやりとした。「ツイスターに手を貸したのは、わたしかもしれんぞ」

ディックスはかぶりを振った。「チャッピー、あなただけは違うと思いますよ。ゴードンとはすぐに激しい喧嘩になって、同じ部屋にいることすらできないんですからね。あなたがゴードンのために何かするとしたら、刑務所にいる彼のもとを訪ねていって、ケーキにヤスリを入れといたぞとジョークを飛ばすことくらいです」

チャッピーはゆっくりと立ちあがると、ディックスに向けて人さし指を振った。「きみはばかじゃないのか、ディックス？　ゴードンとわたしはきょうだいだぞ。われわれはいつも、おたがいにふざけあって楽しんでいただけだ」

ルースが言った。「彼がどこにいるかご存じなんですね、チャッピー？」

チャッピーは彼女を見おろしてほほ笑んだ。「いくじのないことに、あれは自殺するとわめきちらしおった。自分の弟にそんなまねをさせるわけにはいかない。ましてクリスティを失ったあとだけにな、ディックス。あれは人生最後の数年を刑務所のなかで鬱々と過ごすことにはならない。あれがしたことをきみが立証し、そしてもちろん、あれを見つけださないかぎりは。当然ながら、わたしはあれがどこにいるかなどまったく知らんよ、ルース捜査官」

ディックスは言った。「つまり、ゴードンが近いうちに姿を現わすことはないということですね。もしも現われたら、司法省に偽造パスポートの件を報告しなければならないんでしょうね？」

ディックスはルースとともに立ちあがった。「チャッピー、あなたには驚かされてばかりです。近いうちに息子たちを連れてきますよ。あいつらにとってもつらい毎日でしたからね。それでいいですか？」

「ああけっこうだよ、ディックス。じつにけっこうだ」

39

グレイヘブン・イン
バージニア州マエストロ
月曜日の昼どき

「遅くなってすみません。チャッピーとトニーとシンシアに、ちょっと用があったもので」

シャーロックは二人を見あげてほほ笑み、サビッチは立ちあがってルースを抱きしめてから、ディックスと握手を交わした。

「二人とも、まだ寝足りなそうな顔をしてる」ディックスが言った。「ゆうべはそうとう派手にやったようだね」

「そうなんだ」サビッチが答えた。「おかげで、今朝は寝坊したよ」

「それも、ショーンがベッドに飛び乗ってきて、勝利のダンスをはじめるまでだけど」シャーロックが続けた。

全員が席について注文を終えると、ディックスは広い店内を見まわした。部屋の片側には灰色の石でできた巨大な暖炉があり、頭上には梁《はり》が見える。

「ここはマエストロでも知る人ぞ知る、絶品のランチを出す店なんだ。ベジタリアン・ミネストローネを楽しみにしててくれよ、ディロン」ディックスはコーヒーカップを掲げた。

「マエストロの事件がとりあえず決着したことに乾杯」

ルースはにっこりした。「わたしたちはちゃんと解決したわ、ディックス。そんな歯切れの悪い言い方はやめて」

サビッチは椅子にもたれ、二人の顔を順に見た。「まあいいさ。タラで何があったのか聞かせてくれ」

ディックスはうなずいた。「このあいだ、ゴードンが激しく抵抗してきてびっくりしたという話をしたろう？　どうにか彼を落としたかったんだが、だめだった」

ルースがため息をつく。「自白をとりたくて、あらゆる手を使ったし、これでもかというほど締めあげたのよ」

「おれたちがエリンとウォルトを殺したのはヘレンだと言ったときの目の表情でわかった。彼は知ってた。ヘレンは間違いなく彼に話してる」

「ディックス、いまさらだけど、わたしたちの扱い方を彼に教えたのはチャッピーじゃないかしら。ゴードンはあんなに強い人には見えなかった」ルースは肩をすくめた。「チャッピーよ。それに、チャッピーはゴードンを町から逃がしただけじゃないかもしれない」

「チャッピーがなんらかの証拠を隠蔽したとしても、おれは驚かないよ」と、ディックス。

「チャッピーのしわざだと確信しているようだな、ルース」サビッチが言った。

「わたしはただ、チャッピーが彼を助けたのは一度だけじゃないと言っているんです。逃亡を助けたのはチャッピーです」

「チャッピーだけじゃない」ディックスが言った。「今朝ルースとおれがあの一家に会いにいったとき、全員が絡んでるのがわかった」

ディックスは説明を終えると、ルースに向かってニンジンスティックを振った。「そういうわけで、ここにいるわれらがFBI捜査官は、ゴードンの華麗なる逃亡劇の裏にはチャッピーがいると確信するに至った。まあ、辛抱強くやるさ。だが、おれに言わせれば、証拠を見つけないかぎり、ゴードンは姿をくらましたままでいられる」

サビッチは、証拠が見つかろうが見つかるまいが、ディックスはゴードンに姿をくらましていてほしいのだろうと思った。

料理が出ると、話題は子どもたちのことに移った。焼きたての温かいアップルパイのデザートを食べながらルースが言った。「ところで、どうやってモージズ・グレースとクラウディアを突き止めたのか話してください」

シャーロックは夫の顔を見た。「じつはね、こういうわけなの。ディロンは、外に漏れると困るような方法をとったの。実際、かなり厳重に緘口令《かんこう》が敷かれてるわ。だから、あなたたちだけに特別に教えるのよ」

ディックスの眉が吊りあがった。「いったい何をしたんだ、サビッチ？　ここだけの話にする必要があるのなら、誰にも口外しないと約束する」

サビッチはうなずき、フォークを皿に置いた。「誰かが九一一に電話してきた場合、どの電話会社からの通話にしろ、通信指令係は相手の番号と場所を瞬時に把握する。要するに、われわれはワシントンDCエリアにあるすべての携帯電話の基地局を再プログラミングして、おれの携帯にかかってきた電話をすべて九一一への通話としてフーバー・ビルに転送するようにしたんだ。おれたちはダッシュボードにMAXを設置して、モージズからの電話を待った。実際にかかってきたときには、やつの現在地がきれいな黄色の点になってチカチカと表示された。

プログラミング自体はむずかしくないが、プロバイダと交渉してネットワークの再プログラミングの許可をとりつけるのがたいへんだった。だが、モージズがそれに一役買ってくれた。〈ボーノミクラブ〉を爆破したとき、彼は国家の首都をおびやかす国内テロリストのリストに加えられたんだ。政府の首脳陣は、すぐにやつに歯止めをかけたがった。それがモージズにとってはすなわち命取りになった」

ディックスが言った。「すると、きみに電話をかけた相手の声はすべて録音され、ＦＢＩ

のビル内で居場所が表示されたというわけか。それは合法的なのかい？」

「どうかな」サビッチはにっこりすると、アップルパイをもうひと口ほおばった。

40

ウィンケルズ洞窟
月曜日の午後

今回はためらうことなく洞窟の入口に足を踏み入れた。左へ五〇センチも行けば崖だとわかっているので、右側にぴったりと身を寄せながら洞穴を下っていく。

ルースは、エリン・ブシュネルの死体が横たわっていた空間に入り、ヘッドランプであたりを照らした。「よかった、もうここもそれほど気味が悪くないわ。いまはすてきな場所よ」

「すてきなのは、まだ事件現場のにおいがするからさ。さて、ルース」ディックスは辛抱強く言葉を継いだ。「ここへ来るまで、きみは事情を話してくれなかった。もうそろそろいいだろう。ここに何しに来たのか話してくれないか？」

「宝探しに来たのよ、ディックス。南軍の金塊を探しにきたの。わたしはずっと宝の地図のことを考えてた。地図には、金塊は洞窟の壁の窪みの下にあると書いてある。深い亀裂を見つけて、この洞窟はもっとずっと下のほうまで続いているのがわかったとき、地図に書かれていることはほんとうなんじゃないかと思うようになったの。兵士たちは、下のほうにある隙間か穴を発見して、そこに金を埋めたのかもしれない」

「なぜ、わざわざそんな手間をかけたんだ？」

ルースは壁の深い窪みのそばへ寄り、両膝をつくと、つるはしを取りだして地面にあてはじめた。背後のディックスに言った。「埋めた人たちは、誰にも金塊を見つけさせたくなかったのよ。たとえ洞窟までは見つけたとしてもね。だから地図を未完成なままにしておいた」

ディックスはルースの後ろに立ち、無言で見守った。

二人ともその音を聞いた——岩の音ではなく、つるはしが木にあたる鈍い音。ルースはディックスを見あげ、笑顔で薄暗い洞穴を明るく照らした。「これって、すごいことよね？」

ルースがつるはしで掘り、ディックスは膝をついて掘り起こされた土をよけた。しばらくすると、腐った木の厚板に行きつき、まもなく地面に一メートル四方ほどの窪みが現われた。ディックスが板の最後の一枚を引きあげると、腹這いになったルースが穴に深く首を突っこんで、なかをのぞきこんだ。ディックスのマグライトが上から穴を照らしている。「どうしたらこんなことができたのか不思議だったけど、いまわかったわ。もともとあった空洞を板で囲ってあるのよ。家の床下の空間を天井の低い地下室にするようなものね。深さは一・

五メートルくらいしかないわ。金の延べ棒をこんな深いところまで運びこむのは簡単じゃないと思ってたけど、こういうことだったのね」ルースはすばやく立ちあがり、ジーンズで手をぬぐった。「さあ下へおりるわよ、相棒」

穴の中央に立つと、二人は狭い空間をぐるりとライトで照らした。「見て」ルースが言った。「あの細い通路はきっと地下の川に通じてて、そこから洞窟の入口の崖につながってるのよ」

「通路はかなり急なのぼり坂になってるはずだ。この部屋が行き止まりだ。ほら、地面がだんだん高くなってる。後ろの壁のあたりでは、高さが一メートルくらいしかないだろう」

「たしかに絶好の隠し場所ね。でも、金塊はどこにあるの？」

「南軍の兵士たちが、わざわざここまで運んできて、しかも天井の穴までふさいでおきながら、簡単に目につくところに金塊を放置したとは思えない」

数分後、高さ一・二メートルほどの位置で、ディックスの指が西側の壁の隙間にあるざらざらしたものに触れた。拳で叩くと木のような音がする。「ここに何かあるぞ、ルース」興奮が胸に迫った。

すぐにまた木の板が現われた。ディックスがルースの顔を見て片方の眉を吊りあげる。ルースはうなずき、腐った木につるはしを振るった。板が内側に裂けた。

ディックスはルースの肩におおいかぶさるようにして、マグライトで暗闇を照らした。

「これは」ルースは、立ちあがるゆとりがない空間に這って入り、床にマグライトを置いた。低く積みあげられた埃だらけの煉瓦のようなものの前にひざまずく。袖でそっとこすってみた。二人は遠いむかしに兵士たちによって四段ずつ六列にきちんと積まれた金の延べ棒を食い入るように見つめた。延べ棒の横には、古びた革の袋があった。

金塊に触れながらも、ルースの視線は袋に引き寄せられた。ゆっくりと袋を引きだし、そっと口を開けてみる。なかには小さな革表紙のノートが入っていた。「手帳じゃないわ、ページがないもの。手紙が十数通入ってる」ルースは折りたたまれた紙を指先でそっとなぞり、上のほうにある一通を開いた。「女性の筆跡ね。ミッシーという女性が夫に宛てて書いたものだわ」ディックスを見あげた。「彼はきっと、金塊を盗んだ兵士の一人だったのね」

まもなく、二人は洞窟の地面にあぐらをかき、金塊の山はそっちのけで手紙の束に目を通した。「どれもチャールズ・ブリーケン中尉宛よ。ちょっと待って、これは違うみたい」ルースは束のいちばん下にある手紙を手に取った。「これは彼自身が書いたものよ。発送できなかったのね。なぜ手紙をここに残したのかしら？」

ルースは手紙を読んだ。

今日は猛烈に暑かったが、まだみんなウールの服を着なければならないんだよ。じき戦闘がはじまりそうだ。みんなわかっているが、誰もその話をしたがらない。ミッシー、次にいつ会えるかわからないが、おそらく来月になるだろう。ご両親が来て農場を手伝ってくれていると聞いて安心したよ。お父さんはまだ酒をたくさん飲んでいるだろうか？

われわれは南軍から盗みだした貴重な宝を守っている。彼らはリッチモンドにいるリー将軍のもとへそれを運ぼうとしていた。わたしたちは追われているが、けっして連中に宝を渡さない。イライアスがたまたま身を隠せそうな洞窟を見つけたので、わたしはいま洞窟の奥で蠟燭《ろうそく》を灯し、この手紙を書いている。うまくいけば、愛しいミッシー、われわれは北軍に大きな貢献ができる。こんど会うときは、チャールズ・ブリーケン大尉になっているかもしれないよ。

そろそろ行かなければならない。いまイライアスがやってきて、南軍が近づいていると報告があった。わたしの出番だ。娘に口づけをしてやってくれ。

おまえを愛する夫、チャールズより

ルースがささやいた。「彼は北軍兵士——士官だったのね」

「そして、妻と娘の待つ家へは二度と帰れなかった。死んだから」

「誰一人生き残らなかったのに、金塊は守りぬいた。あの地図はいったいどうやって、マナサスの屋根裏にあった古い本のなかにまぎれこんだのかしら？　チャールズはなぜ、ここに袋を置いてったの？　彼にはとても大切なものだったはずなのに」

「おそらく」ディックスが言った。「彼はここで殺されたんだろう。洞窟の外のローン・ツリー・ヒルの近くで」

ディックスはルースを抱き寄せた。「よくやった、ルース。お手柄だ。ミスター・ウィーバーが大喜びするぞ。きみは自分の頭のよさがわかってるかい?」

ルースは返事の代わりにキスをした。

国家情報会議のブリーフィング
ホワイトハウス
火曜日の午前

国家情報長官はグラスの氷をカラカラと鳴らした。満足感を覚えている証拠だった。「項目六ですが、大統領、FBIの国内無線通信作戦は、緊急九一一サービスに障害をきたすことなく解除されました。銃撃で負傷したFBI捜査官一名は全快しつつあります」

大統領は革張りの椅子に深々と腰を沈め、両手の指先を合わせた。「作戦の秘密は保たれているのか? 市民の自由に関するマイナスの影響はいっさいないんだな?」

「ありません、大統領。事件の迅速な解決はまさに、われわれが話しあったとおりの成果かと存じます」

「ジョン、きみからじかにディロン・サビッチ捜査官に書簡を送り、作戦の説明とそれをみごとにやり遂げたことについてねぎらっておいてくれ」

「承知しました、大統領」長官は答えた。「次に項目七ですが、アフガン国境における新たな防衛武器の要望が出ております」

エピローグ

その年の夏

ルース・ワーネッキは、バージニア州のミッドロージアン分譲地区に建つ小さなトラクトハウスのドアをノックした。リンダ・マッシーは、子どもを連れて玄関に出てきた。どちらも四歳に満たない男の子たち二人は母親のジーンズにしがみつき、腕にはもう一人赤ん坊が抱かれている。リンダは、ルースに困ったような笑みを見せた。「百科事典のセールスじゃないといいんだけど。子どもたちはまだ小さいし、ほかはみんな読む時間なんかないの」

「いいえ、セールスではありません」ルースは言った。「あなたのご家族に関することをお伝えするために来ました。南北戦争当時の話で、興味をもっていただけると思います」

生存するなかで、北軍のチャールズ・ブリーケン中尉にもっとも近い子孫であるリンダ・マッシーは、五〇万ドルを超える財産を手に入れた。

一時間後、清々しい気分で足取りも軽くリンダの家を出たルースは、レンジローバーにもたれて待つディックスに手を振った。そしてとびきりの笑顔を見せ、両手の親指を立てた。

訳者あとがき

キャサリン・コールターのFBIシリーズの続刊をお届けします。

最初にコールターのFBIシリーズが日本に紹介されたのが二〇〇三年七月、『迷路』(原題〝*The Maze*〟)でした。それから七年、ノンシリーズの作品を何作かはさみながら、このたび七冊めの『失踪』(原題〝*Point Blank*〟)までたどり着くことができました。『旅路』では独身だったサビッチが、『迷路』でシャーロックに出会い、『袋小路』以降、『土壇場』、『死角』、『追憶』では夫婦として活躍。いまでは二人のあいだにはショーンという息子がいます。残念ながら、かわいいショーンはちょっぴりしか登場場面がありませんが、サビッチとシャーロックの大喧嘩というおまけつき。とはいえ、おたがいに相手を守りたいがゆえのヘゲモニー争いですから、はたして喧嘩と言えるのやらどうやら。

サビッチの部下であるルース・ワーネッキ捜査官がトレジャーハントに出かけた先で巻きこまれる音楽学校の女子学生殺害事件と、コメディアンの誘拐事件という、二つの事件が並行して起こります。そしてモージズ・グレースとクラウディアと名乗る誘拐犯の二人組が標的にしているのはサビッチとその家族。なぜかなのか？　過去の因縁も含めて、こってり盛りだくさんの内容でお届けします。

では例によって、まだ読んでおられない方のために簡単にあらすじを。

ルース・ワーネッキ捜査官は、古地図とともにバージニア州マエストロに出かけた。南北戦争時に北軍の兵士が隠し、そのままになっていると思われる金塊を探しだすためだ。金塊があるとされる洞窟は、それほど危険な場所とは思えなかったけれど、なぜか洞窟の奥深くに入ったとき、つねに冷静なはずのルースは錯乱状態に陥り、意識を失ってしまう。

つぎに彼女が発見されたのは、地元の保安官であるディクソン・ノーブルの自宅にほど近い森のなかだった。保安官はルースを家に連れ帰ったものの、彼女は自分が誰なのかわからなくなっており、身元を証明する書類も身につけていなかった。ルースは名前さえ思いだせないことに心許なさを感じつつ、保安官とその息子のロブとレイフの世話になりながら、記憶が戻るのを待つことになった。だが、保安官の家に泊まったその夜、二人組の男が現われて、命を狙われる。さいわいルースが早くに物音に気づいたため、二人組はその場を逃げだし、保安官たちとカーチェイスをくり広げたのちに死亡した。

そのころ、サビッチたちはワシントンDCに隣接するメリーランド州プミスにいた。誘拐事件を追い、情報屋から入ってきた情報を頼りに、あるモーテルを包囲していた。誘拐されたのはサビッチが出入りする〈ボーノミクラブ〉の舞台に立つコメディアンのピンキー。彼の自宅のキッチン・カウンターには、〝やあ、サビッチ、ピンキーはあずかった。あとで会おう〟とするメモが残されており、モージズ・グレースとクラウディアとサインがあった。この二人は何者なのか？　そしてなぜサビッチを名指ししているのか？

答えは犯人逮捕とともにわかるはずだったが、銃声を聞きつけたサビッチと部下のデーン・カーバーが突入してみると、部屋はもぬけの殻で、しかも爆弾がしかけられていた。ルースが使っている情報屋を介して、モージズが偽情報を流し、FBIの捜査官や地元の警官を爆発に巻きこもうとしたのだ。情報屋からは、誘拐犯二人が早朝にアーリントン国立墓地に向かうと話していたという続報も入っている。また偽情報に踊らされることになるのを危惧しつつも、アーリントン国立墓地に人員を配置して、犯人たちがやってくるのを待つ以外に手はなかった。だが、そんなサビッチをあざ笑うように、モージズはサビッチの携帯に電話をしてくる。シャーロックはモージズの標的にされ、近くにいた捜査官が代わりに負傷した。そしてピンキーはモージズの話どおり、思わぬ場所から遺体となって発見される。

失態続きのなか、サビッチは入ってきた情報から、ルースが記憶喪失になって保安官宅に保護されていることを知り、シャーロックとともにマエストロに駆けつけた。ルースは懐かしい二人の顔で自分に関する記憶を取り戻したものの、洞窟のなかでなにが起きたのかは、思いだすことができなかった。それを突き止めるため、ルースは、サビッチとシャーロック、ディックス、ディックスの義父のチャッピーとともにふたたび洞窟を訪れる。

そこで見つかったのはなにかの儀式のように、きちんと横たえられた若い女性の遺体――マエストロ音楽大学に通う、将来を嘱望されたバイオリニスト、エリン・ブシュネルだった。

サビッチはピンキー殺害事件を追うとともに、ディックスにFBIが捜査に全面協力することを約束した。

癖だらけの登場人物たちのなかにあって、保安官一家とルースが手探りで関係を深めていくさまには温かみがあります。ディックスの妻は三年前、なんの書き置きも残さずに突然、失踪。それでも十四歳と十六歳の息子ふたりは、母が生きていることを心のどこかで願っています。そこへルースが現われ、父親となんとなくいい雰囲気になっている。思春期の子どもたちにしたら感情の処理のむずかしい問題ですよね。そのへんの微妙さを含みつつ将来の希望を暗示させる書き方に、コールターの子どもに向けるまなざしのやさしさを感じます。

コールターの作品を何作か読まれたみなさんなら、薄々感じていらっしゃるのではないかと思いますが、わたしがこれまで翻訳させていただいたコールターの作品の基底には、家族間の不協和音がありました。FBIシリーズをざっと辿っただけでも、『迷路』で扱われていたのはシャーロックの家族の異様さでしたし、『袋小路』では、嫁いだ先の家族に苦しめられる、サビッチの妹のリリーの姿が描かれていました。『土壇場』には父親を殺そうとする息子が登場し、『死角』に出てくる伝道師夫妻には秘密がありました。第一作にあたる『旅路』では家族そのものが事件の温床として正面から取り扱われ、『追憶』には家族間で起きたある事件がプロットの一部となっています。

そして事件が解決されても、そしてこうした家族の謎は、どこか釈然としないまま、苦い後味となって残ります。

コールターの作品を訳してきて、彼女がどの程度、そうした問題に意識的なのだろうと常々思っておりましたので、今回、登場人物の会話のなかに〝機能不全家族（dysfunctional family）〟という言葉を見つけたときは、やはりという思いを強くしました。機能不全家族とは、家庭内に対立や不法行為、身体的・性的・心理的虐待、ネグレクトなどが存在し、本来果たすべき機能を失っている家庭のことを指します。一時期、日本でも話題になったアダルト・チルドレン（最近ではアダルト・サバイバーとも呼ばれています）とは、こうした機能不全家族で育ち、その影響を宿したまま大人になった人たちのこと。そうした影響を受けながら強く立ちあがってきた人たちという観点からみると――深読みとは思いますが――いまはすっかり落ち着いた感のあるシャーロックを含め、このシリーズに出てくる女性キャラクターの多くがタフでありながら、どことなくエキセントリックで衝動的な理由がわかるような気がします。

さて、つぎにお届けする〝*Double Take*〟は、有名な霊能者であった夫を殺害したのではないかと疑われてマスコミから追われるジュリア・ランサムと、海に突き落とされた彼女を偶然助けることになったチェイニー・ストーンFBI捜査官のお話。そこに、三年前に失踪した妻クリスティを見かけたという情報を得て、サンフランシスコに出てきたディクソン・ノーブル保安官が加わります。もちろんシャーロックやサビッチ、ルースも登場。今回の作品の続きでもあり、また二つの事件がこれまでになくがっちりと絡みあってもいます。どうぞお楽しみに！

二〇一〇年六月

ザ・ミステリ・コレクション

失《しっ》踪《そう》

著者　キャサリン・コールター

訳者　林《はやし》 啓恵《ひろえ》

発行所　株式会社 二見書房
東京都千代田区三崎町2-18-11
電話 03(3515)2311 [営業]
03(3515)2313 [編集]
振替 00170-4-2639

印刷　株式会社 堀内印刷所
製本　合資会社 村上製本所

ISBN978-4-576-10081-4
http://www.futami.co.jp/

夜の炎

キャサリン・コールター
高橋佳奈子［訳］

若き未亡人アリエルは、かつて淡い恋心を抱いた伯爵と再会するが、夫との辛い過去から心を開けず…。全米ヒストリカルロマンスファンを魅了した「夜《ナイト》トリロジー」第一弾！

夜の絆

キャサリン・コールター
高橋佳奈子［訳］

クールなプレイボーイの子爵ナイトは、ひょんなことからいとこの美貌の未亡人と、三人の子供の面倒を見るハメになるが…。『夜の炎』に続く「夜《ナイト》トリロジー」第二弾！

夜の嵐

キャサリン・コールター
高橋佳奈子［訳］

実家の造船所を立て直そうと奮闘する娘ジェーンは、英国人貴族のアレックに資金援助を求めるが…!? 嵐のような展開を見せる「夜《ナイト》トリロジー」待望の第三弾！

黄昏に輝く瞳

キャサリン・コールター
栗木さつき［訳］

世間知らずの令嬢ジアナと若き海運王。ローマの娼館で出会った波瀾の愛の行方は……? C・コールターが贈る怒濤のノンストップヒストリカル、スターシリーズ第一弾！

涙の色はうつろいで

キャサリン・コールター
山田香里［訳］

父を死に追いやった男への復讐を胸に、ロンドンからはるかサンフランシスコへと旅立ったエリザベス。それは危険でせつない運命の始まりだった……! スターシリーズ第二弾

忘れられない面影

キャサリン・コールター
栗木さつき［訳］

街角で出逢って以来忘れられずにいた男、ブレントと船上で思わぬ再会を果たしたバイロニー。大きく動きはじめた運命を前にお互いとまどいを隠せずにいたが…。

カリブより愛をこめて
キャサリン・コールター
林　啓恵［訳］

灼熱のカリブ海に浮かぶ特権階級のリゾート。美しき事件記者ラファエラはある復讐を胸に秘め、甘く危険な世界へと潜入する…ラブサスペンスの最高峰！

エデンの彼方に
キャサリン・コールター
林　啓恵［訳］

過去の傷を抱えながら、NYでエデンという名で人気モデルになったリンジー。私立探偵のテイラーと恋に落ちるが素直になれない。そんなとき彼女の身に再び災難が…

銀の瞳に恋をして
リンゼイ・サンズ
田辺千幸［訳］

誰も素顔を知らない人気作家ルークと編集者ケイト。出会いは最悪&意のままにならない相手なのになぜだか惹かれあってしまうふたり。ユーモア溢れるシリーズ第一弾！

黒き戦士の恋人
J・R・ウォード
安原和見［訳］

NY郊外の地方新聞社に勤める女性記者ベスは、謎の男ラスに出生の秘密を告げられ、運命が一変する！読みだしたら止まらない全米ナンバーワンのパラノーマル・ロマンス

永遠なる時の恋人
J・R・ウォード
安原和見［訳］

レイジは人間の女性メアリをひと目見て恋の虜に。戦士としての忠誠か愛しき者への献身か、心は引き裂かれる。だが困難を乗りこえふたりは結ばれるのか？好評第二弾！

運命を告げる恋人
J・R・ウォード
安原和見［訳］

貴族の娘ベラが宿敵〝レッサー〟に誘拐されて六週間。だれもが彼女の生存を絶望視するなか、ザディストだけは彼女を捜しつづけていた…。怒濤の展開の第三弾！

そのドアの向こうで
シャノン・マッケナ
中西和美［訳］
〔マクラウド兄弟シリーズ〕

亡き父のため十一年前の謎の真相究明を誓う女と、最愛の弟を殺されすべてを捨て去った男。復讐という名の赤い糸が激しくも狂おしい愛を呼ぶ…衝撃の話題作！

影のなかの恋人
シャノン・マッケナ
中西和美［訳］
〔マクラウド兄弟シリーズ〕

サディスティックな殺人者が演じる、狂った恋のキューピッド。愛する者を守るため、燃え尽きた元FBI捜査官コナーは危険な賭に出る！　絶賛ラブサスペンス

運命に導かれて
シャノン・マッケナ
中西和美［訳］
〔マクラウド兄弟シリーズ〕

殺人の濡れ衣を着せられ、過去を捨てたマーゴットは、彼女に惚れ、力になろうとする私立探偵デイビーと激しい愛に溺れる。しかしそれをじっと見つめる狂気の眼が…

真夜中を過ぎても
シャノン・マッケナ
松井里弥［訳］
〔マクラウド兄弟シリーズ〕

十五年ぶりに帰郷したリヴの書店が何者かに放火され、そのうえ車に時限爆弾が。執拗に命を狙う犯人の目的は？　彼女の身を守るためショーンは謎の男との戦いを誓う…！

過ちの夜の果てに
シャノン・マッケナ
松井里弥［訳］
〔マクラウド兄弟シリーズ〕

傷心のベッカが出会ったのは孤独な元FBI捜査官ニック。狂おしいほど求めあうふたりに卑劣な罠が……この愛は本物か、偽物か。息をつく間もないラブ&サスペンス

夜明けを待ちながら
シャノン・マッケナ
石原未奈子［訳］

叔父の謎の死の真相を探るために、十七年ぶりに帰郷したサイモンは、初恋の相手エルと再会を果たすが…。忌わしい過去と現在が交錯するエロティック・ミステリ！

二見文庫　ザ・ミステリ・コレクション